suhrkamp taschenbuch 4884

Seit jeher hat Robert Walser bildende Künstler auf der ganzen Welt inspiriert. Auch für Thomas Hirschhorn, einem der innovativsten Konzeptkünstler der Gegenwart, ist er eine Leitfigur, ein »Held«, der für wahres Künstlertum steht. Walsers Kunstanspruch ist stets an einen persönlichen Standpunkt geknüpft, der zum Betrieb Distanz markiert.

Die vorliegende ›Blütenlese‹ enthält eine Auswahl von Robert Walsers besten Texten – ein idealer Einstieg in das Werk eines Autors, dessen poetisch bildhaftes Schreiben eine ungebrochene Wirkungsmacht hat.

Robert Walser (1878-1956) absolvierte in seiner Geburtsstadt Biel eine Ausbildung zum Bankangestellten und arbeitete als Commis u. a. in Zürich. 1898 erschienen seine ersten Gedichte, die ihn zu einem Geheimtip werden ließen und ihm Zugang zu literarischen Kreisen verschafften. Nach produktiven Jahren in Berlin kehrte er 1913 in die Schweiz zurück und schrieb dort weitere wichtige Werke. Infolge einer psychischen Krise trat Walser 1929 in Bern in eine psychiatrische Heilanstalt ein; 1933 gegen seinen Willen in eine Klinik in Herisau verlegt, gab er das Schreiben auf.

Thomas Hirschhorn, geb. 1957 in Bern, erhielt 2001 den Prix Marcel Duchamp, 2004 den Joseph Beuys-Preis und 2018 den Prix Meret Oppenheim. 2002 zeigte er sein *Bataille-Monument* auf der Documenta 11 in Kassel und gestaltete 2011 den Schweizer Pavillon auf der 54. Biennale in Venedig. 2013 realisierte er in New York City das *Gramsci Monument*, 2014 im Palais du Tokyo in Paris *Flamme éternelle*. Im selben Jahr beteiligte er sich an den viel diskutierten Installationen im Schinkel Pavillon in Berlin sowie mit *Abschlag* an der Manifesta 10 in Sankt Petersburg.

Robert Walser
Eine Ohrfeige und sonstiges

Ausgewählt von
Thomas Hirschhorn und Reto Sorg
Mit einem Vorwort von
Thomas Hirschhorn

Suhrkamp

Erste Auflage 2019
suhrkamp taschenbuch 4884
Originalausgabe

Quellennachweise zu dieser Ausgabe am Schluss des Bandes

Vertrieb durch den Suhrkamp Taschenbuch Verlag
Umschlag: Thomas Hirschhorn
Druck und Bindung: CPI – Ebner & Spiegel, Ulm
Printed in Germany
ISBN 978-3-518-46884-5

Inhalt

Vorwort

Warum ich Robert Walser, seine Bücher und seine Texte liebe

Jeder Text, jedes Buch, jedes der Bücher von Robert Walser ist notwendig für mich, der kürzeste Text, das dünnste Buch. Denn jedes seiner Bücher, jeder seiner Texte zählt. Alle Bücher und alle Texte sind gleich wichtig. Wichtig heißt nicht bedeutsam. Kein Text, kein Buch ist nicht ›bedeutsam‹ oder ›bedeutungsvoll‹, denn auch ›schlechte Bücher‹ sind bedeutungsvoll, das gilt für alle Bücher. Es geht nicht um Bedeutung, es geht nie um Bedeutung. Es geht darum, dass die von mir ausgewählten Texte von Robert Walser unverzichtbar sind. Unverzichtbar sind *Wladimir*, *Meine Bemühungen* und auch *Berlin und der Künstler*. Alle in dieser Anthologie zusammengefassten Texte sind unverzichtbar, und alle diese Texte behaupten einen eigenen Sinn jenseits der Bedeutung.

Diese Texte sind Sinnbehauptungen. Wichtig ist, dass sie Behauptungen sind und dass sie darauf insistieren, Behauptungen – gegen eine Bedeutung – zu sein. Es geht darum, die Texte gegen ihren bloßen ›Inhalt‹ aufzurichten, gegen ihren Inhalt zu verteidigen. Es geht darum, den Text *Eine Ohrfeige und sonstiges* gegen seinen eigenen Inhalt zu lesen! Nicht um ihn von seinem Inhalt zu entfernen, sondern um zu zeigen, dass die Sinnbehauptung, die sie darstellen, alles ›nur Inhaltliche‹ hinter sich lässt. Es geht darum, dass diese Texte ihren eigenen Inhalt verraten, indem sie auf etwas anderem als auf ihrem Inhalt insistieren.

Ich liebe die Texte und die Bücher von Robert Walser nicht wegen ihres Inhalts. Ich liebe sie als Widerstände, als absolute Forderungen, weil sie Forderungen und Überforderungen sind. Robert Walser war ein Widerständiger. Im kurzen Text

Walser über Walser wird das ersichtlich, widersteht Robert Walser doch der ›wohlwollenden‹ Bezeichnung ›Schriftsteller‹. Er wehrt sich, wenn jemand – mit scheinbarem Überblick – sich an ihn, den ›Schriftsteller‹, wendet. Er wehrt sich – präzise und grausam, grausam gegen sich selbst –, auf seine Romane *Der Gehülfe* und *Geschwister Tanner* verweisend, weil er genau weiß, was es heißt, den Preis für ›Schriftstellerei‹ zu bezahlen. Robert Walser hat den Preis – den Preis, seine Arbeit zu machen, Schriftsteller zu sein – als Erster bezahlt. So habe ich das ›Nicht-mehr-Schreiben‹ oder ›das Schweigen‹ Robert Walsers – während seiner Herisauer Jahre von 1933 bis 1956 – immer als eine absolute künstlerische Geste, eine souveräne, radikale künstlerische Haltung verstanden. Sein Schweigen kann nicht hoch genug geschätzt werden.

Im Text *Brief eines Dichters an einen Herrn* schreibt Robert Walser, dass er – oder der arme junge Dichter – jemand sei, den es sich nicht lohnt kennenzulernen. Was als Bescheidenheit, Unterwürfigkeit, mangelndes Selbstvertrauen oder falsche Bescheidenheit oder gespielte Unterwürfigkeit oder vorgespieltes mangelndes Selbstvertrauen verstanden werden kann – und da liegt die Dimensionslosigkeit, das alles Sprengende – von Robert Walsers Schreiben, zeigt die radikale Haltung des Künstlers und des Autors auf.

Er bestimmt: Es geht nur um den Text, es geht nur um den Text Robert Walsers – es geht nicht um die Person – Robert Walser –, die Person, die diesen Text geschrieben hat. Robert Walser zeigt auf: Es geht nie um die Person, es geht nie um ihn, es geht nie um ›das Persönliche‹. Aber, klar, er spielt – wortreich – damit, einmal prahlend, dann sich entschuldigend. Mit dem Feuer spielend, sich selbst verbrennend, verachtet Robert Walser ›das Persönliche‹.

Im Text *Das Zimmerstück* sieht Robert Walser mit chirurgischer Genauigkeit, wie ein abgenutzter Regenschirm an einem ebenso abgenutzten Nagel hängt. Er beschreibt mit Präzision, »wie Schwaches in seiner Schwachheit anderes Schwaches noch stützt«, und insistiert – mit seinem geschärften Blick ›fürs Schwache‹ –, wie sich ein bodenloser Abgrund eröffnet und wie dieser Abgrund uns Lesenden anbietet, uns zu verschlingen. So lustvoll, wie sich der Autor freiwillig – und sich auf diesem Weg befreiend – selbst verschlingen ließ.

Hier zeigt er mir: Robert Walser war frei, er war frei mit dem ihm Eigenen. Frei zu sein mit dem Eigenen heißt, ganz von diesem Eigenen auszugehen, und es heißt ›Form geben‹ – ausgehend von seinem Eigenen. Das Eigene, womit Robert Walser operiert, hat – an sich – keine Form. Es braucht sie nicht, denn die Form entsteht erst, wenn sie sich an den anderen richtet, wenn sie sich nach außen stülpt – das macht Robert Walser.

So ist mir immer wieder aufgefallen, dass viele Robert Walser für sich selbst behalten wollen. Robert Walser ist jemand, der es schafft, ausschließlich, egoistisch, egotistisch, völlig vereinnahmend, absolut exklusiv geliebt zu werden. Viele denken – auch ich bin keine Ausnahme –, dass nur sie Robert Walser ›richtig‹ verstehen, ›richtig‹ kennen, ›richtig‹ ehren, ›richtig‹ lieben würden. Eine solche Ausschließlichkeit bewirken nur die ganz Großen. Es geht aber nicht darum, diese Ausschließlichkeit zu verstärken, aufzuheben oder zu vermindern, sondern es geht darum, in diese Ausschließlichkeit Löcher zu schlagen und Öffnungen zu schneiden, um Durchlässigkeit zu ermöglichen und einen Durchbruch – unzählige Durchbrüche – zu schaffen.

Robert Walser hat sich selbst verloren, er hat sich für mich verloren, er ist der Schriftsteller des existenziellen Verlusts und der existenziellen Unsicherheit. Er hat sich – für uns – auf seinem Weg verloren. Robert Walser hat dem Prekären, dem Unsicheren, dem Ungewissen, dem Nicht-Garantierten, dem Fragilen, dem Labilen einen Weg geebnet, einen Pfad getreten.

Die Sprache von Robert Walser ist es, die den Weg aufweist, verschlungen, porös, ziellos – ein Holzweg. Seine Sprache zerfließt, hebt sich auf, löst sich auf – wie nasse Fußabdrücke auf einem heißen Steinboden. Es ist eine Sprache der Selbstauflösung, die mir ermöglicht, mich in sie hineinzuleben, ohne mich selbst dabei aufzulösen. Robert Walser hat dafür den Preis bezahlt.

In seiner Radikalität und Bereitschaft, den Preis für seine Arbeit zu bezahlen, ist er ein Beispiel für jede Künstlerin und jeden Künstler, jede Philosophin und jeden Philosophen, jede Schriftstellerin und jeden Schriftsteller. In *Brief eines Dichters an einen Herrn* schreibt Robert Walser: »Ich stehe auf der Erde: dies ist mein Standpunkt.« Damit gibt er mir den Schlüssel, um in dieser komplexen, ja hyperkomplexen Welt eine Position – meine ganz eigene Position – einzunehmen, zu finden und zu behaupten. Ich stehe auf der Welt, links und rechts, hinten und vorne biegt sie sich zum Abgrund – aber ich stehe darauf – ich stehe!

Robert Walser beleuchtet das Kleine, das Unbeachtete, das Unernste, das Unscheinbare. Er beleuchtet, was im Schatten ist, er hält – für mich – die Taschenlampe im Dunkeln. Ich habe von ihm gelernt, dass alles als wichtig erachtet werden muss, denn alles ist wichtig. Ich habe gelernt, dass alles wichtig sein kann und dass alles wichtig werden kann, und ich habe gelernt, dass nichts unwichtig ist. Robert Walser hat einen Text geschrieben mit dem Titel *Wenn Schwache sich für stark halten*. Er hat diesen Satz nicht nur niedergeschrieben, sondern er hat ihn vorgelebt, er hat ihn für mich, für uns aufgeschrieben. Er hat es rebellisch und mit Freudigkeit vorgelebt – wahrlich widerständig im Misserfolg und wahrlich widerstrebend gegenüber dem Erfolg.

Robert Walser stellt für mich die Frage: Was bedeutet Erfolg? Was bedeutet Misserfolg? Bin ich bereit, eine Arbeit jenseits von Erfolg und Misserfolg zu machen? Wir müssen erkennen, dass Misserfolg zu haben, nicht heißt, ›Opfer‹ zu sein, Misserfolg zu haben, kann ein Heldenakt sein. Robert Walser ist ein Held.

Ich will Robert Walser als Helden sehen, aber ich will ihn nicht für mich selbst behalten, deshalb diese – zusammen mit Reto Sorg vorgenommene und vorliegende – Text-Auswahl, diese Anthologie oder noch schöner: diese Blütenlese.

Thomas Hirschhorn

Eine Ohrfeige und sonstiges

Der Greifensee

Es ist ein frischer Morgen und ich fange an, von der großen Stadt und dem großen bekannten See aus nach dem kleinen, fast unbekannten See zu marschieren. Auf dem Weg begegnet mir nichts als alles das, was einem gewöhnlichen Menschen auf gewöhnlichem Wege begegnen kann. Ich sage ein paar fleißigen Schnittern »guten Tag«, das ist alles; ich betrachte mit Aufmerksamkeit die lieben Blumen, das ist wieder alles; ich fange gemütlich an, mit mir zu plaudern, das ist noch einmal alles. Ich achte auf keine landschaftliche Besonderheit, denn ich gehe und denke, daß es hier nichts Besonderes mehr für mich gibt. Und ich gehe so, und wie ich so gehe, habe ich schon das erste Dorf hinter mir, mit den breiten großen Häusern, mit den Gärten, welche zum Ruhen und Vergessen einladen, mit den Brunnen, welche platschen, mit den schönen Bäumen, Höfen, Wirtschaften und anderem, dessen ich mich in diesem vergeßlichen Augenblick nicht mehr erinnere. Ich gehe immer weiter und werde zuerst wieder aufmerksam, wie der See über grünem Laub und über stillen Tannenspitzen hervorschimmert; ich denke, das ist mein See, zu dem ich gehen muß, zu dem es mich hinzieht. Auf welche Weise es mich zieht, und warum es mich zieht, wird der geneigte Leser selber wissen, wenn er das Interesse hat, meiner Beschreibung weiter zu folgen, welche sich erlaubt, über Wege, Wiesen, Wald, Waldbach und Feld zu springen bis an den kleinen See selbst, wo sie stehen bleibt mit mir und sich nicht genug über die unerwartete, nur heimlich geahnte Schönheit desselben verwundern kann. Lassen wir sie doch in ihrer althergebrachten Überschwenglichkeit selber sprechen: Es ist eine weiße, weite Stille, die wieder von grüner luftiger Stille umgrenzt wird; es ist See und umschließender Wald; es ist Himmel, und zwar so lichtblauer, halbbetrübter Himmel; es ist Wasser, und zwar so dem Himmel ähnliches

Wasser, daß es nur der Himmel und jener nur blaues Wasser sein kann; es ist süße blaue warme Stille und Morgen; ein schöner, schöner Morgen. Ich komme zu keinen Worten, obgleich mir ist, als mache ich schon zu viel Worte. Ich weiß nicht, wovon ich reden soll; denn es ist alles so schön, so alles der bloßen Schönheit wegen da. Die Sonne brennt herab vom Himmel in den See, der ganz wie Sonne wird, in welcher die schläfrigen Schatten des umrahmenden Lebens leise sich wiegen. Es ist keine Störung da, alles lieblich in der schärfsten Nähe, in der unbestimmtesten Ferne; alle Farben dieser Welt spielen zusammen und sind eine entzückte, entzückende Morgenwelt. Ganz bescheiden ragen die hohen Appenzellerberge in der Weite, sind kein kalter Mißton, nein, scheinen nur ein hohes, fernes, verschwommenes Grün zu sein, welches zu dem Grün gehört, das in aller Umgebung so herrlich, so sanft ist. O wie sanft, wie still, wie unberührt ist diese Umgebung, wird durch sie dieser kleine, fast ungenannte See, ist selber also so still, so sanft, so unberührt. – Auf eine solche Weise spricht die Beschreibung, wahrlich: eine begeisterte, hingerissene Beschreibung. Und was soll ich noch sagen? Ich müßte sprechen wie sie, wenn ich noch einmal anfangen müßte, denn es ist ganz und gar die Beschreibung meines Herzens. Auf dem ganzen See sehe ich nur eine Ente, welche hin und her schwimmt. Schnell ziehe ich meine Kleider aus und tu wie die Ente; ich schwimme mit größter Fröhlichkeit weit hinaus, bis meine Brust arbeiten muß, die Arme müde und die Beine steif werden. Welch eine Lust ist es, sich aus lauter Fröhlichkeit abzuarbeiten! Der eben beschriebene, mit viel zu wenig Herzlichkeit beschriebene Himmel ist über mir, und unter mir ist eine süße, stille Tiefe; und ich arbeite mich mit ängstlicher, beklemmter Brust über der Tiefe wieder ans Land, wo ich zittere und lache und nicht atmen, fast nicht atmen kann. Das alte Schloß Greifensee grüßt herüber, aber es ist mir jetzt gar nicht um die historische Erinnerung zu tun; ich freue mich vielmehr auf einen Abend, auf eine Nacht, die ich hier am gleichen Ort zubringen werde, und sinne hin und her, wie es an dem kleinen See sein wird, wenn das letzte Taglicht über seiner Fläche schwebt, oder wie es sein wird hier, wenn unzählige Sterne oben schweben - und ich schwimme wieder hinaus. –

Ein Maler

Diese Blätter aus dem Notizbuch eines Malers sind mir, wie man so sagt, zufällig in die Hände geraten. Mir erscheinen sie nicht so unbedeutend, als daß ich nicht glaubte, sie veröffentlichen zu dürfen. Über die darin niedergelegten Kunstansichten kann man gewiß verschiedener Meinung sein. Das ist aber auch nicht das Wichtigste, sondern das andere, Dazwischenliegende, das rein Menschliche in den Blättern erschien mir als das Bedeutendere, wirklich Lesenswerte.

Dies soll eine Art Tages- oder Notizbuch werden. Ich werde die Blätter, wenn sie zu Ende geschrieben sind, verbrennen. Wenn sie zufällig aufbewahrt werden, so mögen sie nur einem neugierigen, schwatzhaften Schriftsteller in die Hände fallen; was kann mir daran liegen? Die Welt ist mir gleichgültig, ebenso die Menschen, ebenso diese paar Aufzeichnungen. Ich schreibe zu meinem Vergnügen, so zwischen dem Malen hindurch, wie ein Dieb, wie ein Erzschelm; ich habe immer gern kleine Streiche verübt. Und welch harmloser, unbedeutender Streich ist dieses Aufschreiben! Ich lege etwas von meiner Gesinnung, etwas von meiner Kunstanschauung, etwas von meiner Seele darin ab, wie auf einem kleinen, bescheidenen Opferaltar, könnte ich sagen! Warum auch nicht? Das Schreiben ist überdies für die Malerhand eine amüsante Abwechslung, warum sollte ich das meiner Hand nicht gönnen? Ich bin nun schon seit einigen Wochen in dieser Villa, mitten in den Bergen, unter Tannen, zwischen den lieben, einsamen Felsen. Den ganzen Tag, fast die ganze Woche haben wir Nebel. Der Nebel geht hier nie ganz weg, nur bei ganz klarstem Wetter. Ich liebe den Nebel, so wie ich alles liebe, was feucht, kalt und farblos ist. Ich habe nie Ursache gehabt, mich nach mehr Farben zu sehnen, denn ich habe immer, von frühester Jugend auf, da

Farbe gesehen, wo beinahe keine war. Ich habe also des Künstlers Drang, nach südlichen, sonnigen, farbigen Ländern zu gehen, nie begriffen. Mir war grau immer eine der liebsten, vornehmsten, süßesten Farben, und in diesen Bergen herrscht sie zu meinem Entzücken überall. Selbst das Grün erscheint hier grau: die Tannen! Wie ich sie doch liebe, die heiligen Tannen, es ist nicht zu sagen. Dann der Nebel! Ich streiche oft nur umher, um mit dem Nebel in der Wette umherzustreichen. Das steigt, das fällt, das zieht sich hin, das schleicht, das schießt plötzlich seitwärts, es ist wundervoll. Wie weiße Schlangen! Aber ein Dichter kann das nie sagen, das kann nur ein Maler sagen. Ich könnte kein Dichter sein, denn ich liebe die Natur zu ungestüm, und: ich liebe nur sie. Ein Dichter aber soll vorwiegend über Welt und Menschen berichten. In der Naturschilderung wird er immer hinter dem Maler zurückbleiben, es ist nicht anders möglich. Der Pinsel wird auch die feinste Wortübung immer zuschanden machen, und es ist gut, daß es so ist. Jede Kunst soll und muß ihre Grenzen haben, damit nicht die eine die andere verschlingt. Ich werde in diesen Blättern ganz zwanglos zu mir selber reden, aber ich weiß selber nicht, so wie ich fortschreibe, überfällt mich ein gewisses, nicht zu verdrängendes Verantwortungsgefühl für das, was ich schreibe. Liegt das im Schreiben überhaupt, oder habe ich das bloß so? Gut, ich werde es zu erforschen wissen. Wie doch alles seinen besonderen Sinn, und jeder Sinn seine Bedingungen hat! Es ist in der Tat merkwürdig.

Die Villa, in der ich hier lebe, ist nicht etwa meine Villa. Nein, sie gehört einer Gräfin, einer überaus liebenswürdigen, vornehmen Frau, deren Bekanntschaft ich in der Hauptstadt gemacht habe. Auch sie liebt die Stille, die Einsamkeit verschlossener Täler, die Luft der Berge, den Geruch der Tannen und des Nebels. Sie wohnt hier, und ich fühle mich fast wie ihr Gefangener. Seltsam prickelndes, reizendes Gefühl, das! Ich war arm und elend, als ich sie, oder sie mich kennenlernte. Sie schätzte sogleich den Künstler an mir, trieb mich an, die Stadt zu verlassen, ihr in die Berge zu folgen, und ich habe es ohne Bedenken getan. Nie seither habe ich es zu bereuen gehabt. Überdies bereue ich niemals etwas, da ich weiß, daß aus allem etwas Besonderes, oft sogar Schönes entstehen kann. Ich sehne mich nicht nach der Stadt zurück, ich bin über dergleichen Anwandlungen hinaus. Wo ich bin, schaffe ich, und wo ich schaffe, nur da bin ich. Wo ich am ungestörtesten malen darf, muß es mir also am besten behagen. Die Bilder, die ich male, gehören alle, ohne Ausnahme, der Gräfin. Dafür gibt sie mir zu leben, und wie zu leben! Ihre Erziehung, ihr Geschmack, ihr Herz bürgen mir dafür, daß mir das Leben in ihrer Nähe immer etwas Angenehmes sein wird. Könnte man einen bessern Kontrakt eingehen? Überdies darf ich gehen, wenn ich gehen will. Es bindet mich nichts. Aber hier bindet mich alles: die Natur, die Sorglosigkeit, die Kunst, das Gefühl, zu Hause zu sein. Habe ich also nicht recht, wenn ich sage, daß ich wie ein Gefangener der Gräfin lebe? Der Gräfin? Es ist so seltsam! Ich beziehe alles auf sie: die Gegend, die Berggipfel, das schäumende Tal, die Tannen, alles, alles lebt wie in Beziehung zu ihr, der Herrschenden. Es gehört ihr alles. So wenigstens bildet es sich mein Gehirn gern ein. Vielleicht empfinde ich so infolge der Güte und der Achtung und der Zartheit, mit der sie mich und meine Kunstfertigkeit zu behandeln gewohnt ist. Ich betrachte sie leicht und fast selbstverständlich als Herrin über mein Leben, da es angenehm für mich ist, mich geschützt und geschätzt zu wissen. Mit welcher Freundlichkeit nahm sie sich meiner an, als ich im tiefsten Elend und Schmutz lebte, in jener Großstadt, wo Freiheit und Vogelfreiheit oft dasselbe sind, wo der Kummer der Vielen das glänzende Glück der Wenigen ausmacht, wo der Künstler entweder stirbt oder seine Kunst preisgibt, und wo Adel und vornehmes Fühlen in Lumpen einhergehen, während das freche plumpe Laster Paläste bewohnt. Nein, der

Gräfin bin ich ganz zu eigen. Ich wäre es sogar noch, wenn sie von meiner Bereitwilligkeit einen schonungsloseren Gebrauch machte, und gern! Aber wie wenig verlangt sie! Sie schätzt die Kunst so hoch, daß sie nicht anders kann, als dem Künstler achtungsvoll zu begegnen. Nie ist die kleinste, geringste, unbewachteste Bewegung an ihr mir gegenüber anders als edel und schön. So kann aber auch nur eine Frau sein. Wirklich, ich habe die Überzeugung, so kann nur eine Frau sein.

Der Ruhm ist mir gleichgültig, da ich die Menschen kenne, wie ihre Sucht, Schönes und Schlimmes dicht hintereinander zu sagen. Die Urteilslosigkeit der Menge ist nur ein breiteres Abbild von der Urteilslosigkeit der Gebildeten. In Kunstsachen namentlich herrscht hüben und drüben ein recht bitterer Mangel an sicherem Urteil, und das ist auch nicht zum Verwundern bei der Ungeschultheit unserer Künstler. So zerfahren das Kunstpublikum ist, der Künstler ist meist noch zerfahrener. Was geht es mich an! Meine Aufgabe ist es nicht, hier Ordnung zu schaffen, wo wahrscheinlich nie Ordnung sein wird. Es gibt unter Kunstkennern und Künstlern herrliche Ausnahmen, die aber meist still und ruhig sind, wenig von sich reden machen, also zu erkennen geben, daß es nicht ihr Plan ist, Einfluß auszuüben. Diese wissen genau, wie viel neuer Irrtum und wie wenig Fortschreitendes aus Einfluß entsprießt. Ruhm ist mir also vollständig Nebensache. Ich möchte gerne berühmt sein, aber unter kraftvolleren, edleren Menschen! Ruhm ist eine wundervolle, göttliche Sache, aber ihr Wert verschwindet, wird sie nur ausgeschrieen, nicht ausgehändigt. Also fort damit. – Mein Malen hat mit der Sucht und Sehnsucht nach Ruhm und Anerkennung nichts mehr zu schaffen. Ich lebe sorgenlos, ich brauche vor dem Morgen keine Angst zu haben; was sollte mir da wohl Anerkennung nützen? Ob ich für tausende, oder nur für eine male, tut der Sache selbst keinen Abbruch. Malen bleibt Malen, ob für viele Augen oder nur ein einziges Auge, ist wirklich gleichgültig. Ich male, vor allem für meine Augen. Ich hätte schon lange keine Augen mehr, wenn ich nicht malen dürfte. Das ist stark gesprochen, aber ich will auch, daß ich mich stark ausdrücke. Die Gräfin hat eine immer wachsende Freude an meinen Bildern. Für eine einzige große, starke Freude malen dürfen, ist viel schöner als für die gesprenkelte, abweichende, haltlose Freude einer Masse. Dazu kommt, daß die Frau Gräfin wirklich allerfeinste Kunstkennerin ist. Sie versteht und fühlt die ganze Aufgabe des Malens. Sie folgt oft den Ausführungen meines Pinsels mit einem Mitleiden, wie wenn ein Menschenleben daran hinge. Die Vollendung eines neuen Bildes erfüllt ihre Seele mit dem kindlichsten Glück. Sie weiß, nur Bilder erringen bei mir die Vollendung, die ich unbedingt für geglückt und gelungen halte. Deshalb darf sie sich auch ruhig der Freude überlassen. Wie liebe ich sie, um dieser feinen Empfindungen willen. Nur schöne Menschen haben ungeheuchelte Freude am Schönen. Sind meine Bilder denn schön? Ja, sie sind es! Ich kann und muß mir das sagen. Ohne diese Überzeugung im Herzen würde ich keinen Augenblick länger fortmalen wollen. Übrigens weiß ich, daß ich von einer geradezu krankhaft verletzbaren Bescheidenheit bin. Dies beruhigt mich. Und dann, der Gräfin edler Kunstsinn würde sich niemals einer feigen und plumpen Täuschung hingeben. Man sieht, wohin meine Ruhmsucht strebt.

Was ich male? Nichts als Porträte, Bildnisse der Natur und von Menschen, peinlich genaue Bildnisse. Ich liebe es nicht, mit dem Pinsel zu dichten, zu fabulieren, zu phantasieren, zu erzählen. Dies ist gegen meine Art, gegen meinen Geschmack. Wofür haben wir Dichter? Nein, es kommt mir darauf an, treueste Natur zu geben, sie zu geben, wie meine Seele (und die sitzt vorn in meinem Auge) sie sieht, sie zu sehen, wie sie ist. Nichts anderes. Und das ist so viel. Man kann es auch Phantasieren nennen. Ich phantasiere ja auch, indem ich zu sehen bemüht bin: meine Augen sind es alsdann, die phantasieren. Vor allem eins: mein Verstand hat nichts, oder nur äußerst wenig mit meinem Malen zu tun. Ich lasse meine Empfindung, meinen Instinkt, meinen Geschmack, meine Sinne malen. Der Kunstverstand ist zum Studieren gut, zum Erlernen der Kunstgesetze: mit ihm arbeitet der Schüler. Aber das wissen andere ebensogut wie ich. Man sollte meinen, ich sei viel draußen in der Natur, vielleicht sogar mit dem Skizzenbuch in der Hand! Da würde man irren! Ich sehe die Natur selten mehr an, wenigstens fast nie mit Maleraugen. Ich habe mich satt, fast krank daran gesehen. Weil ich sie liebe, meide ich womöglich ihren gefährlichen Anblick. Er würde direkt lähmend auf meine Produktionslust wirken. Was ich tun kann, und tun muß, ist, in meinem Gedächtnis eine zweite Natur, womöglich ähnlich der ersten, einzigen, auferstehen zu lassen: eine Natur für meine Bilder. Darin also besteht mein Phantasieren. Mein Phantasieren ist selbstverständlicher Sklave der Natur, wenn es nicht selbst die Natur ist. In meinem Gehirn steckt meine ganze jetzige und zukünftige Gemäldesammlung. Bergwände, Schluchten, Täler, Aussichten in Täler, glitzernde Seen, Flüsse, die Windungen des Nebels, die Haltung der Tannen, alles was ich je in der Natur zu Gesicht bekommen habe, was ich so unaussprechlich, so gedankenvoll liebe, das glitzert, schäumt, lagert und erstreckt sich wieder in meiner Phantasie. Man sage also nur nicht, daß Porträtisten nicht phantasieren. Sie tun es vielleicht lebhafter, kräftiger, inniger als alle Historien- und Szenen- und Geschichtenmaler zusammen. Ich würde es verschmähen, meine Phantasie andere Dienste tun zu lassen, als solche, die allein der Übung des Pinsels zugute kommen. Ein Maler kann sein Malen nicht hoch genug achten. Meiner Ansicht nach kommt es doch darauf an, wie viel feine Wiedergabe der Natur, also: wie viel konzentrierte Natur ein Bild enthält. Maler, die brutal mit dem Pinsel dichten (was sie geläufig phantasieren nennen), kann ich zwar lächelnd neben mir dulden, aber ich schätze sie nicht, weil sie ihre Kunst nicht kennen. Es kommt nicht auf ein äußeres, es kommt auf ein inneres Phantasieren an. Dort das flüchtige, dilettantische Phantasieren mit Gestalten, hier das tiefe, fühlende mit der Farbe.

Ein Maler ist ein Mensch, der einen Pinsel in der Hand hält. Am Pinsel ist Farbe. Die Farbe ist nach seinem Geschmack gewählt. Die Hand hat er, um den Pinsel geschickt nach den Befehlen des sehenden und fühlenden Auges zu führen. Er zeichnet und malt zugleich mit dem Pinsel. Eines Pinsels Härchen sind gewöhnlich wunderbar scharf und fein, aber schärfer und feiner ist die Gewissenhaftigkeit, mit der die Sinne, die gesamten, vorgeneigten, gespannten Sinne mitarbeiten. Ein zuverlässiger, exakter Mensch ist ein um so besserer Maler. Edle und vornehme Gesinnung drückt sich in der Pinselführung wunderbar aus. Liederliche Menschen malen auch liederlich. Sie können genial, aber niemals groß malen. Bescheidenes, artiges Wesen wählt seine Farben gewöhnlich mit feiner Vorsicht, nach einem gedankenvolleren Geschmack. Kein Wunder, daß die höflichsten und zuvorkommendsten Menschen, die Franzosen, die bedeutendsten Maler liefern, oder geliefert haben. Impertinenz und Anmaßung bringen nie ein Gemälde zustande. Leicht, still, besonnen, klug und aufs feinste gebildet hat man noch jeden großen Maler angetroffen. Sich weder lange besinnen, noch auch unbesonnen sein, das schafft gute Bilder. Treue der Natur, Treue sogar einem gewissen lächelnden Trotz gegenüber, dagegen Kälte und Verwunderung vor allem sich begierig Aufdrängenden: das ist der Topf, die Palette, wo die süßen, ewigen Farben liegen. Welche Ruhe, welche Stille, welche Zurückhaltung und deshalb: welche Natur in den Gemälden der meisten alten Meister. Die Natur ist nie erregt, obgleich sie voll Leben. Wie kalt scheint die Sonne, wiegen sich die Blätter und Blumen, liegen die Kronen der Bäume, starren die Felsen, klingt der Gesang der Vögel. In der Natur ist keine Wärme, nur der

Mensch, der ängstliche, stets eifrige Mensch glaubt sie spüren zu sollen. Wie viel Liebenswürdiges lügen uns nicht die Dichter vor! Dichter kennen die Natur überhaupt selten, lernen sie selten kennen, wollen sie nicht kennen lernen. Sie sind gemeiniglich Starrköpfe. Das Geschäft des Malers bringt es mit sich, hier viel zartere Beobachtungen zu machen. Das Gleichgültige, Starre an der Natur ist es, das den Maler oft die heißesten, glühendsten Farben aufsetzen läßt. Hier heißt es, sich zusammennehmen, hier gilt es, kalt der Kalten gegenüber zu sein. Man kann auch mit großer Herzlichkeit, Innigkeit und Wärme kalt sein, sobald es die Kunst gebietet. Die großen Maler haben das alle gekonnt, haben es alle lernen müssen. Ihre Kunstwerke lassen es deutlich spüren. Malen ist die kälteste Kunst, ist eine Kunst des Geistes, der Beobachtung, des Nachdenkens, der höchst scharf zersetzten Gefühle. Was ist Geschmack anderes als zersetzte Empfindung, zergliedertes Sinnen? Und mit was malt man, als mit dem Geschmack? Sollten nicht Farbensinn und Geruchsinn in engster Berührung zueinander stehen? Sollte nicht ein bestimmter Duft den Eindruck einer bestimmten Farbe hervorrufen können?

Die Vorstellung von einer besonders schönen Farbe kann ich wie eine köstlich zubereitete Speise oder wie eine zauberisch duftende Blume kosten. Süßes eigentümliches Genießen! Ich unterlasse es, so viel ich kann, es würde mich ruinieren. Sind denn nicht alle Sinne durch wunderbare Kanäle untereinander verbunden? Beim Malen selbst habe ich einzig und allein die Fertigstellung des Bildes im Auge und Sinn. Namentlich auch die Überwachung des Handgelenkes, das oft schlafen möchte. Eine Hand ist nicht leicht zu meistern. In einer Hand steckt oft viel störrischer Eigenwille, der gebrochen werden muß. Mit Einsatz eines energischen und sanften Wollens kann man sie wunderbar gefügig, geschmeidig und gehorsam machen. Der Trotz in ihr ist dann wie ein Glied gebrochen, sie arbeitet wie ein seltsamer, talentvoller Diener, kräftigt und verfeinert sich von Tag zu Tag. Das Auge ist wie ein Raubvogel, es sieht die geringfügigste abweichende Bewegung. Die Hand fürchtet aber auch das Auge als ihren ewigen Quäler. Ich weiß selber nicht, wie es mir beim Malen eines Bildes zumute ist. Ein Schaffender ist ein völlig Abwesender, Gefühlloser. Nur wenn ich eine Pause mache, um das Getane zu überschauen, fällt mir oft ein, daß ich zittere vor innerem Glück. Eine Genugtuung, wie ich sie sonst nie kenne, gibt mir eine Sicherheit im Fortfahren, die mich fast von Sinnen bringt. Drum ruhe ich so wenig wie nur möglich aus. Es ist gefährlich, ja tötend! Während des Schaffens habe ich nicht das ausdrückliche, wirkliche Bewußtsein dessen, was ich vollbringe. Alles geschieht unter der Herrschaft eines fremden, mir zugeflogenen, mir übergeworfenen Bewußtseins. Deshalb kann ein Schaffender nicht von Glück während des Schaffens reden. Er empfindet nur nachher noch den weichen, süßen Nachdruck des seligen, kummerlosen Zustandes. Selig ist anders als glücklich. Der Gefühllose einzig ist selig, so wie die Natur. Auch Gefühlüberströmte sind wie Gefühllose! – Wie ich male, kann ich nicht sagen, da ich es in dem mir fremden Zustand mache. Wie man malen muß, das kann man nur malen, nicht sagen. Wie ich male, zeige ich aus fertigen Gemälden, unfertige kommen nie aus meinen Händen. Ich spüre oft in der undeutlichen Erinnerung, welche Freude mir das Aufsetzen einer mir besonders lieben Farbe gemacht haben muß. Ich suche mir dann die betreffende Haltung, den fraglichen Strich und Kniff wieder vorzugaukeln, aber es gelingt selten. Wie ich etwas sehr Liebes und Wirkungsvolles gemacht habe, kann ich mir nachher kaum noch vorstellen. Namentlich an Tannen gelingt mir oft Überraschendes, süß in die Augen Springendes. Ich habe Tannen so fest im Gedächtnis, so fest in der Seele. Ich wünsche oft (und dieser Wunsch ist krankhaft genug) ihren Geruch malen zu können. Obgleich ich Maler bin, wirkt Malen oft, sogar sehr oft, wie etwas Wunderbares,

Geisterhaftes, Unbegreifliches auf mich. Das ist vielleicht nur, weil ich keine andere Leidenschaft kenne.

Sehr oft ist die Gräfin zugegen, wenn ich male. Ich nehme nicht die mindeste Rücksicht auf ihre Gegenwart, und sie verlangt es auch keineswegs. Wie kommt es, daß diese Dame sich fester und korrekter zu benehmen versteht als selbst ausgezeichnete Männer? Sie sitzt, den schönen, geistvollen Kopf stützend, wortlos im Sessel, mich und meine Arbeit innig betrachtend. Auch während der Pausen, die ich mache, wagt sie kein Wort zu reden, so zart denkt sie, so rücksichtsvoll behandelt sie einen schaffenden Künstler. Ich habe, so scheint es, die Gewohnheit, während des Malens hin und wieder zu lachen, spöttisch, wenn ich zornig auf meine Leistung bin, froh, wenn ich dazu Ursache habe. Nie, nur später einmal ganz kurz, hat sie deswegen eine Bemerkung gemacht. Sie fühlt mit, das ist klar, und sie ist mit ihrem Mitfühlen beständig auf dem Laufenden, das ist noch klarer. Ihre Gegenwart muß mir demnach wie ein halb fühlbarer, halb ungeahnter verschleierter Hintergrund wirken. Das ist angenehm, weil es nicht störend ist. Es ist da wie etwas, das nur halb da ist, so wie weiche Sonne, oder wie ein Strauß duftender Blumen. Bin ich fertig, so wird unbefangen gesprochen. Man fühlt sich von viel Schwerem befreit, man ist froh, sich wieder leicht zu fühlen. Sie nimmt die Kunst ebenso ernst wie ich, der ausübende Künstler. Es ist meine, meine Kunst, die sie so höflich und liebenswürdig ernst nimmt! Wie dieser Gedanke wohltuend durch die Adern rieselt! Wenn ich fertig bin, ist sie es, die fast froher aufatmet als selbst ich. Wie köstlich muß so etwas anmuten! Wir zeigen uns gegenseitig das Vortreffliche und Lückenhafte in meinem Bilde. Sie sieht fast immer nur Lobenswertes, Schönes, Entzückendes. Mit Tadel ist sie vorsichtiger als mit Lob: eine ihr geziemende, herrliche Eigenschaft. Sie weiß, daß ich mich schonungslos kritisiere. Sie findet es für schöner und passender, mich mit Lob zu erquikken, als mit Tadel unlustig zu machen. O! sie versteht ehrlich Schaffende. Dabei geht sie mit allem so ungezwungen um, so leicht, so klug, so gemessen. Ihr ist jene Überschwenglichkeit fremd, die in Kunstsachen als so eitel und unreif erscheint, die den Inhaber immer unklug und nie angenehm macht. Nachher gehen wir spazieren, im Garten oder in der schönen Umgebung. Sie liebt alles, was ich liebe, ich liebe das doppelt, das sie so liebt. Wir streiten uns nie, obgleich wir oft verschiedene Meinungen haben. Ich bin so glücklich, nicht allzuviel reden zu müssen, da ich beständig von Eindrücken bestürmt werde. Sie ahnt das nicht nur, sie weiß es. Sie läßt lieber eine feine Gesprächswendung mutig und großherzig fallen, um mich nicht zu ermüden; ja, sie hat schon manchmal einen angefangenen Satz einfach hinuntergeschluckt, wenn sie mich gereizt und nachdenklich gesehen hat. Ein herrliches, tapferes Weib! Zwischen uns ist ein Verständnis, eine Einigkeit, die ich viel mehr ihr, der immer Wachsamen und Aufhorchenden, als mir, dem oft Heftigen, zu verdanken habe.

So sehr ich auch das Grau liebe, entzücken mich wiederum sonnige Landschaften. Die Sonne bemühe ich mich so kalt als möglich zu malen: weich, träg, aber kalt. Das gibt etwas Zauberisches, wirklich Sonniges. Nichts ist süßer als von der Sonne durchbebte, durchzitterte, durchstochene Bäume, besonders Kastanien. O wie ich solche Bäume liebe! Wie ich die Sonne liebe, weil sie so weich, so träg, so süß ist! Ich habe eine Mühle am Fluß gemalt, mit vieler Mühe, sie ist eines meiner gelungensten Werke. Eine Ruine, ein herrlicher Stoff, ist in Arbeit. Stoffe drängen andere Stoffe, und dabei male ich so langsam, es ist oft entsetzlich. Warum arbeitet sich ein Künstler so ab? Ist es eine fixe Idee, ist es Wahnsinn? Ich weiß es wahrhaftig nicht. Aber ich soll jetzt vor allen Dingen die Gräfin malen, das beunruhigt mich in der Tat sehr. Bin ich meines Könnens nicht sicher? Doch, sehr! Aber ihr Porträt, das Porträt einer Frau, die –

– nun – die man halb liebt! – Es ist überdies eines meiner ersten Menschenbilder. Zu Bildern der Natur habe ich bis dahin mehr Zutrauen gehabt, vielleicht, weil ich fühlte, daß sie mir besser gelingen. Nun, versucht muß es jetzt einmal werden, ich ertrage diese scheußliche Ungewißheit nicht mehr länger. Nur kein Bangen. Was ist denn dabei? Die Gräfin wird stillsitzen wie ein Kind, dem man ein Bilderbuch auf den Schoß gegeben hat, und ich, ich werde malen. Und es wird gelingen! Warum kann mir nur bange sein! – Ich werde sie schön malen, schöner und peinlicher als alle Landschaften. Wie ich mich darauf freue, zum Beispiel ihre Hände zu malen! Ihre Hände! Eine ganz zitternde, furchtsame Freude ergreift mich bei diesem Gedanken. Ihre Hände, die so der Ausdruck ihrer vornehmen Güte sind, die so lang sind, deren Finger so kindlich einfach auseinanderlaufen, so ganz anders, wie an andern Frauen! Gut, ich werde sie zu malen wissen. Ich hasse alles Vorbedeuteln, Vorempfindeln! Laß doch die Sache an dich herankommen, Bursche, wenn du ein beherzter Bursche bist. Das hilft mir. Ich muß zuweilen recht saftig in mich hineinspotten, um mich aufzurütteln. – Ich mache noch schnell vor dem Abendessen einen Rundgang um die Felsen. Das tut wohl. Aber im Gehen habe ich die Empfindung, ich sei nicht mehr der alte, sei ein ganz anderer, was ist das? Das ist wohl recht dummes, stupides Zeug! – Wie die Tannen zu mir sprechen, o, die süßen Tannen! Wie oft kommen sie nicht auf meinen Bildern vor: immer wieder Tannen! Bald im hellen, etwas verwischten Sonnenschein, bald im Nebel, bald so, wie sie am tiefsten und ergreifendsten sind: weder sonnig, noch düster umflort, sondern bloß Tannen, keine Schatten werfend. – Ich pflücke einige schöne Blumen, binde sie zu einem Strauß zusammen, eile wieder abwärts, dem Hause zu. Sie liebt Blumen, sie liebt sie aus meiner Hand, warum sollte ich ihr die Höflichkeit nicht erweisen? Es ist mir lieb, Gelegenheit zu nehmen, mich ihr lieb zu erweisen. Bin ich ihr etwa nicht Dank schuldig? Ich muß lachen.

Dort der gleichgültige, unbewegliche Gegenstand, sei es Natur oder Mensch oder Phantasie, hier die durcheinanderliegenden Farben, zwischen beiden die zitternde, fassende, unfaßliche Hand, das begehrende, sich bezwingende, mühsam sich haltende Auge: das ist das immer wiederkehrende Schicksal des Malers. Ein immer sich erneuernder Kampf. – Ich habe das Bildnis der Gräfin gemalt, und es ist, so scheint es, gelungen. Ich bin müde wie ein geschlagener Hund, und es wundert mich nicht. Das Bild ist in unbegreiflich kurzer Zeit zustande gekommen. Ich habe es mehr hinuntergerissen als gemalt. Welcher satanische Geist ist über mich gekommen! Aber jetzt bin ich furchtbar müde. Ich male fortwährend im Gehirn weiter, furchtbarer Zustand! Die ganze Nacht, in Träumen, entsetzlich wilden, wird fortgemalt. Ich werde heute nacht gar nicht zu Bett gehen. Ich werde trinken! Basta! Die Gräfin, welch eine wundervolle Frau ist sie! Sie hat unermüdlich gesessen. Von morgens bis abends. Ich habe sie in halb sitzender, halb liegender Stellung gemalt, in den Kleidern, in denen ich sie am liebsten sehe. Sie hatte mich wählen lassen. Ich habe natürlich die Wahl ihrem Geschmack überlassen, und sie hat den guten gehabt, zugleich den meinigen unbewußt zu berücksichtigen. Grau, das am Frauenleib so großartig steht, und ein gelbliches Braun, das ich von ganzer Seele liebe. Sie hat kalt und unbeweglich vor sich geschaut. Ich habe deutlich gefühlt, daß sie schon in Ateliers gesessen hat. Ich habe gemalt wie ein armer Schuft vor dem Wunder. Dann bin auch ich, zu meinem Glück, kalt geworden, und es ist, wie man so sagt, »gegangen«. Dann an ihren verzweifelt kalten Augen habe ich wieder gemalt wie ein Verzweifelter. Sie hat Augen, o! Die Hände sind leicht gegangen, und sie sind das Beste am Bilde. Hände gehen mir deshalb leicht, weil ich schon die meinigen in- und auswendig kennengelernt habe. Eine Hand gleicht doch im rohen Äußern der andern, so scharf auch das Besondere, Bezeichnende hervorsticht. Unter ihren reizenden kleinen Füßen hat ein graublauer Teppich gelegen. Ein dicker, weicher, einfarbiger Teppich. Er liegt sehr gut im Bild. Die Augen im Bild sind noch nicht vollendet, und sie sollen auch nicht vollendet werden. Ich würde sie nicht besser machen können. Sie hat lange vor dem beendigten Ding gestanden, nichts gesagt, mir nur nachher stumm und voll Bewegung die Hand dargeboten. Das sei sie wirklich, hat sie mir viel später gesagt. Sie steht jetzt oft lange Zeit davor und betrachtet es wie etwas Fremdes, sie gar nicht Berührendes. Ich weiß, sie betrachtet es nur noch als Kunstwerk. Wenn die Frau so groß ist, bin ich bezahlt für meine Mühe. Der Strauß Blumen im Bilde hat ihr Tränen entlockt. Es ist ein ganz gewöhnlicher Strauß, so gewöhnlich als möglich auch im Bilde gemalt. Aber vielleicht ist es gerade dieser Umstand, der sie so hat erregen können. Dem Bilde fehlt weiter nichts, als daß es kein Besserer, als ich bin, gemalt hat.

Gestern ist ein kranker Dichter hier angekommen. Der scheint alle Laster durchgemacht zu haben, daneben ist er unschuldig wie ein Kind. Seine Gedichte sind weltberühmt, er selber ist ein verstoßner Mensch. Sonderbares, grauenhaftes Schicksal! Die Gräfin, die eine innige Verehrerin und Liebhaberin seiner Verse ist, hat ihn zu sich kommen lassen, um ihn wenigstens anständig und ruhig sterben zu lassen. Er hat in seinen Gedichten, die wirklich herrlich sind, feinste und genaueste Wiederholung des Lebens gegeben. Des tönenden Lebens da draußen und des stillen, seufzenden Lebens der Seele! Kann ein Dichter Besseres geben? Er ist noch so jung, der arme, verkommene Kerl! Wie ich ihn liebe, den blonden, arglosen, träumerischen Menschen! Welche wundersam glänzenden Augen er hat! Wie es schimmert und wehklagt in ihnen! Ein ganz, ganz wahrhafter Dichter: schön und abstoßend zugleich. Armer Bursche! Er hat vollständige Handlungsfreiheit hier. Kein Getränk wird ihm entzogen. Warum sollte man ihm das Sterben, das sicher bevorsteht, beschwerlich machen, ihm die letzten unschuldigen Genüsse verbittern? In dieser Beziehung ist die Gräfin die edelste, uneingeschränkteste Menschenfreundin. Wenn er berauscht ist, so tanzt er. Dann bewegt er seinen verkrüppelten Körper mit entzückender Lebhaftigkeit. Es ist eine seltsame, durchdachte Grazie in seinen Bewegungen. Wie wohllautende Verse muten seine Neigungen und Beugungen an. So tanzt nur ein Dichter! Arme, Hände und Füße bringen eine Musik hervor, die man nirgends mit Ohren hört, die man eher mit Augen sieht. Das Abbrechen seines Tanzes ist schmerzlich, denn nun hat man wieder den entstellten Kranken vor sich. Sein Tanz ließ das völlig vergessen. Wie doch Schönheit die Bewegung und Bewegung den Menschen adelt! Auch die Gräfin hat dem merkwürdigen Schauspiel zugeschaut, und ist tief gerührt darüber gewesen. Dies ist gestern gegen Mitternacht geschehen. Am Morgen ist der Dichter angekommen, und am selben Abend hat er uns schon in seine tiefste Seele blicken lassen: so arglos und schön sind Dichter! Jetzt, während ich dies schreibe, schaut er neben mir zum Fenster hinaus: in den Regen, in die weite, abwärtssinkende Landschaft, in die Tannen und in den feinen, streichenden, fauchenden Nebel. So blickt und blickt er. Es muß ihm gefallen, das stumme, schwermütige Schauspiel da draußen. Vielleicht wirkt es sogar tröstend auf ihn, den Absterbenden. Sonne und Farbengeflimmer würde ihn vielleicht nur traurig stimmen. Vielleicht dichtet er noch etwas hier! Ich werde ihn malen. Ich werde ihn malen, wie er jetzt ist, in derselben zufälligen Haltung, wie er hinausblickt. Ich werde Gelegenheit haben, Tannen zum Fenster hineinblicken zu lassen. Er, wie er hinausblickt, sie, wie sie hineinblicken. Ich will es sogleich anfangen, damit kein neuer Eindruck es mir stehlen kann.

Das Bildnis des Dichters ist fertig, und ich bin fest überzeugt, daß es mein bestes Werk ist. So selbstverständlich tritt die Natur aus keinem meiner bisherigen Bilder. Und doch habe ich das Ganze aus dem Kopf gemalt, nur zu des Dichters Gesichtszügen hat er mir für einige Studien sitzen müssen. Hier habe ich es also deutlich: meine Phantasie ist ganz nur noch ergebene Untertanin und Wiedergeberin der Natur, ist Natur selber! Mein Farbensinn wählt so unbedenklich wie die Natur selber. Es wundert mich nicht; denn wer so, wie ich, stets nur sie im Auge hatte – nun, das mußte so kommen, hat nicht anders kommen können. Ich bin jetzt meiner, meines Geschmacks und Talents überhaupt, vollständig sicher. – Die krankhafte Blässe im Gesicht des Dichters hat mir Anlaß gegeben, meine liebsten und mir treuesten Farben zu gebrauchen. Verwendet habe ich sie sehr einfach; ich bin stolz und kalt mit ihnen umgegangen. Welch ein Widerspruch: verliebt, vergafft in etwas sein, und sich doch kalt ablehnend verhalten müssen! Diese Kunst gelernt zu haben: darin besteht die ganze Hexerei des Malens. Hohes Talent, unbedingte Begabung und gebildeter Geschmack natürlich vorausgesetzt. Diese Farbe von ganzer, heißer Seele lieben, und doch den Wunsch haben, ihr möglichst wenig freundlich und vertraulich zu begegnen. Farben bestürmen einen nämlich! Und diesen Ansturm des Süßen, der verderblich für das Bild werden kann, muß man gelernt haben, kalt und ohne Gnade abzulehnen. Und doch wiederum, im selben Moment, vor der Süße des Süßen beben, sich unendlich freuen, es gebrauchen zu dürfen, es in Anwendung zu bringen: – dies ist Seiltänzerei der Empfindungen, aber vor großer Kunst unentbehrlich. Große Kunst steckt in großen Irrgängen, so wie rührendste Anmut am liebsten in Verrenkungen wohnt. – Wie sehr sticht der Kopf des Dichters von dem der Gräfin ab! Die Bilder hängen dicht nebeneinander. Dort traurigstes Verwelken, hier anmutigste, grundfesteste Gesundheit. Welch ein Unterschied der Lippen, der Wangen, der Augen! Die Gräfin hat Augen, wie sie sehr gute, feste und noble Menschen haben. Dagegen des Dichters Augen, o! Frauen haben in der Regel die kälteren, festeren Augen als Männer. Frauen sind in der Regel gesünder und klüger als Männer. Frauen leben aber auch natürlicher und schicklicher und besser als Männer. Ich spreche natürlich von den Gebildeten! Der Frauen Klugheit paßt sich viel geschmeidiger ihren Empfindungen an; deshalb ist ihre Klugheit meist gut, wirkt als Güte, verdirbt keiner Sache ruhigen Lauf, ist in Ratschlägen viel zutreffender, nützlicher. Ich habe gern mit Frauen zu tun, namentlich gern Geschäfte abzuwickeln, um jener freundlicheren Klugheit willen. Um Gotteswillen: was schadet es, wenn ich die Frauen lobe? Wenn ich eine Frau wäre, würde ich eben die Männer loben.

Der weiche, regnerische Zustand in der Natur hat sich in einen klaren und kalten umgewandelt. Der Nebel ist der hellen, fröhlichen Sonne gewichen. Mein Zimmer ist voll Sonne. Ich liebe es, mich der Sonne direkt auszusetzen, wenn wir Sonne haben. Ich fliehe und verberge mich vor nichts. Ich kann ziemlich alles aushalten, ich kann aber auch ziemlich alles entbehren, wenn es sein muß. Die Gräfin betrachtet meine Gemäldeausstellung. Das tut sie fast jeden Tag nach dem Mittagstische. Sie liebt es, stundenlang unbeweglich vor Bildern zu sitzen. Es ist, wie wenn sie etwas Besonderes mit ihnen hätte, ihnen etwas von Umschweif zu sagen hätte, sich etwas Umfangreiches von ihnen müsse sagen lassen. Sie findet das Betrachten eines bedeutenden Bildes unterhaltender als das Lesen eines noch so bedeutenden Buches. Was in den langen und dicken Büchern steht, sagt sie ganz offen, ist selten mehr, als eine Wiederholung dessen, was wir uns Tag für Tag, Stunde für Stunde selber erzählen. Bilder dagegen sind Überraschungen, des Nachdenkens und sich Ergötzens wert. Verse liebt sie, was Bücher betrifft, am meisten, weil am meisten Kunst in Versen steckt. Kunst ist ihr das Bedeutende, Reizende an Kunstwerken, nicht das andere Nebenherlaufende, Erzählende, Ausstattende, Weisliche und Wissende. Da sie selber weise und über die meisten Erdendinge unterrichtet ist, darf sie es wohl verschmähen, es sich immer wieder von Schriftstellern vorsagen zu lassen. Bilder sind ihr Wunder, Märchen und selbst Erzählungen, obgleich sie nichts vorerzählen. Sie erzählen ihr von der Natur da draußen, der ewig Fesselnden, Unverständlichen! Das, was sie von selbst versteht, mag sie sich nicht mehr erzählen lassen. Farben und Linien erzählen auf süßere Weise. Keine Worte, nur Düfte und Töne werden da laut. – Wenn sie aufsteht, und mich unbeschäftigt sieht, plaudert sie zu mir, selten von Kunst, mehr über Natürliches, Menschliches, Kleinliches, Alltägliches. Sie legt plaudernd ihr Herz vor mir aus, fast so, daß ich das Dargelegte zeichnen und malen könnte. Was sie spricht, hat Farbe, Umriß. – Auch in diesem Moment, wo ich dies schreibe, redet sie lebhaft. Ich erlaube ihr das, denn es stört mich durchaus nicht. Ich höre alles, und ich höre nichts. Ich höre genug, wenn ich den Ton dieser Stimme höre. Zu antworten brauche ich nicht, nicht einmal mitzureden. Sie verlangt das gar nicht. Ich glaube, es ist ihr lieb, und es dünkt sie hübsch, so wie ein Brunnen immer fortzureden. Ich fühle, sie redet gern so; warum sollte ich sie unterbrechen? Wie sie schön ist, wenn sie spricht! Es gibt Frauen, welche an Zauber verlieren, wenn sie den Mund zum Sprechen auftun, die nur schön sind im Trägsein und Stummdaliegen. Die Gräfin ist bewegter, wenn sie spricht, und Bewegung steht ihren Zügen wundervoll. Jetzt soll ich mit ihr spazieren gehen; sie sagt, sie befehle es mir, als ihrem Untertan und in Rücksicht auf meine Gesundheit, und dergleichen. Warte nur, Schalk, warte nur! – Ich muß also abbrechen.

Mehrere Tage sind vergangen. Ich bin unbegreiflich glücklich. Ich träume, taumle – – Die Kunst habe ich vergessen: arme, auf die Seite geworfene Kunst. Es mußte so kommen, es hat lange schon wie mit Tigeraugen gelauert, es ist nun ausgebrochen, mag es sich meinetwegen weiterbohren. Die Gräfin ist mir das Liebste, das Beste auf der Welt, war es mir schon lange, ist es nun um so mehr. Ich denke an nichts, als an sie, mir träumt von nichts, als von ihr. Sie hat mir die Sinne, die Augen zur Welt geöffnet, mich wie ein taumelndes, kleines Kind der Welt zugeführt, kurz, mir gesagt, mich wissen und spüren lassen, daß sie mich liebe. Sie hat mich genommen und geküßt und nichts sagen können, und mir verboten, etwas zu sagen, als fürchtete sie, ich möchte nein, nein sagen. Es ist alles gut. Kann ich mir es denn besser träumen? Ich verliere die Kunst, vielleicht sogar den Verstand, aber, kann es denn etwas Besseres geben, als ihretwegen alles zu verlieren? Sie sagt, ich sei ihr alles. Ich genüge ihr also, ihr alles zu sein! Kann ich mehr sein wollen, als ihr alles sein? Wirklich nicht! Ich bin mir alles, wenn ich ihr, ihr alles bin. Gibt es einen einfachern Verstand, als den, mit dem ich dies sage? Ich will an die Kunst nicht denken, denn ich müßte jammern, wenn ich sie mir wieder deutlich vorstellte. Ich habe es seit diesen Tagen nicht mehr getan. Wenn ich alles sein will, muß ich mein früheres alles entbehren, vergessen lernen. Es muß sein, nein, es will sein! – Kann ich beschreiben, wie ich sie liebe? Ich male ja nicht mehr. Auch meine Farben brächten es nicht zustande. Lieben will nichts mit der Kunst zu tun haben, wenigstens mein Lieben nicht. Lieben ist ein Verschwenden, Kunst ein Sparen. Es gibt für mich keine gehässigeren Gegensätze. Gut, es soll mich in Ruhe lassen. Ich will jetzt das unsinnige Lieben mein tägliches Schaffen sein lassen. – Ich höre sie kommen. Gibt es etwas Süßeres, als mich von ihr verfolgt zu wissen? Ich bin nicht ihr Sklave, nein, ich war es viel mehr, da ich ihrer in bloßer Verehrung (Künstlerverehrung) gedachte. Das Gefühl der Verehrung hatte die Liebe mit einem Male weggeblasen. Ich liebe sie, das ist mehr als verehren. Sie muß mich unendlich lieb haben. Sie läßt es mich mit der ganzen stürmischen Gewalt eines lange zurückhaltend gewesenen Herzens fühlen. Das jammert mehr, wenn das mich küßt, das brennt mehr, wenn das mich liebkosen will. Wo finde ich armselig Ungeübter die Worte! Sie horcht an der Tür, ich soll ihr aufmachen! Sie will, daß ich sehe, wie demütig sie ist. Und ich schreibe, und lasse sie noch warten, und empfinde doch, wie sie wartet. Liebe macht grausam, merkwürdig grausam. Der Liebe ist sogar der wildeste Schmerz noch eine Lust, die genossen sein muß. – Ich werde ihr schon aufmachen. Was will sie? Mich küssen, mich streicheln, mir sagen, daß sie nicht imstande sei, zu sprechen. Das will sie! Wie mich das glücklich macht, im Willen dieser Frau zu herrschen, zu wissen, daß sie ihren hohen Willen dem meinigen zu Liebe gebrochen hat! So, jetzt werde ich aufmachen.

Ich bin in die Berge gegangen, habe mich wollüstig dem Regen, dem Sturm, der Sonne ausgesetzt, zwei Tage lang. Ich habe nichts angesehen, bin vor nichts stillgestanden. Es ist mir alles gleichgültig gewesen. Weder Beängstigung noch Freude habe ich empfunden. Ich habe mich müde laufen wollen, das war alles. Dann bin ich heimgegangen, habe die Vorwürfe der lieben Frau gleichgültig hingenommen, habe mich schlafen gelegt. Ich muß fort! Ich kann Liebe nicht ertragen, ich bin für ein wilderes, kälteres Leben bestimmt. Es reizt mich nicht auf die Länge, mich geliebt zu wissen. Dort oben, unter dem herabsausenden Regen habe ich es gefühlt. Ich ertrage die Ruhe, vor allem das Glück nicht. Es beleidigt meinen Stolz, wenn ich mich so jämmerlich, so feige glücklich sehe. Ich will kein Glück, ich will Vergessen. Glück und Unglück sind mir immer, wenn nicht gänzlich fremde, so doch unliebe Empfindungen gewesen. Es ist nichts für mich. Ich muß die Gräfin, dieses Haus, diese Berge, diese Tannen, diese Welt verlassen, morgen noch! Es gilt schnell zu verlassen, wenn einmal doch Abschied genommen werden muß. Ich liebe Zwischenakte, Nebenwelten nicht! Ich werde arbeiten, was, gilt mir gleich. Die Kunst? Natürlich; was denn anderes! Wie ich von nun an die Kunst handhaben werde, weiß ich nicht, es wird sich schon zeigen. Es gibt ja Künste in der Kunst. Ich werde mit der Gräfin sprechen, und alles wird fertig sein. Ich werde sie vergessen: ich vergesse alles. Ich möchte furchtbar gerne der Überzeugung sein, daß es nicht die Kunst ist, die mich von hier wegtreibt, aber, Hand aufs Herz, ich glaube, sie ist es. Ja, ich liebe sie stärker als die Gräfin, so ist es. Ich werde das natürlich der Frau nicht sagen, denn sie würde es doch nicht glauben. Ich werde sie zu trösten suchen, werde ihr sagen, daß ich sehr bald wiederkehre, aber ich werde nicht an meine Worte glauben. Künstler zu lieben verspricht wenig, namentlich kein Glück. Was ist denn Glück? Ich glaube: dauerndes sich Behaglichfühlen! Aber Künstler fühlen sich überhaupt nie, oder selten behaglich. Sie kennen dieses Gefühl schlecht, oder verstehen nicht, es kennen und schätzen zu lernen. Woran liegt es, daß Künstler zu keiner Ruhe kommen? Ich weiß es, aber ich weiß es nicht zu sagen. Mir ist sehr weh zumut, aber ich verbiete mir, deswegen trostlos zu sein. Schmerzen und Bangigkeiten erlaube ich nicht, Macht über mich zu gewinnen. – Wird sie weinen, wird es sie sehr schmerzen? Ich hoffe das Gegenteil. Nein, sie wird weinen, sie wird jammern, es wird ihr weh tun. Ich will mir nicht verhehlen, wovon ich doch überzeugt bin. Ich werde sie auch nicht zu trösten suchen, ich werde tun, als ob ich lustig und gern ginge. Sie wird dann ihren angeborenen, nur durch die Liebe zerschlagenen Stolz wieder bekommen und mich kalt entlassen. Stolz und das Gefühl gekränkter Ehre trösten! Entrüstung richtet den Menschen auf. Weil ich das weiß, will ich lügen, und als Gefühlloser weggehen. Es ist der letzte Dienst, den ich der Lieben erweisen darf. Nein, gewiß nicht, vergessen werde ich sie nie. Nie! Aber morgen wird ausgezogen. –

Was ist Bühnentalent?

Wenn einer so recht brüllen, so recht edel oder energisch tun kann auf der Bühne? Wenn einer einen vorschriftsmäßigen, breiten, schlappigen Schauspielermund hat? Wenn einer eine Seele hat und einen ehrlichen, festen, fleißigen Menschenwillen? Wenn einer durchdenkt, was er spielt, und von Moment zu Moment seinen Verstand bei der Darstellung der darzustellenden Figur hat? Wenn einer ein ehrenhafter, vielseitig begabter, zartfühlender, allesverstehender Mann ist? Ist das Talent? Oder was ist denn eigentlich Talent? Kann der Saufhund Talent haben, der Spieler, der Wüstling, der Geck, der Tropf, der Wicht? Kann einer ein großer Künstler sein und daneben als Mensch verdienen, daß man ihn anspuckt, zum mindesten, daß man über ihn die Nase rümpft? Ist eine Möglichkeit vorhanden, in der realen Welt Schnaps zu saufen und auf der Bühne einem Percy strahlende Verkörperung zu geben? Was sollen alle diese Fragen, he? Hat man es gern oder hat man es ungern, daß der Schauspieler bereits beginnt, sich in den Gemeinderat wählen zu lassen, daß er Tee trinkt, statt Bier oder Korn, daß er bei gebildeten Damen hockt, um sich über das Neueste in Kunst und Sozialwissenschaft zu unterhalten, daß er seine Steuern bezahlt und seinen Anzug in Ordnung hält, daß er rechtzeitig wie ein strebsamer Kolonialwarenkommis zu den Proben erscheint, daß er zum Pinsel oder zur Feder greift, um mit diesen Werkzeugen angenehm zu dilettieren? Was? Sollte es eine vernünftige Antwort auf diese Frage geben? Oder macht es vielleicht Vergnügen, Fragen nur so, wie eine Handvoll Strandsand, in die leere, dünne Luft emporzuwerfen? Kann es eine Anregung sein, einen Gedanken unausgeforscht auf sich beruhen zu lassen, unfertig, frech, gehässig und kleinstolz? Ja?

Was also, wenn es endlich beliebt, kann Talent sein? Die Nichtswürdigkeit, die innere Würdelosigkeit, die Seelenlosigkeit, die Mannlosigkeit? Ist ein Mann ein Talent, oder so: ist es einem Menschen von Gold, also einem lautern, lieben, rechtschaffenen Mann, überhaupt nur möglich, ein Talent auf der Bühne zu sein? Was soll das? Aber warum denn eigentlich nicht fortfahren, wie der Wind daherzusausen mit Fragen? Ist manchmal nicht der aufrichtige Mann ein Hundsfott im Bereiche der Kunst? Muß die Kunst zugunsten ihrer Kinder bettelarm geworden sein, wie eine alte, wehleidige Mutter, die von den Söhnen und Töchtern auf die Straße gesetzt wird? Müssen es die Söhne und Töchter, die Kinder der Mutter Kunst, absolut gut haben? Müssen sie Gerechtigkeit und Anerkennung genießen? Müssen sie brave Bürger sein und zu den gebildeten Klassen zählen? Ist nicht die Gleichberechtigung das Grab des Talents? Hat die Sozialisierung des Künstlers üble Folgen oder gute?

Bin ich ein Esel, daß ich das alles frage?
Ja, du bist ein Esel.

Und ich werde es dir zeigen. Man braucht rechtschaffene, gütige Menschen, nicht Talente; Väter, die dem Staat Kinder erzeugen und Lust an ihrer Erziehung haben, nicht irgendeinen strahlenden Darsteller des Heinrich Percy. Du bist ein Lümmel, daß du von Saufhunden zu sprechen wagst. Die Künstler sollen wissen, was schicklich ist, und nicht danach fragen, was außerordentlich sein kann; sie essen heutzutage gut zu Mittag und trinken ihr Gläschen Wein. Sie sind wohlsituiert, und du Schurke wirst nicht ungestraft den Mut besessen haben, sie zu einem Luderleben angereizt zu haben. Sie sind Bürger, Menschen und einfache, schlichte Angehörige des Staats; sie sind Soldaten in der Armee und interessieren sich, so lebhaft als ihnen geziemt, für Kolonialpolitik. Nur ein leichtfertiger, gefährlicher Mensch, wie du einer bist, kann ihnen den Rat geben, Ungeheuer zu werden, um der Kunst zu dienen. Die Kunst ist heute wesentlich anders als früher, und sie soll auch anders sein. Sie ist besser geworden; sie hat es verstanden, sich den guten Grundsätzen des Zeitalters anzuschmiegen. Du bist ein Affe mit deinem Talent und mit deinem Hundsfott. Du gehst mit den Menschen um, wie mit einem Material, weich und gefügig zum Modellieren, und denkst gar nicht daran, daß einem jeden Menschenleben das Nachbarliche heilig sein soll. Zum Teufel mit deinem Talent. Zum Teufel mit Percy. Wir brauchen beides ebensowenig wie wir dagegen um so mehr eine Kunst brauchen, die sich bürgerlich gibt wie ein bürgerliches Frühstück. Wir sehnen uns nach der Individualisierung des Künstlers, und du fragst, ob es gut sei, Künstler zu sein und Seele zu haben. Meine Seele hätte Lust, dir Ohrfeigen zu geben, wiewohl du eine körperliche verdientest. Wir wollen gar keine andern Helden auf der Bühne mehr sehen als fein differenzierte, wie sie unser heutiges Leben schafft. Wir wollen die Töne unsres eigenen Jammers heulen hören. Die Seele des Schauspielers soll jubeln, nicht seine Begabung. Dem Mann auf den Brettern wollen wir anmerken, daß er ein Mann auch im Leben ist. Insofern pfeifen wir überhaupt auf die Kunst, wenn sie klaffende Distanzen aufweist. Sie soll uns anwärmen; es ist ganz gut, daß wir aus ihr unsre Überzieher gemacht haben. Wenn wir uns für Kunst interessieren, dann soll das auch die Kunst ihrerseits tun und ebenso schlicht, sonst – na, man will nichts gesagt haben. Ist unser Leben trübe und langweilig, so darf es die Bühnenkunst ruhig ebenfalls sein, man wünscht das von ihr; sie sei Spiegel des Zeitalters. Einen Bühnenstil verbitten wir uns ganz energisch. Wir wollen nach der Vorstellung mit dem Dichter und mit dem Schauspieler ein honettes Gespräch führen, das ist uns die Hauptsache. Die Künstler erheben wir dadurch zu Menschen, und an den Künstlerpersönlichkeiten pflegen wir uns jedesmal, so gut es geht, zu berauschen. Im Interesse einer gesunden Gemeindeordnung verachten wir das Talent, es sei denn, es zöge es vor, sich zu vermenschlichen. Da hast du's.

Das Theater, ein Traum

Das Theater gleicht einem Traum. Im griechischen mag es anders gewesen sein; unseres ist von einem dachbedeckten, dunkeln Haus geheimnisvoll und fremdartig eingeschlossen. Man tritt hinein, tritt nach ein paar Stunden wie aus einem merkwürdigen Schlaf wieder heraus, an die Natur, in das wirkliche Leben, und ist dann dem Traum entflohen.

Im Traum haben die Bilder, die einem vor dem Auge entstehen – es mag das Auge der Seele sein –, etwas Scharfes, Festgezeichnetes. Raumhaft natürliche Perspektiven, einen realen Erdboden, frische Luft gibt es da nicht. Man atmet Schlafstubenluft, während man über Berge schreitet wie der Mann mit den Siebenmeilenstiefeln. Es ist alles verkleinert, aber auch verschrecklicht im Traum; ein Gesicht hat meistens einen erschütternd bestimmten Ausdruck: furchtbar süß, wenn es ein süßes und wohlwollendes, furchtbar abstoßend, wenn es ein Furcht und Entsetzen einflößendes ist. Im Traum haben wir die ideale dramatische Verkürzung. Seine Stimmen sind von einer entzückenden Schmiegsamkeit, seine Sprache ist beredsam und zugleich besonnen; seine Bilder haben den Zauber des Hinreißenden und Unvergeßlichen, weil sie überwirklich, zugleich wahr und unnatürlich sind. Die Farben dieser Bilder sind scharf und weich zugleich, sie schneiden mit ihrer Schärfe ins Auge wie geschliffene Messer in Äpfel und sind einen Moment nachher schon wieder zerflossen, so daß man oft, träumend sogar, bedauert, dieses und jenes so schnell verschwinden zu sehen.

Unser Theater gleicht einem Traum, und es hat alle Ursache, ihm noch ähnlicher zu werden. In Deutschland will alles umwoben und umschlossen sein, alles will ein Dach haben. Die armen, pompösen Bildhauerwerke in unseren Gärten sogar sind Träume; aber in der Regel erfrorene. Es ist eine bekannte Tatsache, wie schlecht uns öffentliche Monumente gelingen.

Wir sind talentlos in der luftumflossenen Freiheit. Wir treten lieber in ein liebes, traumhaft seltsames Haus, wo uns unsere wahre Luft und Natur entgegenkommen. Warum gelingen uns die Weihnachtsfeste so schön, warum sind wir glücklich, in einer warmen Stube zu sitzen und es draußen in der Straße schneien, winden, wettern oder regnen zu sehen? Wir sind so gern in dunkeln, nachdenklichen Löchern. Nicht diese Vorliebe ist eine Schwäche; unsere Schwäche besteht vielmehr darin, uns solcher Vorliebe zu schämen.

Sind nicht auch die Dichtungen Träume, und ist denn die offene Bühne etwas anderes als ihr großgeöffneter, wie im Schlaf sprechender Mund? Während des anstrengenden Tages treiben wir in den Straßen und Lokalen unsere Geschäfte und nützlichen Absichten vor uns her, und dann finden wir uns in den engen Sitzreihen wie in engen Betten zum Schauen und Hören ein; der Vorhang, die Lippe des Mundes, springt auf, und es brüllt, zischt, züngelt und lächelt uns befremdend und zugleich herzensvertraulich an; es setzt uns in eine Erregung, deren wir uns nicht bemeistern mögen und können, es macht uns krümmen vor Lachen oder erbeben vor innerlichem Weinen. Die Bilder flammen und brennen vor den Augen, die Figuren des Stückes bewegen sich übernatürlich groß, wie nie gesehene Gestalten, vor uns. Das Schlafzimmer ist dunkel, nur der offene Traum glänzt in dem starken Licht, blendend, redend, daß es einen zwingt, mit offenem Munde dazusitzen.

Wie melodiös sind Farben im Traum! Sie scheinen Gesichter zu werden, und plötzlich droht, schluchzt, singt oder lächelt eine Farbe; ein Fluß wird zu einem Pferd, und das Pferd will mit seinen behuften Füßen eine enge Treppe emporsteigen, der Reiter zwingt es, man verfolgt ihn, man will ihm das Herz aus dem Leib reißen, man kommt näher, aus der Ferne sieht man die Mörder herstürmen, namenlose Angst packt einen an – der Vorhang sinkt. Ein Erdbeben ist auf einem städtischen Platz, die Häuser sinken schräg nach vorn, die Luft ist wie mit Blut bespritzt, feurig-rote Wunden hängen überall; Menschen schießen ihre Gewehre ab, sie wollen mit der Natur im Mord wetteifern; dazu ist der Himmel von einem süßen Hellblau, aber er liegt ganz kindlich über den Häusern, wie ein gemalter Himmel. Das Bluten ist wie Werfen mit kleinen Rosen; die Häuser fallen immer und stehen doch, und es ist immer ein entsetzliches Geschrei und Büchsengeknall und ist doch keines. O, wie der Traum göttlich schauspielert! Er gibt vom Entsetzlichen das unanfechtbar reine Bild wie vom Süßen, Beklemmenden, Wehmutvollen oder Erinnerungsbangen. Zu den Empfindungen, Personen und Tönen malt er sofort Schauplätze, zu dem süßen Geplauder einer edlen Frau deren Gesicht, zu den Schlangen die seltsamen Kräuter, worunter sie grauenhaft hervorkriechen, zu dem Geschrei von Ertrinkenden die schwermutvolle abendliche Fluß- und Uferlandschaft, zum Lächeln den Mund, der es ausdrückt.

Aus dunkelgrünen Gebüschen hängen weiße Antlitze hervor, eine Bitte, eine Klage oder einen Haß in den schrecklich klaren Augen. Manchmal sehen wir nur Züge, Linien, manchmal nur Augen; dann kommen die blassen Züge und umrahmen die Augen, dann die wilden, schwarzen Haarwellen und begraben das Gesicht; dann ist es wiederum nur noch eine Stimme, dann geht eine Tür auf; es stürzen zweie herein, man will erwachen, aber unerbittlich dauert das Hereinstürzen fort. Momente gibt es im Traum, deren Erinnerung wir im Leben nie vergessen können.

So wirkt auch das Theater mit seinen Gestalten, Worten, Lauten, Geräuschen und Farben. Wer möchte zu einer holdseligen Liebesszene den üppig verwachsenen Garten vermissen, zu einem Mord die dunkle Wand der Gasse, zu einem Schrei das Fenster, durch welches er ausgestoßen werden kann, zum Fenster die zärtlich und frauenhaft weiße Gardine, die es verfenstert und verzaubert und wieder vernatürlicht? Schneelandschaften, nächtliche, liegen auf der Bühne, daß man glauben sollte, sie erstrecken und dehnen sich meilenweit; ein Eisenbahnzug mit rötlich schimmernden Waggonfenstern zieht vorüber, ganz langsam, als zöge und winde er sich in weiter Ferne, wo das Schnelle dem Auge nicht schnell entfliehen will. Ferne und Nähe sind im Theater dicht nebeneinander. Zwei Schurken flüstern immer zu laut; der edle Herr hört alles, und er stellt sich doch ahnungslos. Das ist das Traumhafte, das wahre Unwahre, das Ergreifende und zu guter Letzt das Schöne. Wie schön ist es, wenn zwei Kerle laut brüllend miteinander flüstern, während des andern Gesichtszüge sagen: wie still ist es rings umher!

Solches ähnelt den grausigen und schönen Gesichten im Traum. Die Bühne setzt alles daran, zu erschrecken; sie tut gut daran, das zu beabsichtigen, und wir tun gut, das Etwas in uns zu hüten, das uns den Genuß und den Schauder dieses Schrekkens noch empfinden läßt.

Kennen Sie Meier?

Meier mit ei geschrieben? Nicht? Nun, in diesem Falle möchte ich mir erlauben, Sie auf diesen Mann ergebenst aufmerksam zu machen. Er tritt gegenwärtig im Café Bümplitz auf, das, ich weiß nicht mehr genau, in welcher Straße liegt. Dort, inmitten schlechten und unpassenden Tabakqualms, roher Worte und zuklappender Bierglasdeckel, spielt er Abend für Abend, bis ihn eines Tages vielleicht eine kluge Direktion abholen will, woran ich eigentlich keinen Augenblick zweifle, daß es nächstens geschehen wird. Dieser Mann, dieser Meier, dieser Kerl ist ein Genie. Nicht nur, daß er einen lachen machen kann, wie zwanzige in ihrem zusammenaddierten Leben nicht lachen können, zum Zerplatzen, was sage ich, zum Zusammenkugeln, was da, zum Sterben, o Tölpel, keinen bessern Vergleich aus deinem Schriftstellerkopf heraussteinklopfen zu können, nicht nur, daß sondern daß, bin ich konfus, ja, ganz recht, sondern daß ihm auch die ganz natürliche Aufreizung des tragischen Schauders nichts Unmögliches, sondern eine nur allzu leichte Sache ist. Bin ich eigentlich mit meinem Satz fertig oder nicht? Wenn nicht, so ist's gerade eine schöne Sache zum Fortfahren.

Meier trägt auch Couplets vor mit einer fabelhaften Wurstigkeit, und die Sprache, die er dazu spricht, ist wohl die unanfechtbarste, die es gibt, da er sie gleichsam, Brocken auf Brokken, fallen läßt, daß einer, der zuhorcht, auf den Gedanken kommen könnte, hinzugehen, zu des Mannes Füßen, um die Dinger da aufzulesen. Der Ton dieser Stimme, ich habe ihn nur zu genau studiert, gibt ungefähr klanglich den Eindruck wieder, den der Gang einer Schnecke aufs Auge macht, so prachtvoll langsam, so faul, so braun, so sehr gekrochen, so schleimig, so breiig und so sehr Kommichheutenichtkommichmorgen hört es sich an. Ein Genuß, ganz einfach. Ich kann's mit bestem Gewissen empfehlen.

Dieser Meier, muß man wissen, wenn man es noch nicht weiß, spielt einen Theaterdiener, seine Glanzrolle, eine Figur mit entsetzlichen Hosen, hohem Hut, angepappter Nase, Schachtel unter dem Arm, Löchern am Ellbogen, Zigarre im Mund, Maul statt nur frecher Schnauze und einem Bündel schlechter Witze auf der Tolpatschenzunge. Diese Figur ist zum Entzücken. Ich für mich habe sie jetzt bald, warten Sie mal, ich glaube, zum fünfzigsten Mal gesehen und bin noch lange nicht müde davon. Man wird eben nie müde, Vortreffliches anzuschauen.

Eine kleine Bühne, grell beleuchtet, ein Tisch darauf, ein Stuhl daneben, das soll das Bureau einer Direktorin vorstellen. Sie selber, die schlanke, jugendliche Frau, gibt bekannt, daß sie jetzt alles habe, was nötig sei, einen Zyklus von Vorstellungen zu eröffnen, nur eben gerade noch so ein Theaterdiener, das fehle ihr, aber sie habe bereits Annoncen in die Zeitungen einrücken lassen und sei nun begierig, wer sich melden wolle.

Tritt wer auf, gleich einem der Unterwelt entflogenen Geiste? Meier. Ei, der Teufel, natürlich, das hat man erwartet, aber sehen Sie, das Wunderbare ist, man sieht sich dennoch im höchsten Grade von der Neuheit überrascht, mit der es Meier mit ei versteht, die Treppe emporzuhosenbeinen, daß man in der Tat glauben muß, er müsse etwas gemacht haben, was in guter Gesellschaft nicht schicklich ist, auszusprechen.

Er meldet sich der erschrockenen Dame, die gewiß schon Oskar Wilde gelesen hat, mit einer sich nur allein für ihn geziemenden Umständlichkeit an, fragt und macht Dummheiten und fragt wieder, will wieder abziehen, tritt wieder auf, geht nochmals, um gleich wieder von neuem zu erscheinen, immer unverschämter, immer unanständiger in Wesen, Wort, Manier, Gebärde, Ton und Haltung. Doch bei allem dem ist erstaunliches Talent, zur rechten Zeit eine Schweinerei zu sagen, und sie wie zu sagen? Wie, das muß eben einer gehört haben. Allabendlich hörens zwanzige, dreißige, sonnabends und sonntags achtzige, hunderte, hundertfünfzehne oder einer mehr an.

Ich habe schon gesagt, Meier könne auch tragisch wirken. Um dies zu bewerkstelligen, verändert er einfach seine Stimme und wirft seine Hände hoch, ein Mittel, das noch jedesmal geholfen hat. Alsdann ist er ein Wahnsinniger, ein König Leer; nicht Lear, sondern Leer, weil während dieser Produktion sämtliche Leute das machen, was in dem Vers enthalten ist: Und sie gingen flugs nach Hause! Ich allein pflege dann dazusitzen. Ich erfahre dann, was es heißt, Schreck zu empfinden, wenn plötzlich die Stimme eines Menschen ein turmhohes Haus wird, wie Meier seine, zu dessen offenen Fenstern und Türen irgend ein unbekanntes Ungeheuer herausbrüllt. Wie mich die Angst geschüttelt hat, jedesmal, und wie froh ich war, als aus dem Meier mit dem fürchterlichen oho oder hu oder nä wieder ein Meier mit ei wurde.

Lustspielabend

Ich saß auf der Galerie des Lustspielhauses zu Z..., das halbausgetrunkene Bierglas neben mir, den Zigarrenstengel zwischen den Zähnen, neben Studentinnen, Arbeitern und dicken Weibsbildern. Die Luft war schon fast zum Ersticken. Die gipsenen Engel am Plafond des Theaters schienen zu schmachten und zu schwitzen. Ab und zu beugte ich mich über die Brüstung herunter, um zu sehen, was unten los sei. Dort unten saßen an Tischen, dick ineinandergedrängt, junge bessere Leute, Korrespondenten aus Bankhäusern, Studenten mit noblen Schmissen in den Stehkragengesichtern, ältere, feine Herren, die das Leben lieben, und Damen aus anscheinend guter Familie. Auf dem Balkonrang in rotsamtnen Sesseln saß die ganz Gute Welt, ich glaubte einige mehr oder weniger ehrwürdige Literaten unterscheiden zu können, unter anderen einen Redakteur, einen Kerl, der sonst immer mit »belletristischen Spaziergängen« aufrückte. Ich kannte ihn ein bißchen. Er sah einem guten braven Schweinemetzger ähnlich, mochte aber trotzdem zu den Feineren zählen. Prachtvolle Damenhüte gab es da, und edle, lange, an den Arm angepreßte Handschuhe bis über die üppigen, biegsamen Ellbogen hinaus. In der Mitte der Saaldecke hing ein Kronleuchter herunter und warf strahlendes Licht auf die Menschen. Da donnerte einer mit kurzen, harten Schlägen auf das Klavier, daß es wie eine mächtig-klangvolle Orgel erbrauste. Der Klavierspieler hatte lange, schwarze, wellige Locken auf dem Kopf und ein schönes Profil am Gesicht. Es kostete nichts, es dürfen betrachtet zu haben. Das herrliche Klavierspiel war der unsichtbare, großbeflügelte, ernste Engel, der mit seinem Gefieder leise an die Sinne der Zuschauer und Zuhörer anschlug. Und dann ging der Vorhang in die Höhe, und das Lustspiel wurde abgehaspelt, als ob es ein Strang Baumwolle gewesen wäre, zwischen zwei Hände gestreckt, daß man es abwinde. Es wurde milliönisch flott gespielt. Der Direktor selber spielte die Hauptrolle. Während der Pausen versank ich jedesmal in tönende Träumereien. Es war mir, als wären die nackten, kühnen, steinernen Figuren zu beiden Seiten der Bühne auf ihren Postamenten lebendig geworden. Eigentlich müßte das alles überflüssig gewesen sein. Das Klavier spritzte mich immer mit Tönen an, hol's der Teufel, ich sah die schlanken Hände des Schlägers und Spielers auf den weißen Tasten auf- und niedertanzen, ich hätte mit dem größten Vergnügen eine halbstündige Pause gehabt. Unter mir, auf dem Balkon, putzte sich eine ältere Dame mit ihrem rasend bespitzten Taschentuch die Nase. Ich fand alles schön und unendlich zauberhaft. Die Kellner fragten, ob Bier gefällig sei. Diese schnurrige Frage kam mir so sonderbar vor. Was waren das für Menschen, die derart an die Leute herantreten und fragen konnten, ob man wünsche, etwas zu trinken? Einer der Kellner hatte ein reines, borstiges Schnurrbartgesicht, man sah nur den großen, gewichsten Schnurrbart und dazwischen ein Paar große, dunkelglühende Augen. Sie schimmerten wie Lichter aus einem Waldesdunkel heraus. Ein anderer war bartlos und krankhaft blaß und elend mager im Gesicht, daß ihm die Backenknochen wie Klippen eines Felsenufers vorsprangen. Diesem nahm ich ein Glas Bier ab, bezahlte sofort und steckte mir einen neuen Zigarrenstumpen in den Mund. Da warf mir das Klavier eine neue, machtvolle Welle ins Gesicht, an die Brust, in die Rockärmel hinein, daß ich glaubte, mich nach einem Handtuch umschauen zu müssen, um mich abtrocknen zu können. Aber die Strahlen des gelblichschimmernden Kronleuchters hatten das schon besorgt, ich brauchte keine Angst zu haben. Da gab es wieder Momente in der Pause, wo ich meinte, meine beiden Augen seien lange, dünne Stangen geworden und hätten die Hand einer der unter mir sitzenden Damen berühren können. Aber sie schien nichts zu merken, sie ließ mich machen, und was ich tat, war doch so unverschämt.

Dicht neben mir saß ein herrschaftliches Dienstmädchen, ein lieb aussehendes, kleines, zierliches Ding, ich fragte sie, wie sie heiße, sie sagte es leise. Eigentlich sagte sie es mir mehr mit den Augen und mit ihren beiden hochrotglühenden Wangen, als mit dem Mund. Sie hieß Anna. Ich bestellte ihr ein Glas Bier und blies ihr Rauch ins Gesicht, um sie lachen zu machen. Wie ihre Augen schwarz und feucht glänzten, es war, als schimmerten zwei kleine Kügelchen aus schwarzem Silber. Unten auf dem Balkon saß die Baronin Anna von Wertenschlag, auch eine Anna, aber eine ganz, ganz andere. Von dem Hut der Baronin fielen lange, geschweifte Federn rückwärts wie sterbende Vögel. Sie zitterten, als ob sie ein leises, unsagbares, menschliches Weh empfunden hätten. Die Frau saß in einem tiefschwarzen Kleid, das gegen unten mächtig gebogen und gebauscht war, Platz für dreie oder viere einnehmend, zwischen zwei jungen, aber, wie es den Anschein hatte, wenig gefährlichen Kavalieren. Sie schien in Gedanken versunken. Da ging der Vorhang wieder auf, und das lustige, kammerzöfliche Stück lispelte weiter. Auf der Bühne geschah es, daß eine reich gewordene Bürgersfrau einer armen Adligen die vornehm ausgestreckte, lässig dargehaltene Hand küssen mußte, weil es die althergebrachte, schöne Sitte erforderte. Nachher aber, wie die Dame von Stand verschwunden war, spottete die Bürgerliche, und gewiß nicht ohne Berechtigung, und spuckte verächtlich auf den Teppich des gräflichen Empfangszimmers aus. Dieses Benehmen erweckte von der Galerie herab ein stürmisches, Sympathie kundgebendes Gelächter. Einer schrie sogar Bravo, das mochte ein adelsfeindlicher Republikaner gewesen sein. Von den unteren Regionen kehrte sich manches Gesicht erstaunt und ein wenig ärgerlich nach oben, zu sehen, wer der Pöbelianer sei, dessen Beifall ein so wenig passender und so überlauter war. Aber die Untensitzenden sollten ihren Ärger denn doch lieber ein wenig zurückgehalten haben, denn schon der nächste Augenblick bewies, daß es auch unter ihnen Pöbelhelden gab. Der

Direktor als Ehegatte trat auf, da schmeißt einer der fabelhaft gut angezogenen Studenten, der mit seiner Nase beinahe an die Rampe anstößt, irgendeinen Witz auf die Bühne. Es wird gelacht, und es wird freundlichst angenommen, den Künstler werde es zu einem höflichen Mitlächeln zwingen. Davon aber war keine Spur, der Direktor, mit der Zornesröte im Gesicht und mit dem Zittern des heftigsten Unwillens in der Stimme, wandte sich mit folgender, von verachtungsvollen Gebärden begleiteter Ansprache an das Publikum:

Meine Damen und Herren (was will er, was hat er, was ist hier unten? dachten wir erhöhten Galeriemenschen). Sie haben soeben gehört, wie man mich beleidigt hat. Wäre es einesteils nicht eine Bande von unreifen Buben (die ganze Galerie streckte die Hälse vor), und wären es andernteils nicht respektgebietende Menschen, die ich da, Kopf an Kopf vor mir sehe, beim Erdenhimmel, ich wollte nicht daran denken, daß ich ein Tiger sei, nein, ich wollte als Mensch in die Rotte hineinspringen, um sie, der ganzen elendiglichen Reihe nach, in die unterste Hölle hinunterzuohrfeigen. Ich habe vieles gesehen und vieles in meinem Künstlerberuf erduldet, wenn mich aber, der ich nun, ein alternder Mann, bald an das Ende meiner Laufbahn angelangt bin, ein junger Affe anspuckt – Verzeihung …

Und er spielte weiter. Nie wieder in meinem späteren Leben habe ich noch einmal solch eine prachtvoll-seelenvolle Zurückdrängung der persönlichen Wut gesehen. Im ganzen Theater war es pips-mäuschenstill geworden. Ich hätte darauf schwören mögen, die Herzen der Zuschauer pochen gehört zu haben. Nach und nach vergaßen alle den unfeinen Auftritt. Der fragliche Student schien sich erhoben und geräuschlos aus dem Staube gemacht zu haben ,wozu er gewiß alle nur denkbare Veranlassung hatte. Annas Brust hatte sich auf und niedergehoben vor Erregung, jetzt lächelte sie. Das Stück war so friedlich, so wiänerisch, gutes, altes, solides Fabrikat. Es spickte wie aus Spickröhrchen eine Anzahl junger Mädchen aufs

Tapet, die alle einen Mann haben wollten und schließlich, das ahnte man schon, auch einen kriegen würden. Schneidige Bureaulisten scheichelten in Sommerhüten, mit Spazierstöcken bewaffnet, umher und hatten so zuckersüße Manieren und so gewählte Worte. Ein Husar in angespannten Hosen und herrlichen Stiefeln machte viel Wesens von sich. Bald war es ein Garten, bald ein ärmliches Zimmer, bald eine Landstraße, bald ein hochherrschaftliches Kabinett, worin gespielt wurde. Um ihm Achtung zu bezeigen, überwarf man den Direktor mit Beifall; das war natürlich dumm und ein wenig roh, und doch dürfte es dem Mimen geschmeichelt haben. Diese Leute wissen ja schließlich zu unterscheiden und haben dabei ihre eigenen Gedanken. Dann gab es wieder eine Pause, und wieder bekam ich eins über den Schädel von der Musik, daß ich ganz wie von selber den Mund auftat, um hinzuhorchen. Anna, das Dienstmädchen, plauderte von den Gewohnheiten ihrer Herrschaft, wobei sie natürlich die Lächerlichkeiten bevorzugte, ich hörte ganz der Musik zu und dazwischen noch halb und halb dem Geplauder. Die Hitze kam wieder, um sich an den Stirnen und unter den Achseln beklemmend anzumelden. Die Kellner sammelten die Biergläser ein, ziemlich unwirsch, und unten um die breitröckige Anna von Wertenschlag herumsäuselten und scharwenzelten und tanzschrittelten sie, die Halunken, die wohl wußten, wo's etwa Trinkgelder geben mochte. Die ganze Galerie schwitzte, kochte, dampfte und dunstete. Die dicken Weibsbilder klebten bereits mit ihren Röcken und Unterröcken an den braunlackierten Klappstühlen an; sie sagten es sich und schrien vor Schreck und Genugtuung. Viele wischten sich den Schweiß von der Stirn ab. Anna von Wertenschlag hob den Kopf in die von Gesichtern gesprenkelte Höhe. Welche wundervollen Augen! Dann kam der letzte Akt, und dann ging es nach Hause. Während des Hinaustretens spielte noch einmal der Klaviermann. Die Treppen erbebten unter den hinabpolternden Schritten. Welle auf Welle floß es mir nach, so schön, so groß und so melodiös gute Nacht und auf baldiges Wiedersehen sagend. Draußen regnete es. Die Baronin stieg in den Wagen, und die Kutsche rollte davon.

Guten Tag, Riesin!

Es ist einem, als schüttle da eine Riesin ihre Locken und strecke ein Bein zum Bett heraus, wenn man am frühen Morgen, noch ehe die Elektrischen fahren, von irgendeiner Pflicht angetrieben, in die Weltstadt hineingeht. Kalt und weiß liegen die Straßen wie ausgestreckte Menschenarme da; man läuft, reibt sich die Hände und sieht, wie zu den Toren und Türen der Häuser Menschen heraustreten, als speie ein ungeduldiges Ungeheuer seinen warmen, flammenden Speichel aus. Augen begegnen dir, wenn du so dahergehst, Mädchen- und Männeraugen, trübe und frohmütige; Beine laufen hinter und vor dir, und du selber beinelst auch, was du nur kannst und schaust mit deinen eigenen Augen, mit denselben Blicken, wie alle blicken. Und die Brüste tragen alle irgendein verschlafenes Geheimnis, und in den Köpfen allen spukt irgendein wehmütiger oder anspornender Gedanke. Herrlich, herrlich. Da ist es also kalter, halb sonniger, halb trüber Morgen, viele, viele Menschen liegen noch in ihren Betten, Schwärmer, die die Nacht und den halben Morgen durchgelebt und -geabenteuert haben, Vornehme, zu deren Lebensgewohnheiten es gehört, spät aufzustehen, faule Hunde, die zwanzigmal erwachen, gähnen und wieder einschnarchen, Greise und Kranke, die sich überhaupt nicht mehr, oder nur mühsam erheben können, Frauen, die geliebt haben, Künstler, die sich sagen: a was, quatsch, früh aufstehen, Kinder von reichen, schönen Eltern, fabelhaft gepflegte und behütete Wesen, die in ihren eigenen Stuben, hinter schneeweißen Fensterumhängen, das Mündchen offen, märchenhaft träumend, bis neun, zehn oder elf Uhr schlafen. Was zu solch früher Morgenstunde auf den wild ineinander verschlungenen Straßen gramselt und ameiselt, das sind, wenn nicht Dekorationsmaler, so doch vielleicht Tapezierer, Adressenschreiber, kleine, lausichte Agenten, Menschen auch, die einen frühen Eisenbahnzug nach Wien,

München, Paris oder Hamburg erreichen wollen, kleine Menschen in der Regel, Mädchen von allen möglichen Erwerbszweigen, Erwerbende also. Einer, der dem Rummel zusieht, muß das notwendigerweise einzig finden. Er geht dann so und meint beinahe, auch rennen, atempusten und seine Arme hin und her schwenken zu müssen; das Treiben und Emsigtun ist ja so ansteckend, wie etwa ein schönes Lächeln ansteckend sein kann. Nein, nicht so. Der frühe Morgen ist noch etwas ganz anderes. Er schleudert aus Kneipen etwa noch ein paar schmierig gekleidete Nachtgestalten mit ekelhaft rotbemalten Gesichtern auf die blendend-staubig-weiße Straße hinaus, wo sie eine gute Weile, den Hakenstock an der Schulter tragend, blödsinnig stehen bleiben, um Vorübergehende anzuöden. Wie ihnen die trunkene Nacht zu den schmutzigen Augen hinausblendet! Weiter, weiter. Bei Besoffenen hält sich das blauäugige Wunder, der frühe Morgen, nicht auf. Er hat tausend schimmernde Fäden, womit er dich weiterzieht, er schiebt dich von hinten und lockt und lächelt dich von vorne an, du siehst hinauf, wo ein weißlich verschleierter Himmel ein paar zerrissene Stücke Blau hervorläßt; hinter dich, um einem Menschen, der dich interessiert, nachzuschauen, neben dich, an ein reiches Portal, hinter dem ein fürstliches Palais verdrossen und vornehm emporragt. Statuen winken dir aus Gärten und Parkanlagen entgegen; immer gehst du und hast flüchtige Blicke für alles, für Bewegliches und Feststehendes, für Droschken, die träge fortrumpeln, für die Elektrische, die jetzt zu fahren beginnt, von der herab Menschenaugen dich ansehen, für den stupiden Helm eines Schutzmannes, für einen Menschen mit zerrissenen Schuhen und Hosen, für einen zweifellos ehemals Gutsituierten, der im Pelzmantel und Zylinder die Straße fegt, für alles, wie du selber für alles ein flüchtiges Augenmerk bist. Das ist das Wunder der Stadt, daß eines jeden Haltung und Benehmen untertaucht in all diesen tausend Arten, daß das Betrachten ein flüchtiges, das Urteil ein schnelles und das Vergessen ein selbstverständliches ist. Vorüber. Was ist vorüber?

Eine Fassade aus der Empirezeit? Wo? Da hinten? Ob sich da einer wohl entschließen kann, sich nochmals umzudrehen, um der alten Baukunst einen Extrablick zu schenken? I woher. Weiter, weiter. Die Brust dehnt sich, die Riesin Weltstadt hat jetzt in aller üppigen Gemächlichkeit ihr schimmernd-durchsonntes Hemd angezogen. So eine Riesin kleidet sich eben ein bißchen langsam an; dafür aber duftet und dampft und pocht und läutet jede ihrer schönen, großen Bewegungen. Droschken mit Amerikakoffern obenauf poltern und radebrechen vorbei, du gehst jetzt im Park; die stillen Kanäle sind noch mit grauem Eis bedeckt, die Matten frieren dich an, die schlanken, dünnen, kahlen Bäume jagen dich mit ihrem zitternd-frörlichen Aussehen flugs weiter; Karren werden geschoben, zwei herrschaftliche Fuhrwerke aus der Remise irgendeines Menschen von offiziellem Gepräge, jedes zwei Kutscher und einen Lakaien tragend, jagen vorüber; immer ist etwas und jedesmal ist das Etwas, wenn man es näher betrachten will, verschwunden. Natürlich hast du eine Unmenge Gedanken während deines einstündigen Marsches, du bist Dichter und kannst dazu ruhig deine Hände in den Taschen deines hoffentlich anständigen Überziehers behalten, du bist Maler und hast vielleicht bereits während deines Morgenspazierganges fünf Bilder fix und fertig gemacht. Du bist Aristokrat, Held, Löwenbändiger, Sozialist, Afrikaforscher, Tänzer, Turner oder Kneipenwirt gewesen, hast flüchtig geträumt, eben jetzt dem Kaiser vorgestellt worden zu sein. Er ist vom Thron herniedergestiegen und hat dich in ein halbstündiges, vertrauliches Gespräch, an welchem sich auch die Frau Kaiserin dürfte beteiligt haben, gezogen. Du bist in Gedanken Stadtbahn gefahren, hast Dernburg seinen Lorbeerkranz vom Haupte gerissen, geheiratet und dich in einer Ortschaft in der Schweiz heimisch niedergelassen, ein bühnenfähiges Drama geschaffen – lustig, lustig, weiter, he da, was? Sollte das? Ja, da ist dir dein Kollege Kitsch begegnet, und da seid ihr zusammen nach Hause gegangen und habt Schokolade getrunken.

Kleist in Thun

Kleist hat Kost und Logis in einem Landhaus auf einer Aareinsel in der Umgebung von Thun gefunden. Genau weiß man ja das heute, nach mehr als hundert Jahren, nicht mehr, aber ich denke mir, er wird über eine winzige, zehn Meter lange Brükke gegangen sein und an einem Glockenstrang gezogen haben. Darauf wird jemand die Treppen des Hauses herunterzueidechseln gekommen sein, um zu sehen, wer da sei. »Ist hier ein Zimmer zu vermieten?« Und kurz und gut, Kleist hat es sich jetzt in den drei Zimmern, die man ihm für erstaunlich wenig Geld abgetreten hat, bequem gemacht. »Ein reizendes Bernermeitschi führt mir die Haushaltung.« Ein schönes Gedicht, ein Kind, eine wackere Tat, diese drei Dinge schweben ihm vor. Im übrigen ist er ein wenig krank. »Weiß der Teufel, was mir fehlt. Was ist mir? Es ist so schön hier.«

Er dichtet natürlich. Ab und zu fährt er per Fuhrwerk nach Bern zu literarischen Freunden und liest dort vor, was er etwa geschrieben hat. Man lobt ihn selbstverständlich riesig, findet aber den ganzen Menschen ein bißchen unheimlich. Der Zerbrochene Krug wird geschrieben. Aber was soll alles das? Es ist Frühling geworden. Die Wiesen um Thun herum sind ganz dick voller Blumen, das duftet und summt und macht und tönt und faulenzt, es ist zum Verrücktwerden warm an der Sonne. Es steigt Kleist wie glühendrote betäubende Wellen in den Kopf hinauf, wenn er am Schreibtisch sitzt und dichten will. Er verflucht sein Handwerk. Er hat Bauer werden wollen, als er in die Schweiz gekommen ist. Nette Idee das. In Potsdam läßt sich so etwas leicht denken. Überhaupt denken die Dichter sich so leicht ein Ding aus. Oft sitzt er am Fenster.

Meinetwegen so gegen zehn Uhr vormittags. Er ist so allein. Er wünscht sich eine Stimme herbei, was für eine? Eine Hand, nun, und? Einen Körper, aber wozu? Ganz in weißen Düften und Schleiern verloren liegt da der See, umrahmt von dem unnatürlichen, zauberhaften Gebirge. Wie das blendet und beunruhigt. Das ganze Land bis zum Wasser ist der reine Garten, und in der bläulichen Luft scheint es von Brücken voll Blumen und Terrassen voll Düften zu wimmeln und hinunterzuhängen. Die Vögel singen unter all der Sonne und unter all dem Licht so matt. Sie sind selig und schläfrig. Kleist stützt seinen Kopf auf den Ellbogen, schaut und schaut und will sich vergessen. Das Bild seiner fernen, nordischen Heimat steigt ihm auf, er kann das Gesicht seiner Mutter deutlich sehen, alte Stimmen, verflucht das – er ist aufgesprungen und in den Garten des Landhauses hinabgelaufen. Dort steigt er in einen Kahn und rudert in den offenen morgendlichen See hinaus. Der Kuß der Sonne ist ein einziger und fortwährend wiederholter. Kein Lüftchen. Kaum eine Bewegung. Die Berge sind wie die Mache eines geschickten Theatermalers, oder sie sehen so aus, als wäre die ganze Gegend ein Album, und die Berge wären von einem feinsinnigen Dilettanten der Besitzerin des Albums aufs leere Blatt hingezeichnet worden, zur Erinnerung, mit einem Vers. Das Album hat einen blaßgrünen Umschlag. Das stimmt. Die Vorberge am Ufer des Sees sind so halb und halb grün und so hoch, so dumm, so duftig. La, la, la. Er hat sich ausgezogen und wirft sich ins Wasser. Wie namenlos schön ihm das ist. Er schwimmt und hört Lachen von Frauen vom Ufer her. Das Boot macht träge Bewegungen im grünlich-bläulichen Wasser. Die Natur ist wie eine einzige große Liebkosung. Wie das freut und zugleich so schmerzen kann.

Manchmal, besonders an schönen Abenden, ist ihm, als sei hier das Ende der Welt. Die Alpen scheinen ihm der unerklimmbare Eingang zu einem hochgelegenen Paradiese zu sein. Er geht auf seiner kleinen Insel, Schritt für Schritt, auf und ab. Das Meitschi hängt Wäsche zwischen den Büschen auf, in denen ein melodiöses, gelbes, krankhaftschönes Licht schimmert. Die Gesichter der Schneeberge sind so blaß, es herrscht in allem eine letzte, unanrührbare Schönheit. Die Schwäne, die zwischen dem Schilf hin und her schwimmen, scheinen von Schönheit und abendlichem Licht verzaubert. Die Luft ist krank. Kleist wünscht sich in einen brutalen Krieg, in eine Schlacht versetzt, er kommt sich wie ein Elender und Überflüssiger vor.

Er macht einen Spaziergang. Warum, fragt er sich lächelnd, muß gerade er nichts zu tun, nichts zu stoßen und zu wälzen haben? Er fühlt, wie die Säfte und Kräfte leise in ihm wehklagen. Seine ganze Seele zuckt nach körperlichen Anstrengungen. Er steigt zwischen hohen, alten Mauern, über deren grauem Steingebröckel sich der dunkelgrüne Efeu leidenschaftlich niederschlingt, zum Schloßhügel hinauf. In allen hochgelegenen Fenstern schimmert das Abendlicht. Oben am Rand des Felsenabhanges ist ein zierlicher Pavillon, dort sitzt er und wirft seine Seele in die glänzend-heilig-stille Aussicht hinunter. Er wäre jetzt erstaunt, wenn er sich wohl fühlen könnte. Eine Zeitung lesen? Wie wär's? Ein dummes politisches oder gemeinnützliches Gespräch mit irgendeinem wohlangesehenen, offiziellen Schafskopf führen? Ja? Er ist nicht unglücklich, er hält im stillen diejenigen für selig, die trostlos sein können: natürlich und kraftvoll trostlos. Mit ihm steht es um eine kleine, gebogene Nuance schlimmer. Er ist zu feinfühlend, zu gegenwärtig mit all seinen unschlüssigen, vorsichtigen, mißtrauischen Empfindungen, um unglücklich zu sein. Er mochte schreien, weinen. Gott im Himmel, was ist mit mir, und er rast den dunkelnden Hügel hinunter. Die Nacht tut ihm wohl. In seinem Zimmer angekommen, setzt er sich, entschlossen, bis zur Raserei zu arbeiten, an den Schreibtisch. Das Licht der Lampe nimmt ihm das Bild der Gegend weg, das stimmt ihn klar und er schreibt jetzt.

An Regentagen ist es entsetzlich kalt und leer. Die Gegend fröstelt ihn an. Die grünen Sträucher winseln und wimmern und regentröpfeln nach Sonnenschein. Schmutzige, ungeheuerliche Wolken gleiten den Köpfen der Berge wie große, freche, tötende Hände um die Stirnen. Das Land scheint sich vor dem Wetter verkriechen zu wollen, es will zusammenschrumpfen. Der See ist hart und düster, und die Wellen sprechen böse Worte. Wie ein unheimliches Mahnen saust der Sturmwind daher und kann nirgends hinaus. Er schmettert von einer Bergwand zur anderen. Dunkel ist es und klein, klein. Es ist einem alles auf der Nase. Man möchte Klötze nehmen und damit um sich herumhauen. Weg da, weg.

Dann ist wieder Sonne und es ist Sonntag. Glocken läuten. Die Leute treten aus der hochgelegenen Kirche heraus. Die Mädchen und Frauen in engen, schwarzen, silbergeschmückten Schnürbrüsten, die Männer einfach und ernst gekleidet. Gebetbücher tragen sie in der Hand, und die Gesichter sind so friedlich und schön, als wären alle Sorgen zerflossen, alle Falten des Kummers und Zankes geglättet und alle Mühen vergessen. Und die Glocken. Wie sie daherschallen, daherspringen mit Schällen und Tonwellen. Wie es über das ganze, sonntäglich umsonnte Städtchen glitzert, leuchtet, blaut und läutet. Die Menschen zerstreuen sich. Kleist steht, von sonderbaren Empfindungen angefächelt, auf der Kirchtreppe und verfolgt die Bewegungen der Hinuntergehenden. Da ist manch Bauernkind, das wie eine geborene, an Hoheit und Freiheit gewöhnte Prinzessin die Stufen hinunterschreitet. Da sind schöne, junge, kräftestrotzende Burschen vom Land, und von was für einem Land, nicht Flachland, nicht Burschen von Ebenen, sondern Burschen, hervorgebrochen aus tiefen, wunderlich in die Berge eingehöhlten Tälern, eng manchmal, wie der Arm eines etwas aus der Art geschlagenen, größeren Menschen. Das sind Burschen von Bergen, wo die Äcker und Felder steil in die Einsenkungen hinabfallen, wo das duftende, heiße Gras auf winzigen Flächen dicht neben schauervollen Abgründen wächst, wo die Häuser wie Tupfe an den Weiden kleben, wenn einer unten auf der breiten Landstraße steht und hoch hinaufsieht, ob es etwa da oben noch Menschenwohnungen geben könne.

Die Sonntage hat Kleist gern, auch die Markttage, an denen alles von blauen Kitteln und Bäuerinnentrachten wimmelt und gramselt auf der Straße und in der Hauptgasse. Dort, in der Hauptgasse, sind unter dem Bürgersteig, in steinernen Gewölben und in leichten Buden Waren aufgestapelt. Krämer schreien bäuerlich-kokett ihre billigen Kostbarkeiten aus. Meistens scheint ja an solch einem Markttag die hellste, wärmste, dümmste Sonne. Kleist läßt sich von dem lieben, bunten Menschengetümmel hin und her schieben. Überall duftet's nach Käse. In die besseren Kaufläden treten die ernsthaften, bisweilen schönen Landfrauen bedächtig ein, um Einkäufe zu machen. Viele Männer haben Tabakspfeifen im Mund. Schweine, Kälber und Kühe werden vorübergezogen. Einer steht da und lacht und treibt sein rosafarbenes Schweinchen mit Stockschlägen zum Gehen. Es will nicht, da nimmt er es unter den Arm und trägt's weiter. Die Menschen duften zu ihren Kleidern heraus, zu den Wirtschaften heraus tönt Lärm von Zechenden, Tanzenden und Essenden. All die Geräusche und all die Freiheit dieser Töne! Fuhrwerke können manchmal nicht durchfahren. Die Pferde sind ganz von handelnden und schwatzenden Menschen umzingelt. Und die Sonne blendet so exakt auf den Gegenständen, Gesichtern, Tüchern, Körben und Waren. Alles bewegt sich, und das sonnige Blenden muß sich so schön natürlich mit fortbewegen. Kleist möchte beten. Er findet keine majestätische Musik schöner und keine Seele feiner als Musik und Seele dieses Menschentreibens. Er hätte Lust, sich auf einen der Treppenabsätze zu setzen, die in die Gasse hinunterführen. Er geht weiter, an Weibern mit hochaufgerafften Röcken vorbei, an Mädchen, die Körbe ruhig und fast edel auf den Köpfen tragen, wie Italienerinnen ihre Krüge, wie er's kennt aus Abbildungen, an Männern, die grölen, und an Betrunkenen, an Polizisten, an Schuljungens, die ihre Schulbubenabsichten mit sich herumtragen, an schattigen Flecken, die kühl duften, an Seilen, Stöcken, Eßwaren, falschen

Geschmeiden, Mäulern, Nasen, Hüten, Pferden, Schleiern, Bettdecken, wollenen Strümpfen, Würsten, Butterballen und Käsebrettern vorüber, zu dem Gewimmel hinaus, bis an eine Aarebrücke, an deren Geländer gelehnt er stehen bleibt, um in das tiefblaue, herrlich dahinströmende Wasser zu schauen. Über ihm glitzern und strahlen die Schloßtürme wie flüssig-bräunliches Feuer. Es ist ein halbes Italien.

Zuweilen, an gewöhnlichen Werktagen, scheint ihm das ganze Städtchen von Sonne und Stille verzaubert zu sein. Er steht still vor dem seltsamen, alten Rathaus mit der scharfkantigen Jahreszahl im weißschimmernden Gemäuer. So verloren ist alles, wie die Gestaltung irgendeines Volksliedes, das die Leute vergessen haben. Wenig Leben, nein, gar keins. Er steigt die holzbedeckte Treppe zum vormals gräflichen Schloß hinauf, das Holz duftet nach Alter und vorübergegangenen Menschenschicksalen. Oben setzt er sich auf eine breite, geschweifte, grüne Bank, um Aussicht zu haben, aber er schließt die Augen. Entsetzlich, wie verschlafen, verstaubt und entlebendigt das alles aussieht. Das Nächstliegende liegt wie in weiter, weißer, schleierhafter, träumender Ferne. Es ist alles in eine heiße Wolke eingehüllt. Sommer, aber was eigentlich für Sommer? Ich lebe nicht, schreit er und weiß nicht, wohin er sich mit Augen, Händen, Beinen und Atem wenden soll. Ein Traum. Nichts da. Ich will keine Träume. Schließlich sagt er sich, er lebe eben viel zu einsam. Er schaudert, empfinden zu müssen, wie verstockt er sich verhält der Mitwelt gegenüber.

Dann kommen die Sommerabende. Kleist sitzt auf der hohen Kirchhofsmauer. Es ist alles ganz feucht und zugleich ganz schwül. Er öffnet das Kleid, um die Brust frei zu haben. Unten, wie von einer mächtigen Gotteshand in die Tiefe geworfen, liegt der gelblich und rötlich beleuchtete See, aber die ganze Beleuchtung scheint aus der Wassertiefe heraufzulodern. Es ist wie ein brennender See. Die Alpen sind lebendig geworden und tauchen ihre Stirnen unter fabelhaften Bewegungen ins

Wasser. Seine Schwäne umkreisen dort unten seine stille Insel, und Baumkronen schweben in dunkler, singender und duftender Seligkeit darüber. Worüber? Nichts, nichts. Kleist trinkt das alles. Ihm ist der ganze dunkelglänzende See das Geschmeide, das lange, auf einem schlafenden großen, unbekannten Frauenkörper. Die Linden und Tannen und Blumen duften. Es ist ein stilles, kaum vernehmbares Geläute da, er hört's, aber er sieht's auch. Das ist das Neue. Er will Unfaßliches, Unbegreifliches. Unten im See schaukelt ein Boot. Kleist sieht es nicht, aber er sieht die Lampen, die es begleiten, hin und her schwanken. Er sitzt da, vorgebeugten Antlitzes, als müsse er zum Todessprung in das Bild der schönen Tiefe bereit sein. Er möchte in das Bild hineinsterben. Er möchte nur noch Augen haben, nur noch ein einziges Auge sein. Nein, ganz, ganz anders. Die Luft muß eine Brücke sein und das ganze Landschaftsbild eine Lehne, zum Daranlehnen, sinnlich, selig, müde. Es wird Nacht, aber er mag nicht hinuntergehen, er wirft sich an ein unter Sträuchern verborgenes Grab, Fledermäuse umschwirren ihn, die spitzen Bäume lispeln mit leise daherziehenden Windzügen. Das Gras duftet so schön, unter dem die Skelette der Begrabenen liegen. Er ist so schmerzlich glücklich, zu glücklich, deshalb so würgend, so trocken, so schmerzlich. So allein. Warum kommen die Toten nicht und unterhalten sich auf eine halbe Stunde mit dem einsamen Manne In einer Sommernacht muß einer doch eine Geliebte haben. Der Gedanke an weißlich schimmernde Brüste und Lippen jagt Kleist den Berg hinunter, ans Ufer, ins Wasser, mit den Kleidern, lachend, weinend.

Wochen vergehen. Kleist hat eine Arbeit, zwei, drei Arbeiten vernichtet. Er will höchste Meisterschaft, gut, gut. Was da. Gezaudert? Hinein in den Papierkorb. Neues, Wilderes, Schöneres. Er fängt die Sempacherschlacht an mit der Figur des Leopold von Österreich im Mittelpunkt, dessen sonderbares Geschick ihn reizt. Dazwischen erinnert er sich des Robert Guiskard. Den will er herrlich haben. Das Glück, ein vernunftvoll abwägender, einfach empfindender Mensch zu sein, sieht er, zu Geröll zersprengt, wie polternde und schmetternde Felsblöcke den Bergsturz seines Lebens hinunterrollen. Er hilft noch, es ist jetzt entschieden. Er will dem Dichterunstern gänzlich verfallen sein: es ist das beste, ich gehe möglichst rasch zugrunde!

Sein Schaffen zieht ihm die Grimasse, es mißlingt. Gegen den Herbst wird er krank. Er wundert sich über die Sanftheit, die jetzt über ihn kommt. Seine Schwester reist nach Thun, um ihn nach Hause zu bringen. Tiefe Gruben liegen in seinen Wangen. Sein Gesicht hat die Züge und die Farbe eines in der ganzen Seele Zerfressenen. Seine Augen sind lebloser als die Augenbrauen darüber. Die Haare hängen ihm in dicken, spitzen Klumpen von Strähnen in die Stirne, die verzerrt ist von all den Gedanken, die ihn, wie er sich einbildet, in schmutzige Löcher und Höllen hinabgezogen haben. Die Verse, die ihm im Gehirn tönen, kommen ihm wie Rabengekrächze vor, er möchte sich das Gedächtnis ausreißen. Das Leben möchte er ausschütten, aber die Schalen des Lebens will er zuerst zertrümmert haben. Sein Grimm gleicht seinem Schmerz, sein Hohn seinen Klagen. Was fehlt dir, Heinrich, liebkost ihn die Schwester. Nichts, nichts. Das hat noch gefehlt, daß er sagen soll, was ihm fehlt. Auf dem Boden des Zimmers liegend die Manuskripte wie von Vater und Mutter scheußlich verlassene Kinder. Er gibt seiner Schwester die Hand und begnügt sich, sie lange und stillschweigend anzuschauen. Es gleicht bereits einem Glotzen, und das Mädchen schaudert.

Dann reisen sie. Das Meitschi, das Kleist die Wirtschaft geführt hat, sagt ihnen Adieu. Es ist ein strahlender Herbstmorgen, der Wagen rollt über Brücken, an Leuten vorbei, durch grobpflastrige Gassen, Leute schauen zu Fenstern heraus, oben ist Himmel, unter Bäumen ist gelbliches Laub, sauber ist alles, herbstlich, was weiter? Und der Fuhrmann hat eine Pfeife im Mund. Es ist alles wie immer. Kleist sitzt in eine Ecke des Wagens gedrückt. Die Türme des Thuner Schlosses verschwinden hinter einem Hügel. Später, in weiter Ferne, sieht die Schwester Kleistens noch einmal den schönen See. Ein bißchen kühl ist es jetzt schon. Landhäuser kommen. Na nu, solche vornehme Landsitze in einer solchen Berggegend? Weiter. Alles fliegt und sinkt vor den Seitenblicken nach rückwärts, alles tanzt, kreist und schwindet. Vieles ist schon in herbstliche Schleier gehüllt, und ein bißchen vergoldet ist alles von einem bißchen Sonne, die aus Wolken herausscheint. Solches Gold, wie das schimmert, und wie man's doch nur im Dreck auflesen kann. Höhen, Felswände, Täler, Kirchen, Dörfer, Gaffer, Kinder, Bäume, Wind, Wolken, ei was? Ist's was Besonderes? Ist's nicht das Weggeworfen-Gewöhnlichste? Kleist sieht nichts. Er träumt von Wolken und Bildern und ein bißchen von lieben, schonenden, streichelnden Menschenhänden. Wie ist dir, fragt die Schwester. Kleist zuckt mit dem Mund und will ihr ein wenig zulächeln. Es geht, aber mühsam. Es ist ihm, als habe er vom Mund einen Steinblock wegräumen müssen, um lächeln zu können.

Die Schwester wagt vorsichtig von baldiger Inangriffnahme einer praktischen Betätigung zu reden. Er nickt, er ist selber der Überzeugung. Ihm flimmern musizierende, helle Scheine um die Sinne. Eigentlich, wenn er es sich aufrichtig gesteht, ist ihm jetzt ganz wohl; weh, aber zugleich wohl. Es schmerzt ihn etwas, ja, in der Tat, ganz recht, aber nicht in der Brust, auch nicht in der Lunge, nicht im Kopf, was? Wirklich? Gar nirgends? Ja doch, so ein bißchen, irgendwo, daß es ja sei, daß man's nicht genau sagen kann. Item, die Sache ist nicht der Rede wert. Er sagt etwas, und dann kommen Momente, wo er geradezu kindlich glücklich ist, und da natürlich macht das Mädchen gleich eine etwas strenge, strafende Miene, um ihm's denn doch auch ein bißchen zu zeigen, wie sonderbar er eigentlich mit seinem Leben spiele. Das Mädchen ist eben eine Kleistin und hat Erziehung genossen, das, was der Bruder über den

Haufen hat werfen wollen. Sie ist natürlich seelenfroh, daß es ihm besser geht. Weiter, hei, hei, ist das eine Wagenfahrt. Aber zu guter Letzt wird man ihn laufen lassen müssen, den Postwagen, und zu aller Letzt kann man sich ja noch die Bemerkung erlauben, daß an der Front des Landhauses, das Kleist bewohnt hat, eine marmorne Tafel hängt, die darauf hindeutet, wer da gelebt und gedichtet hat. Reisende mit Alpentourenabsichten können's lesen, Kinder aus Thun lesen und buchstabieren es, Ziffer für Ziffer, und schauen einander dann fragend in die Augen. Ein Jude kann's lesen, der Christ auch, wenn er Zeit hat und nicht etwa der Zug schon im Abfahren begriffen ist, ein Türke, eine Schwalbe, inwiefern sie Interesse daran hat, ich auch, ich kann's gelegentlich auch wieder einmal lesen. Thun steht am Eingang zum Berner Oberland und wird jährlich von vielen tausenden Fremden besucht. Ich kann die Gegend ein bißchen kennen, weil ich dort Aktienbierbrauereiangestellter gewesen bin. Die Gegend ist bedeutend schöner, als wie ich sie hier habe beschreiben können, der See ist noch einmal so blau, der Himmel noch dreimal so schön. Thun hat eine Gewerbeausstellung gehabt, ich weiß nicht, ich glaube vor vier Jahren.

Kutsch

Man weiß von Kutsch, daß er drei unfertige Dramen im Kleiderschrank hat, außerdem arbeitet er jetzt an einem vierten, den Stoff liefert ihm Maupassant.

Heda, Kutsch!

Kutsch liebt es gar nicht, in so leichtsinniger Weise angesprochen zu werden, er ist mißtrauisch und er hat vielleicht Ursache dazu, denn er erstrebt das Höchste, und alle, die ganz Hohes erstreben, mögen nicht recht vertraulich zu den Nebenmenschen sein.

Da ist immer so etwas Fernes, was solchen Leuten vorschwebt. Solche Menschen sehen immer die Notwendigkeit vor sich, die ihnen zuflüstert: Entwickle dich! – Kutsch muß sich entwickeln, das steht oben an in seinem Programm, und das ist das Unheimliche, das ihn beständig ein wenig foltert, das ihn schärfer horchen läßt, das ihm befiehlt, ein nervös-zerrissenes Gesicht zu machen.

Er hat lange, schmale Hände, sensible Hände. Gewisse Witzblattzeichner machen sich gern über solche Hände her, um sie zeichnerisch auszubeuten. Mir liegt daran, eine ernste Charakterstudie zu bieten, und da heißt es so sehr aufpassen, kommt es so sehr darauf an, keinen Wesenszug zu übertreiben.

Kollege Kutsch!

Er hört dieses Wort nicht gern, er möchte am liebsten niemandes Kollege sein, er ist so eine Art Höhenmensch, der den Mantelkragen in die Höhe zieht. Wenn man seine Hand lebhaft drückt, knackt sie, und wenn Kutsch seinen Hut aufhat, so ist sein Kopf sehr interessant.

Er fürchtet immer, man könne über ihn spotten, aber es gibt gewisse Menschen, die man nur dann getreu abbildet, indem man über sie spottet.

Kutsch hat eines Nachts ein flüchtig entworfenes Drama

im Kaffeehaus liegen lassen, auf so einem Kaffeehaussofa, auf das der Gewohnheitsschöngeist sich in der Regel so nachlässig-edel hinwirft, um Kaffee zu schlürfen und in die Luft zu starren. Ein anderer hat das Stück gefunden, genommen, eingesteckt, nach Hause getragen, abgeschrieben, vollendet, bühnenfähig gemacht und zur Aufführung auf den weltbedeutenden Brettern gebracht und Erfolg gehabt.

Es war auch nach einer Novelle von Maupassant. Ja, ja. Bei Maupassant, diesem normännischen Bauernlümmel, liegt das »Leben« eben nur so aufgespeichert, das wird jeder empfunden haben, der ihn einmal gelesen hat.

Kutsch studiert die Stoffe, nicht das Leben; das Leben, das er zu erleben bekommt, ist bis jetzt noch nicht weit her. Er ist Zeitungsreferent und Bücherbesprecher, das hat er erlebt und das ist nach seiner eigenen Meinung kein apartes Erlebnis.

Schade, daß er nicht, sagen wir beispielsweise, zur Zeit Ludwigs des Vierzehnten von Frankreich zur Welt gekommen ist; er hätte dann dem einen oder dem andern jener geistvollen Schlingel, die damals in die Höhe schossen, schon gezeigt, was er gekonnt hätte.

Die Sache ist die: Kutsch kann alles und will alles, aber er tut effektiv nichts. Er bespricht jetzt Romane, weil er selber durch und durch Epiker ist, er kritisiert Dramen, weil er selber durch und durch vom Teufel dieses Faches besessen ist, er schreibt über Gedichte, weil er selber welche hätte machen müssen, wenn er gewollt hätte.

Er wird böse sein, wenn er dies liest. Ich werde ihm sagen: Da, nimm! Und werde ihm das wenn auch kleine, so doch für ihn nicht belanglose Honorar in die Hand drücken, das ich für diese Studie bekomme.

Spötter haben manchmal die Extravaganz, menschenfreundlich zu sein.

Ach Gott, Kutsch ist so arm, so weltverlassen. Man bedenke, er strebt nach nur Hohem und Erstklassigem. Er ist nicht ein Mensch wie andere Menschen, gerade so, wie die meisten Menschen nicht Menschen sind wie andere Menschen.

Ich aber gehöre entschieden unter die Hunderttausend. Ich bin zum Verwechseln einem Hausdiener ähnlich, und ich bin so froh, so gewöhnlich zu sein.

Man höre diesen Unterton rachsüchtigen Neides!

Weshalb sollte ich Kutsch beneiden? Im Gegenteil, ich bedaure ihn. Ich schreibe ja über ihn, ich muß ihn also unter mir fühlen, denn sonst schriebe ich ja nicht »über« ihn.

Diese Gemeinheit – hinzugehen und über lebende Menschen zu schreiben, als ob sie tot wären. Und dann ist dieser Kutsch ja nicht einmal interessant, höre ich den Leser.

Der Schriftsteller (I)

Der Schriftsteller schreibt über das, was er empfindet, hört, sieht oder über das, was ihm einfällt. Er hat in der Regel viele kleinliche Gedanken, die er gar nicht verwenden kann, was ihn oft zur Verzweiflung bringt. Andererseits besäße er manchmal viel Verwendbares im Kopfe, aber es kommt vor, daß er seine eigenen Kapitalien jahrelang unbenutzt läßt, weil er sie nicht findet oder weil er keinen gutgesinnten Menschen in seiner Nähe hat, der ihn uneigennützigerweise auf die verborgenen Reichtümer aufmerksam macht.

Eines Tages kann es angesehenen Zeitungsmännern einfallen, solch einen Schriftsteller aufzufordern, ihnen gelegentlich einmal eine Probe seiner Kunst einzusenden. In einem solchen Falle ist der Schriftsteller über alle Maßen hinaus glücklich, er hat auch genügend Ursache zu einem freudigen Gesichtsausdruck, und er schickt sich sogleich an, die Wünsche, die an seine Pforten geklopft haben, möglichst genau zu erfüllen. Zu diesem Behufe greift er sich in erster Linie an die Stirn, faßt sich bei den Haaren, deren er ja meist einen ganzen Waldhügel voll besitzt, streift seine Nase mit seinem Zeigefinger, krallt sich vielleicht auch ein bißchen, beißt sich auf die Lippen, macht eine energische und zugleich scheinbar kalte und gleichgültige Miene, putzt die Feder, setzt sich ordentlich auf den Stuhl an den altertümlichen Schreibtisch, seufzt und fängt an zu schreiben.

Das Leben eines ordentlichen Schriftstellers hat immer seine zwei Seiten, eine Schattenseite und eine Lichtseite, zwei Plätze, einen Sitzplatz und einen Stehplatz, zwei Klassen, eine erste, aber auch eine öde vierte. Der scheinbar fidele und elegante Schriftstellerberuf kann sehr hart, mitunter sehr langweilig, oft aber auch sogar gefahrvoll sein. Hunger und Kälte, Durst und Dürftigkeit, Nässe und Trockenheit sind im abwechselungsvollen Leben eines »Helden der Feder« in allen geschichtlichen und kulturellen Epochen bekannte Erscheinungen gewesen, und sie werden es wahrscheinlich auch in Zukunft bleiben. Aber ebenso bekannt ist es, daß Schriftsteller sich Vermögen erworben, schloßartige Villen in Seegegenden erbaut und bis an ihr Lebensende in lauter guter Laune gelebt haben.

Der Schriftsteller, wie er sein soll, ist ein Auflauerer, ein Jäger, ein Pürscher, ein Sucher und Finder, also eine Art Lederstrumpf, der beständig auf Jagden lebt. Er lauert den Ereignissen auf, jagt den Sonderbarkeiten der Welt nach, sucht Außerordentliches und Wahrhaftiges und stutzt die Ohren, wenn er Töne zu hören glaubt, die ihm das Herannahen nicht gerade von galoppierenden Indianerpferden, aber von neuen Eindrücken verkünden. Er ist immer auf dem Sprung, immer zur Überrumpelung bereit. Kommt so eine unschuldige, ahnungslose Schönheit, womöglich ländlich angezogen, daherspaziert, so stürzt der Schriftsteller aus seinem Versteck hervor und bohrt der einsam lustwandelnden Dame seine mit dem schrecklichen Gift der Beobachtungsgabe vollgetränkte, spitzige Schreibfeder ins Herz.

Er versteht aber in der Regel auch das Häßliche und Abschreckende und scheut sogar vor der beschreibenden und dichtenden Vergewaltigung des rein Kindlichen nicht zurück, wofür er ja im Grunde, heute bekanntlich mehr denn je, Zuchthausstrafe verdiente. In alles hinein hat er schon zu irgendeiner Zeit und bei irgendwelcher Gelegenheit seine begierige Nase gesteckt, und er hört nicht auf mit Schnüffeln. Darin, eben gerade darin, meint man allgemein, bestehe die vornehmste Aufgabe eines fleißigen und gewissenhaften Schriftstellers. Stets hält er die Fensterflügel seiner Nase offen, er ist ein Witterer, Duftler und Riecher, und er hält es für seine Pflicht, das Aufnahmevermögen seiner Spürnase bis zur zugespitztesten Vollkommenheit auszubilden.

Ein Schriftsteller weiß nicht alles, nur die Götter allein wissen bekanntlich alles, aber er weiß von allem etwas, und er ahnt Dinge, über die seine Majestät der Kaiser selber sogar hinwegsieht. Er hat Wegweiser im Kopf mit auf diese Erde bekommen, und diese deuten ihm immer die Richtung an, wo einer in Gedanken hinlaufen muß, wenn er das Ahnungsvolle und das beinah schon Unfaßbare schauen soll. Er beschäftigt sich mit allem, was es auf der Welt Wissenswertes und Erlernenswürdiges gibt, und er ist der stets lebhaftesten Überzeugung, daß ihm und anderen das nutzt. Wenn er innerlich eine auch nur fadendünne Bereicherung erfahren hat, so glaubt er sich verpflichtet, diese Zunahme, dieses Plus aufs Papier zu schütten, und zwar sogleich; er wartet keine drei Stunden damit. Ich finde das schön an ihm. Es zeigt, daß er ein aufrichtig nach dem Guten strebender Mensch ist, dem es unbillig erscheint, Erfahrungen in sich aufzustapeln, ohne das Kleinste davon an die atmende Mitwelt abzugeben. Er ist demnach das Gegenteil von einem zusammenraffenden Geizhals.

Welcher Mensch in diesem Jahrhundert der Genußsucht und Karrieremacherei fühlt sich als Diener der Menschheit, als einen willigen Freund der Armen, wenn nicht der Schriftsteller? Er hat Ursache dazu, denn er fühlt, daß es von dem Moment an, wo er lediglich Geschäfte für seine eigene Person machen würde, mit seiner Lust am lebendigen Schaffen vorbei wäre. Es zwingt ihn ein geheimnisvolles Etwas, das beständig um ihn herum ist, zur Selbstlosigkeit. Er opfert, denn was hat er vom Leben? Wenn andere lachen, daß ihnen die hellen, schönen Tränen in die Augen treten, so steht er im bescheidenen Halbdunkel, von der Aufgabe erfüllt, die ihm zuflüstert: Studiere diese Munterkeit, präge dir die Töne dieser Freude fest ein, damit du sie, wenn du nach Hause kommst, beschreiben und in Worten malen kannst!

Der Schriftsteller ist im Leben oft eine sogenannte lächerliche Person, jedenfalls ist er immer ein Schatten, er ist immer daneben, wo andere das unaussprechliche Vergnügen haben dürfen, mitten drin zu sein, er spielt nur mit der emsigen Feder in der Hand, also ganz im Verborgenen eine Rolle. So ungefähr sieht die Schule aus, in der er unter allerhand kränkenden Zurücksetzungen und Vorenthaltungen Bescheidenheit gelernt hat. Im Verkehr mit Frauen zum Beispiel – wie sieht sich da der ernstlich strebende und von der Sache, in deren Dienst er steht, ergriffene Schriftsteller zur Vorsicht genötigt, daß es oft ganz beschämend für seinen Ruf als Menschen und Mann wird.

Jetzt fange ich an, einzusehen, weshalb man sich nicht scheut, den Schriftsteller einen »Helden der Feder« zu nennen; diese Bezeichnung ist trivial, aber wahr. Er erlebt alles in seinen Empfindungen, er ist Karrenschieber, Wirt, Raufbold, Sänger, Schuster, Salondame, Bettler, General, Banklehrling, Tänzerin, Mutter, Kind, Vater, Betrüger, Erschaffener, Geliebte. Er ist der Mondschein, und er ist das Brunnengeplätscher, der Regen, die Hitze in den Straßen, der Strand, das Segelschiff. Er ist der Hungernde und der Sattgegessene, der Prahler und der Prediger, der Wind und das Geld. Er fällt mit dem Goldstück auf den Zahltisch, wenn er schreibt: und sie (eine polnische Gräfin) zählt das Geld auf. Er ist das Erröten auf der Wange der Frau, die merkt, daß sie liebt, er ist der Haß eines kleinlichen Hassers, kurz, er ist alles und muß alles sein. Für ihn gibt es nur eine Religion, nur ein Gefühl, nur eine Weltanschauung: in die Anschauung, in das Gefühl, in die Religion anderer, womöglich aller, liebend aufpassend unterzuschlüpfen. Er ist mit sich jedesmal fertig, wenn er das erste Wort schreibt, und wenn er den ersten Satz geformt hat, kennt er sich nicht mehr. Ich meine, das alles darf ihn empfehlen ...

Tell in Prosa

Hohlweg bei Küßnacht

Tell (tritt zwischen den Büschen hervor): Durch diese hohle Gasse, glaube ich, muß er kommen. Wenn ich es recht überlege, führt kein andrer Weg nach Küßnacht. Hier muß es sein. Es ist vielleicht ein Wahnsinn, zu sagen: Hier muß es sein, aber die Tat, die ich vorhabe, bedarf des Wahnsinns. Diese Armbrust ist bis jetzt nur auf Tiere gerichtet gewesen, ich habe friedlich gelebt, ich habe gearbeitet, und wenn ich müde von der Anstrengung des Tages gewesen bin, habe ich mich schlafen gelegt. Wer hat ihm befohlen, mich zu stören, auf wessen Veranlassung hin hat er mich drücken müssen? Seine böse Stellung im Land hat es ihm eingegeben. *(Er setzt sich auf einen Stein.)* Tell läßt sich beleidigen, aber nicht am Hals würgen. Er ist Herr, er darf meiner spotten, aber er hat mich an Leib, Liebe und Gut angegriffen, er hat es zu weit getrieben. Heraus aus dem Köcher! *(Er nimmt einen Pfeil heraus.)* Der Entschluß ist gefaßt, das Schrecklichste ist getan, er ist schon erschossen durch den Gedanken. Wie aber? Warum lege ich mich in den Hinterhalt? Wäre es nicht besser, vor ihn hinzutreten und ihn vor den Augen seiner Knechte vom Pferd herunterzuschlagen? Nein, ich will ihn als das ahnungslose Wild betrachten, mich als den Jäger, das ist sicherer. *(Er spannt den Bogen.)* Mit der friedlichen Welt ist es nun vorbei, ich habe auf das Haupt meines Kindes zielen müssen, so ziele ich jetzt auf die Brust des Wüterichs. Es ist mir, als hätte ich es bereits getan und könnte nach Hause ziehen; was im Geist schon geschehen ist, tun die Hände hinterher nur noch mechanisch, ich kann den Entschluß verzögern, aber nicht brechen, das müßte Gott tun. Was höre ich. *(Er horcht.)* Kommt er schon? Hat er es eilig? Ist er so ahnungslos? Das ist das Eigentümliche an diesen Herren, daß sie ruhigen Herzens Jammervolles begehen können. *(Er zittert.)* Wenn ich jetzt den Schuß verfehle, so muß ich hinabspringen und das verfehlte Ziel zerreißen. Tell, nimm dich zusammen, die kleinste Ungeschicklichkeit macht dich zum wilden Tier. *(Hornruf hinter der Szene.)* Wie frech er durch die Länder, die er erniedrigt, blasen läßt. Er meint, herrisch zu sein, aber er ist nur ohne Ahnung. Er ist so sorglos wie ein tanzendes Kind. Hundertfacher Räuber und Mörder. Er tötet, wenn er tänzelt. Ein Ungeheuer muß in der Ahnungslosigkeit sterben. *(Er macht sich zum Schuß bereit.)* Jetzt bin ich ruhig. Ich würde beten, wenn ich weniger ruhig wäre. Ruhige wie ich erledigen Pflichten. *(Der Landvogt mit Gefolge auf Pferden. Prachtvoller Auftritt. Tell schießt.)* Du kennst den Schützen. Frei ist das Land von dir. *(Ab.)*

Der Schriftsteller (II)

Der Schriftsteller besitzt in der Regel zwei Anzüge, einen für die Straße und zum Besuche machen und einen für die Arbeit. Er ist ein ordentlicher Mensch; das Sitzen am engen Schreibtisch hat ihn bescheiden gemacht, er verzichtet auf die heitern Genüsse des Lebens, und wenn er von irgendeinem nützlichen Ausgang nach Hause kommt, so zieht er seinen guten Anzug rasch vom Leib, hängt Hose und Rock, wie es sich gehört, säuberlich in den Kleiderschrank, wirft sich in seine Arbeiterbluse und Hausschuhe, geht in die Küche, macht Tee zurecht und begibt sich zur gewohnten Arbeit. Er trinkt nämlich immer Tee während des Schaffens, das behagt ihm sehr, es erhält ihn gesund, und seiner Meinung nach ersetzt ihm das alle übrigen weltlichen Genüsse. Verheiratet ist er nicht, denn er hat nicht die Kühnheit gehabt, sich zu verlieben, weil er allen ihm zu Gebote stehenden Mut dazu hat anwenden müssen, seiner künstlerischen Pflicht gegenüber, die, wie es vielleicht bekannt ist, eine sehr harte sein kann, treu zu bleiben. Er hauswirtschaftet in der Regel gänzlich allein, es sei denn, eine Freundin helfe ihm beim Ausruhen und ein unsichtbarer Schutzgeist beim Arbeiten. Seiner innersten Überzeugung nach ist sein Leben weder besonders freudig noch gar sehr trübe, weder leicht noch schwer, weder eintönig noch abwechslungsreich, weder eine fortdauernde noch eine oft unterbrochene Lustbarkeit, weder ein Schrei noch ein anhaltendes, munteres Lächeln: er schafft, das ist sein Leben. Er versucht in einem fort, sich in alles und jedes hineinzuleben, darin besteht sein Schaffen, und wenn er von seiner Arbeit einen Augenblick aufsteht, um sich eine neue Zigarette zu drehen, einen Schluck Tee zu trinken, ein Wort zur Katze zu sagen, jemandem die Tür zu öffnen oder rasch aus dem Fenster zu schauen, so sind das nicht wesentliche Unterbrechungen, sondern gewissermaßen nur Kunstpausen oder Atemübungen. Manchmal turnt er ein bischen im Zimmer, oder es fällt ihm ein, ein wenig zu jonglieren; auch Übungen im Gesang oder in der tönenden Deklamation sind ihm willkommen. Diese kleinen Dinge tut er, damit er beim Schreiben nicht ganz und gar, wie er sonst leicht befürchten müßte, zum Narren wird. Er ist ein exakter Mensch; sein Beruf hat ihn dazu gezwungen, denn was sollten Liederlichkeit oder Unordentlichkeit tagelang am Schreibtisch zu suchen haben? Der Wunsch und die Leidenschaft, das Leben in Worten zu zeichnen, entstammen schließlich nur einer gewissen Genauigkeit und schönen Pedanterie der Seele, der es Schmerz bereitet, beobachten zu müssen, wie so viel Schönes, Lebendiges, Eilendes und Flüchtiges in der Welt davonfliegt, ohne daß man es hat ins Notizbuch bannen können. Welche ewige Sorge! Der Mann mit der Feder in der Hand ist quasi ein Held im Halbdunkel, dessen Betragen nur deshalb kein heroisches und edles ist, weil es der Welt nicht zu Gesicht kommen kann. Man spricht nicht umsonst von »Helden der Feder«. Vielleicht ist das nur ein trivialer Ausdruck für eine ebenso triviale Sache, aber ein Feuerwehrsmann ist auch etwas Triviales, obschon nicht ausgeschlossen ist, daß er gesetzten Falls ein Held und ein Lebensretter sein kann. Wenn es bisweilen einem Mutigen gelingt, ein Kind, oder was es sei, mit Lebensgefahr aus dem strömenden Wasser zu retten, so dürfte es vielleicht des öftern der Kunst und dem aufopfernden Bemühen eines Schriftstellers vorbehalten bleiben, dem achtlos und gedankenlos dahinflutenden Strom des Lebens Schönheitswerte, die eben am Ertrinken und Untergehen sind, mit Gefahr seiner Gesundheit zu entreißen, denn gesund ist es nicht, zehn bis dreizehn Stunden hintereinander am Romanen- oder Novellentisch zu sitzen. Er kann also wohl zu den mutigen, kühnen Naturen gerechnet werden. In der Gesellschaft, wo es immer so glänzend und glatt zugeht, benimmt er sich mitunter steif aus Schüchternheit, rauh aus Gutmütigkeit und holprig aus Mangel an

Schliff. Aber man unternehme es doch, ihn in ein Gespräch zu ziehen oder ins Netz einer herzlichen Unterhaltung einzufädeln, und man wird ihn alsobald sein linkisches Wesen abwerfen sehen; seine Zunge wird sprechen wie jede beliebige andre Zunge, seine Hände bekommen die allernatürlichsten Bewegungen, und in seinen Augen wird gewiß ebensoviel Feuer schimmern, als in den Augen irgendeines Staats-, Industrie- oder Marinemenschen. Er ist gesellig, wie nur irgendeiner. Er erlebt vielleicht einmal während eines ganzen Jahres nichts Neues, da er sich immer mit Satz- und Tonreihen abgegeben hat und mit der Vollendung seines Werkes, aber, ich bitte, hat er dafür nicht Phantasie? Schätzt man die gar nicht mehr heutzutage? Er ist fähig, mit seinen Einfällen eine Gesellschaft von, sagen wir, zwanzig Menschen sich beinahe kaputt lachen zu machen, oder er kann Staunen erwecken, und zwar im Handumdrehen, oder er kann Tränen entlocken, indem er einfach ein Gedicht, das er gemacht hat, vorliest. Und dann, wenn seine Bücher auf dem Markt erscheinen! Alle Welt, bildet er sich in seiner dachstubigten Verlassenheit ein, springt danach und reißt sich um die hübsch eingebundenen oder sogar in braunes Leder gepreßten Exemplare. Auf dem Titelblatt steht sein Name, ein Umstand, der seiner naiven Meinung nach genügt, ihn überall in der runden, weiten Welt bekannt zu machen. Alsdann kommen die Enttäuschungen, die Zurechtweisungen in den Blättern, das Zischen zu Tode, das Verschweigen ins Grab hinein; unser Mann erträgt es eben. Er geht nach Hause, vernichtet alle seine Papiere, versetzt dem Schreibtisch einen furchtbaren Stoß, daß er umfliegt, zerreißt einen angefangenen Roman, zerfetzt die Schreibunterlage, wirft den Vorrat an Schreibfedern zum offenen Fenster hinaus, schreibt seinem Verleger: »Sehr geehrter Herr, ich bitte Sie, aufzuhören, an mich zu glauben«, und segelt auf Wanderschaften. Sein Zorn und seine Scham kommen ihm übrigens nach kurzer Zeit lächerlich vor, und er sagt sich, daß es seine Pflicht und Schuldigkeit sei, von neuem mit seiner Arbeit zu beginnen. So macht's der eine, der andre macht's vielleicht um eine Schattierung anders. Nie verliert ein zum Schriftstellern geborener Schriftsteller den Mut; er hat ein beinahe ununterbrochenes Vertrauen zur Welt und zu den tausend neuen Möglichkeiten, die sie ihm jeden neuen Morgen bietet. Er kennt jede Art Verzweiflung, aber auch jede Art Glücksgefühl. Das Sonderbare ist, daß ihn eher die Erfolge als die Mißerfolge mißtrauisch gegen sich machen; das kommt aber vielleicht nur daher, weil die Maschine seines Denkens fortgesetzt in Bewegung ist. Hin und wieder macht der Schriftsteller Vermögen, aber er geniert sich beinahe, Haufen Geldes erworben zu haben, und er macht sich in solchen Fällen absichtlich klein, um den vergifteten Pfeilen des Neides und der Spottsucht möglichst auszuweichen. Ein ganz natürliches Verhalten! Wie aber, wenn er arm und verachtet dahinlebt, in feuchten, kalten Stuben, an Tischen, über deren Platten ihm das Ungeziefer kriecht, in Betten aus Stroh, in Häusern voll wüsten Gelärms und Geschreis, auf ganz und gar einsamen Wegen, in der Nässe des herabströmenden Regens, auf der Suche nach Lebensunterhalt, den ihm, weil er vielleicht eine dumme Figur macht, kein vernünftiger Mensch gewähren will, unter der Glut der hauptstädtischen Sonne, in Herbergen voll Ungemach, in Gegenden voll Sturm oder in Asylen ohne die Freundlichkeit und Heimatlichkeit, die in dem Namen so schön enthalten ist? Ist ein derartiges Unglück ausgeschlossen? Nun also: auch Gefahren kann der Schriftsteller durchmachen, und von seinem Genie, sich in alle üblen Umstände zu schikken, wird es abhängen, wie er sie durchmacht. Der Schriftsteller liebt die Welt, denn er fühlt, daß er aufhört, ihr Kind zu sein, wenn er sie nicht mehr lieben kann. In diesem Fall ist er ja auch meist nur noch ein mittelmäßiger Schriftsteller, das empfindet er deutlich, und deshalb vermeidet er es, dem Leben ein mißmutiges Gesicht zu zeigen. Infolgedessen kommt es auch oft vor, daß man ihn für einen urteilslosen, beschränkten Schwärmer ansieht, während man doch gar nicht bedenkt, daß er ein Mensch ist, der sich weder den Spott, noch den Haß gestatten darf, weil ihm diese Empfindungen zu leicht die Lust am Schaffen rauben.

Fabelhaft

Das Wetter war fabelhaft. Bei dem Wetter mochten Kitsch und Kutsch nicht zu Hause bleiben, und so machten sie sich zum Ausgehen fertig und eilten auf die Straße hinunter. Fabelhaft, dieses Licht in der Straße, murmelte Kutsch, während sie beide rüstig vorwärtsmarschierten, und Kitsch sagte auch: fabelhaft. Bald kam ihnen ein dickes Weib entgegen, dieses Weib wurde von beiden Spaziergängern augenblicklich als fabelhaft empfunden. Sie stiegen in die Elektrische, das sei doch fabelhaft, meinte wieder Kutsch, indem er sich den jugendlichen Bart kratzte, so zu fahren, und Kitsch beeilte sich, seinem Kameraden lebhaft zuzustimmen. Ein Mädchen mit »fabelhaften Augen« saß im Wagen. Plötzlich fing's an leise zu regnen: fabelhaft!

Nach einer Weile stiegen unsere Kitsch und Kutsch aus und traten in einen Kunstsalon. Der Kunsthändler schaute zu seiner Kunsthandlung heraus, das wäre für die beiden um ein Haar fabelhaft gewesen, nämlich so: fabelhaft, wie der Kerl zu seinem Geschäft heraussieht, aber sie vermieden es, diesen Gedanken laut zu äußern, weil sie fühlten, daß man denn doch nicht immer wieder dasselbe sagen darf. Eine halbe Minute später standen sie vor einem Renoir: einfach fabelhaft! fuhr es ihnen zu den Munden heraus. Kutsch fing wieder an, sich mit den Fingern am Bart zu rasieren, aber schon hatte sein Kollege etwas entdeckt, das noch um zehn Fabeln fabelhafter war, als der Renoir, es war dies ein alter Holländer. So etwas, sagten sie, sei mehr wie fabelhaft, und sie hätten beide schreien mögen.

Dann gingen sie. Inzwischen war draußen eine feine Kruste Schnee gefallen, das sah fabelhaft aus, der Schnee war ganz schwarz, bläulich schwarz, einfach, na, sie hielten an sich, schließlich möchte man nicht immer dasselbe sagen. Ein Maler begegnete ihnen. Nicht lange dauerte es und so sagte der Maler, er kenne nichts Fabelhafteres als Paris. Kitsch und Kutsch fanden das ekelhaft, zu sagen, Paris sei fabelhaft, sie behandelten rasch den ahnungslosen Maler samt seinem fi-fä-fö-fü fabelhaften Paris mit Verachtung. Sobald sie wieder allein waren, kam's ihnen schon wieder, aber sie fanden's am Platz, diesmal war es ein Teich. Sie standen auf einer Brücke, und da unten lag der Teich in seiner ganzen Fabelhaftigkeit. Mit einem Male sprachen sie von Gedichten von Verlaine, Kutsch schlug die Hände zusammen und schrie: fabelhaft. Da lächelte Kitsch. Er hatte es jetzt heraus, er sagte sich: wie gemein, derart zu fabelhaften bei jeder geringfügigen Gelegenheit. Nach einer Minute stürzte er zu Boden, umgeschlagen vom fabelhaften Aussehen eines blauen Weiberrockes. Das Blau ist enorm, sagte Kitsch, indem er sich mühsam emporrichtete. Er hatte den Fuß verstaucht. Von diesem Moment an sagten sie immer enorm, nicht mehr fabelhaft.

Aschinger

Ein Helles bitte! Der Biereingießer kennt mich schon seit geraumer Zeit. Ich schaue das gefüllte Glas einen Moment an, nehme es mit zwei Fingern an seinem Henkel und trage es nachlässig zu einem der runden Tische, die mit Gabeln, Messern, Brötchen, Essig und Öl versehen sind. Ich stelle das nässende Glas ordnungsgemäß auf den Filzuntersatz und überlege, ob ich mir etwas zu essen holen soll, oder nicht. Der Eßgedanke treibt mich zu dem blau-weiß gestreiften Schnittwaren-Fräulein. Von dieser Dame lasse ich mir eine Auswahl Belegtes auf einem Teller verabreichen, derart bereichert trabe ich ordentlich träge an meinen Platz zurück. Ich gebrauche weder Gabel noch Messer, nur das Senflöffelchen, mit dem ich meine Schnitten braun anstreiche, worauf ich dieselben gemütvoll in den Mund hineinschiebe, daß es die Seelenruhe selber ist, die mir jetzt unter Umständen zuschauen darf. Bitte, noch ein Helles. Bei Aschinger gewöhnt man sich rasch einen Eß- und Trink-Vertraulichkeitston an, man spricht dort nach einiger Zeit fast nur noch wie Waßmann im Deutschen Theater. Mit dem zweiten oder dritten Glas Hellem in der Faust treibt's einen dann gewöhnlich an, allerlei Beobachtungen zu machen. Man will gern recht exakt notiert haben, wie die Berliner essen. Sie stehen dabei, aber sie nehmen sich ganz nett Zeit dazu. Es ist ein Märchen, zu glauben, in Berlin haste, zische oder trabe man nur. Man versteht hier geradezu drollig, Zeit dahinfließen zu lassen, man ist eben auch Mensch. Es ist eine innige Freude, zu sehen, wie hier nach Wurstbrötchen und italienischen Salaten geangelt wird. Die Gelder werden meistens aus Westentaschen hervorgezogen, es handelt sich ja doch beinahe regelmäßig nur um einen Groschen. Jetzt habe ich mir eine Zigarette gedreht und nehme am Selbstbrenner, der unter grünem Glas steckt, Feuer. Wie gut ich dieses Glas kenne und die Messingkette zum Anziehen. Immer wimmelt es ein und aus von eßlustigen und satten Menschen. Die Unbefriedigten finden rasch an der Bierquelle und am warmen Wursttturm Befriedigung, und die Satten springen wieder an die Geschäftsluft hinaus, gewöhnlich eine Mappe unter dem Arm, einen Brief in der Tasche, einen Auftrag im Gehirn, einen festen Plan im Schädel, eine Uhr in der offenen Hand, die sagt, daß es jetzt Zeit ist. Im runden Turm in der Mitte des Gemaches thront eine junge Königin, es ist die Beherrscherin der Würste und des Kartoffelsalates, sie langweilt sich ein wenig in ihrer köcherlichen Umgebung. Eine feine Dame tritt ein und spießt ein Kaviarbrötchen an zwei Fingern auf, sofort mache ich mich ihr bemerkbar, aber so, als ob mir das Bemerktwerden Wurst wäre. Ich habe inzwischen Zeit gefunden, mich an einem neuen Hellen festzuhalten. Die feine Frau geniert sich ein bißchen, in die Kaviarherrlichkeit hineinzubeißen, ich bilde mir natürlich sogleich ein, das sei ich und kein anderer, wegen dem sie ihrer Zubeißesinne nicht so ganz völlig mächtig wäre. Man täuscht sich so leicht und so gern. Draußen auf dem Platz ist ein Lärm, den man eigentlich gar nicht hört, ein Durcheinander von Wagen, Menschen, Autos, Zeitungsverkäufern, Elektrischen, Handwagen und Fahrrädern, das man eigentlich auch gar nicht mal sieht. Es ist beinahe unpassend, zu denken, man wolle das hören und sehen, man ist doch kein Zugereister. Die elegant-geschweifte Taille, die soeben noch Brot geknuspert hat, verläßt jetzt Aschinger. Wie lange habe eigentlich denn ich im Sinn, dazubleiben? Die Bierburschen haben momentan ein wenig Ruhe, aber nicht lange, denn es wälzt sich wieder von draußen herein und wirft sich durstig an die sprudelnde Quelle. Menschen, die essen, betrachten andere, die ebenfalls mit den Zähnen arbeiten. Wenn einer den Mund gerade voll hat, so sehen zu gleicher Zeit seine Augen einen, der mit Hereinschieben betätigt ist, an. Und die Leute lachen nicht einmal, auch ich nicht. Seit ich in Berlin bin, habe ich mir abgewöhnt, das Menschheitliche lächerlich zu finden. Übrigens lasse ich mir in diesem Augenblick selber ein neues Eßzauberstück geben, es ist dies ein Brotbett mit einer schlafenden Sardine darauf, sie liegt auf einem Butterlaken, dies gewährt einen so reizenden Anblick, daß ich das ganze Schauspiel beinahe auf einen Ruck in den offenen Drehbühnen-Rachen hinunterwerfe. Ist so etwas lächerlich? Keineswegs. Nun also. Was an mir nicht lächerlich ist, kann es an den andern noch weniger sein, denn man hat die Pflicht, andere unter allen Umständen höher zu achten, als sich selber, eine Weltanschauung, die zu dem Ernst, mit dem ich jetzt an den ruckweisen Untergang meines Sardinennachtlagers denke, prächtig paßt. Einige von den Menschen, die mich umgeben, unterhalten sich essend. Die Gewichtigkeit, mit der sie solches tun, ist ansprechend. Wenn man schon dabei ist, etwas zu unternehmen, unternehme man es würdig und sachlich. Würde und Selbstbewußtsein wirken behaglich, auf mich wenigstens, und deshalb stehe ich so gern in irgendeinem von unsern Aschingerhäusern, wo die Menschen zu gleicher Zeit trinken, essen, reden und denken. Wie viele Geschäfte sind hier schon ersonnen worden. Und das Schönste ist: man kann stundenlang am Fleck stehen, das verletzt niemanden, das findet kein einziger von all denen, die kommen und gehen, auffällig. Wer hier an der Bescheidenheit Geschmack findet, der kann auskommen, er kann leben, es hindert ihn niemand. Wer keine gar so besondere Herzlichkeit beansprucht, der darf ein Herz haben, man erlaubt ihm das.

Die Schlacht bei Sempach

Eines Tages, mitten im heißen Sommer, zog sich auf der staubbedeckten Landstraße ein Heereszug in die Luzerner Gegend langsam dahin. Die helle, eigentlich mehr als helle Sonne blendete auf die tanzenden Rüstungen herab, auf Rüstungen, die Menschenkörper bedeckten, auf tanzende Rosse, auf Helme und Stücke Gesichter, auf Pferdeköpfe und Schweife, auf Zieraten und Büsche und Steigbügel, die groß waren wie Schneeschuhe. Rechts und links von dem glänzenden Heereszug breiteten sich Wiesen mit Tausenden von Obstbäumen aus, bis an Hügel heran, die aus der blauduftenden, halb verschwommenen Ferne wie leise und behutsam gemalte Dekorationen winkten und wirkten. Es war eine vormittäglich drückende Hitze, eine Wiesenhitze, eine Gras-, Heu- und Staubhitze, denn Staub wurde aufgeworfen, wie dicke Wolken, die manchmal Stücke und Teile vom Heer einhüllen wollten. Schleppend, stampfend und nachlässig ging die schwere Kavalkade vorwärts; sie glich oft einer schillernden, langen Schlange, oft einer Eidechse ungeheuren Umfanges, oft einem großen Stück Tuch, reich von Figuren und farbigen Formen durchwoben und feierlich nachgezogen, wie Damen, meinetwegen ältliche und herrische, gewöhnt sind, Schleppen nachzuziehen. In der ganzen Art und Weise dieses Heergewoges, im Stampfen und Klirren, in diesem schnöden, schönen Gerassel lag ein einziges »Meinetwegen« enthalten, etwas Freches, sehr Zuversichtliches, etwas Umwerfendes, träg beiseite Schiebendes. Alle diese Ritter unterhielten sich, so gut es durch die stählernen Mäuler gehen wollte, in fröhlichem Wortgefecht miteinander; Lachen ertönte und dieser Laut paßte vorzüglich zu dem hellen Ton, den die Waffen und Ketten und goldenen Gehänge verursachten. Die Morgensonne schien manches Blech und feinere Metall noch zu liebkosen, die Pfeifentöne flogen zu der

Sonne herauf; ab und zu reichte einer der vielen zu Fuß daherstelzenden Diener seinem reitenden Herrn einen delikaten Bissen, an eine silberne Gabel gesteckt, zum schwankenden Sattel hinauf. Wein wurde flüchtig getrunken, Geflügel verzehrt und nicht Eßbares ausgespuckt, mit einer leichten, sorglosen Gemütlichkeit, denn es ging ja in keinen ernsthaften, ritterlichen Krieg, es ging zu Abstrafung, Notzucht, zu blutigen, höhnischen, schauspielerischen Dingen, so dachte jeder; und jeder erblickte schon die Masse von abgeschlagenen Köpfen, die die Wiese blutig färben sollten. Unter den Kriegsherren befand sich mancher wundervolle junge adelige Mensch in herrlicher Bekleidung, zu Pferd sitzend wie ein vom blauen, ungewissen Himmel niedergeflogener männlicher Engel. Mancher hatte den Helm, um es sich bequem gemacht zu haben, abgezogen und einem Trotzbuben zum Tragen herabgereicht und zeigte so der freien Luft ein sonderbar von Unschuld und Übermut schöngezeichnetes Gesicht. Man erzählte die neuesten Witze und besprach die jüngsten Geschichten von galanten Frauen. Wer ernst blieb, wurde zum Besten gehalten; eine nachdenkliche Miene schien man heute unanständig und unritterlich zu finden. Die Haare der Jünglinge, die ihren Helm abgenommen hatten, glänzten und dufteten von Salben und Öl und wohlriechendem Wasser, das sie sich aufgeschüttet hatten, als habe es gegolten, zu einer koketten Dame zu reiten, um ihr reizende Lieder vorzusingen. Die Hände, von denen die eisernen Handschuhe abgestreift worden, sahen nicht kriegerisch, vielmehr gepflegt und verhätschelt aus, schmal und weiß wie Hände von jungen Mädchen.

Einer allein in dem tollen Zug war ernst. Schon sein Äußeres, eine tiefschwarze, von zartem Gold durchbrochene Rüstung, zeigte an, wie der Mensch, den sie deckte, dachte. Es war der edle Herzog Leopold von Österreich. Dieser Mann sprach kein Wort; er schien ganz in sorgenvolle Gedanken versunken. Sein Gesicht sah aus wie das eines Menschen, der von einer frechen Fliege um das Auge herum belästigt wird. Diese Fliege wird wohl seine böse Ahnung gewesen sein, denn um seinen Mund spielte ein fortwährendes verächtlich-trauriges Lächeln; das Haupt hielt er gesenkt. Die ganze Erde, so heiter sie auch aussah, schien ihm zornig zu rollen und zu donnern. Oder war es nur der trampelnde Donner der Pferdehufe, da man jetzt eine hölzerne Reußbrücke passierte? Immerhin: etwas Unheilverkündendes wob schauerlich um des Herzogs Gestalt.

In der Nähe des Städtchens Sempach machte das Heer halt; es war jetzt so um zwei Uhr nachmittags. Vielleicht war es auch drei Uhr; es war den Rittern so gleichgültig, wie viel Uhr es sein mochte; ihretwegen hätte es zwanzig Uhr sein dürfen: sie würden es auch in der Ordnung gefunden haben. Man langweilte sich schon schrecklich und fand jede leise Spur von kriegerischer Maßregel lächerlich. Es war ein stumpfsinniger Moment, es glich einem Scheinmanöver, wie man jetzt aus den Sätteln sprang, um Stellung zu nehmen. Das Lachen wollte nicht mehr tönen, man hatte schon so viel gelacht, eine Ermattung, ein Gähnen stellte sich ein. Selbst die Rosse schienen zu begreifen, daß man jetzt nur noch gähnen könne. Das dienende Fußvolk machte sich hinter die Reste der Speisen und Weine, soff und fraß, was es noch zu fressen und zu saufen gab. Wie lächerlich dieser ganze Feldzug allen erschien! Dieses Lumpenstädtchen, das noch trotzte: wie dumm das war!

Da ertönte plötzlich in die furchtbare Hitze und Langeweile hinein der Ruf eines Hornes. Eine eigentümliche Ankündigung, die ein paar aufmerksamere Ohren horchen ließ: Was kann da nun sein? Horch: schon wieder. Da tönte es schon wieder, wirklich, und man hätte allgemein glauben sollen, diesmal ertöne es in weniger weiter Entfernung. »Aller guten Dinge sind drei«, lispelte ein geckiger Witzbold; »töne doch noch einmal, Horn!« Eine Weile verging. Man war etwas nachdenklich geworden; und nun, mit einem Mal, fürchterlich, als hätte das

Ding Flügel bekommen und reite auf feurigen Ungeheuern daher, flammend und schreiend, setzte es noch einmal an, ein langer Schrei: Wir kommen! Es war in der Tat, als bekomme da plötzlich eine Unterwelt Luft, durch die harte Erde durchzubrechen. Der Ton glich einem sich öffnenden dunklen Abgrund und es wollte scheinen, als ob jetzt die Sonne aus einem finsteren Himmel herableuchte, noch glühender, noch greller, aber wie aus einer Hölle, nicht wie aus einem Himmel herab. Man lachte auch jetzt noch; es gibt ja Momente, wo der Mensch glaubt, lächeln zu sollen, während er sich vom Entsetzen angepackt fühlt. Die Stimmung eines Heereszuges von vielen Menschen ist schließlich ja nicht viel anders als die Stimmung eines einzelnen, einsamen Menschen. Die ganze Landschaft in ihrer brütend weißlichen Hitze schien jetzt nur noch immer Tut zu machen, sie war zum Hörnerton geworden; und nun warf sich denn auch alsobald zu dem Tonraum, wie aus einer Öffnung, der Haufe von Menschen heraus, denen der Ruf vorangegangen war. Jetzt hatte die Landschaft keine Kontur mehr; Himmel und sommerliche Erde verschwammen in ein Festes; aus der Jahreszeit, die verschwand, war ein Fleck, ein Fechtboden, ein kriegerischer Spielraum, ein Schlachtfeld geworden. In einer Schlacht geht die Natur immer unter, der Würfel herrscht nur noch, das Gewebe der Waffen, der Haufe Volkes und der andere Haufe Volkes.

Der vorwärtseilende, allem Anschein nach hitzige Volkshaufe kam näher heran. Und der ritterliche Haufe war fest, er schien auf einmal ineinandergewachsen zu sein. Kerle von Eisen hielten ihre Lanzen vor, daß man auf der Lanzenbrükke hätte per Break spazierenfahren können, so dicht waren die Ritter eingeklemmt und so stumpfsinnig stach Lanze an Lanze nach vorn, unbeweglich, unverrückbar, gerade etwas, sollte man gemeint haben, für so eine drängende, stürmende Menschenbrust, die sich daran festspießen könnte. Hier eine stupide Wand von Spitzen, dort Menschen, mit Hemden zur Hälfte bedeckt. Hier Kriegskunst, von der borniertesten Sorte, dort Menschen von ohnmächtigem Zorn ergriffen. Da stürmte nun immer einer und dann der andere, verwegen, um nur dieser ekelhaften Unlust ein Ende zu machen, in eine der Lanzenspitzen, toll, verrückt, vom Zorn und von der Wut hingeworfen. Natürlich auf die Erde, ohne nur den behelmten und befiederten Lümmel aus Eisen noch mit der Handwaffe getroffen zu haben, erbärmlich aus der Brust blutend, sich überschlagend, das Gesicht in den staubigen Rossedreck, den hier die adeligen Rosse hinterlassen hatten. So ging's all diesen beinahe unbekleideten Menschen, während die Lanzen, schon von dem Blut gerötet, höhnisch zu lächeln schienen.

Nein: das war nichts; man sah sich auf der Seite der »Menschen« genötigt, einen Trick anzuwenden. Der Kunst gegenübergestellt, wurde Kunst nötig oder irgendein hoher Gedanke; und dieser höhere Gedanke, in Gestalt eines Mannes von hoher Figur, trat auch allsogleich vor, merkwürdig, wie von einer überirdischen Macht vorgeschoben, und sprach zu seinen Landsleuten: »Sorget ihr für mein Weib und für meine Kinder, ich will euch eine Gasse bohren«; und warf sich blitzschnell, um nur ja nicht an seiner Lust, sich zu opfern, zu erlahmen, in vier, fünf Lanzen, riß auch noch mehrere, so viele, wie er sterbend packen konnte, nach unten, zu seiner Brust, als könne er gar nicht genug eiserne Spitzen umarmen und an sich drücken, um nur ja so recht aus dem Vollen untergehen zu können, und lag am Boden und war Brücke geworden für Menschen, die auf seinen Leib traten, auf den hohen Gedanken, der eben getreten sein wollte. Nichts wird je wieder einem solchen Schmettern gleichen, wie nun die leichten, von der Wut gestoßenen und gehobenen Berges- und Talmenschen hineinschmetterten, in die tolpatschige verruchte Wand hinein, und sie zerrissen und zerklopften, Tigern ähnlich, die eine wehrlose Herde von Kühen zerreißen. Die Ritter waren jetzt fast ganz wehrlos geworden, da sie sich, in ihre Enge gekeilt, kaum nach eine Seite bewegen konnten. Was auf Pferden saß, wurde wie Papier hinuntergeworfen, daß es krachte, wie mit Luft gefüllte Tüten krachen, wenn man sie zwischen zwei Händen zusammenschlägt. Die Waffen der Hirten erwiesen sich jetzt als furchtbar und ihre leichte Bekleidung als gerade recht; um so lästiger waren die Rüstungen für die Ritter. Köpfe wurden von Hieben gestreift, scheinbar nur gestreift und erwiesen sich schon als eingeschlagen. Es wurde immer geschlagen, Pferde wurden umgeworfen, die Wut und die Kraft nahmen immer zu, der Herzog wurde getötet; es wäre ein Wunder gewesen, wenn er nicht getötet worden wäre. Diejenigen, die schlugen, schrien dazu, als gehöre es sich so, als wäre das Töten eine noch zu geringfügige Vernichtung, etwas nur Halbes.

Hitze, Dampf, Blutgeruch, Dreck und Staub und das Geschrei und Gebrüll vermischten sich zu einem wilden, höllischen Getümmel. Sterbende empfanden kaum noch ihr Sterben, so rapid starben sie. Sie erstickten vielfach in ihren prahlerischen Eisenrüstungen, diese adeligen Dreschflegel. Was galt nun noch eine Stellungnahme? Jeder würde gern darauf gepfiffen haben, wenn er überhaupt noch hätte pfeifen können. An die hundert schönen Edelleute ertranken, nein: ersoffen im nahegelegenen Sempachersee; sie ersoffen, denn sie wurden wie Katzen und Hunde ins Wasser gestürzt, sie überpurzelten und überschlugen sich in ihren eleganten Schnabelschuhen, daß es eine wahre Schande war. Der herrlichste Eisenpanzer konnte nur noch Vernichtung versprechen und die Verwirklichung dieser Ahnung war eine fürchterlich korrekte. Was war es nun, daß man daheim, irgendwo im Aargau oder in Schwaben, Schloß, Land und Leute besaß, eine schöne Frau, Knechte, Mägde, Obstland, Feld und Wald und Abgaben und die feinsten Privilegien? Das machte das Sterben in diesen Pfützen, zwischen dem straffgezogenen Knie eines tollen Hirten und einem Stück Boden, nur noch bitterer und elender. Natürlich zerstampften die Prachtrosse in wilder Flucht ihre eigenen Gebieter; viele Herren auch blieben, indem sie jählings absteigen wollten, in den Steigbügeln mit ihren dummen Modeschuhen hängen, so daß sie mit den blutenden Hinterköpfen die Wiesen küßten, während die erschreckten Augen, bevor sie erloschen, den Himmel über sich wie eine ergrimmte Flamme brennen sahen. Freilich brachen auch Hirten zusammen, aber auf einen Nacktbrüstigen und Nacktarmigen kamen immer zehn Stahlbedeckte und Eingemummelte. Die Schlacht bei Sempach lehrt eigentlich, wie furchtbar dumm es ist, sich einzumummeln. Hätten sie sich bewegen können, diese Hampelmänner: gut, sie würden sich eben bewegt haben; einige taten es, da sie endlich sich vom Allerunerträglichsten, was sie über dem Leib hatten, befreit hatten. »Ich kämpfe mit Sklaven, o Schande!« rief ein schöner Junge mit gelblich vom Haupt niederquellenden Lokken und sank, von einem grausamen Hieb ins liebe Gesicht getroffen, zu Boden, wo er, zu Tode verwundet, ins Gras biß mit dem halb zerschmetterten Munde. Ein paar Hirten, die ihre Mordwaffen aus den Händen verloren hatten, fielen wie Ringer auf dem Ringplatz die Gegner von unten herauf mit Nakken und Kopf an oder warfen sich, den Streichen ausweichend, auf den Hals der Ritter und würgten, bis abgewürgt war.

Inzwischen war Abend geworden, in den Bäumen und Büschen glühte das erlöschende Licht, während die Sonne zwischen den dunklen Vorbergen wie ein toter, schöner, trauriger Mann untersank. Die grimmige Schlacht hatte ein Ende. Die schneeweißen, blassen Alpen hingen im Hintergrund der Welt ihre schönen, kalten Stirnen hinunter. Man sammelte jetzt die Toten, man ging zu diesem Zweck still umher, hob auf, was an gefallenen Menschen am Boden lag, und trug es in das Massengrab, das andere gegraben hatten. Fahnen und Rüstungen wurden zusammengetan, bis es ein stattlicher Haufe wurde. Geld und Kostbarkeiten, alles gab man an einen bestimmten Ort ab.

Die meisten dieser einfachen, starken Männer waren still und gut geworden; sie betrachteten den erbeuteten Schmuck nicht ohne wehmutvolle Verachtung, gingen auf den Wiesen umher, sahen den Erschlagenen in die Gesichter und wuschen Blut ab, wo es sie reizte, zu sehen, wie etwa noch die besudelten Gesichtszüge aussehen mochten. Zwei Jünglinge fand man zu Füßen eines Buschwerkes mit Gesichtern, so jung und hell, mit im Tode noch lächelnden Lippen, umarmt am Boden. Dem einen war die Brust eingeschlagen, dem anderen der Leib durchgehauen worden. Bis in die späte Nacht hatten sie zu tun; mit Fackeln wurde dann gesucht. Den Arnold von Winkelried fanden sie und erschauerten beim Anblick dieser Leiche. Als die Männer ihn begruben, sangen sie mit dunkeln Stimmen eins ihrer schlichten Lieder; mehr Gepränge gab es da nicht. Priester waren nicht da; was hätte man mit Priestern tun sollen? Beten und dem Herrgott danken für den erfochtenen Sieg: das durfte ruhig ohne kirchliches Gefackel geschehen. Dann zogen sie heim. Und nach ein paar Tagen waren sie wieder in ihre hohen Täler zerstreut, arbeiteten, dienten, wirtschafteten, sahen nach den Geschäften, versahen das Nötige und sprachen noch manchmal ein Wort von der erlebten Schlacht; nicht viel. Sie sind nicht gefeiert worden (ja, vielleicht ein bißchen, in Luzern beim Einzug): gleichviel, die Tage gingen darüber weg, denn barsch und rauh werden die Tage mit ihren mannigfachen Sorgen schon damals, anno 1386, gewesen sein. Eine große Tat tilgt die mühselige Folge der Tage nicht aus. Das Leben steht an einem Schlachtentag noch lange nicht still; die Geschichte nur macht eine kleine Pause, bis auch sie, vom herrischen Leben gedrängt, vorwärtseilen muß.

Gebirgshallen

Kennen Sie die Gebirgshallen unter den Linden? Vielleicht probieren Sie einmal einen Gang dorthin. Der Eintritt kostet nur dreißig Pfennige. Wenn Sie die Kassiererin auch Brot oder Wurst essen sehen, so müssen Sie nicht degoutiert umkehren, sondern sogleich bedenken, daß es Abendbrot ist, welches da verzehrt wird. Die Natur fordert überall ihre Rechte. Wo Natur ist, da ist Bedeutung. Und nun werden Sie eintreten, ins Gebirge. Und da wird Ihnen eine große Figur, eine Art Rübezahl, begegnen, es ist der Wirt des Lokals, und Sie werden gut tun, ihm durch Hutlüften zu salutieren. Er sieht das gern, und er wird Ihnen artig für Ihre Höflichkeit danken, dadurch, daß er sich halb vom Stuhl, auf dem er sitzt, hochhebt. In der Seele geschmeichelt, treten Sie näher an den Gletscher heran, es ist dies die Bühne, eine geologische, geographische und architektonische Merkwürdigkeit. Sowie Sie sich gesetzt haben, bekommen Sie Trinkofferten von einer vielleicht leidlich hübschen Kellnerin. Man muß vorlieb nehmen mit dem, was da ist. Es strotzt auch an Kammerspielabenden vielleicht nicht einmal von fraulichen Finessen. Geben Sie acht, daß sich nicht allzu viele geschlagen und geworfen volle Apfelweingläser um Ihre Zahlperson herum gruppieren. Die Mädchen machen sich zu gern an solche Herren ran, die Mitleid mit ihnen haben. Mitleid ist unschicklich bei Kunstgenüssen. Haben Sie jetzt auf diese Tänzerin acht gegeben? Kleist hat auch jahrelang auf Anerkennung lauern müssen. Klatschen Sie nur tapfer in die Hände, auch wenn es Ihnen beinahe mißfallen hat. Wo haben Sie Ihren Bergstock? Zu Hause gelassen? Das nächste Mal müssen Sie wohl oder übel sportmäßig ausgerüstet im Gebirge erscheinen, für alle Fälle. Besser ist besser. Was trippelt da für eine reizende Sennhütten-Prinzessin auf Sie zu? Das ist die Kleine. Die will ein geschmettert Volles für fünfzig Pfennig von Ihnen.

Werden Sie diesen Lippen, diesen Augen, dieser süßen, dummen Bitte widerstehen können? Sie wären zu beklagen, wenn Sie das könnten. Nun öffnet sich Ihnen wieder der Bühnen-Gletscherspalt, und eine dänische Liedersängerin wirft Sie mit Tönen und Anmutsschneeflocken an. Sie nehmen gerade einen Schluck von Ihrer kuhwarmen Gebirgsmilch. Der Wirt macht die aufpassende Rausschmeißrunde durch das Lokal. Er sorgt für den Anstand und für das gute Betragen. Gehen Sie doch mal hin, ich kann Ihnen sagen, na! Vielleicht treffen Sie dort auch mich wieder einmal an. Ich aber werde Sie gar nicht kennen, ich pflege dort, von Zaubereien gebannt, stillzusitzen. Ich lösche dort meine Dürste, Melodien wiegen mich ein, ich träume.

Auf der Elektrischen

Es ist ein billiges Vergnügen, Elektrische zu fahren. Kommt der Wagen heran, so steigt man, indem man vielleicht einer edlen Frauengestalt höflich den Vortritt läßt, ein, und der Wagen fährt weiter. Sofort bemerkt man, daß man ziemlich musikalisch veranlagt ist. Die zartesten Melodien tönen einem im Kopf. Im Nu hat man sich zu einem ersten Dirigenten oder gar Komponisten aufgeschwungen. Ja, es ist in der Tat so: Das menschliche Gehirn fängt auf dem elektrischen Tramwagen unwillkürlich an, Lieder zu komponieren, Lieder, die in ihrer Unwillkürlichkeit und rhythmischen Gemessenheit so eigenartig sind, daß man versucht ist zu glauben, man sei da urplötzlich ein Mozart geworden.

Im übrigen hat man sich jetzt etwa eine Zigarette gedreht und sie mit aller Sorgfalt in den geübten Mund gesteckt. Mit einem solchen Apparat zwischen den Lippen ist es nicht möglich, gänzlich trostlos zu sein, auch wenn einem die Seele von Leid zerrissen wäre. Ist dies aber hier der Fall? Keineswegs. Man wollte nur den Zauber rasch beschreiben, den jahraus jahrein solch ein rauchendes weißes Ding auf das Menschengemüt auszuüben imstande ist. Und was tut man nun?

Unser Wagen ist fortgesetzt in Bewegung. In den Straßen, durch die man gleitet, regnet es, und das ist wieder eine neuerliche Annehmlichkeit. Es ist für gewisse Menschen furchtbar angenehm, zu sehen, daß es regnet, und zugleich fühlen zu dürfen, daß man selber nicht naß wird. Das Bild, das eine graue, nasse Straße ergibt, hat etwas Tröstendes und Träumerisches, und so steht man nun da auf der hinteren Plattform des knarrenden und vorwärtsbrummenden Wagens und schaut gradaus. Gradausschauen, das tun fast alle Leute, die in der Elektrischen sitzen oder stehen.

Denn man langweilt sich ja ein wenig während solcher

Fahrten, die oft zwanzig, dreißig Minuten oder noch mehr Zeit in Anspruch nehmen, und was tut man, um sich einige Zerstreuung zu verschaffen? Man schaut gradaus. Durch Blick und Geste zu zeigen, daß man sich ein bißchen angeödet fühle, das gewährt ein ganz merkwürdiges Vergnügen. Jetzt studiert man wieder das Gesicht des diensttuenden Schaffners, und jetzt läßt man's wieder beim bloßen, leeren Geradevorsichschauen bewenden. Ist das nicht hübsch? Bald so und bald so? Ich muß bekennen: Im Gradausschauen habe ich es bereits bis zu einer gewissen technischen Vollendung gebracht.

Es ist dem Schaffner verboten, sich mit den tit. Fahrgästen zu unterhalten. Wie aber, wenn Verbote umgangen, Gesetze überschritten, Mahnungen so feiner und menschenfreundlicher Natur überhört werden? Das geschieht des öfteren. Eine Plauderei mit dem Kondukteur verspricht die reizendste Erholung, und gerade ich weiß fast immer eine Gelegenheit zu ergreifen, mich mit dem Bahnangestellten in amüsante und ersprießliche Unterhaltung zu setzen. Es lohnt sich, auf gewisse Vorschriften nicht achtzugeben, und es trägt zur Gemütlichkeit bei, das Äußerste aufzubieten, Uniformen gesprächig zu machen.

Von Zeit zu Zeit jedoch schaut man dann wieder gradaus. Ist man mit dieser schlichten Übung zu Ende, so darf man sich vielleicht jetzt mit den Augen eine kleinere Rundreise gestatten. Der Blick schweift durch das Innere des Wagens, über dikke, herabhängende Schnurrbärte, über das Gesicht einer müden, alten Frau, an einem Paar jugendlich-schelmischer Mädchenaugen vorüber, so lange bis man von Alltagsstudien satt geworden ist und langsam sein eigenes Schuhwerk betrachtet, das nötig hat, geflickt zu werden. Und immer kommen neue Haltestellen, neue Straßen, und es geht über Plätze und Brükken, am Kriegsministerium und am Warenhaus vorbei, und es regnet immer noch, und man tut immer noch, als ob man sich eine Spur langweile, und man findet solches immer noch für das Passendste.

Aber man hat vielleicht, während man so gefahren ist, irgend etwas Schönes, Heiteres oder Trauriges gehört oder gesehen, das man nicht vergißt.

Friedrichstraße

Oben ist ein schmaler Streifen Himmel, unten der glatte, schwärzliche, gleichsam von Schicksalen polierte Boden. Die Häuser zu beiden Seiten ragen kühn, zierlich und phantastisch in die architektonische Höhe. Die Luft bebt und erschrickt von Weltleben. Bis zu den Dächern hinauf und über die Dächer noch hinaus schweben und kleben Reklamen. Große Buchstaben fallen in die Augen. Und immer gehen hier Menschen. Noch nie, seit sie ist, hat in dieser Straße das Leben aufgehört zu leben. Hier ist das Herz, die unaufhörlich atmende Brust des großstädtischen Lebens. Hier atmet es hoch auf und tief nieder, als wenn das Leben selber über seinem Schritt und Tritt unangenehm beengt wäre. Hier ist die Quelle, der Bach, der Fluß, der Strom und das Meer der Bewegungen. Niemals sterben hier die Bewegungen und die Erregungen ganz aus, und wenn das Leben am obern Ende der Straße beinahe aufhören will, so fängt es am untern Ende von neuem an. Arbeit und Vergnügen, Laster und guter Trieb, Streben und Müßiggang, Edelsinn und Niedertracht, Liebe und Haß, feuriges und höhnisches Wesen, Buntheit und Einfachheit, Armut und Reichtum schimmern, glitzern, blöden, träumen, eilen und stolpern hier wild und zugleich ohnmächtig durcheinander. Eine Fessel ohnegleichen bändigt und sänftigt hier die Leidenschaften, und Verlockungen ohne Zahl führen zugleich in die begehrlichen Versuchungen, derart, daß die Entsagung mit dem Rockärmel den Rücken der befriedigten Begierde streifen, daß die Unersättlichkeit mit den lodernden Augen in den weisen Frieden der Augen des Durch-sich-selbst-Gesättigten schauen muß. Hier klaffen Abgründe, hier herrschen und gebieten bis zum offenen Unanstand, durch den sich kein vernünftiger Mensch verletzen läßt, Gegensätze, die unbeschreiblich sind. Wagen fahren immer an Menschenleibern, -köpfen und -händen dicht vorüber, und auf den Verdecken und im hohlen Innern der Wagen sitzen, dicht aneinandergepreßt und geknechtet, Menschen, die aus irgendwelchen Gründen hier drinnen sitzen, hier oben sitzen, sich drängen und pressen und fahren lassen. Für jede Dummheit gibt es hier unsagbar rasch rechtfertigende, gute, kluge Gründe. Jede Torheit ist hier durch die offenbare Schwierigkeit des Lebens geadelt und geheiligt. Jede Bewegung hat Sinn, jeder Ton hat hier praktische Ursache, und aus jedem Lächeln, jeder Geste, jedem Wort strahlt eine sonderbar anmutige Gesetztheit und Korrektheit billigend hervor. Hier billigt man alles, weil jeder einzelne, durch den Zwang des zusammengeknebelten Verkehrs genötigt, ohne Zaudern alles, was er hört und sieht, billigen muß. Zu Mißbilligungen scheint niemand Lust, zu Abneigungen niemand Zeit und zu Unlust niemand ein Recht zu haben, denn hier, und das ist das Großartige, fühlen sich alle auf leichte, vorwärtshelfende Manier, gleichsam säuberlich, verpflichtet. Jeder Bettler, Gauner, Unhold usw. ist hier Mitmensch und muß einstweilen, weil alles schiebt, stößt und drängt, als etwas Mithinzugehöriges geduldet werden. Ah, hier ist die Heimat der Nichtswürdigen, der Kleinen, nein, der ganz Kleinen, der irgendwo und wann schon einmal Entehrten, hier, hier herrscht Duldung, und zwar deshalb, weil sich niemand mit Ungeduld und Unfrieden aufhalten und abgeben will. Hier wird im Sonnenschein friedlich spaziert, wie auf einer entlegenen stillen Bergesmatte, und im Laternenschimmer elegant gebummelt wie in einem Feenmärchen voller Zauberkünste und -worte. Wunderbar ist, wie der zweiteilige Menschenstrom auf den Trottoirs unaufhaltbar und unaufhörlich ist, gleich einem dickflüssigen, schimmernden, vielbedeutenden Wasser, und herrlich ist, wie hier die Qualen gemeistert, die Wunden verschwiegen, die Träume gefesselt, die Brünste gebändigt, die Freuden unterdrückt und die Begierden gemäßigt werden, weil alles Rücksicht, Rücksicht und nochmals liebende und achtende Rücksicht nehmen muß.

Wo der Mensch so nah am Menschen ist, da erhält der Begriff Nebenmensch eine tatsächlich geübte, begriffene und rasch verstandene Bedeutung, und es darf da niemandem mehr einfallen, überlaut zu lachen, übereifrig sich seinen persönlichen Bedrängnissen hinzugeben oder überhastig Geschäfte machen zu wollen, und doch, welch eine hinreißende betörende Hast ist in all der scheinbaren Gedrängtheit und Besonnenheit. Die Sonne scheint hier in einer Stunde auf unzählige Köpfe, der Regen netzt und näßt hier einen Boden, der gesalbt ist gleichsam von Lustspielen und Tragödien, und abends, ah, wenn es beginnt zu dunkeln und wenn die Lichter angezündet werden, tut sich ein Vorhang langsam auf, um in ein Stück üppig voll immer derselben Gewohnheiten, Lüsternheiten und Begebenheiten schauen zu lassen. Die Sirene Vergnügen fängt dann an in himmlisch lockenden und anmutenden Tönen zu singen, und Seelen werden dann zerrissen von den vibrierenden Wünschen und Nichtbefriedigungen, und ein Geldauswerfen beginnt dann, wie es der bescheidene kluge Begriff nicht kennt, wie es sich kaum eine dichterische Phantasie mühselig vorstellen kann. Ein wollüstig auf und nieder atmender Körpertraum sinkt dann auf die Straße herab, und alles läuft, läuft und läuft diesem vorherrschenden Traum mit ungewissen Schritten nach.

Berlin und der Künstler

Anderswo, in der stillen Provinz, sieht sich der Künstler leicht von Melancholien umgeben. Verloren in Gedanken, sitzt er am einsamen Fenster, in der mittelalterlichen Stube, umflossen von seltsamem Zwielicht, und träumt untätig in die schwungvolle Landschaft hinaus. Es kommt niemand. Er wird durch nichts gestört. Es herrscht eine unaussprechliche Stille in der Umgebung. In der Hauptstadt dagegen sind immer Störungen vorrätig, gleich einem lebendigen Warenlager von Aufmunterungen, und das ist für unsern Mann natürlich nur wohltuend. Künstlerseelen müssen immer wieder ein wenig aus dem Zauberbann, in dem sie gefesselt liegen, aufgeweckt werden. Es lebt in fast jedem, jedenfalls im echten Künstler, ein Märchenreich. In Märchenländern aber schlummert man. Man ist da nicht tätig. Ist nicht die heutige deutsche Provinz wie ein träumendes, schlummerndes Märchen? Zum Beispiel Magdeburg. Hat Magdeburg ein selbstbewußt-eigenwilliges geistiges Leben? So so, la la. Das ist es.

Wie ist da Berlin toll. Eine Stadt wie Berlin ist ein ungezogener, frecher, intelligenter Bengel, bejahend, was ihm so paßt und wegwerfend, wessen er überdrüssig geworden ist. Hier in der Großstadt spürt man es ordentlich, daß es Geisteswellen gibt, hinwegströmend, gleich einem Bad, über das gesellige Leben. Ein Künstler ist hier gezwungen aufzuhorchen. Anderswo darf er, die Ohren verstopft, in die Ignoranz versinken. Hier darf er das nicht. Er muß sich vielmehr beständig menschlich ein bißchen zusammennehmen, und dieser Zwang, der ihn umkreist, gereicht ihm zum Vorteil. Doch es gibt da auch andere Dinge.

Berlin ruht nie, und köstlich ist das. Jeder erwachende Morgen bedeutet einen neuen angenehm-unangenehmen Überfall aufs Behagen, und das tut ihm gut, dem Bequemlichkeitssinn.

Der Künstler besitzt, ungefähr wie das Kind, einen angebornen Hang zur schönen, edlen Faulpelzerei. Nun, in dieses Faulenzertum, in dieses Königtum, weht immer wieder frischer Ansporn-Sturmwind. Ins stille, feine Wesen fährt das grobe, laute und unfeine. Es verwischt sich da stets etwas, und das ist gut, es ist Berlin, und Berlin ist ausgezeichnet.

Der gediegene Provinzmensch soll nur ja nicht glauben, daß es hier in der Großstadt nicht auch Einsamkeiten gibt. Es gibt in der Weltstadt Einsamkeiten schauervoller Art, und wer Lust hat, von diesem erlesenen Gericht zu essen, der kann sich hier satt essen. Er kann dann erleben, was es heißt, in Wüsten und Einöden zu leben. Der großstädtische Künstler hat Gelegenheit in Hülle und Fülle, niemanden zu sehen und zu sprechen. Er macht sich ganz einfach in der Welt, die den Ton angibt, unbeliebt, oder aber, er versteift sich durchweg auf Mißerfolge, und im Nu sinkt er in die herrlichste, in die blühendste aller Verlassenheiten hinab.

Der Künstler, den die Erfolge krönen, lebt in der Großstadt wie in einem bezaubernden Morgenland-Traum. Er schiebt von einem vornehmen Haus ins reiche andere, er setzt sich, ohne sich lange zu besinnen, an die üppigen Eßtische und macht kauend und süffelnd Unterhaltung. Wie im Rausch lebt er dahin. Und sein Talent? Läßt solch ein Künstler denn sein Talent liegen? Welche Frage! Als wenn man sich so ohne weiteres seiner Begabung entledigen könnte. Das Gegenteil. Unbewußt erstarkt das Talent, wenn man drauflos lebt. Man darf es nicht wie ein kränkliches Etwas immer hüten und pflegen. Es vertrocknet bei zu ängstlicher Pflege.

In seiner Schaffenshöhle darf der Künstlertyp immerhin, rasend vor Begierde und Sorge zu Ergebnissen der Schönheit zu gelangen, wie ein Tiger auf- und ablaufen. Von keinem Menschen beobachtet, verargt ihm das auch niemand. In Gesellschaft soll er ein möglichst flotter, netter, scharmanter Mensch sein, nicht zu bedeutend, aber auch nicht zu unbedeutend. Eins darf er nie außer acht lassen: er hat geradezu die Pflicht, reichen schönen Frauen ein wenig den Hof zu machen.

Sind ungefähr fünf oder sechs Jahre verflossen, so fühlt sich der Künstler, und mag er auch von Bauern abstammen, in der Großstadt wie zu Hause. Seine Eltern scheinen hier gelebt und ihn zur Welt gebracht zu haben. Verpflichtet, verschuldet und verschwistert fühlt er sich dem sonderbaren Gerassel, Geräusche und Getöse. Das Hasten und Wehen empfindet er wie eine neblige, liebe Muttererscheinung. Er denkt nicht mehr daran, je wieder abzureisen. Mag es ihm gut oder schlecht gehen, mag er verkommen oder emporkommen, gleichviel, es »hat« ihn, er ist für immer bezaubert, es ist ihm unmöglich, dieser großartigen Ruhelosigkeit Adieu zu sagen.

Die Frau des Dramatikers

Er bildet immer mich, er denkt immer mich, wahrscheinlich bin ich sein – geistiges Grab. Ich sei sein künstlerisches Ende, flüstern mir irgendwelche Stimmen sonderbar zu. Ich übe den Einfluß des Rein-Persönlichen auf ihn aus; demgemäß entschwindet ihm das Wesen. O, das ist merkwürdig, und ich glaube, ein Mann wie er verweibt bei mir. Er ist ein zu guter netter Mann. Wie? Was denke ich da? Künstler sollten wohl nicht Gatten sein; sie vermenschen zu sehr; sie sollten Un-Menschen bleiben, denn groß sollen sie ja sein, die Unglückseligen, groß sein sollen ist ein Unheil. Aber schadet es denn so viel, wenn sein Stern verblaßt? Komisch. Er ist mein Mann, und für mich ist ja dies das Ausschlaggebende. Wenn er durch mich so glücklich ist (und das ist er), mag er auch durch mich elend sein (und das scheint er). Wie grausam ich das denke. Wie entsetzlich. Und soll man überhaupt das Große erreichen, wollen? Ein Ehemann ist sehr, sehr keck, wenn er das will, und für diese Keckheit mir, der Frau, gegenüber soll er offenbar gestraft werden. Ah, gestraft. Ich bin fürchterlich. Sieh da: Er soll es doch wagen, von mir wegzufliehen oder mich wegzujagen, doch das ist es: Ihm bangt ja vor der Befreiung von mir. Nicht ungestraft macht man sich in einer wonnigen Stunde zum Sklaven, nicht ungestraft schwelgen geborene Unmenschen in den Reizen des Ewig-Menschlichen. Hier ist der Punkt, wo er zittert. Aber ich bin ja eine schreckliche Frau, ich Frau oder Nur-Frau bin ein ganz schrecklicher Kerl. Es ist wenigstens hübsch, daß ich das weiß. Er büßt dafür, daß ich ihm so lieb bin; also: darum, daß er sich menschlich beglückt fühle, muß das Große dieser Seele brechen? Ah ba, vielleicht ist er es ja gar nicht. Jedenfalls geht mich eine Größe, zu welcher ich nichts beizutragen habe, auch gar nichts an. Mache er das mit sich selbst ab. Er kommt. Pst. Kein Gedanke. Ich will tun, als wenn ich schlafe.

Ganz sicher wird er sich jetzt zu mir niederbeugen und mein Augenlid küssen. Und er wird sich einbilden, er sei glücklich.

Hose

Es entzückt mich, über einen so zarten Gegenstand, wie Hosen sind, Bericht abstatten und in Betrachtungen versinken zu dürfen, und indem ich schreibe, breitet sich, wie ich empfinde, ein lüsternes Schmunzeln über mein ganzes Gesicht aus. Frauen sind und bleiben doch köstlich. Was nun die Hosenmode betrifft, die geneigt ist, alle Herzen und Gemüter zu erregen und höher schlagen zu machen, so leitet sie den ernsthaft denkenden Mann in allererster Linie auf das, was sie hervorhebt und mit Wichtigkeit umkleidet: auf das Bein. Das Bein der Frau rückt hierdurch gewissermaßen zum helleren Vorschein. Wer, wie ich, Beine von Frauen liebt, verehrt und bewundert, kann scheinbar füglich mit einer solchen Mode nur einverstanden sein, und das bin ich ja denn auch in der Tat, obgleich ich eigentlich wieder sehr für Röcke bin. Ein Rock ist edel und ehrfurchterweckend und hat etwas Geheimnisvolles. Eine Hose ist ungleich unzarter und flößt gewissermaßen der männlichen Seele einen Schauder ein. Andererseits wiederum: warum sollte das Grausen uns neuzeitliche Menschen nicht ein wenig anpacken? Es scheint mir, daß wir sehr nötig haben, aufgeweckt und aufgerüttelt zu werden.

Wenn es in der Welt aber lediglich nach mir ginge, was zu meiner großen Genugtuung bis heute glücklicherweise noch nicht der Fall ist (denn was sollte ich armer Mann dann anfangen?), so wäre die Hose bedeutend enger, derart, daß sich der Hosenstoff ganz nahe an das weiche schwellende Beinfleisch anpreßte oder, feiner gesagt, anschmiegte. Für mich würde das den Triumph der Mode bedeuten, und ich würde sterben oder doch wenigstens in Ohnmacht fallen vor Entzücken, wenn sich auf dem Gebiet der Damenbekleidungsfrage eine solche Wandlung vollziehen wollte. Immerhin, so scheint mir, ist schon viel erreicht, und wir auf die Seite geworfenen bedauernswerten Herren der Schöpfung dürfen mit Fug und Recht auf das, was noch kommen wird, gespannt sein. Wie ich mir einbilde, wird noch manches kommen. Es bereitet sich ja gegenwärtig ohne Frage ein Umschwung vor, wir Männer haben offenbar keinen Schneid mehr, infolgedessen übernehmen den Schneid jetzt die Frauen, und tatsächlich: bereits beginnen sie, in Hosen, die vorläufig allerdings noch Röcken ähnlich sehen, vor unseren Augen einherzutrampeln. Pluderhosen! Es hat etwas Asiatisches, etwas Türkisches, etwas, ich muß es gestehen, Reizloses. Türkenhosen und Türkenturbane haben für mich wenig Reiz. Aber es kann ja noch kommen, ich denke, daß die Hose der Entfaltung und der Vervollkommnung wird fähig sein können. Die Hose ist noch zu wenig bloß Hose. So, wie sie jetzt ist, bedeutet sie eine Zimperlichkeit. Sie ist wesentlich zu zaghaft, zu schamhaft. O Frauen, höret, ihr müßt, wenn ihr uns Männern ernstlich imponieren wollt, kecker, frecher und kompletter sein in euren hosigen, hösigen und höslichen Forderungen. Die Süßen! Sicherlich werden sie eines Tages noch ganz anders auf den Straßen und Plätzen einherhöseln.

Nochmals: um den Rock, der jetzt verschwinden will, ist es schade, und unser Kulturgefühl will sich empören. Wie? so fragt man, hat Paris keine Taillenideen mehr? Paris scheint ideenarm geworden zu sein. Um jenes wundervolle Sinnen- und Traum-Paris ist es jammerschade. Es gibt kein Paris mehr. Denn das ist es ja: der Hosenmode fehlt die Taille. Wenn es je Schönes und Sinnberückendes an der Frau gab, so ist dies doch einzig und allein die Taille, und gerade das Köstlichste fehlt nun. Zu einer Hose gehört unbedingt eine Taille. Da muß es mir so recht hineinschneiden und nach oben und nach unten hinzu muß es ausspannen. Es muß Spannung da sein. Gegenwärtig haben die Frauen gar keine Rücken mehr. Der wundervolle stark anschwellende, gleichsam geplättete Frauenrücken ist verschwunden. Es ist dies zu beklagen. Form! Die Frauen haben keinen gesunden Willen mehr zur Form; sie wollen nichts mehr vorstellen, und daß sie das nicht mehr tun wollen, ist der deutlichste Beweis, daß sie rebellieren, daß sie uns Herren und Gebieter verachten. Wem ich zu gefallen bemüht und bestrebt bin, den empfinde ich als Gebieter. Es liegt nur zu klar auf der Hand. Solches und Ähnliches also ist das vielsagende Geheimnis des Hosenrockes: Rebellion, Auflehnung, Vergleichung und Standpunkteinnehmung. O kläglich, o jammervoll. Männer, Männer, ihr habt da eine schnöde Niederlage erlitten.

Doch leise ins Ohr geflüstert: in die Niederlage wird auch die Hösin, die Frau, mit hineingerissen, und die große, bedenkenerregende Niederlage für beiderlei Geschlechter lautet: Verminderung des Anziehenden! Die Frauen wollen sich unglücklich machen, dadurch, daß sie die Männer zwingen, Kameraden und Hosengenossen in ihnen zu erblicken. So, scheint es, sei es, und das sei sehr trist, sagt uns das Herz. Außerdem streift die Höselei sehr nahe an das Problem der politischen Frauenmobilmachung. In Hosen steht es den Armen bedeutend besser an, zur Wahlurne zu schreiten. Die Betrogenen, ach, die Armen, wenn sie nur wüßten, wie herzzerreißend langweilig es ist, stimmberechtigt zu sein. Sie wollen die Mörderinnen ihrer selber sein. Sei es! Jedem ritterlich gesinnten Mann bleibt weiter nichts übrig, als verzweiflungsvoll die Hände über den Kopf zusammenzuschlagen und zu wünschen, daß ihn der Schlag treffe. Dies ist die Quintessenz und die Folge der Hose. Fürchterlich!

Was aus mir wurde

Ich bin von Geburt ein Kind meines Landes, von Fach bin ich arm, von Stand bin ich Mensch, von Charakter bin ich ein junger Mann, und von Beruf bin ich der Verfasser des vorliegenden Lebensberichtes. Erzogen worden bin ich dadurch, daß mein lieber Papa mich von Zeit zu Zeit nach Ridau hinausschickte. Ridau ist ein niedliches altes Städtchen mit nur einer, aber dafür breiten Gasse und gotischem hochemporragendem Schloß.

In Ridau ist wohnhaft Herr Baumgartner. Zu diesem Herrn Baumgartner nach Ridau hinaus lief ich, um die schönen Grüße und besten Empfehlungen Papas behend auszurichten. So weit meine Erziehung.

Meine Schulung und Bildung besteht in der Absolvierung eines Progymnasiums. Es ist dies eine klassische Stätte, denn sie ist von Napoleon, dem Großen und Ersten, oder wenigstens unter seinem Einfluß ins Leben gerufen worden. Alsdann, und so schleuderte mich das barsche Leben in die Bahnen eines exekutierenden Feuilletonisten. O hätte ich nie ein Feuilleton geschrieben.

Aber das Schicksal, das stets unbegreiflich ist, hat es so gewollt, es hat aus mir, wie es scheint, einen hüpfenden und parfümierten Vielschreiber und Vielwisser gemacht, und alle meine so kostbaren, an die Heimatbande klingenden Wesenskerne mußten, was ich mit weinenden Augen und tief in der ausgehöhlten Seele beklage, verloren gehen. Grausames Geschick, dem ich gehorche!

Doch, es kann ja noch alles besser werden, und die naive Ländlichkeit kehrt vielleicht, wer weiß, eines Tages wieder bis zu mir zurück, und ich werde dann wieder in der Einsamkeit die Hände ringen können. Einstweilen aber scheine ich begraben im Sündenpfuhl eines lächelnden und tänzelnden Berichterstattertums, und es ist nur noch sehr geringe oder gar keine Hoffnung mehr vorhanden, daß ich jemals in meinem Leben wieder einen Jodler auszustoßen imstande sein werde, wie z. B. der weltgewandte und literarisch so rührige Ernst Zahn ihn so prächtig und urwüchsig wiederzugeben versteht. Ernst Zahn und andere, ebenso gewitzigte, sind Meister in der Betonung ihrer Liebe zur Heimat.

Ich habe so etwas nie zu fabrizieren verstanden. Die Welt ist weit, und der Mensch ist ein Rätsel, und Napoleon war ein großer Mann, und Ridau ist ein reizendes Städtchen, und der Kern eines Menschen geht nirgends völlig verloren. Was ist doch das für eine Borniertheit, dieses Alte-Tanten-Getratsche aus dem Süden. Berlin ist eine so schöne Stadt, und seine Einwohner sind so schaffige, rechtschaffene und artige Menschen.

Zu der Arlesierin von van Gogh

Man kommt zu allerlei Gedanken angesichts dieses Bildes, und vielerlei Fragen drängen sich dem, der sich in seinen Anblick verliert, unwillkürlich auf, Fragen von so einfacher und doch zugleich so seltsamer, befremdender Art, daß es scheint, als könne keine Beantwortung stattfinden. Viele Fragen finden darin, daß sie nie beantwortet werden, ihre schönste Bedeutung, ihre feinste und zarteste Beantwortung. Wenn zum Beispiel ein Liebhaber seine Dame fragt: »Darf ich hoffen?«, und sie ihm darauf keine Antwort gibt, so bedeutet diese Nichtbeantwortung unter Umständen ein himmlisches Ja! So ist es bei allem Rätselhaften, bei allem Großen, und hier ist ein Bild voller Rätsel, voller Größe, voller tiefer, schöner Fragen und voller ebenso tiefer, hoheitsvoller, schöner Antworten. Es ist ein wunderbares Bild, und man muß staunen darüber, daß es ein Mensch des neunzehnten Jahrhunderts hat malen können; da es doch gemalt ist, als habe es ein frühchristlicher Mensch und Meister hergestellt. So großartig wie schlicht; so ergreifend wie still; so bescheiden wie hinreißend schön ist das Bild der Frau aus Arles, der man, ohne viele Umstände, mit der Bitte und mit der Frage nahen möchte: »Sage mir, hast du viel gelitten?« Bald ist es das Porträt einer Frau schlechtweg; bald aber ist es wieder das Bild von dem grausamen Rätsel des Lebens in der Gestalt der Frau, die dem Maler zum Modell, zum Vorbild gedient hat.

Es ist alles in dem Gemälde mit derselben katholisch-feierlichen, unerbittlich-gläubigen, ernsten und strengen Liebe gemalt, der Ärmel wie der Kopfputz, der Stuhl wie die rotumränderten Augen, die Hand wie das Gesicht; und ganz löwenhaft mutet der geheimnisvolle, kraftvolle Pinselzug und -schwung an, so daß man sich des Eindruckes von etwas Titanischem nicht zu erwehren vermag. Und doch, immer wieder ist es weiter nichts als das Bild einer Frau aus dem täglichen

Leben, und gerade dieser so geheime Umstand ist ja das Große, das Ergreifende, das Erschütternde. Der Hintergrund des Bildes ist wie des harten Schicksals Unentrinnbarkeit selber. Hier ist ein Mensch abgebildet so recht wie er leibt und lebt, und wie er alles Empfundene sich längst hat gewöhnen müssen, still für sich zu behalten; indem er vielleicht zur Hälfte schon vergessen hat, was er alles, alles hat dulden, auf die Seite legen und überwinden müssen. Man möchte die mageren Wangen dieser – Dulderin streicheln. Es ist einem ums Herz, als dürfe man nicht bedeckten Kopfes vor dem Bilde stehen, sondern müsse den Hut herunternehmen wie beim Eintritt in ein heiligkirchliches Gewölbe. Und ist es nicht sonderbar, und doch wieder gar nicht sonderbar, wie hier der Maler-Dulder, (denn das war er!) auf die Darstellung der Dulderin gerät? Sie muß ihm augenblicklich ganz grenzenlos gefallen haben, und da hat er sie gemalt. Diese von der Welt und vom Geschick grausam Behandelte und nun selbst vielleicht grausam Gewordene ist ihm ein jähes, großes Erlebnis, ein Seelenabenteuer gewesen. Er soll sie ja auch,wie ich gehört habe, mehrmals gemalt haben.

Helblings Geschichte

Ich heiße Helbling und erzähle hier meine Geschichte selbst, da sie sonst wahrscheinlich von niemandem aufgeschrieben würde. Heutzutage, wo die Menschheit raffiniert geworden ist, kann es keine besonders kuriose Sache mehr sein, wenn einer, wie ich, sich hinsetzt und anfängt, an seiner eigenen Geschichte zu schreiben. Sie ist kurz, meine Geschichte, denn ich bin noch jung, und sie wird nicht zu Ende geschrieben, denn ich habe voraussichtlich noch lange zu leben. Das Hervorstechende an mir ist, daß ich ein ganz, beinahe übertrieben gewöhnlicher Mensch bin. Ich bin einer der vielen, und das gerade finde ich so seltsam. Ich finde die vielen seltsam, und denke immer: »Was machen, was treiben sie nur alle?« Ich verschwinde förmlich unter der Masse dieser vielen. Wenn ich mittags, wenn es zwölf Uhr schlägt, von der Bank, wo ich beschäftigt bin, nach Hause eile, so eilen sie alle mit, einer sucht den andern zu überholen, einer will längere Schritte nehmen als der andere, und doch denkt man dabei: »Es kommen doch alle nach Hause.« In der Tat kommen sie alle nach Hause, denn es ist kein ungewöhnlicher Mensch unter ihnen, dem es arrivieren könnte, daß er den Weg nicht mehr fände nach Hause. Ich bin mittelgroß von Gestalt und habe deshalb Gelegenheit, mich zu freuen, darüber, daß ich weder hervorstechend klein, noch herausplatzend groß bin. Ich habe so das Maß, wie man auf schriftdeutsch sagt. Wenn ich zu Mittag esse, denke ich immer, ich könnte eigentlich anderswo, wo es vielleicht fideler zuginge am Eßtisch, ebenso gut, oder noch feiner essen, und denke dann darüber nach, wo das wohl sein könnte, wo die lebhaftere Unterhaltung mit dem besseren Essen verbunden wäre. Ich lasse alle Stadtteile und alle Häuser, die ich kenne, in meiner Erinnerung vorübergehen, bis ich etwas ausfindig gemacht habe, das etwas für mich sein könnte. Im allgemeinen halte ich sehr viel auf meine Person, ja, ich denke eigentlich nur an mich, und bin immer darauf bedacht, es mir so gut gehen zu lassen, wie nur irgend denkbar. Da ich ein Mensch aus guter Familie bin, mein Vater ist ein angesehener Kaufmann in der Provinz, so finde ich leicht an den Dingen, die sich mir nähern wollen, und denen ich auf den Leib rücken soll, allerlei auszusetzen, zum Beispiel: es ist mir alles zu wenig fein. Ich habe stets die Empfindung, daß an mir etwas Kostbares, Empfindsames und Leichtzerbrechliches ist, das geschont werden muß, und halte die andern für lange nicht so kostbar und feinfühlig. Wieso das nur kommen mag! Es ist gerade, als wäre man zu wenig grob geschnitzt für dieses Leben. Es ist jedenfalls ein Hemmnis, das mich hindert, mich auszuzeichnen, denn wenn ich beispielsweise einen Auftrag erledigen soll, so besinne ich mich immer erst eine halbe Stunde, manchmal auch eine ganze! Ich überlege und träume so vor mich hin: »Soll ich es anpacken, oder soll ich noch zögern, es anzupacken!«, und unterdessen, ich fühle das, werden schon einige meiner Kollegen bemerkt haben, daß ich ein träger Mensch bin, während ich doch nur als zu empfindsam gelten kann. Ach, man wird so falsch beurteilt. Ein Auftrag erschreckt mich immer, veranlaßt mich, mit meiner flachen Hand strichweise über den Pultdeckel zu fahren, bis ich entdecke, daß ich höhnisch beobachtet werde, oder ich tätschle mir mit der Hand die Wangen, greife mich unter das Kinn, fahre mir über die Augen, reibe die Nase und streiche die Haare von der Stirne weg, als ob dort meine Aufgabe läge, und nicht auf dem Bogen Papier, der vor mir, auf dem Pult, ausgebreitet liegt. Vielleicht habe ich meinen Beruf verfehlt, und dennoch glaube ich zuversichtlich, daß ich es mit jedem Beruf so hätte, so machen würde und verderben würde. Ich genieße, infolge meiner vermeintlichen Trägheit, wenig Achtung. Man nennt mich einen Träumer und Schlafpelz. O, die Menschen sind darin talentvoll, einem ungebührliche Titel anzuhängen. Es ist allerdings wahr: die Arbeit liebe ich nicht besonders, weil ich mir immer einbilde, sie beschäftige und locke zu wenig meinen Geist. Das ist auch wieder so ein Punkt. Ich weiß nicht, ob ich Geist besitze, und ich darf es kaum glauben, denn ich habe bereits öfters die Überzeugung gewonnen, daß ich mich jedesmal dumm anstelle, wenn man mir einen verstand- und scharfsinnfordernden Auftrag gibt. Das macht mich in der Tat stutzig, und veranlaßt mich darüber nachzudenken, ob ich zu den seltsamen Menschen gehöre, die nur klug sind, wenn sie es sich einbilden, und aufhören, klug zu sein, sobald sie zeigen sollten, daß sie es wirklich sind. Es fallen mir eine Menge intelligenter, schöner, spitzfindiger Sachen ein, aber sobald ich sie in Anwendung bringen soll, versagen sie mir und verlassen mich, und ich stehe dann da wie ein ungelehriger Lehrjunge. Deshalb mag ich meine Arbeit nicht gern, weil sie mir einesteils zu wenig geistvoll ist und mir andersteils sogleich über den Kopf hinauswächst, sobald sie den Anstrich des Geistvollen erhält. Wo ich nicht denken soll, da denke ich immer, und wo ich verpflichtet wäre, es zu tun, kann ich es nicht. Aus diesem zwiespältigen Grunde verlasse ich auch den Bureausaal immer einige Minuten vor zwölf und komme immer erst einige Minuten später als die andern an, was mir schon einen ziemlich schlechten Ruf eingetragen hat. Aber es ist mir so gleichgültig, so unsäglich gleichgültig, was sie von mir sagen. Ich weiß zum Beispiel sehr wohl, daß sie mich für einen Schafskopf ansehen, aber ich fühle, daß wenn sie ein Recht zu dieser Annahme haben, ich sie daran nicht verhindern kann. Ich sehe auch wirklich etwas schafsköpfisch aus in meinem Gesicht, Betragen, Gang, Sprechen und Wesen. Es ist kein Zweifel, daß ich, um ein Beispiel herauszunehmen, in den Augen einen etwas blödsinnigen Ausdruck habe, der die Menschen leicht irreführt und ihnen eine geringe Meinung von meinem Verstand gibt. Mein Wesen hat viel Läppisches und dazu noch Eitles an sich, meine Stimme klingt sonderbar, so als wüßte ich selber, der Sprecher, nicht, daß ich rede, wenn ich rede. Etwas Verschlafenes, Noch-nicht-ganz-Aufgewecktes haftet mir an, und daß es bemerkt wird, habe ich bereits aufgezeichnet. Mein Haar streiche ich immer ganz glatt auf dem Kopf, das erhöht vielleicht noch den Eindruck trotziger und hilfloser Dummheit, den ich mache. Dann stehe ich so da, am Pult, und kann halbstundenlang in den Saal, oder zum Fenster hinausglotzen. Die Feder, mit der ich schreiben sollte, halte ich in der untätigen Hand. Ich stehe und trete von einem Fuß auf den andern, da mir eine größere Beweglichkeit nicht gestattet ist, sehe meine Kollegen an und begreife gar nicht, daß ich in ihren Augen, die zu mir hinüberschielen, ein erbärmlicher, gewissenloser Faulenzer bin, lächle, wenn mich einer ansieht, und träume, ohne zu sinnen. Wenn ich das könnte: Träumen! Nein, ich habe keine Vorstellung davon. Nicht die mindeste! Ich denke mir immer, wenn ich einen Haufen Geld hätte, würde ich nicht mehr arbeiten, und freue mich wie ein Kind darüber, daß ich dieses denken konnte, wenn der Gedanke ausgedacht ist. Das Gehalt, das ich bekomme, erscheint mir zu klein, und ich denke gar nicht daran, mir zu sagen, daß ich nicht einmal so viel verdiene mit meinen Leistungen, trotzdem ich weiß, daß ich so gut wie nichts leiste. Seltsam, ich habe gar nicht das Talent, mich einigermaßen zu schämen. Wenn mich einer, zum Beispiel ein Vorgesetzter, anschnauzt, so bin ich darüber im höchsten Grade empört, denn es verletzt mich, angeschnauzt zu werden. Ich ertrage das nicht, obgleich ich mir sage, daß ich eine Rüge verdient habe. Ich glaube, ich widersetze mich dem Vorwurf des Vorgesetzten deshalb, damit ich das Gespräch mit ihm ein wenig in die Länge ziehen kann, vielleicht eine halbe Stunde, dann ist doch wiederum eine halbe Stunde verstrichen, während deren Verlauf ich mich wenigstens nicht gelangweilt habe. Wenn meine Kollegen glauben, ich langweile mich, so haben sie allerdings recht, denn ich langweile mich zum Entsetzen. Nicht die geringste Anregung! Mich langweilen, und darüber nachsinnen, wie ich die Langeweile etwa unterbrechen könnte: darin besteht eigentlich meine Beschäftigung. Ich vollbringe so wenig, daß ich selber von mir denke: »Wirklich, du vollbringst nichts!« Oftmals kommt es über mich, daß ich gähnen muß, ganz unabsichtlich, indem ich meinen Mund aufsperre, gegen die Höhe der Zimmerdecke, und dann mit der Hand nachfahre, um langsam die Mundöffnung zu verdecken. Alsdann finde ich es für angebracht, mit den Fingerspitzen meinen Schnurrbart zu drehen und etwa auf das Pult zu klopfen, mit der Innenfläche eines meiner Finger, ganz wie in einem Traum. Manchmal erscheint mir das alles wie ein unverständlicher Traum. Dann bemitleide ich mich und möchte über mich weinen. Aber, wenn das Traumartige verfliegt, möchte ich mich, der Länge und Breite nach, auf den Boden werfen, möchte umstürzen, mir an einer Kante des Pultes recht weh tun, damit ich den zeitvertreibenden Genuß eines Schmerzes empfinden könnte. Meine Seele ist nicht ganz schmerzlos über meinen Zustand, denn ich vernehme manchmal, wenn ich recht das Ohr spitze, darin einen leisen, klagenden Ton der Anklage, ähnlich der Stimme meiner noch lebenden Mutter, die mich immer für etwas Rechtes gehalten hat, im Gegensatz zum Vater, der da viel strengere Grundsätze besitzt, als sie. Aber meine Seele ist mir ein zu dunkles und wertloses Ding, als daß ich schätzte, was sie vernehmen läßt. Ich halte nichts von ihrem Ton. Ich denke mir, daß man nur aus Langeweile auf das Gemurmel der Seele horcht. Wenn ich im Bureau stehe, werden meine Glieder langsam zu Holz, das man wünscht, anzünden zu können, damit es verbrenne: Pult und Mensch werden eines mit der Zeit. Die Zeit, das gibt mir immer zu denken. Sie vergeht schnell, doch in all der Schnelligkeit scheint sie sich plötzlich zu krümmen, scheint zu brechen, und dann ist es, als ob gar keine Zeit mehr da wäre. Manchmal hört man sie rauschen wie eine Schar auffliegender Vögel, oder zum Beispiel im Wald: da höre ich immer die Zeit rauschen, und das tut einem recht wohl, denn dann braucht der Mensch nicht mehr zu denken. Aber es ist meistens anders: so totenstill! Kann das ein Menschenleben sein, das man nicht spürt, sich vorwärts, dem Ende zudrängen! Mein Leben scheint mir bis zu diesem Augenblick ziemlich inhaltlos gewesen zu sein, und die Gewißheit, daß es inhaltlos bleiben wird, gibt etwas Endloses, etwas, das einem befiehlt, einzuschlafen und nur noch das Unumgänglichste zu verrichten. So tue ich es denn auch: ich tu nur so, als ob ich eifrig schaffe, wenn ich den übelriechenden Atem meines Chefs hinter mir spüre, der heranschleicht, um mich bei der Trägheit überraschen zu können. Seine Luft, die er ausströmt, ist sein Verräter. Der gute Mann verschafft mir immer eine kleine Abwechslung, deshalb mag ich ihn noch ganz wohl leiden. Aber was veranlaßt mich denn eigentlich nur, so wenig meine Pflicht und meine Vorschriften zu respektieren? Ich bin ein kleines, blasses, schüchternes, schwaches, elegantes, zimperliches Kerlchen voll lebensuntüchtiger Empfindsamkeiten und würde die Härte des Lebens, wenn es mir einmal schief gehen sollte, nicht ertragen können. Kann mir der Gedanke, daß man mich aus meiner Stellung entlassen wird, wenn ich so fortfahre, keine Furcht einjagen? Wie es scheint, nicht, und wie es wiederum scheint: wohl! Ich fürchte mich ein bißchen, und fürchte mich wieder ein bißchen nicht. Vielleicht bin ich zur Furcht zu unintelligent, ja, es scheint mir beinahe, als ob der kindliche Trotz, den ich anwende, um mir vor meinen Mitmenschen Genugtuung zu verschaffen, ein Zeichen von Schwachköpfigkeit ist. Aber, aber: es paßt wundervoll zu meinem Charakter, der mir stets vorschreibt, mich ein wenig außergewöhnlich zu benehmen, wenn auch zu meinem Nachteil. So zum Beispiel bringe ich, was auch nicht statthaft ist, kleine Bücher ins Bureau, wo ich sie ausschneide und lese, ohne eigentlich Genuß am Lesen zu haben. Aber es sieht wie die feine Widerspenstigkeit eines gebildeten, mehr, als die andern sein wollenden Menschen aus. Ich will eben immer mehr sein, und habe einen Jagdhundeifer nach Auszeichnung. Wenn ich das

Buch jetzt lese, und es tritt ein Kollege zu mir heran mit der Frage, die vielleicht ganz am Platz ist: »Was lesen Sie da, Helbling?«, so ärgert mich das, weil es in diesem Fall anständig ist, ein ärgerliches Wesen zu zeigen, das den zutulichen Fragenden wegtreibt. Ich tue ungemein wichtig, wenn ich lese, blicke mich nach allen Seiten nach Menschen um, die mir zusehen, wie klug da einer seinen Geist und Witz ausbilde, schneide mit prachtvoller Langsamkeit Seite für Seite aus, lese nicht einmal mehr, sondern lasse es mir genügen, die Haltung eines in eine Lektüre Versunkenen angenommen zu haben. So bin ich: schwindelköpfig und auf den Effekt berechnet. Ich bin eitel, aber von einer merkwürdig billigen Zufriedenheit in meiner Eitelkeit. Meine Kleider sind von plumpem Ansehen, aber ich bin eifrig im Wechseln von Anzügen, denn es macht mir ein Vergnügen, den Kollegen zu zeigen, daß ich mehrere Anzüge besitze und daß ich einigen Geschmack in der Wahl von Farben habe. Grün trage ich gern, weil es mich an den Wald erinnert, und Gelb trage ich an windigen, luftigen Tagen, weil es zum Wind und zum Tanzen paßt. Es kann sein, daß ich mich darin irre, ich zweifle gar nicht daran, denn wie oft ich mich am Tag irre, wird mir genugsam vorgehalten. Man glaubt schließlich selber, daß man ein Einfaltspinsel ist. Aber was macht es aus, ob man ein Tropf oder ein Mann von Achtung ist, da doch der Regen ebensogut auf einen Esel wie auf eine respektable Erscheinung herabregnet. Und gar die Sonne! Ich bin glücklich, in der Sonne, wenn es zwölf Uhr geschlagen hat, nach Hause laufen zu dürfen, und wenn es regnet, spanne ich den üppigen, bauchigen Regenschirm über mich, damit mein Hut, den ich sehr schätze, nicht naß wird. Mit meinem Hut gehe ich sehr sanft um, und es scheint mir immer, wenn ich meinen Hut noch berühren kann, in der zarten Weise, wie ich es gewohnt bin, so sei ich immer noch ein ganz glücklicher Mensch. Besondere Freude macht es mir, ihn, wenn es Feierabend geworden ist, sorgsam auf die Scheitel zu setzen. Das ist mir immer der geliebte Abschluß eines jeden Tages. Mein Leben besteht ja aus lauter Kleinigkeiten, das wiederhole ich mir immer wieder, und das kommt mir so wunderlich vor. Für große Ideale, die die Menschheit betreffen, habe ich es nie passend gefunden, zu schwärmen, denn ich bin im Grunde mehr kritisch als schwärmerisch veranlagt, wofür ich mir ein Kompliment mache. Ich bin so einer, der es als herabsetzend empfindet, wenn er einem idealen Menschen in langen Haaren, Sandalen an den nackten Beinen, Schurzfell um die Lenden und Blumen im Haar begegnet. Ich lächle dann verlegen in solchen Fällen. Laut lachen, was man doch am liebsten möchte, kann man nicht, auch ist es eigentlich mehr zum Ärgerlich-Werden, als zum Lachen, unter Menschen zu leben, die an einer glatten Scheitel, wie ich sie trage, keinen Geschmack finden. Ich ärgere mich eben gerne, deshalb ärgere ich mich, wo sich mir nur immer eine Gelegenheit bietet. Ich mache öfters hämische Bemerkungen, und habe es doch sicherlich wenig nötig, meine Bosheit an andern auszulassen, da ich doch genug weiß, was es heißt, unter der Spottsucht anderer zu leiden. Aber das ist es ja: ich mache gar keine Beobachtungen, nehme keine Lehren an und verfahre immer noch so, wie an dem Tage, da ich aus der Schule entlassen wurde. Viel Schulknabenhaftes klebt an mir und wird wahrscheinlich mein beständiger Begleiter durchs Leben bleiben. Es soll solche Menschen geben, die gar keine Spur von Besserungsfähigkeit und kein Talent besitzen, sich an der anderen Benehmen auszubilden. Nein, ich bilde mich nicht, denn ich finde es unter meiner Würde, mich dem Bildungsdrang hinzugeben. Außerdem bin ich schon gebildet genug, um einen Stock mit einiger Manier in der Hand zu tragen und eine Schleife um den Hemdkragen binden zu können und den Eßlöffel mit der rechten Hand anzufassen und zu sagen, auf eine bezügliche Frage: »Danke, ja, es war sehr hübsch gestern abend!« Was soll die Bildung viel aus mir machen? Hand auf die Brust: ich glaube, da käme die Bildung ganz und gar an den Unrichtigen. Ich strebe nach Geld und nach bequemen Würden, das ist mein Bildungsdrang! Über einen Erdarbeiter komme ich mir furchtbar erhaben vor, wenn er mich auch, wenn er wollte, mit dem Zeigefinger seiner linken Hand in ein Erdloch, wo ich mich beschmutzen würde, hinabschleudern könnte. Kraft und Schönheit an armen Menschen und in bescheidenem Gewande machen auf mich keinen Eindruck. Ich denke immer, wenn ich solch einen Menschen sehe, wie gut es unsereiner doch habe mit der überlegenen Weltstellung, einem solch ausgearbeiteten Tropf gegenüber, und kein Mitleid beschleicht mein Herz. Wo hätte ich ein Herz? Ich habe vergessen, daß ich eines habe. Gewiß ist das traurig, aber wo fände ich es für angebracht, Trauer zu empfinden. Trauer empfindet man nur, wenn man einen Geldverlust aufzuweisen hat, oder wenn einem der neue Hut nicht recht passen will, oder wenn plötzlich die Werte auf der Börse sinken, und dann muß man sich noch fragen, ob das Trauer ist oder nicht, und es ist bei näherem Zusehen keine, sondern nur ein angeflogenes Bedauern, das verfliegt wie der Wind. Es ist, nein, wie kann ich mich da ausdrücken: es ist wunderbar seltsam, so keine Gefühle zu haben, so gar nicht zu wissen, was ein Empfinden ist. Gefühle, die die eigene Person betreffen, hat jeder, und das sind im Grunde verwerfliche, der Gesamtheit gegenüber anmaßliche Gefühle. Aber Gefühle für einen jeden? Wohl hat man bisweilen Lust, sich darüber zu befragen, spürt etwas wie eine leise Sehnsucht danach, ein guter, bereitwilliger Mensch zu werden, aber, wann käme man dazu? Etwa um sieben Uhr des Morgens, oder sonst wann? Schon am Freitag und dann während des darauf folgenden ganzen Samstages besinne ich mich darauf, was ich am Sonntage unternehmen könnte, weil doch immer am Sonntag etwas unternommen werden muß. Allein gehe ich selten. Gewöhnlich schließe ich mich einer Gesellschaft von jungen Leuten an, wie sich eben einer anschließt, es geht ganz einfach, man geht einfach mit, obschon man weiß, daß man ein ziemlich langweiliger Geselle ist. Ich fahre zum Beispiel mit einem Dampfboot über den See, oder gehe zu Fuß in den Wald, oder fahre mit der Eisenbahn an entferntere schöne Orte. Oft begleite ich junge Mädchen zum Tanz, und ich habe die Erfahrung gemacht, daß mich die Mädchen gerne leiden mögen. Ich habe ein weißes Gesicht, schöne Hände, einen eleganten, flatternden Frack, Handschuhe, Ringe an den Fingern, einen mit Silber beschlagenen Stock, sauber gewichste Schuhe und ein zartes, sonntägliches Wesen, eine so merkwürdige Stimme und etwas leis Verdrossenes um den Mund, etwas, wofür ich selber kein Wort habe, das mich aber den jungen Mädchen zu empfehlen scheint. Wenn ich spreche, klingt es, als ob ein Mann von Gewicht spräche. Das Wichtigtuerische gefällt, da ist kein Zweifel zu hegen. Was den Tanz betrifft, so tanze ich, wie einer, der eben erst Tanzunterricht genommen und genossen hat: flott, zierlich, pünktlich, genau, aber zu schnell und zu saftlos. Es ist Genauigkeit und Sprunghaftigkeit in meinem Tanz, aber nur keine Grazie. Wie könnte ich der Grazie fähig sein! Aber ich tanze leidenschaftlich gern. Wenn ich tanze, vergesse ich, daß ich Helbling bin, denn ich bin dann nichts mehr als nur noch ein glückliches Schweben. Das Bureau mit seinen mannigfaltigen Qualen würde mir keine Erinnerung zu Gesicht bringen. Um mich herum sind gerötete Gesichter, Duft und Glanz von Mädchenkleidern, Mädchenaugen blicken mich an, ich fliege: kann man sich seliger denken? Nun habe ich es doch: einmal in dem Kreise der Woche vermag ich selig zu sein. Eines der Mädchen, die ich stets begleite, ist meine Braut, aber sie behandelt mich schlecht, schlechter, als mich die andern behandeln. Sie ist mir, wie ich wohl bemerke, auch keineswegs treu, liebt mich wohl kaum, und ich, liebe ich sie etwa? Ich habe viele Fehler an mir, die ich freimütig ausgesprochen habe, aber hier scheinen mir alle meine Fehler und Mängel vergeben zu sein: ich liebe sie. Es ist mein Glück, daß ich sie lieben, und um ihretwillen oft verzagen darf. Sie gibt mir ihre Handschuhe und ihren rosaseidenen Schirm zu tragen, wenn es Sommer ist, und im Winter darf ich ihr im tiefen Schnee nachtrotteln, um ihr die Schlittschuhe nachzutragen. Ich begreife die Liebe nicht, aber spüre sie. Gut und böse sind doch nichts gegen die Liebe, die gar nichts anderes und übriges kennt, als Liebe. Wie soll ich das sagen: so nichtswürdig und leer ich sonst immer bin, so ist doch noch nicht alles verloren, denn ich bin wirklich der treuen Liebe fähig, obschon ich zur Treulosigkeit Gelegenheit genug hätte. Ich fahre mit ihr im Sonnenschein, unter dem blauen Himmel, in einem Nachen, den ich vorwärtsrudere, auf dem See, und lächle sie immer an, während sie sich zu langweilen scheint. Ich bin ja auch ein ganz langweiliger Kerl. Ihre Mutter hat eine kleine, armselige, etwas verrufene Arbeiterkneipe, wo ich Sonntage lang zubringen kann mit Sitzen, Schweigen und Sie-Ansehen. Manchmal beugt sich auch ihr Gesicht zu dem meinigen hinunter, um mich einen Kuß ihr auf den Mund drücken zu lassen. Sie hat ein süßes, süßes Gesicht. An ihrer Wange befindet sich eine alte, vernarbte Schramme, was ihren Mund ein wenig verzerrt, aber ins Süße. Augen hat sie ganz kleine, mit denen sie einen so listig anblinzelt, als wollte sie sagen: »Dir will ich es auch noch zeigen!« Oft setzt sie sich zu mir auf das schäbige, harte Wirtshaussofa, und flüstert mir ins Ohr, daß es doch schön sei, verlobt zu sein. Ich weiß selten etwas zu ihr zu sagen, denn ich fürchte immer, daß es nicht passend wäre, so schweige ich, und wünsche doch heftig, zu ihr etwas zu sprechen. Einmal hat sie mir ihr kleines, duftendes Ohr an meine Lippen gereicht: Ob ich ihr nichts zu sagen hätte, das man nur flüstern könne? Ich sagte zitternd, daß ich nichts wüßte, und da hat sie mir eine Ohrfeige gegeben und hat dazu gelacht, aber nicht freundlich, sondern kalt. Mit ihrer Mutter und ihrer kleinen Schwester steht sie nicht gut und will nicht haben, daß ich der Kleinen Freundlichkeiten erweise. Ihre Mutter hat eine rote Nase vom Trinken, und ist ein lebhaftes, kleines Weib, das sich gern zu den Männern an den Tisch setzt.

Aber meine Braut setzt sich auch zu den Männern. Sie hat mir einmal leise gesagt: »Ich bin nicht mehr keusch«, in einem Ton der Natürlichkeit, und ich habe nichts dagegen einzuwenden gehabt. Was wäre es gewesen, was ich ihr dazu hätte sagen können. Andern Mädchen gegenüber habe ich einen gewissen Schneid, sogar Wortwitz, aber bei ihr sitze ich stumm und sehe sie an und verfolge jede ihrer Manieren mit meinen Augen. Ich sitze jedesmal so lang, bis die Wirtschaft geschlossen werden muß, oder noch länger, bis sie mich nach Hause schickt. Wenn die Tochter nicht da ist, setzt sich ihre Mutter zu mir an den Tisch und versucht, die Abwesende in meinen Augen schlecht zu machen. Ich wehre nur so mit der Hand ab und lächle dazu. Die Mutter haßt ihre Tochter, und es liegt auf der Hand, daß sie sich beide hassen, denn sie sind sich im Wege mit ihren Absichten. Beide wollen einen Mann haben, und beide mißgönnen einander den Mann. Wenn ich abends so auf dem Sofa sitze, merken es alle Leute, die in der Kneipe verkehren, daß ich der Bräutigam bin, und jeder will an mich wohlwollende Worte richten, was mir ziemlich gleichgültig ist. Das kleine Mädchen, das noch in die Schule geht, liest neben mir in ihren Büchern, oder sie schreibt große, lange Buchstaben in ihr Schreibheft und reicht es mir immer dar, um mich das Geschriebene durchsehen zu lassen. Sonst habe ich nie auf so kleine Geschöpfe geachtet, und nun mit einem Male sehe ich ein, wie interessant jedes kleine, aufwachsende Geschöpf ist. Daran ist meine Liebe zu der andern schuld. Man wird besser und aufgeweckter durch eine ehrliche Liebe. Im Winter sagt sie zu mir: »Du, es wird schön sein im Frühling, wenn wir zusammen durch die Gartenwege spazieren werden«, und im Frühling sagt sie: »Es ist langweilig mit dir.« Sie will in einer großen Stadt verheiratet sein, denn sie will noch etwas haben vom Leben. Die Theater und Maskenbälle, schöne Kostüme, Wein, lachende Unterhaltung, fröhliche, erhitzte Menschen, das liebt sie, dafür schwärmt sie. Ich schwärme eigentlich auch dafür, aber wie das sich alles machen soll, weiß ich nicht. Ich habe ihr gesagt: »Vielleicht verliere ich auf nächsten Winter meine Stellung!« Da hat sie mich groß angeschaut und mich gefragt: »Warum?« Was hätte ich ihr für eine Antwort geben sollen? Ich kann ihr doch nicht meine ganze Charakteranlage in einem Atem herunterschildern. Sie würde mich verachten. Bis jetzt meint sie immer, daß ich ein Mann sei von einiger Tüchtigkeit, ein Mann, allerdings ein etwas komischer und langweiliger, aber doch ein Mann, der seine Stellung in der Welt habe. Wenn ich ihr nun sage: »Du irrst dich, meine Stellung ist eine äußerst schwankende«, so hat sie keinen Grund, weiter meinen Umgang zu wünschen, da sie doch alle ihre Hoffnungen in bezug auf mich zerstört sieht. Ich lasse es gehen, ich bin ein Meister darin, eine Sache schlitteln zu lassen, wie man zu sagen pflegt. Vielleicht, wenn ich Tanzlehrer oder Restaurateur oder Regisseur wäre, oder sonst irgendeinen Beruf hätte, der mit dem Vergnügen der Menschen zusammenhängt, würde ich Glück haben, denn ich bin so ein Mensch, so ein tänzelnder, schwebender, beineherumwerfender, leichter, flotter, leiser, sich stets verbückender und zartempfindender, der Glück hätte, wenn er Wirt, Tänzer, Bühnenleiter oder so etwas wie Schneider wäre. Wenn ich Gelegenheit habe, ein Kompliment zu machen, bin ich glücklich. Läßt das nicht tief blicken? Ich bringe sogar da Verneigungen an, wo es gar nicht üblich ist, oder wo nur Scharwenzler und Dummköpfe sich verbeugen, so sehr bin ich in die Sache verliebt. Für eine ernste Mannesarbeit habe ich weder einen Geist noch eine Vernunft, noch Ohr, noch Auge und Sinn. Es ist mir das mir am fernsten Liegende, was es auf der Welt geben könnte. Ich will Profit machen, aber es soll mich nur ein Zwinkern mit den Augen, höchstens ein faules Handausstrekken kosten. Sonst ist Scheu vor der Arbeit an Männern etwas nicht ganz Natürliches, aber mich kleidet es, mir paßt es, wenn es auch ein trauriges Kleid ist, das mir da so vorzüglich paßt, und wenn der Schnitt des Kleides auch ein erbärmlicher ist:

warum sollte ich nicht sagen: »Es sitzt mir«, wenn doch jedes Menschenauge sieht, daß es mir faltenlos sitzt. Die Scheu vor der Arbeit! Aber ich will nichts mehr darüber sagen. Ich meine übrigens immer, das Klima, die feuchte Seeluft, sei schuld daran, daß ich nicht zum Arbeiten komme, und suche jetzt, gedrängt von dieser Erkenntnis, Stellung im Süden, oder in den Bergen. Ich könnte ein Hotel dirigieren, oder eine Fabrik leiten, oder die Kasse einer kleineren Bank verwalten. Eine sonnige, freie Landschaft müßte imstande sein, in mir Talente zu entwickeln, die bis jetzt in mir geschlafen haben. Eine Südfruchthandlung wäre auch nichts Übles. Auf jeden Fall bin ich ein Mensch, der immer meint, durch eine äußerliche Veränderung innerlich ungeheuer zu gewinnen. Ein anderes Klima würde auch eine andere Mittagstafel erzeugen, und das ist es vielleicht, was mir fehlt. Bin ich eigentlich krank? Mir fehlt so viel, mir mangelt eigentlich alles. Sollte ich ein unglücklicher Mensch sein? Sollte ich ungewöhnliche Anlagen besitzen? Sollte es eine Art Krankheit sein, sich beständig, wie ich es tue, mit solchen Fragen abzugeben? Jedenfalls ist es eine nicht ganz normale Sache. Heute bin ich wieder zehn Minuten zu spät in die Bank gekommen. Ich komme nicht mehr dazu, zur rechten Zeit anzutreten, wie andere. Ich sollte eigentlich ganz allein auf der Welt sein, ich, Helbling, und sonst kein anderes lebendes Wesen. Keine Sonne, keine Kultur, ich nackt auf einem hohen Stein, kein Sturm, nicht einmal eine Welle, kein Wasser, kein Wind, keine Straßen, keine Banken, kein Geld, keine Zeit und kein Atem. Ich würde dann jedenfalls nicht mehr Angst haben. Keine Angst mehr und keine Fragen, und ich würde auch nicht mehr zu spät kommen. Ich könnte die Vorstellung haben, daß ich im Bett läge, ewig im Bett. Das wäre vielleicht das Schönste!

Brief eines Dichters an einen Herrn

Auf Ihren Brief, hochverehrter Herr, den ich heute abend auf dem Tisch fand, und worin Sie mich ersuchen, Ihnen Zeit und Ort anzugeben, wo Sie mich kennenlernen könnten, muß ich Ihnen antworten, daß ich nicht recht weiß, was ich Ihnen sagen soll. Einiges und anderes Bedenken steigt in mir auf, denn ich bin ein Mensch, müssen Sie wissen, der nicht lohnt, kennengelernt zu werden. Ich bin außerordentlich unhöflich, und an Manieren besitze ich so gut wie nichts. Ihnen Gelegenheit geben, mich zu sehen, hieße, Sie mit einem Menschen bekannt machen, der seinen Filzhüten den Rand mit der Schere halb abschneidet, um ihnen ein wüsteres Aussehen zu verleihen. Möchten Sie einen solchen Sonderling vor Augen haben? Ihr liebenswürdiger Brief hat mich sehr gefreut. Doch Sie irren sich in der Adresse. Ich bin Der nicht, der verdient, solcherlei Höflichkeiten zu empfangen. Ich bitte Sie: Stehen Sie sogleich ab von dem Wunsch, meine Bekanntschaft zu machen. Artigkeit steht mir schlecht zu Gesicht. Ich müßte Ihnen gegenüber die notwendige Artigkeit hervorkehren; und das eben möchte ich vermeiden, da ich weiß, daß artiges und manierliches Betragen mich nicht kleidet. Auch bin ich nicht gern artig; es langweilt mich. Ich vermute, daß Sie eine Frau haben, daß Ihre Frau elegant ist, und daß bei Ihnen so etwas wie ein Salon ist. Wer sich so feiner und schöner Ausdrücke bedient wie Sie, hat einen Salon. Ich aber bin nur Mensch auf der Straße, in Wald und Feld, im Wirtshaus und in meinem eigenen Zimmer; in irgend jemandes Salon stünde ich da wie ein Erztölpel. Ich bin noch nie in einem Salon gewesen, ich fürchte mich davor; und als Mann von gesunder Vernunft muß ich meiden, was mich ängstigt. Sie sehen, ich bin offenherzig. Sie sind wahrscheinlich ein wohlhabender Mann und lassen wohlhabende Worte fallen. Ich dagegen bin arm, und alles, was ich spreche, klingt nach Ärmlichkeit. Entweder würden Sie mich mit Ihrem Hergebrachten oder ich würde mit meinem Hergebrachten Sie verstimmen. Sie machen sich keine Vorstellung davon, wie aufrichtig ich den Stand, in welchem ich lebe, bevorzuge und liebe. So arm ich bin, ist es mir doch bis heute noch nie eingefallen, mich zu beklagen; im Gegenteil: ich schätze, was mich umgibt, so hoch, daß ich stets eifrig bemüht bin, es zu hüten. Ich wohne in einem wüsten, alten Haus, in einer Art von Ruine. Doch das macht mich glücklich. Der Anblick armer Leute und armseliger Häuser macht mich glücklich; so sehr ich auch denke, wie wenig Grund Sie haben, dies zu begreifen. Ein bestimmtes Gewicht und eine gewisse Menge von Verwahrlosung, von Verlotterung und von Zerrissenheit muß um mich sein: sonst ist mir das Atmen eine Pein. Das Leben würde mir zur Qual, wenn ich fein, vortrefflich und elegant sein sollte. Die Eleganz ist mein Feind, und ich will lieber versuchen, drei Tage lang nichts zu essen, als mich in die gewagte Unternehmung verstricken, eine Verbeugung zu machen. Verehrter Herr, so spricht nicht der Stolz, sondern der ausgesprochene Sinn für Harmonie und Bequemlichkeit. Warum sollte ich sein, was ich nicht bin, und nicht sein, was ich bin? Das wäre eine Dummheit. Wenn ich bin, was ich bin, bin ich mit mir zufrieden; und dann tönt alles, ist alles gut um mich. Sehen Sie, es ist so: schon ein neuer Anzug macht mich ganz unzufrieden und unglücklich; woraus ich entnehme, wie ich alles, was schön, neu und fein ist, hasse und wie ich alles, was alt, verschabt und verbraucht ist, liebe. Ich liebe Ungeziefer nicht gerade; ich möchte Ungeziefer nicht geradezu essen, aber Ungeziefer stört mich nicht. In dem Haus, in welchem ich wohne, wimmelt es von Ungeziefer: und doch wohne ich gern in dem Haus. Das Haus sieht aus wie ein Räuberhaus, zum ans Herz Drücken. Wenn alles neu und ordentlich ist in der Welt, dann will ich nicht mehr leben, dann morde ich mich. Ich fürchte also quasi etwas, wenn ich denken soll, ich solle mit einem vornehmen und gebildeten Menschen bekannt werden. Wenn ich befürchte, daß ich Sie nur störe und keine Förderlichkeit und Erquicklichkeit für Sie bedeute, so ist die andere Befürchtung ebenso lebendig in mir, nämlich die (um ganz und gar offen zu reden), daß auch Sie mich stören und mir nicht erquicklich und erfreulich sein könnten. Es ist eine Seele in eines jeden Menschen Zustand; und Sie müssen unbedingt erfahren, und ich muß Ihnen das unbedingt mitteilen: ich schätze hoch, was ich bin, so karg und ärmlich es ist. Ich halte allen Neid für eine Dummheit. Der Neid ist eine Art Irrsinn. Respektiere jeder die Lage, in der er ist: so ist jedem gedient. Ich fürchte auch den Einfluß, den Sie auf mich ausüben könnten; das heißt: ich fürchte mich vor der überflüssigen innerlichen Arbeit, die getan werden müßte, mich Ihres Einflusses zu erwehren. Und deshalb renne ich nicht nach Bekanntschaften, kann nicht danach rennen. Jemand Neues kennenlernen: Das ist zum mindesten stets ein Stück Arbeit, und ich habe mir bereits erlaubt, Ihnen zu sagen, daß ich die Bequemlichkeit liebe. Was werden Sie denken von mir? Doch das muß mir gleichgültig sein. Ich will, daß mir das gleichgültig sei. Ich will Sie auch nicht um Verzeihung wegen dieser Sprache bitten. Das wäre Phrase. Man ist immer unartig, wenn man die Wahrheit sagt. Ich liebe die Sterne, und der Mond ist mein heimlicher Freund. Über mir ist der Himmel. Solange ich lebe, werde ich nie verlernen, zu ihm hinaufzuschauen. Ich stehe auf der Erde: dies ist mein Standpunkt. Die Stunden scherzen mit mir, und ich scherze mit ihnen. Ich vermag mir keine köstlichere Unterhaltung zu denken. Tag und Nacht sind meine Gesellschaft. Ich stehe auf vertrautem Fuß mit dem Abend und mit dem Morgen. Und hiermit grüßt Sie freundlich

der arme junge Dichter.

Wirtshäuselei

Eines Tages, im heißen Sommer, geschah es, trug es sich zu und machte es sich, daß ich mich ganz furchtbar für Gaststuben interessierte. Ich weiß nicht, ob es ein Zauberspuk war, genug, es zog mich bald in dieses, bald in jenes Wirtshaus hinein. Meistens sind ja die Wirtshäuser auch gerade so schön bequem an der Straße gelegen. Und kurz und gut, ich kehrte dir, lieber Leser, da und dort hübsch artig und solid ein. Ich bin sonst ein sehr, ein sehr solider Mensch, doch an diesem Tag erreichte ich den Gipfel alles dessen, was handwerksburschenhaft und unsolid ist. Wie eine Leidenschaft war es über mich gekommen, daß ich alles, was einem »Schwanen«, einem »Löwen«, einem »Bären«, einer »Krone« oder einem »Rebstock« ähnelte, untersucht und erforscht haben mußte. Bald war es ein Zweier, bald ein Dreier und bald ein halber Liter, was ich trank, und ich trank mit dem größten Vergnügen beides, Rot- wie Weißwein. Wollte ich ein Weinkenner werden? Lag eine dunkle Absicht in mir, mich zum Weinhändler und -schmecker auszubilden? War das Ganze eine Phantasie? Ein Traum? Nein, nein, es war Wirklichkeit. Die Sonne, o wie lächelte sie so süß auf den heiter-blauen Tag herab, den ich vertrank. Und so ging es von einer Einkehrsgelegenheit recht manierlich in die nächstbeste andere. Es war ein Einkehren und draus wieder Herausfegen, und als die Sonne untersank, hatte ich etwas so Schönes, etwas so rätselhaft Schönes im Besitz. Etwas Herrliches hatte ich mir zu eigen gemacht. Ich besaß Reichtümer, unerhörte Reichtümer, es flimmerte und tanzte mir vor den Augen. Kaum vermochte ich noch zu gehen, so stark drückte eine holde, reiche Last auf mich herab. Das Gehen kam mir wie ein fremdartiges, unbegreifliches Etwas vor, und eine Lust war in mir, umzufallen und friedfertig am Boden liegen zu bleiben. Was hatte, was hatte ich denn nur jetzt? Was war's, was ich an mich gerissen, was ich mir erobert hatte? Ich besann und besann mich, aber ich vermochte es mir nicht zu erklären.

Das Zimmerstück

Ich kenne einen Schriftsteller, der, nachdem er sich durch Wochen hindurch vergeblich abgemüht hatte, einen geeigneten Stoff aufzutreiben, endlich auf den possierlichen Gedanken kam, eine Entdeckungsreise unter seine Bettstelle zu veranstalten.

Das Ergebnis des waghalsigen und gefährlichen Unternehmens war jedoch, wie jedermann ihm, der es bewerkstelligte, zum voraus hätte sagen können, gleich Null.

Enttäuscht und entmutigt mußte der Unternehmungslustige vom Boden, auf den er sich niedergeworfen hatte, wieder aufstehen, wobei er lebhaft genug bedauerte, nicht den geringsten nennenswerten, interessanten Aufsatzstoff entdeckt zu haben.

»Was fange ich nun an und womit, um der tausend Gottes willen, verdiene ich mir in Zukunft mein armseliges, karges tägliches Brot?« fragte er sich voll Sorgen und Bangen.

Wie er nun so hin und her grübelte, um aus der Geistesfinsternis, die ihn von allen Seiten umfing, einen Ausweg zu finden, sah er plötzlich nah vor seiner Nase ein so seltsames, interesseeinflößendes Schauspiel, wie er es nicht von weitem zu hoffen gewagt haben würde, je in seinem Leben anzutreffen.

In der Wand, die grau, schwarz und schimmelig war, stak nämlich ein alter, rostiger Nagel, woran ein Regenschirm hing.

»Was muß ich sehen«, rief der entzückte Schriftsteller froh und laut aus, »das ist ja unglaublich. Bei der Unsterblichkeit meiner Seele: Ich habe das gedankenvollste, schönste Thema gefunden.«

Ohne sich nur einen Augenblick zu besinnen oder sich Zeit zu gönnen, bis er sich gehörig im Haar gekratzt hätte, was er doch, ehe er sich jeweilen an die Arbeit begab, so gerne zu tun pflegte, trat er zum Schreibtisch, setzte er sich nieder, ergriff er voll Eifer die Feder und schrieb er flink folgendes:

»Etwas Unerhörtes, etwas in seiner Art Herrliches habe ich gesehen.

Weit brauchte ich nicht zu laufen. Das Stück war ganz nah.

Gedankenvoll stand ich im Zimmer. Plötzlich sah ich an etwas Lebensüberdrüssigem etwas Lebensmüdes hängen.

Es war ein alter, müder, fast aus dem Loch schon, das ihn nicht mehr recht hielt, herabfallender Nagel, woran ein fast ebenso alter und abgenutzter Regenschirm hing.

Zu sehen, wie sich ein Altes und Kummervolles an ein anderes Altes und Kummervolles klammerte, zu sehen und zu beobachten, wie ein Hinfälliges am andern Hinfälligen hing, als wären es zwei Bettler, die sich in kalter, hoffnungsloser Einöde umarmen, um eng zusammengedrückt zugrunde zu gehen, jeden Augenblick bereit zu sterben.

Zu sehen, wie Schwaches in seiner Schwachheit anderes Schwaches noch stützte, bevor es selber völlig in die Kraftlosigkeit zusammenbrach, und wie das Erbärmliche in seiner bejammernswürdigen Erbärmlichkeit dem andern Erbärmlichen wenigstens noch so lange geringfügigen Halt bot, als bis es endlich selber gänzlich abgewirtschaftet haben würde: rührte und erschütterte mich tief, und ich habe nicht zögern mögen, es hier aufzuzeichnen.«

Der Schriftsteller hielt inne. Die Hand war ihm während des Schreibens in der Kälte steif geworden; denn er besaß nicht Geld genug, um das Zimmer heizen lassen zu können.

Draußen in den hauptstädtischen Straßen fegte ein eisiger Dezemberwind. Unser Schriftsteller schaute sein Geschriebenes lange mechanisch an, stützte den Kopf in die Hand und seufzte.

Rede an einen Knopf

Eines Tages, da ich mit Zusammennähen eines Hemdknopfloches beschäftigt war, das ich durch starkes Niesen auseinandergesprengt hatte, fiel mir, während ich gleich einer geübten Näherin fleißig nähte, mit einmal bei, an den ehrlichen Hemdknopf, treuherzigen und bescheidenen kleinen Burschen, folgende still für mich hingemurmelte, dafür aber wahrscheinlich nur um so aufrichtiger gemeinte Worte der Anerkennung zu richten.

»Lieber, kleiner Knopf«, sagte ich, »wie viel Dank und gutes Zeugnis ist dir der schuldig, dem du nun schon manche Jahre, ich glaube, daß es über sieben sind, treulich, fleißig und ausharrlich gedient, und den du bei aller Vergeßlichkeit und Nichtbeachtung, die er sich dir gegenüber zuschulden kommen ließ, nie daran gemahnt hast, daß er dich einmal ein bißchen loben soll.

Dies geschieht nun heute, wo ich so recht klar zur Einsicht gekommen bin, was du bedeutest, was du wert bist, du, der du dich während deiner ganzen langen, geduldigen Dienstzeit niemals in den Vordergrund stelltest, um in vorteilhafte, hübsche Beleuchtung oder in einigen schönen, grellen, recht sehr augenfälligen Lichteffekt hineinzustehen, der du dich vielmehr stets mit sicherlich nicht hoch genug zu schätzender, rührender, reizender Bescheidenheit in der unauffälligsten Unauffälligkeit aufhieltest, wo du deine liebe, schöne Tugend in der besten Zufriedenheit übtest.

Wie entzückst du mich, daß du die Kraft bewiesen hast, die sich auf Redlichkeit und Eifer und darauf gründet, weder Lobes noch Anerkennung zu bedürfen, wonach jeder geizt, der etwas leistet.

Du lächelst, mein Bester, und wie ich leider sehe, schaust du bereits ziemlich abgenutzt und verbraucht aus.

Lieber! Vortrefflicher! Dich sollten Leute als Muster nehmen, die aus lauter Sucht nach immerwiederkehrendem Beifall krank sind, die vor Gram, Unlust und Gekränktheit nur gleich hinsinken und sterben möchten, wenn sie nicht von jedermanns Gewogenheit und hoher Meinung immerfort gehätschelt, gefächelt und liebkost werden.

Du, du vermagst zu leben, ohne daß sich irgendeiner im entferntesten erinnert, daß du überhaupt vorhanden bist.

Du bist glücklich; denn die Bescheidenheit beglückt sich selber, und die Treue fühlt sich in sich selbst wohl.

Daß du dir so nichts aus dir selber machst, ganz nur Lebensaufgabe bist oder wenigstens zu sein scheinst, gänzlich an stille Pflichterfüllung dich hingegeben fühlst, die man eine herrlich duftende Rose nennen kann, deren Schönheit wohl fast ihr selber ein Rätsel ist, deren Duft ohne mindeste Absicht duftet, weil er ihr Schicksal ist – –

Daß du, wie gesagt, das bist, was du bist und so bist, wie du bist, bezaubert mich, rührt, ergreift und bewegt mich und macht mich denken, daß es auf der Welt, die an unerfreulichen Erscheinungen reich genug ist, hier und da Dinge gibt, die den, der sie sieht, glücklich, fröhlich und heiter machen.«

Würzburg

Um die und die Zeit, d. h. vor etlichen Jahren, reiste ich, wie ich glaube, eines schönen Tages im Sommer zu Fuß von München nach Würzburg. Ein flinker, dummer, unerfahrener, junger Mensch flog da nur so dahin, nämlich ich selber. Das Wetter war heiß und prächtig. Der Anblick der Welt war eine Art Gemisch von Blau, Gelb und Grün. Blau war der hohe, helle, weite Himmel; grün waren die Wälder, durch die ich lief, oder an denen ich vorbeihuschte, und gelb die weitausgedehnten, üppigen Kornfelder zu beiden Seiten der breiten Landstraße. Eine andere schöne, vielbedeutende Farbe war Weiß; denn es flogen mit dem eiligen Wanderer und emsig laufenden Landsknecht, allerdings nicht auf harter Erde, sondern hoch oben in der Luft, weiße Sommerwolken wie große, gewaltige Schiffe im blauen Meere. Da ich die Gewohnheit hatte, jahraus, jahrein knapp bei Geld zu sein, so drückte mich das Barvermögen, das ich mit mir trug, auf keine Weise. An den Füßen trug ich eine Art Turnerschuhe aus Segeltuch, daher marschierte ich leicht wie der Wind und ungebunden wie der freie Gedanke durch die Gegenden dahin. Mir kam es vor, als wolle mich ein Wind fortfegen und wegjagen, so rasch lief ich davon.

In München hatte ich einige literarische Persönlichkeiten von Rang und Belang bestens kennengelernt; aber ich hatte seltsame, drückende Empfindungen bei den künstlerischen und literarischen Assembleen, für die ich nicht recht taugte. Das Nähere und Genauere weiß ich nicht mehr genau; nur so viel weiß ich: mich trieb es aus allen Salons, wo Feinheiten und Exküsen herrschen, fort in die offene Welt, wo Wind, Wetter, grobe Worte, unsanfte barsche Manieren und alle Rücksichtslosigkeiten und Rauheiten regieren. Jung und ungeduldig, wie ich war, vermochte ich die Luft der vornehmen Abgeklärtheit nicht zu ertragen. All das tadellose, schnurgerade, tipptoppe, elegante Benehmen flößte mir hauptsächlich nur Kummer und eine Sorte Furcht ein. Allmächtiger, guter, großer Gott, wie ist Wandern im Sommer auf deiner heißen, weiten, stillen Erde schön: mit damit aufs schönste verknüpftem ehrlichem Durst und Hunger. Alles so still und hell, und die Welt so weit.

Der Wanderanzug, den ich trug, hatte gewissermaßen süditalienisches Aussehen. Es war eine Sorte oder Espesse Anzug, mit dem ich mich in Neapel zu meinem Vorteil hätte sehen lassen können. Im wohldurchdachten, wohlabgemessenen Deutschland schien er jedoch mehr Argwohn als Vertrauen und mehr Ab- als Zuneigung zu erwecken. Wie war ich mit dreiundzwanzig Jahren keck und phantastisch.

Ich will mit kühn und wenn möglich genial skizzierendem Bleistift und einigen leichten, zwanglosen, flotten Farbenanwürfen über die Wanderung rasch wegfahren.

Mein Gedächtnis hat treu aufbewahrt: eine im heißen Sonnenlichte stehende Gruppe von mächtigen Landwirtschaftsgebäuden, einen Trupp oder fröhliche Gesellschaft von fahrenden und daherstreichenden Handwerksburschen, einen grünen, scharf bewaffneten, im übrigen aber höflichen und menschenfreundlichen Landjäger, der meine Reisepässe und Ausweispapiere visitierte und musterte, Haufen von Meilen- oder Kilometersteinen, ein gastliches Wirts- oder einladendes, wirtliches Gasthaus, wo ich im Freien, unter dichtem behaglichem Gartengrün ein hellbraunes, reizendes, entzückendes Wienerschnitzel verzehrte, weite Striche grünen ebenen Landes, ein zerlumptes, verlottertes, verkrachtes, verbogenes, verödetes, einsames Gehöft oder Haus mit höchst malerischer, poetischer Lumpen-Unordnung davor, überflüssig viel Mittaghitze, ein Akazienwäldchen in der Nähe einer Landstadt, die Verlassenheit und Entlegenheit derselben, ein stolzes Schloß, Landgut, Gutshof oder gebieterischer Rittersitz in blendend heller, glitzernd heißer Landschaft, eine ganz sonderbare tolle, merkwürdige, seltsame alte Stadt im Geschmack des siebzehnten

Jahrhunderts, durch deren enge, stille, verträumte, fabelhafte Gassen, die in rührend schönem Sommerabend-Goldlicht schwammen, ich wie durch einen Traum, wie durch das wehmutvolle Exempel übriggebliebenen, ehemaligen, kräftigen Blütezustandes selber, wie durch einen Beweis des Unglaubwürdigen, leise marschierte; Einkehren in verschiedene höhlenartige, dumpfe Wirtsstuben, wo dunkles, dickes Bier verabfolgt wurde, aus Löchern und Trinkhallen wieder hinaus auf die Straße treten, einen trägen, schwärzlichen Fluß und später wieder eine Stadt, nebst diversem sonstigem und anderem.

Würzburg ist eine überaus sehenswürdige Stadt. Das erste, was ich tat, als ich endlich, nach mancherlei tapfer überstandenen und erduldeten Mühseligkeiten dort ankam, war, daß ich zu einem Friseur eintrat, um mich gehörig rasieren zu lassen; denn ich fühlte und ahnte lebhaft, daß ich nachgerade einige Ursache haben könnte, mir etwelche Eleganz anzueignen. Zweitens kaufte ich mir in einem vornehmen Schuhgeschäft ein Paar neue feine Stiefel, da die, die ich anhatte, höchstens noch tauglich zu sein schienen, Mißtrauen, Verachtung und Verdacht zu erregen. Drittens fühlte ich mich gezogen, getrieben und bewogen, wacker mittagessen zu gehen, und trat infolgedessen mit staunenerregender Frechheit, mit den kalten und gelassenen Gebärden eines Gesandtschaftsattachés und mit der energischen Miene eines sieges- oder todesentschlossenen Überwinders von Beschwerden, Schwierigkeiten und Hindernissen in ein allererstes und feinstes Hotel-Restaurant.

Man schien verblüfft zu sein, als man mich sah.

»Bitte sehr, Sie hier, sagen Sie doch zuallererst, bevor Sie wagen, hier einzutreten, was wollen Sie gefällig hier?«

Mit dieser etwas brüsken und herausfordernden Anfrage warf sich dem Angreifer und Eindringling ein schwarz- und edelgekleideter Herr, anscheinend der Geschäftsleiter selber, abwehrend entgegen; aber alle mutige oder sogar heldenmütige Verteidigung einer in der Tat stark und heftig bedrohten

Festung oder Stellung nützte nichts mehr. Der Gegner war zu mächtig.

Nämlich niemand anders als ich! Ich sagte:

»Was ich hier will, fragen Sie? Wie ist es möglich, daß man lang und breit fragen kann, wo man doch, bei nur einiger weniger Welterfahrung, auf den ersten Blick sehen muß, daß es sich um Hunger, und zwar um rechtschaffenen redlichen Hunger und um möglichst schleunige Beseitigung desselben handelt. Was ich will? Essen will ich! Dies hier ist, wie ich sehe, eine Örtlichkeit, wo vornehmste bürgerliche und adlige Herrschaften zu speisen und Erquickung zu holen und zu finden pflegen. Da nun auch ich im höchsten Grad, wie mir scheint, erholungs- und sättigungsbedürftig bin, so trete ich mit Ihrer Erlaubnis hier ein; denn ich glaube mich keine hundert Jahre lang besinnen zu sollen, ob dies ein passendes Lokal für mich sei oder nicht. Keine Umstände, mein Herr! Machen Sie gütigst Platz! Mit so vornehmem, großartigem und bedeutendem Appetit, wie der meinige in diesem Augenblick unbedingt ist, darf und soll ich nach meinem Dafürhalten und laut meiner Auffassung, die sich auf schlichten schlechten Menschenverstand stützt, in jedes, selbst ins feinste und ausgezeichnetste Haus treten.«

Schon war ich hineingestürmt und hatte bereits mitten unter schmausendem Hochadel und sonstiger bemerkenswerter, tafelnder Elite Platz genommen. Es wimmelte da von respekteinflößenden Habichtsnasen und verachtungsvollen Blicken aus Augen hinter einklemmenden Augengläsern. Der Saal besaß eine frostige Schönheit. Ich, indem ich mich wie ein Reichsgraf bedienen ließ, war der sicherlich durchaus nicht erbauliche Gegenstand der allgemeinen Aufmerksamkeit. Prächtig nahm sich zwischen auserlesenster Auslese denkbar bester Gesellschaft mein auserlesenes Wanderburschenwesen aus. Noch heute denke ich mit Vergnügen daran; denn Jugend ist unnachahmlich, und nur in der Jugend besitzt man genügend heiteren Trotz, um fröhliche Streiche glücklich auszuführen. Unsere mutwilligen Jugendstreiche sind wahrlich nicht das Beste, aber sicher auch nicht das Schlechteste an unserem Leben.

Da solche verschwenderische, prahlerische Lebensweise bei spärlichen und kläglichen Mitteln ein offenbar fürchterliches Loch in seine magere ärmliche Kasse reißen und den gesamten Wohlstand, über den er verfügte, untergraben und jämmerlich durchbohren mußte, so sah sich jetzt der kühne Welt- und Lebemann genötigt, in einer der elendesten Herbergen, die er mit seinen Augen jemals erblickte, wehmütig und kümmerlich zu übernachten. Über die Unannehmlichkeiten, die in Form kleiner, hübscher, netter, liebenswürdiger Angehöriger des gestaltenvollen Tierreiches nachts, als er im schlechten, steinharten Herbergsbett lag, über ihn herfielen, um ihm Aufmerksamkeiten zu erweisen, und sich auf allerdings recht sehr eigentümliche Art mit ihm zu unterhalten, will er lieber nicht viele Worte verlieren, weil er der überaus löblichen Meinung ist, daß umständliche Beschreibung und Erwähnung hier ziemlich unfein wären.

Jäh stand ich auf und trat ans offene Fenster. Mitternacht war es, und statt des Schlafes, den ich nicht kosten durfte, weil übelwollende, winzige, niedliche Bösewichte mir denselben raubten, so kostete und genoß ich nun den Anblick der schönsten Mondnacht, die wie eine Eichendorffsche Mondnacht alle ihre unnennbare Schönheit, zaubervolle, milde, bleiche Anmut, göttliche Sanftheit da und dorthin, überallhin, aus der Höhe, gleich einem rieselnden Regen, auf die dunklen Dächer, auf Türme und hoch in die Luft hinaufragende spitzige Giebel niederwarf. Eine leise Handharfe ertönte, und wunderbar, in der Tat himmlisch war die ringsverbreitete nächtliche Stille, diese helle kindliche Mondnachtstille, dieser tiefe süße Mitternachtszauber, dieser dunkelhelle friedenreiche Mondschimmer, diese Musik von Feierlichkeit, Freundlichkeit und Fröhlichkeit, diese Freudensonate, diese Mondscheinsonate! Lebt denn nicht in jeder schönen Mondnacht das Beethovensche Kunstwerk? Kam denn nicht von jeher alle beste Kunst von den Einfachheiten und Alltäglichkeiten her? Ist nicht auch eine Mondnacht ja nur etwas Alltägliches, das dem Bettler so gut wie dem Fürsten beschert ist?

Als es Tag zu werden begann, verließ ich begreiflicherweise meine Herberge gern und begab mich, indem ich in die Straße hinunterging, auf die Suche nach Dauthendey, der mir von München her bekannt war und der zurzeit in Würzburg wohnte.

Nachdem ich den ganzen Vormittag nach des Herrn Adresse mühsam herumgefragt und -geforscht hatte, wobei ich mich unkluger- sowohl wie launenhafterweise, möglich viel Eigensinn beweisend, bei unbekannten, zufälligen Leuten, die entweder zu x-beliebigen, niedriggelegenen Fenstern ahnungslos herausschauten oder behaglich auf der Straße einhergingen, nach des Dichters Wohnung erkundigen zu dürfen glaubte, ein Verfahren, das mir abenteuerlich, wie es erschien, zuletzt noch Verdrießlichkeiten bereitete, fand ich ihn endlich. Er lag noch friedlich im Bett. Als er mich sah, lachte er.

»Wie sehen Sie aus!« rief er mir mit lauter Stimme zu, und indem er aus dem Bett aufstand und sich mit sehenswerter Sorgfalt ankleidete, sagte er mir, was ich sogleich hier mitteilen werde, und richtete folgende kluge Rede an mich:

»Viel zu abenteuerlich, mein Lieber, ist Ihr Aufzug. Warten Sie, ich will gleich nachschauen. Sie müssen sich hier bei mir jetzt sogleich anders anziehen; denn mit Kleidungsstükken, wie die sind, die Sie da anhaben, spaziert man in Arkadien oder in irgendwelchen sonstigen eingebildeten Ländern, keineswegs aber in der Wirklichkeit und in unserer gegenwärtigen Zeit herum. Sie müssen die Zeit, in der Ihnen gegönnt ist zu leben, besser begreifen lernen. Abenteuerlich können Sie in Ihrem Innern nach Lust und Belieben sein. Sie lassen Ihre Innerlichkeit, Ihre Verfassung, Ihre Seele allzudeutlich merken. Es beliebt Ihnen, auf offener Straße Ihre Phantasien und Träumereien vorzuzeigen. Das ist unklug. Sehen Sie! Hier ist ein Anzug, den Sie ruhig jederzeit tragen können, ohne daß Sie Anstoß erregen. Wozu überall auffallen, wo Sie doch ganz gewiß in keiner Hinsicht auffällig sein wollen. Sie sind ohne Zweifel nur auffallend ungeschickt, und weil Sie dies sind oder zu sein scheinen, so werden Sie mir erlauben, Ihnen kurz einigen diesbezüglichen Unterricht zu erteilen.

Wie ein Bewohner der Gegenden, die nirgends anders als höchstens in Ihrem Kopf existieren, sehen Sie aus, während Sie ratsamerweise wie ein schlichter, schlechter Mensch unter Menschen oder wie ein Zeitgenosse unter Zeitgenossen aussehen sollten. Sie werden mir diese Worte gewiß nicht übel nehmen, sondern einsehen, daß ich recht habe, und sich dem, was ich sage, freundlich unterwerfen. Sie sind ja bekanntlich ein gescheiter Mensch, und es liegt auf der Hand, daß nur heftiger Jugendeigensinn eine sonderbare Figur aus Ihnen macht. Aber es hat keinerlei Zweck, sonderbar und seltsam erscheinen zu wollen. Eine solche Art, sich auszuzeichnen, muß als gänzlich falsch betrachtet werden. Unser Grundsatz muß uns sagen, es sei in bezug auf Auszeichnung streng geboten, daß einzig nur Fähigkeiten hervortreten. Wir dürfen uns in dieser Beziehung zahlreiche Vorschriften, aber entweder überhaupt keine oder nur wenige Freiheiten erteilen. So! und nun vorwärts! und munter abgestreift den überflüssigen Schein von Absonderlichkeit. Wenn Sie absonderliche Gefühle und Gedanken haben, so genügt das vollkommen. Niemand braucht Ihnen anzusehen, daß Sie eigentümlich und originell sind, Phantasie besitzen und Geschmack am Ungewöhnlichen haben. Sie werden sonst überall nur falsch beurteilt und bereiten sich mit Ihren Zwanglosigkeiten auf Schritt und Tritt nur Verdruß, was Ihnen unmöglich willkommen sein kann.«

Indem er so sprach oder gesprochen hatte, reichte er mir der Reihe nach aus seinen Kleiderreichtümern-Überflüssen und -Vorräten, aus Schrank und Kommode hervorgezogen, Rock,

Hose, Hemd, Weste, Hut und weißen, steifen Kragen, nebst einer der nettesten Schleifen, Binden oder Krawatten dar, wodurch ich mich genötigt sah, alle diese Dinge anzuziehen, um mich derart in einen ganz andern und völlig neuen Menschen zu verwandeln. Als die Veränderung und rasche Verwandlung vollzogen war, rief mein Lehrmeister, Freund und freundlicher Gönner aus: »Jetzt sehen Sie sehr gut aus. Und nun kommen Sie. Wir wollen ein wenig spazieren gehen.«

In der Tat gingen wir zusammen in guter und heiterer Stimmung auf die Straße, wo im schönsten Sommerwetter, das uns lustig anlächelte, zahlreiches Publikum hin- und herpromenierte. In meiner neuen Ausstaffierung kam ich mir wie ein Prinz vor, womit ich verständlich zu machen versuche, daß ich mich beinahe wie neu geboren fühlte. Zwar engte und klemmte mich der hohe elegante Kragen ein wenig ein; den Grundsätzen des Schicklichen und den Erfordernissen des Tonangebenden brachte ich jedoch das gewiß nicht ungeheure Opfer gern und verzichtete auf einen Bruchteil persönlichen Wohlbefindens oder Bequemlichkeit mit Vergnügen. Es war der erste steifgebügelte Kragen, den ich im Leben trug. Da sich mein Benehmen fast augenblicklich den hübschen Sachen, die ich die Ehre hatte zu tragen, gehorsam anpaßte, so wurde ich von allen Seiten her mit sozusagen achtungsvollen und gütigen Augen beaugapfelt und angeguckt, was mich durchaus nicht unbedingt in schlechte Laune setzen mußte. Mein Stroh- und Vergnügungs- oder vornehmer Sommer- und Landaufenthaltshut glich von weitem oder in der Nähe betrachtet freilich einem Wegknechtshut. Dauthendey aber sagte mir, ich solle nur ruhig sein; denn nach jedes vernünftigen Menschen Überzeugung kleide mich die Kopfbedeckung so vorzüglich und vorteilhaft wie nichts sonst. Befürchtungen seien ungeziemend, und jeglicher Zweifel sei in gleich hohem Grade unpassend wie dagegen der betreffende Hut sitze, harmoniere und passe.

Bald traten wir denn in einen der zahlreichen Würzburger

Weinkeller und Trinkstuben hinunter, wo wir uns auf die vergnüglichste Art Essen und Trinken darreichen ließen. Prächtig saß und plauderte es sich im kühlen, schattigen, duftig-stillen Winkel.

Acht Tage, länger nicht, aber auch nicht weniger lang, blieb ich unter meines Freundes liebenswürdigem Schutz in der schönen Stadt Würzburg, an die ich mit großem Vergnügen zurückdenke. Würzburgs Bewohner schienen mir heiter und zugleich fleißig, gesellig und zugleich höflich zu sein. Wie manche Straßen prächtig waren und einen bedeutenden Anblick darboten, fand ich den Verkehr lebhaft, und das ganze Stadtwerk konnte man von reichlichen grünen Baumanlagen aufs artigste umschlungen und umsponnen sehen. Weit und breit zogen sich angenehme, wohlwollend rauschende, freisinn-erfüllte Spazierwege hin, auf denen es sich wohl lohnte zu spazieren. Dauthendey führte mich gelegentlich in ein außerhalb auf einem Rebberg anmutig gelegenes Landhaus ein, wo mir erlaubt wurde, allerlei freundliche und gebildete Leute kennenzulernen, die dem edlen Gastrecht einen fühlbar freien, behaglichen Spielplatz einräumten.

Unter anderem besuchten wir zusammen das fürstbischöfliche Schloß oder Palais, wo wir neben mancherlei andern Kostbarkeiten und Schönheiten Tiepolos herrliche Wandmalereien bewunderten. Sachte und aufmerksam gingen wir durch alle jene staunenswürdigen Säle, worin einstmals ein pracht- und verschwendungliebendes Fürstengeschlecht wohnte. Schwelgerische Herrlichkeit war mit dem anmutigsten Geschmack und die zierlichste Art mit üppigem, kapriziösem Reichtum verbunden. Das Schloß selber erschien unsern staunenden Augen gewaltig groß; seine phänomenalen Dimensionen erinnerten uns sichtlich an die recht eigentlich schreckliche Allgewalt der früheren Fürsten. Der weitläufige kunstvolle Hofgarten kam uns wie ein Märchen vor. Königlich wußten die Könige und Fürsten schon von außen zu wirken, und wer dann seinen Fuß noch in die innere sinnverwirrende Pracht setzte, der mußte, weil ihn fabelhaft schönen Anblickes Übermacht beugte und lähmte, augenblicklich bekennen, daß er mit fürstlicher Hoheit verglichen nur ein armer, schwacher, nichtsbedeutender, in Demut und Gehorsam verharrender Untertan sei, vom Geschick bestimmt, alle harten Zumutungen und alle ihn erniedrigenden, entwürdigenden Voraussetzungen sanft zu dulden wenn nicht schließlich vielleicht sogar noch zu lieben.

Reizende acht Sommertage waren es. Ob ich noch Geld habe, fragte mich Dauthendey. »Nein«, gab ich zur Antwort. Das habe er sich gedacht, meinte er mit höchst verständnisvollem Lächeln, worauf er mir etwas weniges gab. Er besaß selber nicht viel. Um Finanzen von Künstlern steht es meistens ziemlich übel; bedauerlicher Umstand, der die Betreffenden jedoch nicht hindern kann, freundlich und unbedenklich zu geben wie Brüder. Sie besinnen sich dafür auch beim Nehmen nicht lang.

Ging ich etwa nicht im Main baden? Durchaus zuversichtlich! Und bei dieser Gelegenheit muß die alte, imposante, statuengeschmückte Mainbrücke, eine der Sehenswürdigkeiten Würzburgs, erwähnt werden. Saß man nicht des Nachts unter den dichten Zweigen hoher Bäume beim Glas Wein oder Bier im Konzertgarten, um auf Mozartische und andere Töne voll Genuß zu lauschen? Herrlich war die Reihe der aufeinanderfolgenden schönen lauen Nächte, in deren einer ich, da mir wegen Verspätung kein Einlaß ins Gasthaus mehr gewährt wurde, auf einer Anlagebank unter freiem Himmel übernachtete. Ein Schutzmann, der nächtlings auf und ab patroullierte, betrachtete den Übernächtling, der im Hotel zur holden Natur frei logierte, scharf und lang, weil er sich vermutlich verpflichtet fühlte, zu ergründen, ob der Nächtiger dicht vor ihm ein Spitzbube und als solcher gemeingefährlich, oder ein ehrlicher Mensch und als solcher gemeinnützig sei. Am folgenden Tag war ich schläfrig. Seltsame Gesichter, Visionen, Gebilde, darunter Gestalten wie Romeo ohne Kopf in Shakespeares »Romeo und Julia« leuchteten dunkelrot am heiter-hellen blauen Tag, unter dem lichten leichten Himmel vor mir auf. Meine schlaftrunkenen, besser unausgeschlafenen Augen schauten in einen glühenden Orient, in ein Phantasieland, und der Boden, auf dem ich ging oder wenigstens ordentlich zu gehen genügend fest entschlossen zu sein schien, drehte sich traumhaftrund um mich herum.

Ich mußte mir überhaupt nachgerade wie ein rechter Erzvagabund und Tagedieb vorkommen, und weil mir ein so schlechter Eindruck denn doch durchaus nicht gefiel, so fand ich es im geheimen für nicht im geringsten unangezeigt, nach und nach zu beschließen, derartiger faulenzerischer Lebensweise bald einmal ein gemessenes Ziel zu setzen und dementsprechend den Herrn Grafen oder Herrn Faulpelz, falls er liebenswürdigerweise mit notwendiger Korrektur einverstanden sein und allfällige bequemliche Einwendungen gefällig fallenlassen wollte, wieder auf arbeitsamere Bahnen hinzulenken.

Aß und verzehrte ich nicht in bildhübschem Kastaniengarten über einem sonnigen Flußufer besten ländlichen Pfannkuchen mit appetitlichem grünem Salat? Ganz gewiß! Und sah ich mich nicht mit einer in München die edle Malerei studierenden Russin, mit sowohl dunkelhäutiger wie -äugiger Amerikanerin und mit wirklichen, wahren, echten, lorgnonbewaffneten Geheimrätinnen müßige Gespräche führen? Schrieb ich Müßiggänger und sommerlicher Zeitverschwender etwa nicht ein ziemlich langes, inniges, feuriges Gedicht in einer Dame Gedichtalbum? Kein Zweifel! Und weshalb auch nicht? Und spielte ich nicht im ganzen genommen eine völlig nutzlose, zwecklose, haltlose, verantwortungslose und mithin überflüssige Figur? Jawohl!

Ein Ernst überkam mich, und ich beschloß abzureisen, weiter fort in die Welt hinauszufahren. Bei allem Schlendern empfand ich eine unnennbare Sehnsucht nach folgerichtiger menschlicher Bestimmung, so hart sie sich auch erweisen mochte. Mich trieb es in außerordentlich hohem Grade nach Ordnung und täglicher Arbeit, und ich sehnte mich nachgerade nach nichts anderem mehr so lebhaft wie danach, daß ich irgendeine Pflicht fände und erfülle.

»Ich muß Sie«, sagte ich zu Dauthendey, als wir zuletzt noch einmal miteinander durch die stillen mitternächtlichen Gassen gingen, wobei jeder sich irgendwelchen eigenen Gedanken überließ, »um zwanzig Mark bitten, damit ich morgen früh nach Berlin fahren kann.«

Er gab mir das Geld sogleich. Den eigenartigen Handel und die nachdenkliche einsame Szene beleuchtete eine fragwürdige Laterne.

»Ich danke Ihnen; denn sehen Sie: Ein Schicksal befiehlt mir, und ich muß fort! Lachen Sie mich aus, wenn Sie wollen; das hindert mich nicht im mindesten, zu fühlen, daß es mir mit dem, was ich Ihnen sage, ernst ist. Ich setze voraus, daß irgendwo ein redlicher Lebenskampf vorhanden ist, der auf mich wartet, den ich daher aufsuchen muß. Träge Schönheit, lauen weichlichen Sommergenuß, Säumen, Verweilen, Zaudern vermag ich auf die Dauer nicht zu ertragen; denn ich scheine nicht dafür geschaffen zu sein. Vielmehr bin ich vom wundervollen, gefährlichen Gedanken und von der glücklichen Überzeugung durchdrungen, die mir sagen, daß ich geeignet bin, mir durch die Welt und ihre Rücksichtslosigkeiten eine Bahn zu brechen, mich bis dorthin durchzuschlagen, wo mir regelrechte Arbeit und höherer Sinn entgegentreten. Ich sehe Sie lächeln – Sie tun das ohne Zweifel, weil Sie meine Sprache ungemein pathetisch finden. Ich aber finde, daß das Leben einen Klang, eine Wucht enthalten soll, und ich glaube, daß es Leute gibt, die ohne Geruch von Wagnissen nicht leben mögen. Leben Sie wohl!

Ich bilde mir ein, daß Berlin die Stadt sei, die mich entweder stürzen und verderben oder wachsen und gedeihen sehen soll. Eine Stadt, wo der rauhe, böse Lebenskampf regiert, habe ich nötig. Eine solche Stadt wird mir gut tun, wird mich beleben. Eine solche Stadt wird mich begünstigen und zugleich bändigen. Eine solche Stadt wird mir zum Bewußtsein bringen, daß ich vielleicht nicht gänzlich ohne gute Eigenschaften bin. In Berlin werde ich in kürzerer oder längerer Zeit zu meinem wahrhaftigen Vergnügen erfahren, was die Welt von mir will und was meinerseits ich selber von ihr zu wollen habe. Halb fühle und sehe ich es schon; aber es ist mir noch dunkel. Dort in Berlin wird es mir klar sein; dort in Berlin werde ich es eines Abends oder frühen Morgens mit erwünschter Deutlichkeit wissen. Es gilt zu handeln; zu wagen! In Berlin, mitten im Strudel und Getümmel und in all der Unruhe aufgeregten Weltstadtlebens, in angestrengter Geschäftigkeit und Tätigkeit, werde ich meine Ruhe finden. Was ich hier sage, dessen bin ich sicher, und was ich rede, werde ich erleben.«

Wohl suchte mich Dauthendey freundschaftlich zu überreden, von der Reise abzustehen; aber am nächsten Morgen saß ich trotz aller Abratungen im Eisenbahnwagen, der mich ins Ungewisse hinaustrug.

Ach, es ist herrlich, einen Entschluß zu fassen und voll Zutrauen einem Fremden entgegenzugehen.

Nervös

Ich bin schon ein wenig zermürbt, zerstochen, zerdrückt, zerstampft, durchlöchert. Mörser haben mich zermörsert. Ich bröckle schon ein wenig, falle schon ein wenig ab, ja, ja! Ich sinke ein und bin schon ein wenig am Vertrocknen. Ein bißchen bin ich schon verbrüht und verbrannt, ja, ja! Das kommt davon. Das kommt vom Leben. Alt bin ich zwar noch keineswegs, achtzig bin ich zwar noch keineswegs, aber ich bin auch nicht mehr sechzehn. Ganz bestimmt bin ich schon ein wenig alt und verbraucht. Das kommt davon. Ich falle schon ein wenig ab und bröckle, mörtle schon ein wenig. Das kommt vom Leben. Bin ich schon ein wenig abgelebt? Hm! Kann schon sein! Aber achtzig bin ich deswegen doch noch lange nicht. Ich bin sehr zäh, das kann ich gut versichern. Jung bin ich nicht mehr, aber alt bin ich auch noch nicht, ganz bestimmt nicht. Ich alte, welke schon ein wenig, aber das macht gar nichts; ganz alt bin ich noch nicht, obgleich wahrscheinlich schon ein wenig nervös und abgelebt. Es liegt ja in der Natur, daß man mit der Zeit ein wenig abbröckelt, das macht gar nichts. Sehr nervös bin ich übrigens nicht, ich besitze nur einige Schrullen. Ich bin manchmal ein wenig wunderlich und schrullenhaft, aber gänzlich verloren bin ich deswegen hoffentlich nicht. Ich will nicht hoffen, daß ich schon verloren bin, denn ich sage abermals, daß ich ungewöhnlich hart und zäh bin. Ich halte durch und halte stand. Ich bin ziemlich unerschrocken. Aber nervös bin ich ein wenig, zweifellos bin ich das ein wenig, sehr wahrscheinlich bin ich das ein wenig, möglicherweise bin ich das ein wenig. Ich hoffe, daß ich ein wenig nervös bin. Nein, ich hoffe es nicht, so etwas hofft man nicht, aber ich fürchte es, ja, ich fürchte es. Fürchten ist hier besser angebracht als Hoffen, ohne Zweifel. Aber Angst, daß ich nervös sei, habe ich sicher nicht, ganz bestimmt nicht. Schrullen habe ich, aber Angst vor den Schrullen habe ich nicht. Meine Schrullen flößen mir nicht die geringste Angst ein. »Sie sind nervös«, könnte mir irgendeiner sagen, und ich würde kaltblütig antworten: »Mein sehr geehrter Herr, ich weiß das wohl, ich weiß, daß ich ein wenig zermürbt und nervös bin.« Und ich würde dabei sehr vornehm und sehr kühl lächeln, worüber der andere sich vielleicht ein wenig ärgern würde. Wer sich nicht ärgert, der ist noch nicht verloren. Wenn ich mich über meine Nerven nicht ärgere, so besitze ich zweifellos noch gute Nerven, das ist sonnenklar und leuchtet ein. Es leuchtet mir ein, daß ich Schrullen habe, daß ich ein wenig nervös bin, aber es leuchtet mir ebensogut ein, daß ich kaltblütig bin, worüber ich mich ungemein freue, und daß ich voll frohen Mutes bin, obgleich ich schon ein wenig alte, bröckle und welke, was ja in der Natur liegt und was ich daher sehr gut begreife. »Du bist nervös«, könnte einer kommen und mir sagen. »Ja, ich bin ungemein nervös«, würde ich zur Antwort geben, und ich würde heimlich über die große Lüge lachen. »Wir sind alle ein wenig nervös«, würde ich vielleicht sagen und über die große Wahrheit herzlich lachen. Wer noch lacht, ist noch nicht ganz nervös, wer noch eine Wahrheit verträgt, ist noch nicht ganz nervös; wer noch heiter zu bleiben vermag beim Anhören von etwas Peinlichem, der ist noch nicht ganz nervös. Oder wenn irgendeiner käme und zu mir spräche: »O, du bist total nervös«, so würde ich ganz einfach höflich und artig sagen: »O, ich bin total nervös, ich weiß es.« Und die Sache wäre erledigt. Schrullen, Schrullen muß man haben, und den Mut muß man haben, mit seinen Schrullen zu leben. So lebt sich's nett. Es darf keiner Angst vor seinem bißchen Wunderlichkeit haben. Angst ist überhaupt töricht. »Sie sind stark nervös!«

»Ja, komme mir nur und sage mir das nur ruhig! Ich danke dir.«

So oder ähnlich würde ich reden und dabei meinen zarten, höflichen Spaß haben. Höflich sei der Mensch, warm und gut, und wenn ihm jemand sagt, daß er total nervös sei, so muß er durchaus nicht davon überzeugt sein.

Poetenleben

Auf Grund der Ermittlungen, die wir veranstalten zu sollen geglaubt haben, können wir sagen, daß dieser Poet eine verhältnismäßig mangelhafte, d. h. dürftige Erziehung genoß, und wir fühlen uns daher berechtigt, Fragen wie folgende aufzuwerfen:

Woher schöpfte er das unerläßliche bißchen Bildung, das nach unserem Dafürhalten ein Poet notwendigerweise besitzen muß?

Die Antwort lautet:

Es gibt ja Lesesäle voll Lesestoff in der Welt. Zum Teil liegen diese Lesezimmer ja sogar im Grünen, derart, daß der emsige Leser, wenn er am offenen Fenster sitzt, noch eine Augen- und Ohrenfreude mithat, wofür er Gott dankt.

Haben wir nicht außerdem gefälligst Stadtbibliotheken, die jedem jungen, unbescholtenen Menschen zugänglich sind und zum Vorteil gereichen?

Der Poet, den wir hier im Auge haben, scheint früh schon einen gewissen Bildungsdurst heftig bewiesen und freundlich an den Tag gelegt zu haben, was selbstverständlich durchaus anerkennenswert ist.

Einem uns zu Ohren gekommenen Gerücht, das uns sagte, daß unser Gegenstand hier eine Zeitlang Straßen gefegt und gereinigt haben soll, schenken wir deshalb entweder nur äußerst geringen oder lieber überhaupt keinen Glauben, weil wir zu wissen meinen, daß da eher Dichtung und Phantasie als Wahrheit und Wirklichkeit mitgespielt haben werden.

Besprochener war vielmehr zu seinem sicherlich absolut nicht geringen Nutzen zeitweilig in der Abteilung für Inseratenwesen einer bedeutenden Verlagsanstalt tätig, womit wir deutlich genug dartun, daß es sich in diesem Poetenleben mehr um sorgsame, saubere Schreib- als um Arbeit mit dem Straßenbesen handelte.

In dem Dasein, das uns interessiert, spielte die feinsinnige, graziös und behend über das Blatt Papier hinschweifende, allerlei niedliche, zierliche Zahlen und Sätze zeichnende, spitzige, zarte Schreibfeder offenbar von jeher eine ausschlaggebende Rolle.

Hammerschläge und Axthiebe sind und waren hier so gut wie gänzlich ausgeschlossen, und mit Nägeln hat Reflektant oder Mittelpunkt dieser Zeilen vermutlich nur immer insoweit irgend etwas zu tun gehabt, als er an die Wand seines Zimmers womöglich einmal ein Bild nagelte und heftete, woraus wohl ohne geringste Bedenken der Schluß gezogen werden darf, daß er weder je im Leben schlosserte, noch jemals schreinerte, was ja, falls es vorgekommen sein könnte, übrigens durchaus nicht weiter übel gewesen wäre.

Wir und solche, die ähnlich denken wie wir, stehen auf dem Standpunkt, der die Überzeugung gibt, daß jegliche fleißig begonnene und mit festem Willen weitergetragene Arbeit den adelt, der sie verrichtet.

Ob nun eine Speditionsfirma hier in Betracht kommt oder eine Bankanstalt allerersten Ranges ins Gewicht fällt, oder ob eine stille, verborgene Rechtsanwaltei (Advokatur) mehr oder weniger bedeutsam am Dichterleben mitwirkte oder nicht: dieses zu prüfen muß doch wohl zunächst völlig nebensächlich sein, und es werden uns derlei Dinge vorläufig merklich kühl lassen können.

Wir haben uns hier, wie uns scheint, mehr um innere als um äußere Beziehungen zu kümmern und mehr mit Merkwürdigkeiten als mit Oberflächlichkeiten zu beschäftigen. Inneres weist zwar unserer Meinung nach immer auch auf Äußeres hin, wie denn z.B. Regierungen innere so gut wie äußere Angelegenheiten zu behandeln haben und umgekehrt.

Uns genügt einstweilen die Tatsache sehr, daß wir in der angenehmen Lage sind, mit nicht wieder umzustürzender oder wegzufegender Bestimmtheit feststellen zu können, daß Ge-

genstandant oder Zielscheibe Handelsbeflissener war, und als solcher stets eifrig und aufrichtig bemüht gewesen ist, feinste Zeugnisse sowohl wie beste und glänzendste Empfehlungen einzuheimsen.

Nebenbei scheint er freilich schon sehr früh angefangen zu haben, auf kleine Streifen Papier Gedichte zu schreiben. Er saß bei jederlei Wetter, zu jeder Tages- und Jahreszeit in allerlei geheizten oder ungeheizten Zimmern, Gelassen und Gemächern, um sich mit mehr oder weniger Genugtuung in der denkbar äußersten Weltentlegenheit zeitweise wenigstens seinen Phantasien zu überlassen.

Zu bemerken ist hiebei, daß wir uns jeden Urteiles über den Poeten entschlossen sind zu enthalten. Wir teilen einfach hübsch mit, was uns gelungen ist in Erfahrung zu bringen. Fest steht immerhin, daß der Poet überaus eigensinnig zu verfahren beliebte.

Warum tat er das? Hm!

Wenn sich bewahrheiten sollte, was einige zweifellos nette und artige Leute behauptet haben und noch immer behaupten, nämlich, daß unser Held und jugendlicher Liebhaber zu einer Zeit, wo er als flotter, pflichteifriger Hilfsbuchhalter auf dem und dem Transportversicherungsinstitut beschäftigt war, auf Fließ- oder Löschpapier, wie man es für dicke Foliantenbücher und feierliche, tiefernsthafte Hauptbücher zu verwenden pflegt, seiner Herren Bureaukollegen beziehungsweise Herren Vorgesetzten respektable, löbliche Köpfe abzeichnete, dermaßen gleichsam hochinteressante Dresdener Bilderkabinette wie Münchener Gemäldegalerien genialisch produzierend – so mag das ja an sich gewiß ganz nett und höchst spaßhaft oder verhältnismäßig recht amüsant sein.

Für kennzeichnend können wir indessen derartige Übungen kaum halten; höchstens würden dieselben unter Umständen beweisen, daß zweifellos nebenher vortrefflicher, junger Mann hin und wieder, wie es scheint, durch seine Obliegenheiten nicht besonders stark beansprucht war, was man ja lebhaft geneigt sein könnte zu bedauern.

Mitgeteilt wurde und wird, daß einer der Herren, deren behagliche Bildnisse der Poet anfertigte, demselben bei Gelegenheit gesagt haben soll:

»Ei, ei, Sie haben Talent. Warum gehen Sie jedoch zwecks weiterer Ausbildung nicht schleunig lieber etwa nach München? Hier im Bureau sind nämlich derlei überraschende Kunstleistungen höchlich unpassend. Zeichnerische Begabung muß hier unglücklicherweise ja verkümmern, und wie Sie ahnen werden, sind Taten oder Großtaten eines zukünftigen Genies leider hier nicht recht am Platz.«

Satirische und spöttische Bemerkung, auf die laut Aussage hier Beschriebener erwidert haben soll:

»Unmöglich vermag ich zu glauben, daß ich, wie Sie meinen, geborner Maler wäre. Ungemein starke Anlagen und eine ganz gehörige Ader zum ausübenden Schriftsteller scheinen mir eher in mir zu schlummern. Für Ihren sicher aufrichtig und ehrlich empfundenen, gut gemeinten Wink, kühn nach München zu marschieren, um eine glänzende Existenz zu erobern, danke ich Ihnen herzlich; möchte mir aber immerhin zu bemerken erlauben, daß, ehe ich nach München schwämme und ginge, ich wahrscheinlich viel lieber oder wenigstens fast noch ebenso schnell und gern in den Kaukasus ruderte und spazierte, wo ich Abenteuer antreffen zu können hoffen wollte wie doch wohl sonst nirgends.«

Im Zeugnis, das ihm anläßlich seines Austrittes aus dem Hilfsbuchhalterposten ausgehändigt wurde, stehen unseres Wissens folgende beziehungsreiche wie anspielunggetränkte und gesättigte schöne Worte:

»Er hat sich als höchst brauchbar, ehrlich, fleißig, pflichttreu und talentvoll erwiesen. Auf allerdings durchaus eigenen Wunsch begibt er sich jedoch nachgerade in angemessene Entfernung. Sein ausgezeichnetes Wirken auf Löschpapier wird uns immer unvergeßlich bleiben. Seine künstlerischen Leistungen haben uns derart entzückt, daß wir seinen raschen Austritt herzlich bedauern müssen. Damit er seine zarte feine Begabung nicht gänzlich brach liegen und ruinieren lasse, fühlten wir uns genötigt, ihn flehentlich zu ersuchen, uns zu verlassen. Indem wir ihn ebenso höflich wie dringlich baten, gefällig spazieren zu gehen, wünschten wir ihm auf seine zukünftige beschwerliche Laufbahn alles erdenkliche Glück, und indem er sich entschließt, Abschied von uns zu nehmen, sind wir so zufrieden mit ihm, wie wir keinesfalls auszudrücken vermögen. Die Buchhaltung hat er jederzeit geführt, wie wir vermuten mußten, daß er sie führen werde. Sein Betragen gab im allgemeinen zu weiter keinen als nur zu einigen winzig kleinen Bedenken Anlaß.«

Uns kommt vor, daß in diesem Poetenleben ein ungewöhnlich häufiger Stellen- sowohl wie Ortswechsel stattgefunden habe; wir wollen aber gerne bekennen, daß wir dies einigermaßen begreifen, und zwar deshalb, weil wir notwendigerweise einsehen und zugeben müssen, daß eine junge Seele, die sich berufen fühlt, zu dichten, der Freiheit und der Beweglichkeit bedarf.

Daß sich ein Poet unter allen Umständen zu befreien, zu entfalten suchen müsse, erscheint uns sonnenklar; denn wir sind überzeugt, daß Entfaltung ohne Freiheit sicherlich unmöglich ist. Daneben leuchtet uns sehr wohl ein, daß menschliche Entwicklung nie ganz und gar ohne Situationen ablaufen kann, die ihren Bildner mitunter in ein schlechtes Licht stellen.

Wir behaupten, daß wir solches ohne lange Umschweife anerkennen wollen, wiewohl uns manches eigentlich noch unklar sein muß.

Im kaufmännischen Zentralstellenvermittlungsbureau war Traktant, wie wir zu wissen glauben dürfen, eine nachgerade sattsam bekannte Bewerberfigur. Seine Erscheinung und seine womöglich etwas befremdliche Persönlichkeit lockten daselbst regelmäßig eine Art ironisches Lächeln hervor.

»Ist es wahr, daß Sie Gedichte schreiben?« fragte man ihn.

»Ja, ich glaube es fast«, gab er sanft, gutmütig und demutvoll zur Antwort. Klar ist, daß solch zarte behutsame Antwort allgemein belächelt werden mußte, was denn auch tatsächlich stattfand.

Da und dort scheint der Poet auch als Vorleser bei hohen Damen stark in Betracht gefallen und ziemlich beliebt gewesen zu sein. Er las Selbstgedichtetes so gut wie anderes mit einem Anstand und mit einer Zungenfertigkeit vor, die, wenn nicht Staunen und Bewunderung, so doch wenigstens Zufriedenheit und Vergnügen erregten.

Mehr schmal und dünn als üppig und reichlich, und eher ungenügend als befriedigend war dagegen das Essen, das er zu essen bekam.

Unseres Ermessens nach kann jedoch auf diese gewiß an sich klägliche und recht leidliche Tatsache kein allzu hohes Gewicht zu legen sein, indem es als ziemlich gleichgültig betrachtet werden darf, ob ein Poet nur Suppe mit Wurst verzehrt oder ob er ganze Speisekarten voll mitwegißt. Hauptsache scheint doch wohl stets zu sein, daß ihm gute Gedichte entstehen. Die entschlüpfen und entstehen ihm aber bei zarter, dürftiger und magerer Kost entschieden besser als bei irgendwelcher andern, hievon sind wir felsenfest überzeugt.

Einem Poeten steht Schlankheit an; er gewähre einen durchgeistigten Anblick. Schon aus beträchtlicher Entfernung soll man ihm ansehen können, daß er sich verhältnismäßig mehr mit tagelangem Denken als mit stundenlangem materiellem Schwelgen abgibt. Dickleibige Dichter sind etwas wie ein Ding der Unmöglichkeit. Dichten heißt nicht dick werden, sondern heißt fasten und entbehren. Von solcherlei Auffassung auch nur einen Schuh oder eine Handbreit abzuweichen, soll für uns ausgeschlossen sein, und es wird niemandem gelingen, uns hinsichtlich des Ausgesprochenen irgendwelche andere Denkart aufzuzwingen oder abzunötigen.

Übrigens dürften ja den Poeten von Zeit zu Zeit wohlhabende, freigebige Leute zum Essen eingeladen haben, was wir aber allerdings höchstens nur vermuten können. Diesbezügliche Beweise herbeizuschaffen ist uns, so sehr wir uns Mühe gegeben haben mochten, leider nicht möglich gewesen.

Soviel uns auszukundschaften gelungen ist und soweit wir glücklicherweise zu Kenntnis haben gelangen können, war er äußerst haushälterisch und sparsam, ja vielleicht in dieser oder jener Hinsicht sogar ein wenig geizig.

Auslagen, Kosten, Spesen gab es für ihn erstaunlich wenig. Schneidern und Ärzten hat er jahraus, jahrein fast so viel wie nichts zu verdienen gegeben.

Ausgesprochener treuer Freund von Wanderungen, der er war, verkehrte er intensiv mit Schuhmachern, denen er die wichtige Aufgabe übertrug, zerrissenes, zerlöchertes Schuhwerk auszubessern und wiederherzustellen.

Was die Kleidung betrifft, so trug er meistens geschenkte Anzüge. Zwingende Ursache, zu Medizinern zu springen, hatte er keine, weil es ihm weiter an Gesundheit nicht fehlte und er folglich nicht das geringste Übelbefinden aufzuweisen haben konnte, was natürlich für ihn von großem Vorteil war. Er ersparte ebenso gut Geld wie Zeit damit. Ärzte freilich vermochten ihn kaum zu loben. Doch wir erinnern hier an den alten Spruch, der bekanntlich lautet, daß man es leider Gottes auch mit bestem Willen nicht jedermann recht machen kann. Irgendwie und -wo stößt der vorzüglichste Mensch an.

Wie er zur Politik stand, wollen wir einstweilen lieber ununtersucht lassen; ebenso wenig sollen wir ausmitteln oder nur anfragen wollen, ob er fleißig zur Kirche ging oder nicht. Alltägliches, Natürliches, Nützliches, Dienliches und Praktisches war es, das ihm nahe lag. Er scheint das von seinem Vater geerbt zu haben.

»Dem heranwachsenden Kinde schleichen Vater und Mutter leise durch das Leben nach«, glauben wir bei der und der

Gelegenheit, bei dem und dem passenden Anlaß gesagt zu haben. Schule und Elternhaus haben bedeutenden Einfluß. Die Charaktereigentümlichkeiten beider Eltern ... doch dies sind tiefsinnige Dinge, die wir vorziehen unberührt zu lassen.

Vom Vater ging unter anderem jedenfalls eine Spur und Portion Ironie auf ihn über, die ihm nachlief und treulich anhing wie dem Herrn oder der Herrin das folgsame Hündchen, das nicht aufhört, folgsam und anhänglich zu sein, obschon es vielleicht manchmal Schläge kriegt.

Falls wir uns nicht irren, so arbeitete er einmal zirka acht Tage lang im Kontor eines Elektrizitätswerkes. Nach Verlauf genannter ungewöhnlich kurzer Zeit beschied ihn der Herr Direktor auf das Direktionszimmer, wo er ihm mit kühlen, vielleicht etwas verbogenen, verlegenen, aber ungeheuer vornehmen Worten auseinandersetzte, daß in hohen, höhern und höchsten Industriebetrieben, die ja, wie allgemein bewußt sei, auf nur allerfeinsten und gediegensten Voraussetzungen beruhen, Menschen unmöglich geduldet werden können, von denen es erstens heißt, daß sie dichten, und von denen es zweitens verlautet, daß sie Umgang mit Leuten pflegen, die nicht zur bessern und besten Klasse zählen.

Der Poet ging in der Tat hin und wieder mit nicht sonderlich sauberen Elementen um. Er war in dieser Hinsicht nicht immer sehr klug, dafür aber wenigstens menschlich.

An Etablissementen und Handelshäusern, worin er zu seinem mehr oder weniger starken und großen Nutzen tätig war, sind ferner zu nennen:

Eine an schäumender, blauer Aare gelegene Bierbrauerei, eine von reizender Architektur und lieblicher Landschaft umgebene Hilfs- oder Spar- und Leihkasse, eine Nähmaschinenfabrik, wo er sich prächtig bewährte, eine Strumpfbandweberei, wo er den Schatz seiner Kenntnisse durchaus nicht unwesentlich vermehrte.

Demnach handelt es sich in diesem kleinlichen, wie wir sagen möchten, proletarischen Poetenleben hauptsächlich um Arbeit in allerhand Bureaus und Schreibstuben, um mancherlei Stellenwechsel, sozusagen also um durchaus Alltägliches und Gewöhnliches, d.h. eigentlich um zweierlei: um Bureauarbeit und um Landschaft, um ein Stellenbekleiden und ein Stellenpreisgeben, um ein Herumwandern in warmer, freier Natur und um ein Sitzen, Festkleben und Schreiben an kaufmännischen Schreibtischen, die man Pulte nennt; um Freiheit sowohl wie um Gefangenschaft, um Ungebundenheit sowohl wie um Fessel; um Not, Bedürfnis, Sparsamkeit sowohl wie um üppiges, freches, fröhliches Verschwenden und köstliche, schwelgerische Genüsse, um harte, saure Arbeit sowohl wie um taugenichtsiges, tagediebiges, ins Geratewohl und Gehabdichwohl hineinlebendes, atmendes Vergnügen, um strenge Pflichterfüllung sowohl wie um vergnügliches, rötliches, bläuliches oder grünliches Schlendern, Spazieren und Vagabundieren.

Aus solchen und ähnlichen Dingen empfing der Poet seinen poetischen Grund und Boden. Die Jahreszeiten, Phantasie, Musik und Liebe, Stadt und Land und die Malerei, die Gefühle und Gedanken, das Leben und die wachsende Bildung gaben seiner Poesie die Nahrung, deren sie zu ihrem gesunden Gedeihen bedurfte.

Derart lebte er hin.

Was aus ihm wurde, wie es ihm später ergangen sein mag, entzieht sich unserer Kenntnis. Weitere Spuren vermochten wir einstweilen nicht zu entdecken. Vielleicht wird uns das ein anderes Mal gelingen. Was noch irgendwie zu unternehmen sein kann, wird sich zeigen. Wir wollen sehen, und sobald etwas Neues ausfindig zu machen gewesen sein wird, soll es, falls nur auch dafür schon wieder genügend neues gütiges Interesse voraussetzen zu dürfen freundlich gestattet worden wäre, mit Vergnügen mitgeteilt sein.

Büren

Falls es gestattet ist, so berichte ich, daß ich neulich in Büren war, das ein altes, nettes Städtchen ist und unweit vom Jura an der Aare liegt, womit ich sicher nichts Neues sage, da dies jedes Schulkind weiß. Leute vom Ausland seien auf die Landkarte aufmerksam gemacht, die so freundlich sein wird, sie über das Nähere still aufzuklären.

Unser Bezirkshauptort besitzt in seinem Regierungsstatthalter- oder Provinzialschloß und Amthaus ein interessantes, imposantes, markantes, seduisantes, höchst originelles und darum sehenswürdiges Gebäude.

Insofern der Kanonendonner des europäischen Krieges zeitweise fast täglich über das Grenzgebirge in unser Land hineintönt, wird zu fragen erlaubt sein, warum feste alte Plätze wie Büren ihre Befestigungen verschwinden sehen, und ob dies zulässig sei. Menschen sehen mit der Zeit einige ihrer besten, kräftigsten Beißwerkzeuge oder Zähne ausfallen; Städte verlieren ihre alten Stadttore, weil solche manchmal als Verkehrshindernisse empfunden werden mögen, was verständlich sein kann, nichtsdestoweniger aber bedauerlich bleibt.

Büren liegt in hübscher Landschaft und schmiegt sich nach Süden an einen mäßig hohen, waldreichen, anmutigen Berg. Auf sanfter feiner Anhöhe steht ein zierliches Vergnügungsetablissement oder Tanz- und Wirtshaus, dessen einstiger Ökonom, wie mir erzählt wurde, am Erweitern scheitern und am Verschönern und Vergrößern zugrunde gehen mußte, was natürlich kläglich ist. Doch es geht leicht schief, wenn Leute an zu kühnen Plänen und zu hohen Ideen kranken. An Bescheidenheit und Selbstbeherrschung sind bis heute, wie ich zu vermuten wage, bedeutend weniger Menschen gestorben, als an Herrsch- und Gewinnbegierde wie überhaupt an jeglicher Sorte Ungezügeltheit. Da ich jedoch überzeugt bin, daß ein Allzuviel auch in Dingen der Moral ungesund ist, so zügle, bändige, mäßige und bezähme ich mich und sage hierüber lieber nicht zu viel. Ich hätte diesbezüglich allerlei auf der Zunge, will es aber verheimlichen, indem ich mir sage, daß es genüge, nach allen Seiten hin hübsch aufzupassen und verteidigungsfähig zu bleiben. Wohin man blickt, lauern Gefahren. Alle Gedanken und Dinge drehen sich wie die Erde, alles ist spiegelglatt, kugelrund und abschüssig. Doch will ich den Kopf deswegen umsoweniger hängen lassen, als ich ja eine liebenswürdige Ortschaft zu besichtigen habe.

Was hat Büren Anziehendes und Schönes? Seine drei bis vier traulichen alten Gassen! Ferner seine appetitliche, ländliche, zur Sommerszeit kaum anders als grüne, im Winter vermutlich weiße, im Herbst gelbliche und bräunliche, im Frühjahr frühjährliche, warme, feine, stille Umgebung. Rund um das Städtchen herum liegen allerhand Land- und Bauernhäuser, darunter recht stattliche und remarkable. Zwei bis sechs Worte Französisch verstehen die meisten. Des weitern hat es seine artige Spar- und Leihkasse, die Gelder spendet und ausschüttet, wofür sie freilich Zins nimmt, was nicht unerklärlich sein kann; wie seine Post, Bahnhof und Schulgebäude, welches letztere ich von Militär oder Soldateska dicht besetzt sah, weshalb ich die Flucht ergriff. Wo unhöfliches Geschütz protzt und grobe, schwere Artillerie droht, sucht man unwillkürlich so rasch wie möglich aus dem Staub zu kommen, um das Weite zu gewinnen und seine schätzenswerte Person in Sicherheit zu bringen. Hier tut der bloße Anblick schon weh! O je!

Außerdem hat Büren seine von grauer seltsamer Altertümlichkeit umwitterte, grabmälergezierte Kirche und am Ende seine lebhaft blühende Uhrenindustrie, die, wie ich kühn phantasiere, nach London aushändigt und abliefert, wodurch denkbar enge, beste, vertrauensvolle und mithin, versteht sich, ungemein angenehme Beziehungen zum unterseebootumsponnenen, weltherrschaftausübenden Großbritannien und Irland unterhalten werden.

Den delikaten Satz halte ich für merkantil und gottlob neutral. Freie ungenierte Aussprache in Geschäfts- und hohen politischen Sachen übt stets gute Wirkung aus, macht Effekt und hat Erfolg, während umgekehrt geheimnisvolles Raunen, Wispern und Flüstern, wie mir scheint, leider mitunter allerdings recht sehr bedenklich sein kann. An schönen warmen Abenden rauschen oft auch die Blätter, und am Fluß- oder Seeufer, im Schilfe, lispelt es von Zeit zu Zeit ganz deutlich, aber durchaus nicht befremdlich, sondern unbedeutend und harmlos.

Am Bürener Schloß erblickt der staubbedeckte Wanderer und Ankömmling die charakterfeste Jahreszahl 1620, die ihn an den dreißigjährigen Krieg erinnert, der mit den Friedensverhandlungen zu Münster in Westfalen glücklicherweise zu Ende ging. Möchten doch auch heutige allgemeine Streitigkeiten, die den Erdteil seufzen und leiden lassen, der nur geographisch zersplittert bleiben sollte, bald ein Ende nehmen. Viele sagen sich, daß es nachgerade Zeit dazu wäre, obwohl Unbeteiligte, wie uns dünken will, in die Ungereimtheit lieber nicht hineinreden, so gerne sie auch möchten.

Durstige oder halbverdurstete Wanderer würden in Büren übrigens Wirtschaften vorfinden, von denen man füglich behaupten kann, daß sie reizend säuberlich, wirtschäftelig und heimelig sind. Gern verrate ich, daß meine Unscheinbarkeit, als sie sich nach Trinkhallen und Erholungsanstalten umsah, auf den Gedanken kam, in den »Löwen« hineinzuhuschen, wo sie, wie sie zu beteuern wagt, allerbeste Aufnahme fand.

Bevor ich aber Gaststuben-Szenen zu schildern unternehme, will ich beiläufig rasch noch Brücken abzeichnen und malen. Büren besitzt nämlich in seiner altehrwürdigen, dachgedeckten, bernerwappengeschmückten Aarebrücke, die zur Sommerszeit kühl und luftig wie ein Kühlhaus und Lusthaus ist, ein ebenso kraftvolles wie prächtiges, ebenso ehrenwertes wie wetterfestes, ebenso behagliches wie außerordentlich urwüchsiges Bauwerk. Dort still zu stehen und auf den guten alten Strom hinabzuschauen, ist ein inniges Vergnügen, wobei es sich fast von selbst versteht, daß man von abenteuerlicher Schiffahrt träumt.

Ohne Schwierigkeiten rede und bilde ich mir ein, daß ich ein emsig rudernder Bootsmann sei, der die Aare hinunterfährt. Fluß- und Seeschiffahrt sind in unserem Land, das der lieben muß, der es kennt, wohl uralt, ebenso alt oder gar älter als Reiten und Wagenfahren. Solothurn wird fein berührt. Wir fahren an Wangen an der Aare unbeachtet und leicht vorbei, gelangen, immer auf weichen Fluten ruhig und vertraulich gleitend, bald nach Aarburg, wo Zoll erhoben wird und erstattet werden kann, und eine Weile später nach Olten, wo der trotzige felsige Hauenstein auf uns niederblickt. Wir sehen Aarau, streifen Brugg, liebliche, beschauliche Städte, die den Frieden und die Geselligkeit verkörpern, und immer bleibt das Aarewasser unser warmer guter Freund, der es grundehrlich meint, dessen schönes, treues Wesen uns vielfältig dient, vorwärts zu kommen, um die blaue weite Ferne und damit Aussichten zu gewinnen, die unserem Unternehmen förderlich sind, das keinerlei kriegerisch-feindseligen, sondern nur friedliebenden, freundschaft- und handelsuchenden Charakter haben kann. Vorsichtig, doch kühn und wagemutig, fahren wir in den Rhein und kommen nach Rheinfelden. Bald haben wir das edle, wohlerprobte, altersfeste Basel erreicht, von wo aus wir nun erst recht in ferne Gebiete hinausschwimmen, so nach Straßburg, das wir in guter alter Nachbarlichkeit herzlich grüßen, nach Frankfurt, das mächtig groß und als Handels- und Verkehrsstadt berühmt ist, wo der Menschenfreund und Dichter geboren wurde, und weiter bis nach Köln, wo uns der sagenhafte Kölner Dom groß entgegentritt. Das Leben auf dem Rhein, der ein Vater oder Bruder der Aare ist, macht uns fröhlich, zuversichtlich und glücklich, und manches gute liebe Menschenantlitz und brüderliche Gesicht taucht freundlich vor uns auf und gleitet erscheinungshaft an unsern Augen wieder vorüber, die vor vielem Ungewissen und Reichen, das sie sehen, ehrlich staunen. Gemächlich auf holden grünen segensreichen Wellen weiterfahrend, landen wir endlich in Amsterdam und lernen so Hollands eigentümliche Hauptstadt und fleißige Bevölkerung kennen. Morgen, Mittag und Mitternacht, der geduldige bedächtige Abend, burgruinengekrönte, aus Nebelschichten hervorsteigende Berge, fremde Sprachen, nachdenkliche schöne Frauen, Lieder, Länder und Menschen. O wie schön und gut ist das! Wie herrlich ist Reisen und Fahren auf feierlichen Strömen, zu beiden Seiten die Erde und auf ihr das köstliche unermüdliche Leben und in unserer Brust frohe Hoffnung!

Fast gewaltsam hat sich Berichterstatter von seinem Schifffahrtstraum, seinen Handels- und Hafenstädten, Stapelplätzen und Lagerhäusern und fernen Gegenden losgerissen und geruht jetzt offenbar im Wirtshaus zu sitzen. Gerne würde er im Vorbeischlendern ein paar neue feste Kriegs- oder russische Revolutionsstiefel zu, wenn denkbar, mäßigem Laden- und Lederpreis ergattert und eingehandelt haben. Kurz bemessene Zeit gestattete ihm jedoch Ablenkungen wie Besuche bei Schuhhändlern eigentlich kaum. Nach seinen verwöhnten Begriffen war die Wirtsstube zum »Löwen« entzückend, und da er so forschermäßig, stürmisch-offensiv hereindrang, so fragte ihn die freundliche Wirtin in zuvorkommendem Ton, ob er jemand suche.

Indem ich erwidern zu dürfen glaubte, daß ich nichts so heftig suche und so schleunig zu finden hoffe, als etwas zu trinken, machte ich die Bemerkung, daß ja einzig Durstlöschen vorläufig äußerst dringend sei und prompter Erledigung bedürfe, während alles übrige momentan als unwichtig betrachtet werden und folglich warten könne.

Da sich die Wirtin, um den erschöpften Eroberer rasch zu befriedigen, auf angenehme Art beeilte, Erbetenes hervorzuholen und Gewünschtes herbeizuschaffen, begann derselbe die Studier-, pardon! Gaststube dadurch fleißig zu studieren, daß er scharfe, strenge Prüfblicke und stechende Detektivlichter ringsherum bis in den hintersten Winkel hineinwarf, wobei festgestellt zu werden glückte, daß das Gemach, Gelaß oder Interieur ungemein reizend aussehe.

An den Wänden hingen allerlei alte eigenartige hübsche Bilder, die alle zusammen und dann jedes einzelne wieder ganz für sich sehenswert genug erschienen. Zu sehen und zu beachten war eine Serie, Galerie oder Reihe anziehender, behaglicher Genrebilder aus längstentschwundenem täglichen Leben, wie z. B. ein Friseur, der mit artigem Schwung, elegantem Ungestüm und zierlicher Wildheit seinen sehr geehrten, hochachtenswerten Kunden kunstvoll einseift, was flott und nett wirkt. Prächtig ist der schäumende Seifenschaum wiedergegeben.

Zweitens ein zarter, behutsamer, manierlicher Kavalier, der zärtlich seinen galanten Arm um die bezaubernde, enggeschnürte Taille seiner Schönen, also gleichsam Hand anlegt.

Drittens eine sinnreiche, abendliche Schachspielgesellschaft, die aus dünnen langen Tabakpfeifen raucht und sich über eines der Spieler auffallend komische feldherrnmäßige, schlachtenschlagende Manieren sichtlich krumm und krank lacht. Das Ganze hübsch blaßbraun abgetönt; die Gesichter zart, fein und geistreich, so, als wenn alle versammelten Männer leidenschaftliche Gedankenmenschen, eifrige Idealisten, Spiritisten, glühende Bücherleser, grübelnde Rätsel-Aufsteller und -Löser seien.

Viertens eine fröhliche Maler- und Soldatenszene.

Fünftens ein entzückendes, in hochherrschaftlichen Damenkreisen spielendes, allerliebstes, teppichweiches Milieubild, eine Art himmelblaues, schwanenfederweißes, nach Veilchen und Rosen duftendes, tapetentürenhaftes, intimes, freches, nettes, graziöses, Diskretion und Lebensart voraussetzendes, Spitzen und Bänder in Erinnerung bringendes, spitzbübisches, sittlich sehr wahrscheinlich fragliches, dafür aber sicher um so anmutigeres Boudoir- und Antichambrestückchen, von welchem ich mit begreiflicherweise sorgfältigster Sorgsamkeit Kopie oder Notiz nahm, nämlich ein jugendlich-hübscher Tagedieb und Taugenichts von Bedientem, der seiner Herrin keinen Fracht-, sondern den vermutlich geheimnisvollsten wichtigsten Eilbrief überbringt, bei welchem listig-lächelnden Seitentreppenanlaß die Dame ihn, der die Augen delikat an den Boden heftet, mit ihrer lieben schönen Hand, unter schmeichelnder, aufmunternder, reizender Gebärde, sanft am Kinn anfaßt, was gewiß ein wenig leichtfertig, lasterhaft, sehr, sehr weltlich, im übrigen aber, hm! sehr lustig, pikant und scharmant ist. Zu betonen könnte sein, daß die Artige nachlässig und bequem wie eine Araberin oder Odaliske auf einschläfernd-federndem Ruhbett halb liegt, halb sitzt. Fraglich hingegen kann unmöglich sein, ob der junge Schelm Grund habe, sich glücklich zu fühlen. Solch liebreizende Frau zu bedienen, muß ja glücklich machen.

Unter dem Bedientenbilde steht gleich einem zarten Wink oder verstohlenen Geflüster in schlanker feiner Schrift schelmisch geschrieben: »Wenn die Jugend wüßte!« Ein Sätzchen zum Küssen! Denn es gibt ja nichts Schöneres und Besseres auf der Welt als zärtliche Gesinnung und nichts Traurigeres und Dümmeres als das Gegenteil davon, nämlich Neid, Mißgunst und Steifheit, üble Nachrede und Hässigkeit. Wahrhaftig, wir alle sollten so kulant, so artig, so menschenfreundlich, welt- und liebeslustig wie möglich sein und uns gegenseitig nicht quälen, sondern ermuntern, nicht hinderlich und lästig, sondern dienlich und tröstlich, nicht feindlich, sondern freundlich sein. Sollte man nicht laut sagen dürfen: ja, wo Frauen sind, da regieren noch Natur und uranfängliches menschliches Entzükken, allerlei liebliche Launen und unverkünstelter Genuß? Es würde wenig schaden, wenn Vergnügtheit und Fröhlichkeit recht weit herum verbreitet werden könnten. Vieles jedoch ist leichter gesagt als getan und rascher herbeigesehnt als erworben und zu eigen gemacht. Alles ist schwer, und das Selbstverständliche scheint oft noch das Schwerste.

An der Stubenwand im »Löwen« hingen ferner einige Städtebilder und romantische Landschaften, wie Ansichten in Aquarell von Neapel und Umgebung, z. B. ein feuerspeiender, lavawälzender Vesuv oder Ätna, was ein Anblick ist, der uns aus dem ruhigen Büren fort auf die Insel Sizilien zieht. Wie dem Schreiber deutlich im Gedächtnis haften und stecken geblieben ist, las er in seiner Jugend einen Roman, worin ein Edgar von Büren, als Schweizeroffizier in neapolitanischen Diensten, die Liebhaberrolle spielte und als Held figurierte. So viel ich weiß, hieß der betreffende Roman: »Die sizilianische Vesper«.

Beim Stück Käs und Brot und freundlichen Glas Wein sitzend, erkundigte ich mich bei der auskunftbereiten Wirtin warm und eifrig nach dem Verbleiben des adeligen Herrengeschlechtes von Büren.

Sie sagte, daß ich nur ins Innere des Schlosses einzudringen brauche. Dort würde ich zu sehen bekommen, was mich fesseln und interessieren müßte. An ureingeborenen Bürenergeschlechtern seien die Kohler oder die Suter zu nennen; dieselben seien so alt wie die Aare und so wohlhabend und ehrbar wie man es wünsche.

Infolge Eintrittes eines Soldaten in die Wirtsstube begann sich das Gespräch militärisch zu färben. Durch mich war übrigens längst ein frischer Schoppen Wein höflich und dringlich bestellt und befohlen worden, was zu meiner Heiterkeit nicht wenig beitrug. Der Soldat fragte nach Art und Stärke der Besatzung, wodurch er die Wirtin in einen ziemlich heftigen Kampf mit ihren Verstandes- oder Gedächtniskräften stürzte. Hundertfünfundzwanzig Mann, sagte sie, seien im Städtchen. Eine Division war das kaum. Divisionen sind in der Regel stärker. Eine Schwadron konnte es ebenfalls nicht sein – Schwadronen bedeuteten ja bekanntlich Reiterei. Bestimmt war es weder ein Regiment noch eine Brigade. Auch keine Kompanie. Sie wundere sich, daß sie das Wort nicht finde, das ihr doch täglich und stündlich auf der Lippe sei. Sie begreife sich nicht und müsse sich beinahe ärgern. »Ist es möglich«, rief sie, »daß ich nicht herauszubringen vermag, wie die hundertfünfundzwanzig Mann heißen?«

Da ich sah, daß sich die gute Frau vergeblich anstrengte, so wollte ich wie ein dienstfreudiger edler Ritter und Retter in großer Not helfend eingreifen, und in der Tat gelang es mir, die Gefangene aus dem düstern Kerker ihrer Verlegenheit glücklich zu befreien, indem ich hinwarf, daß es sich vielleicht um eine Batterie handle. Die Wirtin war sichtlich froh über den Fund.

Solchermaßen war die Lage geklärt, der gewünschte Ausdruck gefunden, die Verlegenheit zerstreut, die Not aufgehoben, die Gefahr beseitigt, die Unsicherheit überwunden, Kummer und Zweifel vertrieben, dichte Finsternis und stockdunkle Dunkelheit gelichtet, Geistesgegenwartslosigkeit besiegt und der Schatz kriegstechnischen Wissens kräftig aufgefrischt worden, und da es mich Zeit dünkte, nach und nach aufzubrechen, so fragte ich, wie viel ich durch fleißig betriebene Trinkübung jetzt etwa verdient haben und schuldig geworden sein könnte. Nachdem ich eine keineswegs unfaßbare, vielmehr durchaus verständliche, vernünftige Rechnung, damit sie mir nicht nachlaufe, sondern ausgetilgt und fortgewischt werde, glatt beglichen hatte, stand ich auf und ging fort, um den Heimweg anzutreten, der ja, wie ich ahnte und dachte, von Sommerabendsonne schön umsponnen und eingefaßt sein würde.

Auf dem Rückweg war ich eine eifrig marschierende, lebhafte Geschichtsstunde und seltene Historienkammer. Edle Rüstungen schimmerten mir vor den Augen, welch letztere freilich auch mit Wonne den Kanal betrachteten, den entlang ich lief. Sonderlich dachte ich an das ehemals junge Bern, vor dessen kraftvoller Entfaltung ringsumliegender, herrisch befehlender, feudaler Adel allmählich weichen mußte. Gänzlich im drei- oder vierzehnten Jahrhundert versunken, merkte ich erst wieder, als mir neuzeitlicher Verkehr auf breiterer Straße am Gesicht vorübersurrte, daß ich ja gottlob Mitglied und sicherlich in jeder Hinsicht beglückwünschenswerter Anteilhaber und -nehmer einer bekanntermaßen ohne Zweifel und ohne jede lange und bange Frage an denkbar höchster Spitze von Kulturerrungenschaft und Fortschritt wie Bildung, Menschlichkeit usw. angelangten, in bezug auf schlagende, klaffende Beweise tatsächlicher Veredelung vermutlich kaum noch zu überflügelnden – Jetztzeit sei.

Der Sekretär

Ich war so dreist gewesen, ein Buch zu schreiben, das ziemlich viel Aufsehen erregte. Die Folge davon war, daß ich ungezwungen zu Leuten von Bedeutung gehen durfte. Ernsthafter und feiner Häuser Türen standen mir sozusagen sperrangelweit offen, das war auf alle Fälle ein Glück für mich. Ich brauchte nur einzutreten und acht zu geben, mich möglichst beständig angenehm zu betragen. Einmal setzte ich den Fuß in eine Gesellschaft von mindestens vierzig vollblütigen Berühmtheiten. Man suche sich den Glanz vorzustellen!

Der kommerzielle Leiter einer Vereinigung bildender Künstler forderte mich eines Tages wohlgewogenermaßen auf, sein Sekretär zu werden. »Ich hoffe«, sprach er, »daß Sie ebensogut Bilder zu verkaufen wie Bücher zu veröffentlichen imstande sind!« Das Anerbieten war zu liebenswürdig, als daß es sorglos hätte abgelehnt werden können. Indem ich auf den Vorschlag einging, nahm ich mir vor, mich von nun an für einigermaßen bemerkenswert zu halten. Ich fühlte mich verpflichtet, mir zu sagen, daß derjenige, der bei Förderungen, die er erlebt, weder Genugtuung empfindet noch Vergnügen zeigt und Zufriedenheit äußert, die Allgemeinheit beleidigt.

Es liegt auf der Hand: Scharfen Verstand, überlegene Intelligenz, hohen oder höchsten Grad von Bildung und Gesittung sollen, falls dies irgendwie denkbar wäre, Sekretäre an den Tag legen. Schon ihre äußere Erscheinung wird selbstverständlich proper und vornehm zu sein haben. Man nimmt an, daß sie geschmeidig und zugleich gescheit, glatt, galant und zugleich in jeder Hinsicht entschlossen seien, gute Geschäfte zu erzielen. Feine Manieren und glänzendes gesellschaftliches Können sind ihnen entschieden angeboren.

Ich weiß nicht, ob ich wirklich alle diese Eigenschaften aufwies, so viel aber weiß ich, daß in meinem Sekretariat die halbe hauptstädtische Welt verkehrte. Personen jeglichen Charakters, allerlei Ranges und Standes drangen mehr oder weniger heftig ins Ministerium, will sagen Hauptquartier hinein: Spitzen der Gesellschaft, elegante Agenten, armes Wandervolk, gerissene Zigeuner, wilde Dichter, beängstigend vornehme Damen, mürrische Fürsten, bildhübsche jugendliche Offiziere, Schriftsteller, Schauspielerinnen, Bildhauer, Diplomaten, Politiker, Kritiker, Publizisten, Theaterdirektoren, Virtuosen, gefeierte Gelehrte, Verleger und Finanzgenies. Ein und aus ging Längstobenangekommenes wie Untenherumtastendes und Hochemporstrebendes; hellstrahlende und glänzende wie düstere und beklemmende Existenzen. Gleich merkwürdigem Maskenzuge spazierte herein: jung und alt, arm und reich, gesund und gebrechlich, hoch und niedrig, fröhlich und grämlich, glücklich und unglücklich, frech und schüchtern, heiter und traurig, hübsch und häßlich, artig und unartig, glanzumwoben und schäbig, angesehen und niedergeschlagen, stolz und hilfeflehend, berühmt und unbekannt, Gesichter, Gesten und Gestalten von allen Gattungen.

Kunstausstellungen verfolgen bekanntlich den Zweck, Kunstwerke auf vorteilhafte Art sichtbar zu machen und Käufer hiefür anzulocken. Der Sekretär spielt die Rolle des Unterhändlers oder Vermittlers zwischen Künstlertum und kunstentflammter breiter Öffentlichkeit. Er hat zu sorgen, daß recht viele Abschlüsse definitiv zustande kommen, fleißig Bilder fortverkauft werden. Interessenten erscheinen auf dem Plan, um vielleicht leider für immer schleunig wieder aus dem Gesichtskreis zu verschwinden. Der Sekretär muß aufmerksam sein, der allerunscheinbarste Mann kann sich als Kenner und Käufer jäh entpuppen.

Eine Zeitlang bildete ich mir ein, äußerst gewandt im Kunsthandel zu sein. Sicher ist, daß ich mich zum behaglichen Droschkenfahren auf freundlich belebter, glitzernd heller Straße und zum stunden- und halbstundenlangen heitern Plaudern mit muntern Künstlerfrauen prächtig eignete. Geistvolle Klubabende zeigten mich scheinbar regelmäßig auf der Höhe. Mit Delikateßplatten verstand ich meisterlich umzugehen – Malerinnen besuchte und ermutigte ich oft und gern. In solcher und ähnlicher Hinsicht bewährte ich mich glänzend. Nachträglich bin ich jedoch zur Überzeugung gekommen, daß ich kein sonderlich wertvoller, kluger, umsichtiger und erfolgreicher Gemäldesekretär gewesen sein kann. Sachverständige zuckten über den Umfang dessen, was ich leistete, einigemal merklich die Achsel. Dem Leiter des Unternehmens schien es zu passen, mit seinem Beamten vorzugsweise über Verse und dergleichen zu reden.

Ein stattlicher Nachfolger stempelte mich bald hernach zum Vorgänger und veranlaßte mich, das Amt niederzulegen, vom Posten abzudanken, feinsinnig Platz zu machen und hübsch anderwärts besorgt zu sein. Mir zu zürnen, weil er so kühn gewesen war, Gaben in mir zu vermuten, die ich nicht offenbarte, oder mich gering zu schätzen, weil ich gewisse Erwartungen nicht befriedigt hatte, fiel meinem Gönner in keiner Weise ein. Um mir zu zeigen, daß er mir weiterhin freundlich gesinnt zu bleiben gedenke, lud er mich mit höflichen und fröhlichen Worten zum Essen ein.

Basta

Ich kam dann und dann zur Welt, wurde dort und dort erzogen, ging ordentlich zur Schule, bin das und das und heiße soundso und denke nicht viel. Geschlechteswegen bin ich ein Mann, staateswegen bin ich ein guter Bürger, und rangeshalber gehöre ich zur besseren Gesellschaft. Ich bin ein säuberliches, stilles, nettes Mitglied der menschlichen Gesellschaft, ein sogenannter guter Bürger, trinke gerne mein Glas Bier in aller Vernunft und denke nicht viel. Auf der Hand liegt, daß ich mit Vorliebe gut esse, und ebenso liegt auf der Hand, daß mir Ideen fernliegen. Scharfes Denken liegt mir gänzlich fern; Ideen liegen mir vollständig fern, und deshalb bin ich ein guter Bürger, denn ein guter Bürger denkt nicht viel. Ein guter Bürger ißt sein Essen und damit basta!

Den Kopf strenge ich nicht sonderlich an, ich überlasse das andern Leuten. Wer den Kopf anstrengt, macht sich verhaßt; wer viel denkt, gilt als ungemütlicher Mensch. Schon Julius Cäsar deutete mit dem dicken Finger auf den mageren hohläugigen Cassius, vor dem er sich fürchtete, weil er Ideen bei ihm vermutete. Ein guter Bürger darf nicht Furcht und Verdacht einflößen; vieles Denken ist nicht seine Sache. Wer viel denkt, macht sich unbeliebt, und es ist vollständig überflüssig, sich unbeliebt zu machen. Schnarchen und Schlafen ist besser als Dichten und Denken. Ich kam dann und dann zur Welt, ging dort und dort zur Schule, lese gelegentlich die und die Zeitung, treibe den und den Beruf, bin soundso alt, scheine ein guter Bürger zu sein und scheine gern gut zu essen. Den Kopf strenge ich nicht sonderlich an, da ich das andern Leuten überlasse. Vieles Kopfzerbrechen ist nicht meine Sache, denn wer viel denkt, dem tut der Kopf weh, und Kopfweh ist vollständig überflüssig. Schlafen und Schnarchen ist besser als Kopfzerbrechen, und ein Glas Bier in aller Vernunft ist weitaus besser als Dichten und Denken. Ideen liegen mir vollständig fern, und den Kopf will ich mir unter keinen Umständen zerbrechen, ich überlasse das leitenden Staatsmännern. Dafür bin ich ja ein guter Bürger, damit ich Ruhe habe, damit ich den Kopf nicht anzustrengen brauche, damit mir Ideen völlig fernliegen und damit ich mich vor zu vielem Denken ängstlich fürchten darf. Vor scharfem Denken habe ich Angst. Wenn ich scharf denke, wird es mir ganz blau und grün vor den Augen. Ich trinke lieber ein gutes Glas Bier und überlasse jedwedes scharfe Denken leitenden Staatslenkern. Staatsmänner können meinetwegen so scharf denken, wie sie wollen, und so lange, bis ihnen die Köpfe brechen. Mir wird immer ganz blau und grün vor den Augen, wenn ich den Kopf anstrenge, und das ist nicht gut, und deshalb strenge ich den Kopf so wenig wie möglich an und bleibe hübsch kopflos und gedankenlos. Wenn nur leitende Staatsmänner denken, bis es ihnen grün und blau vor den Augen wird und bis ihnen der Kopf zerspringt, so ist alles in Ordnung, und unsereins kann ruhig sein Glas Bier in aller Vernunft trinken, mit Vorliebe gut essen und nachts sanft schlafen und schnarchen, in der Annahme, daß Schnarchen und Schlafen besser seien als Kopfzerbrechen und besser als Dichten und Denken. Wer den Kopf anstrengt, macht sich nur verhaßt, und wer Absichten und Meinungen bekundet, gilt als ungemütlicher Mensch, aber ein guter Bürger soll kein ungemütlicher, sondern ein gemütlicher Mensch sein. Ich überlasse in aller Seelenruhe scharfes und kopfzerbrechendes Denken leitenden Staatsmännern, denn unsereins ist ja doch nur ein solides und unbedeutendes Mitglied der menschlichen Gesellschaft und ein sogenannter guter Bürger oder Spießbürger, der gern sein Glas Bier in aller Vernunft trinkt und gern sein möglichst gutes fettes nettes Essen ißt und damit basta!

Staatsmänner sollen denken, bis sie gestehen, daß es ihnen grün und blau vor den Augen ist und daß sie Kopfweh haben. Ein guter Bürger soll nie Kopfweh haben, vielmehr soll ihm immer sein gutes Glas in aller gesunden Vernunft schmecken, und er soll des Nachts sanft schnarchen und schlafen. Ich heiße soundso, kam dann und dann zur Welt, wurde dort und dort ordentlich und pflichtgemäß in die Schule gejagt, lese gelegentlich die und die Zeitung, bin von Beruf das und das, zähle soundso viele Jahre und verzichte darauf, viel und angestrengt zu denken, weil ich Kopfanstrengung und Kopfzerbrechen mit Vergnügen leitenden und lenkenden Köpfen überlasse, die sich verantwortlich fühlen. Unsereins fühlt weder hinten noch vorn Verantwortung, denn unsereins trinkt sein Glas Bier in aller Vernunft und denkt nicht viel, sondern überläßt dieses sehr eigenartige Vergnügen Köpfen, die die Verantwortung tragen. Ich ging da und da zur Schule, wo ich genötigt wurde, den Kopf anzustrengen, den ich seither nie mehr wieder einigermaßen angestrengt und in Anspruch genommen habe. Geboren bin ich dann und dann, trage den und den Namen, habe keine Verantwortung und bin keineswegs einzig in meiner Art. Glücklicherweise gibt es recht viele, die sich, wie ich, ihr Glas Bier in aller Vernunft schmecken lassen, die ebenso wenig denken und es ebenso wenig lieben, sich den Kopf zu zerbrechen wie ich, die das lieber andern Leuten, zum Beispiel Staatsmännern, freudig überlassen. Scharfes Denken liegt mir stillem Mitglied der menschlichen Gesellschaft gänzlich fern und glücklicherweise nicht nur mir, sondern Legionen von solchen, die, wie ich, mit Vorliebe gut essen und nicht viel denken, soundso viele Jahre alt sind, dort und dort erzogen worden sind, säuberliche Mitglieder der menschlichen Gesellschaft sind wie ich, und gute Bürger sind wie ich, und denen scharfes Denken ebenso fern liegt wie mir und damit basta!

Die Wurst

An was denke ich? An eine Wurst denke ich. Es ist schrecklich. Jünglinge, Männer, die ihr dem Staate dient, auf die der Staat seine Hoffnung setzt, betrachtet mich sorgsam und nehmt an mir ein abschreckendes Exempel, denn ich bin tief gesunken. Ich vermag mich vom Gedanken nicht loszureißen, daß ich soeben noch eine Wurst besaß, die nun für immer dahin ist. Ich zog sie aus dem Kleiderschrank hervor, und bei dieser Gelegenheit aß ich sie. Mit offenbar nur allzu aufrichtigem Behagen habe ich verzehrt, was noch vorhanden sein könnte, wenn ich es nicht vertilgt hätte. Vor wenigen Minuten war die beste saftigste Wurst noch leibhaftig da, doch jetzt ist durch leider nur allzu voreiliges Verzehren die wohlschmeckendste Wurst verschwunden, worüber ich untröstlich bin. Was soeben noch da war, ist fort, und niemand bringt es mir jemals wieder. Ich aß, was ich nimmermehr so schnell hätte essen, was ich mir lieber nimmermehr so eilig hätte schmecken lassen sollen. Ich habe aufgegessen, was mir noch jetzt schmecken könnte, wenn ich der Begierde widerstanden hätte. Ich beklage tief, daß ich der Begierde nicht widerstanden habe und daß ich verbraucht habe, was vor wenigen Minuten noch frisch und rot zu meiner Verfügung stand, was aber nun und nimmermehr zu meiner Verfügung stehen wird, weil ich es voreilig verbrauchte. Ich habe Gebrauch gemacht, wovon ich noch jetzt Gebrauch machen könnte, wenn nicht vorgefallen wäre, was vorgefallen ist und was nicht wiedergutzumachen ist. Was dahin ist, könnte noch ruhig und friedlich da sein, und was auf Nimmerwiedersehen verlorengegangen ist, könnte Appetit erwecken, doch das Appetit Erweckende ist dahin, und das beklage ich ehrlich, obschon ich einsehe, daß alles Klagen wenig oder gar nichts nützt. Was angetastet wurde, könnte unangetastet, was gegessen wurde, könnte unaufgegessen, was weggeschnappt wurde, könnte unaufgeschnappt sein, wenn ich vorsichtiger und enthaltsamer gewesen wäre, aber leider war ich weder enthaltsam noch vorsichtig, und das bedaure ich tief, obschon ich einsehe, daß Klage und Reue wenig oder gar nichts nützen. Was verschwunden ist, könnte vorhanden sein und was tot ist, könnte fröhlich leben. Was grausam zerbissen und zerstückt wurde, könnte ganz sein, aber es ist leider zerstückt, da hilft keine Klage. Was nicht mehr dient, könnte die besten Dienste leisten, und was weg und fort ist, würde mich noch jetzt mit seiner schönen Gegenwart erfreuen, wenn ich das Beklagenswerte nicht getan hätte, was ich mit leider nur zu viel Grund bedaure. Was, wie gesagt, fort ist, brauchte, wie gesagt, nicht bereits abhanden gekommen zu sein, wenn ich widerstandsfähiger und stärker gewesen wäre und bösen Neigungen entsagt hätte. Schlimme Begierden, ihr habt mich meiner Wurst beraubt. Ich habe gekostet, was als Kost noch fernerhin zu kosten wäre, wenn ich es ungekostet und ungenossen liegen gelassen hätte, worüber ich, wie ich bereits mehrfach sagte, trostlos bin, was ich nur immer wiederholen kann. Ich brachte mir eine Schlappe durch Probieren einer nur zu vorzüglichen Kost bei, die nun ausgekostet und ausprobiert ist, weil ich nicht enthaltsam gewesen bin, was ich bereue. Reue nützt nichts; sie macht den Wurst-Verlust eher größer als kleiner, ich will daher versuchen, auf Reue zu verzichten, was aber jedenfalls sehr schwer ist, weil die Ursache, reuig zu sein, stark und groß ist. Ich habe mir eine Niederlage zugezogen, weil ich nicht aufgespart habe, was ich unbedingt hätte aufbewahren und in acht nehmen sollen, was ich aber leider nicht in acht nahm, obschon ich es kaum glaube, da ich immer des Glaubens war, daß ich stark und widerstandsfähig sei, worin ich mich aber scheinbar irrte, was mich schmerzt, obschon, wie gesagt, Reue offenbar gar nichts nützt. O, diese Wurst, ich schwöre, sie war herrlich. Wunderbar geräuchert war sie, und mit entzückenden Speckmocken war sie gespickt, und eine durchaus stattliche, annehmbare Länge hatte sie, und einen Duft hatte sie, so milde, so bestrickend, und eine Farbe hatte sie, so rot, so zart, und gekracht hatte sie, als ich sie zerbiß, ich höre noch jetzt beständig, wie sie krachte, und saftig war sie, etwas Saftigeres habe ich in meinem ganzen Leben nie gegessen, und dieses Saftige und Schmackhafte könnte noch jetzt schmackhaft und saftig sein, das Rote und Zarte noch jetzt rot und zart, das Wohlriechende noch jetzt wohlriechend, das Vorzügliche und Appetitliche noch jetzt vorzüglich und appetitlich, das Längliche und Runde noch jetzt rund und länglich, das Geräucherte noch jetzt geräuchert und das Speckgespickte noch jetzt mit Speck gespickt, wenn ich Geduld gehabt hätte. Ich könnte es noch jetzt krachen hören, wenn ich es nicht schon krachen gemacht hätte, und zu beißen gäbe es noch jetzt, was ich leider allzu schnell zerbiß.

Das letzte Prosastück

Wahrscheinlich ist dies mein letztes Prosastück. Allerlei Erwägungen lassen mich glauben, es sei für mich Hirtenknaben höchste Zeit, mit Abfassen und Fortschicken von Prosastükken aufzuhören und von offenbar zu schwieriger Beschäftigung zurückzutreten. Mit Freuden will ich mich nach anderer Arbeit umschauen, damit ich mein Brot in Frieden essen kann.

Was tat ich zehn Jahre lang? Um diese Frage beantworten zu können, muß ich erstens seufzen, zweitens schluchzen und drittens ein neues Kapitel oder frischen Abschnitt beginnen.

Zehn Jahre lang schrieb ich fortgesetzt kleine Prosastücke, die sich selten als nützlich erwiesen. Was habe ich dulden müssen! Hundertmal rief ich aus: »Nie mehr wieder schreibe und sende ich«, schrieb und sandte aber jeweilen schon am selben oder folgenden Tag neue Ware, derart, daß ich meine Handlungsweise heute kaum noch begreife.

Was ich an Einsenden leistete, macht mir kein Zweiter nach. Dies steht einzig da und gehört um seiner Possierlichkeit willen an die Plakatsäule geheftet, damit jedermann über meine Treuherzigkeit staunen kann. Etwas ähnliches kommt nie wieder vor. In bezug auf Herstellen und Fortfliegenlassen von passenden Prosastücken legte ich einen unsagbaren Eifer und eine unbeschreibliche Geduld an den Tag. Das flog aus meinem Uhrmacheratelier oder Schneider- und Schusterwerkstatt nach allen Windrichtungen wie Tauben aus einem Taubenschlag oder Bienen aus einem Bienenhäuschen. Mücken und Fliegen summen und schwimmen nicht emsiger hin und her, wie die Prosastücke hin- und herflogen, die ich an allerlei Redaktionen sandte.

Was taten die Herren Bibliothekare mit den Skizzen, Studien, Aufsätzen, womit ich sie überhäufte? Sie lasen sie, benäselten, beaugapfelten sie, zogen sie in Erwägung und legten sie säuberlich in ihre Behälter oder Schubladen, wo sie aufbewahrt und für eine passende Gelegenheit liegen blieben.

Kam dieselbe jeweilen rasch herbei? Absolut nicht! Sie hatte es nie sehr eilig. Es ging mitunter jahrelang, bis sie sich zeigte, und unterdessen raufte sich ein Unglücksmensch in seiner Dachstube das Haar aus.

Was ich freudig schrieb und fortjagte, wurde in die Verborgenheit geworfen, wo es langsam zusammenschrumpfte. Zeilen, Sätze, Blätter gingen in der Schubladenluft jämmerlich zugrunde, indem sie eintrockneten und welkten. Was ich flott hervorgebracht, ließ ich alt, matt, blaß und bleich werden.

Einmal blieb ein jugendlich grünendes, rotbackiges, hübsches rundes Prosastück volle sechs Jahre lang an öder Stelle liegen, wo es mit der Zeit ganz dürr wurde. Als es endlich zum Vorschein kam, d. h. im Druck auftauchte, so weinte ich vor Freude, indem ich mich wie ein armer Vater gebärdete, den die Zärtlichkeit übermannt.

Was erlebt nicht ein Mensch, der sich in den Kopf setzt, Prosastücke zu schreiben und an allerlei Redaktionen in der Hoffnung abzusenden, daß die Stücke den Wünschen entsprechen und hübsch in den Rahmen passen würden. Sollte mich jemand, der sich aufs Stückeschreiben werfen will, um Rat fragen, so rate ich ihm ab, indem ich ihm sage, daß ich seine Absicht für unglücklich halte.

Die Tag- und Nacht-, Lust- und Trauer-, Rühr- und Zier-, Türen- und Treppen-, Schmuck und Kunststücke, die ich fortwährend hoffnungsvoll fortschickte, erwiesen sich meistens als unbrauchbar, paßten selten oder nie in den Rahmen und entsprachen den Wünschen vielmals keineswegs.

Ließ ich mich durch trügerische Hoffnungen abschrecken? Keine Spur! Immer wieder fand ich den Mut, herzustellen und wegzugeben, anzufertigen und fortzuschicken. Zehn Jahre lang stopfte ich unermüdlich anderer Leute Fächer, Löcher,

Lagerhäuser mit Stoffen und Vorräten voll, worüber sich die Herren Dirigenten krumm und krank lachten.

Ich füllte anderer Leute Lücken mit Prosastücken. Der Verstand will mir stocken, wenn ich daran denke. Die Minister schüttelten sich vor Lachen, wenn sie meine Wagenladungen anlangen sahen. Ich brachte ganze Güterzüge zum Versand. Was ich fortfliegen ließ, wurde gnädig in Empfang genommen.

Wo andere hell im Kopf und klug bis in die Fingerspitzen waren, blieb ich dumm bis oben hinaus und noch einen Meter dazu. Wo ich nackt ging, herrschte bei zweifellos netten Leuten Luxus und Reichtum. Indem ich meine eigenen Schubladen sauber und platt leerte, so füllte ich fremde. Wo ich für gähnende Leere bei mir selber sorgte, war ich für Hülle und Fülle bei sonst netten und reizenden Leuten eifrig besorgt. O wie sich die Götter und Halbgötter über des Einsenders Einfalt lustig machten! Sie fürchteten oft, vor Lachen zu zerbrechen. Auf der einen Seite Übermut, auf der andern Seite Tränen. Einerseits Riesen, anderseits Zwerge. Hier Herren, dort Knechte.

Wenn ich mich schüchtern erkundigte, ob die Kinder gut aufgehoben und hübsch gesund oder überhaupt noch am Leben seien, so erhielt ich den niederschmetternden Bescheid: »Das geht Sie nichts an.« So gingen einen Vater die eigenen Kinder nichts mehr an, und die Sachen und Sächelchen, die ich im Schweiß meines Antlitzes hergestellt hatte, waren Dinge, wozu ich nicht das mindeste sagen durfte.

Einmal wurde mir mitgeteilt: »Ihre Prosastücke sind im Tumult und Wirrwarr verlorengegangen. Nehmen Sie uns das nicht übel und schicken uns Neues. Wir wollen es wieder verlieren, worauf Sie uns wiederum Neues einsenden können. Seien Sie recht sehr fleißig. Verbeißen Sie jeden überflüssigen Mißmut. Sie tun uns immerhin leid.«

Was nützte es mir, daß ich ausrief: »Nie mehr wieder schreibe und sende ich.« Verlieh ich doch meinem Ruhm, der sanftmütigste Mensch zu sein, dadurch neuen Glanz, daß ich schon am selben oder folgenden Tag neue schöne Stücke wegwarf. Ein Esel wird in Gottesnamen mit Ladungen beladen, und so lange es Schafe auf der Welt gibt, haben die Wölfe gute Tage; doch ich will demütig sein und den Mund halten; fleißig weiter nette kleine Prosastücke schreiben. Sollte mich jemand, der sich aufs Prosastückeabschicken stürzen will, um Rat fragen, so rate ich ihm ab, indem ich ihm sage, daß ich seine Absicht komisch finde.

»Sie sollen etwas erleben! An Ihnen will ich mich rächen, daß Sie zittern und um Verzeihung betteln lernen werden«, schrieb mir eines Tages einer der Derwische, die über Wohlergehen und Unwohlbefinden gebieten, als wenn das Leben ein Kartenspiel wäre.

Wird eine Sache mit Müh und Not perfekt, und erscheint dann solch ein mageres, armes, um Nachsicht bittendes, kleines zartes Prosastück im Druck, so steht der Autor vor neuer Schwierigkeit, nämlich vor dem nie hoch genug geschätzten Publikum. Ich will es lieber mit weiß nicht was als mit Leuten zu tun haben, die sich für die Erzeugnisse meiner Feder interessieren. Jemand sagte mir: »Schämen Sie sich nicht, mit solchem Gesudel vor die Öffentlichkeit zu treten?« So sieht der Dank aus, den diejenigen ernten, die sich mit Abliefern von Prosastücken ihr Brot verdienen wollen.

In alles will ich mich fröhlich schicken, wenn ich nur nicht auf trügerische Hoffnungen mehr zu bauen brauche. Endlich bin ich befreit, ich juble, und wenn ich nicht juble, so lache ich, und wenn ich nicht lache, so atme ich auf, und wenn ich nicht aufatme, so reibe ich mir die Hände, und wenn mich jemand, der gewisse Absichten hat, um Rat fragen sollte, so rate ich ihm ab, indem ich ihm sage, was ich jedem sagen werde, der mich um diesbezügliche Auskunft ersucht.

Von selbst versteht sich, daß ich jeweilen auf lichte Frühlingszeit ein fröhliches Frühlings-, auf die Herbstsaison ein bräunliches Herbst- und auf Weihnachten ein Weihnachts-

oder Schneegestöberstück schrieb. Ich will derartiges künftig unterlassen und nie wieder tun, was ich zehn Jahre lang getan habe. Endlich habe ich unter die nachgerade erstaunlich große Rechnung den Abschlußstrich gezogen und bin mit einer Ausübung fertig geworden, wofür ich nicht schlau genug bin.

Erfrechte ich mich, Wahrheiten, Ungebärdigkeiten einzusenden, so wurde mir mit den Worten heimgeleuchtet: »Wissen Sie nicht, daß hüben und drüben herzlich wenig Freiheit herrscht? Daß jeder auf jeden verflucht gut aufpaßt? Schreiben Sie sich das hinters Ohr, und seien Sie froh, wenn Sie ungeschoren sind.«

Mit mir steht's bös. Hierüber ist kein Zweifel möglich. Früher war's einfach, da annoncierte ich jeweilen: »Junger Mann sucht Beschäftigung.« Heute muß ich annoncieren: »Leider nicht mehr junger, sondern bereits etwas ältlicher, abgenutzter Mann fleht um Erbarmen und Unterschlupf.« Die Zeiten ändern sich, und die Jährchen vergehen wie Schnee im April. Ich bin ein armer, nicht mehr junger Mann, der gerade noch so viel Fähigkeit besitzt, wie nötig ist, um Prosastücke abzufassen, wie:

»Trab, trab, trab. Was ist mit mir? Bin ich nicht gescheit? Was soll aus mir werden? Etwa Laufbursche? Ich ziehe eine derartige Notwendigkeit stark in Erwägung. Eins, zwei, drei und vier, fünf und sechs. Zwischen Schlafen und Wachen hörte ich es, als wenn es bis in alle Ewigkeit fortdauern wolle. O da stieß ich einen Schrei aus, und mehr wie je war ich mir der Summe meiner Kleinheit bewußt. Nein, der Mensch ist nicht groß, er ist hilflos und schwach. Schon gut.«

An einundzwanzig bis achtunddreißig Redaktionen sandte ich »Trab, trab, trab« in der Hoffnung, daß es in den Rahmen passe; doch die Hoffnung erwies sich einundzwanzig bis achtunddreißig mal als trügerisch, und das Schauerstück fand nirgends Anklang.

Dreißig bis vierzig Übermenschen weigerten sich, das zweifellos hervorragende Stück anzunehmen. Vielmehr lehnten sie es mit aller Entschiedenheit ab und sandten es mir flugs zurück.

Einer der Diktatoren schrieb mir: »Mon dieu, was fällt Ihnen ein?« Ein anderer meinte: »Ach wollen Sie doch Ihr Zauberstück lieber der ›Venetianischen Nacht‹ überlassen, die sich sicher ungemein freuen wird. Uns jedoch bitten wir mit Trab, trab, Trabereien und Fünf- bis Sechserleien gütig verschonen zu wollen.«

Ich sandte »Trab, trab, trab« an genannte Zeitung, die sich höflichst bedankte, indem sie sagte: »Ach möchten Sie doch eher glauben, das entzückende Stück eigne sich nicht recht für uns.«

»Was dem einen mißfällt, schmeckt vielleicht dem andern«, dachte ich und sandte das Stück nach Kuba, das sich durchaus uninteressiert zeigte. Ich glaube, das beste wird sein, wenn ich mich in eine Ecke setze und still bin.

Die Gedichte

Ich gab eine recht annehmbare Stelle preis und zog auswärts, damit ich das Leben kennen lerne; doch was man Leben nennt, schreckte mich ab, ich erlebte eine Enttäuschung; weinte auf fremdem Boden über meinen Irrtum und kehrte wieder heim. Da war ich zunächst arm daran, denn ich sah mich stellenlos, trotzdem war ich unsäglich mutig und hatte die Empfindung, daß es mir gut gehen müsse.

Wie ich zum Dichten kam, weiß ich selber nicht recht. Ich las Gedichte, und da fiel mir ein, selbst welche zu schreiben. Das gab sich, wie sich sonst etwas gibt. Ich habe mich oft gefragt, wie es anfing. Nun, es fing bei einem Zipfelchen an und nahm mich fort. Kaum wußte ich, was ich tat. Ich dichtete aus einem Gemisch von hellgoldenen Aussichten und ängstlicher Aussichtslosigkeit, war immer halb in Angst, halb in einem beinah übersprudelnden Frohlocken.

Ein herrlicher Glaube, eine wundersame Fröhlichkeit kamen in und über mich, es ist schwer, es deutlich zu machen; doch will ich es so verständlich wie möglich zu machen suchen. Eine gänzlich neue Welt dehnte sich vor mir aus. Was ich sah, war ernst, doch ebenso tröstlich und freudig. Ich mietete ein Zimmer draußen in der Vorstadt, wo Äcker und Felder an die Häuser grenzen, wo die Ebene und der aufschießende Berg fern wie ein göttliches Theater mir ins Herz und in die Augen drangen.

Was täglich vor mir lag und sich mit seinem Schönen und Großen mir darbot, damit ich es liebe und in mich auffasse und glücklich darob sei, das war die Natur in ihrer Lichtheit und ihrem unbenommenen Wesen. Natur floß in mich hinein und mußte darum auch wieder von mir ausgehen. Kam es nicht jeden neuen Morgen wie Offenbarung über mich, und belebten mich Hoffnung und Zuversicht nicht gleichsam aus erster

Hand? Das Buch der Natur öffnete sich mir jede Stunde, und die Welt selber war mein Lehrer, der mir beibrachte, wie ich mich in ihr einzufinden habe.

Ich wußte von vielem noch nichts; die ersten Erfahrungen beglückten mich. Vielleicht war Unwissenheit das Schönste, was ich besaß. Unkenntnis macht groß. Ich war wie blühendes Gewächs, das sich selbst ein Rätsel ist. Gewiß war ich damals schön, ich weiß es heute.

Selten schlief ich so fest, daß ich in der Finsternis nicht wach gewesen wäre und über den Sinn des Lebens nachgedacht hätte, wobei die Nacht selber zu musizieren begann und ich in sie überging, wie das Empfinden ins befreundete Nächste, wie das Wesen in seine Begründung.

Was ich sann und dachte, war schön; jeder geringe Gedanke machte mich froh. Oft war ich gedankenlos, und auch hierin lag etwas Schönes. Da ich stellenlos war, so schrieb ich Offerten an Handelsfirmen und hatte auch daran eine geheime Freude. Alles freute mich.

Für mich hat die Erinnerung an jene Zeit etwas unglaublich Liebes. Jeder Schritt war ein Genuß, jedes Wort ein Vergnügen. Oh, wie ich an der Welt hing und das Leben mit einemmal frischweg liebte und nichts aus der Liebe herausstieß, sondern alles, ohne Ausnahme, willkommen nannte! Ja, da stand und ging ich wie einer, der sagen durfte, er schwelge. Und dabei war ich ja ganz arm, wußte von allem, was man »Welt« nennt, nichts oder nur spurwenig.

Öffnet' ich morgens oder nachts nur das Fenster oder trat vor die Haustüre, so waren Augen und Ohren voller Lust. Der Wind flog in blauen Wellen über das Feld, und Glocken tönten, und alles war namenlos schön.

Wo ich als Dichter begann, fing ich auch als Mensch an und war wie neugeboren. Täglich war die Welt neu, als sei sie über Nacht gestorben und erwache frühmorgens aus dem Tode. Frei wie nie vorher war ich und wie nie mehr nachher wieder.

Da war jeder Gedanke ein Teil des Lebens, jede lebendige Erscheinung auch sogleich ein Gedanke.

Ich brauchte nichts Gegenständliches zur Entzücktheit. Das einfache Daseinsbewußtsein entzückte mich und grub tief in mir nach Liebe, die durch Wände und Mauern überall ins Ungemessene und ins Nächstbeste flog.

Draußen im Schallenden und Lärmenden umarmte mich eine Ruhe, als wenn mir nichts mehr mißlingen könnte. Alles ringsumher war blau wie flatternde Fahnen und rot wie blühende Lippen und jung wie Kinderaugen und -wangen. Dann das Ernste bei dem Lachenden, das Sterbende bei dem Lebendigen. So ging's hin und her in fortwährender Bewegung; die blitzenden Tage glichen schimmernden Früchten, und wie hübsch war's, daß die Menschen und die Geschäfte sich regten.

Ich sah nicht eine Sonne, nein, Sonnen! All das Schöne blendete mich schier. Zuweilen kniete ich im Zimmer an den Boden, faltete die Hände und bat Gott, mir gnädig zu bleiben. Was ich dabei dachte, weiß ich nicht. Innerlich lachte ich über mein kindliches Beginnen, aber es war mir ernst mit dem Gebet. Beten ist ja wie Dichten. Jedes Gedicht ist eine Art von Gebet. Und dann hatte ich eine eigene, seltene Freude am Hinknien und demütigen Bitten. Es sah es niemand. Ich war frei und durfte mich in meiner Abgelegenheit bewegen, wie ich's für richtig hielt.

Ich entsinne mich jedes kleinen Umstandes. Alles, was damals um mich war, spricht mich wie mit lieben Worten an und läutet aus dem Gewesenen ins Gegenwärtige wie Klang von Morgenglocken. Alles besaß den Hauch und den Anstrich der Liebe. So sehe ich jetzt deutlich das Bett, den Tisch, die Lampe, lauter Kleinigkeiten, die nichtssagend wären, wenn nicht die Freude, die mich durchdrang, sich mit ihnen verbunden hätte. An manchem Kleinen hängt unser aller Großes, ich kann weder das eine noch das andere vergessen.

Die Stube war mit Glück, mit Sehnen nach Rechtschaffenheit erfüllt. Mein Denken geht immer wieder mit einer Art Verliebtheit dorthin zurück. Abends war mir die Welt auf andere Art teuer. Auf Hecken und Wegen glühte die Abendsonne. Das Fenster zu öffnen, der kalten Morgenluft meine Brust entgegenzuhalten, alles Fühlen, alle Empfindung in alle Notwendigkeit und Unumgänglichkeit zu tragen, den Menschen in unverblümte Verbindung mit Drang und Not zu setzen, war mir tiefes Erlaben, flößte mir neues und höheres Vertrauen ein.

Einmal stand nachts ein Mann am Weg, den ich für Jesus Christus hielt, obschon er sicher ein alltäglicher Mensch war. Für mich war er der Höhere. Ähnlich ging es mir mit vielen Erscheinungen. Alles war nah und vertraut und zugleich fremd. Ich war dieses Eigentümliche, Zwiefache und Übertragene selber. Ein Himmel war sowohl über wie in mir. Es war, wie wenn ich früher umhergetappt und -geirrt wäre und jetzt wie aus dumpfem Schlaf in eine Sicherheit und Klarheit erwachte. Ich möchte in die Hände klatschen und bravo rufen, sobald ich an die liebe, sanfte, herrliche Zeit zurückdenke. Jene zarten und zugleich starken Tage sind beständig um mich. Ja, mich beglücken jene Stunden. Grüne Wiesen und blasse Alpen und die Häuser wurden zum Gesang, der über Flächen und Höhen hintönte und über alle Gegenstände zu schwellen und zu tanzen schien. Weiche und harte Winde fegten sowohl durch mich wie über die ganze übrige Welt. Die Morgensonne berauschte mich. Alles Zukünftige glich dem Meer und alles Gegenwärtige einem Spiegel, worin alle Fröhlichkeit und Schönheit treulich abgespiegelt war. Etwas Wundervolles hallte um die Empfindung, aus der Luft in die Lüfte, aus dem Himmel über die Erde.

Nachts klangen die Sterne, als sängen sie Lieder, und der Mond rief mir zu: »Schwinge dich aus dem Begrenzten ins Unendliche; vom Beengten ins Unumwundene!« Ich lebte in einem Zustand beseligender Begeisterung. Der Geist war aufgestanden. Das Leben war alles und zugleich nichts, ich zog es an mich, küßte es, warf es weg, als sei's etwas Nebensächliches. Ich war zeitweise wie außer mir, flog um mich und über mir wie ein Adler. Daß ich mich von einer Freundin überreden ließ, frühmorgens jeweilen, statt umständlich Kaffee zu trinken, bloß etwa einen Apfel zu essen, mag auch nicht unerwähnt sein.

Oh, das war ein Wollen und ein Genuß vom Morgen bis in die späte Nacht! Einmal küßte mich im Traum ein Mädchen. Dieser Kuß gehört mit zu allen andern Küssen, zu den Küssen, die ich im Tageslicht von der strahlenden Sonne, und zu den Küssen, die ich vom Mond empfing, den ich verherrlichte und liebte.

Ich will nicht verhehlen, daß ich, wenn die Abenddämmerung kam und ich in der Stube stand, meine Stirne an die Fensterscheibe drückte und mich über derartige Bewegung, ich weiß nicht, wie innig freute. Die Äste der Bäume verglich ich mit Kinderhänden, die sich ineinander krümmten, als sagten sie: bitte, bitte! Dann das Nebelmeer und ich und die Gedichte, die teils entstanden, teils erst im Werden waren, die ungebornen und die andern, die bereits aufgezeichnet worden. Was ich an Licht und Liebe empfand, trug ich so kurz und einfach wie möglich in eine Form zusammen. Mit jedem Atemzuge konnte etwas gegeben, gedacht, erfaßt oder gewonnen werden. Der Dichter steht immer wie vor einem reizenden, seltsamen Abgrund. Ich fiel ins Finstere, damit ich mich aufschwingen und zur Helligkeit emporringen dürfe.

Einmal ging ich an die Bahnhofstraße zu einem Bankier, um mich wegen eventueller Anstellung persönlich vorzustellen. Da ich aber nicht schnell sagen konnte, was ultimo bedeutet, so gab's eine Entlassung mit nachlässiger, mitleidiger Handbewegung, und ich durfte wieder in die Felder und in mein Außenviertel springen, worüber ich froh war. Ultimo heißt Ende, aber das Schöne schien mir endlos, und es war's auch. Ich arbeitete um jene Zeit aushilfsweise in einer hocherhobenen, schattenhaften Advokatur, der Prinzipal machte mir herbe Vorwürfe, weil ich Brotreste in der Schublade liegen ließ. Es gebe keine Mäuse zu füttern, wurde mir gesagt. Außerdem war ich vorübergehend in einer mit Büchern vollgepfropften Buchhandlung tätig, ob mit Erfolg oder nicht, wäre dahinzustellen. Später kam ich in feste Stellung auf ein Geldinstitut.

Traurig bin ich damals nie gewesen. Ich war immer nur froh und überreich an guter Stimmung. Ja, es war herrlich!

Freiburg

Zwei gleichnamige Städte gibt's, die ungefähr zur selben Zeit gegründet worden sein mögen. Ein unwiderleglicher Gelehrter bin ich nicht und will daher jedenfalls behutsam sein.

Beide Städte heißen Freiburg. Eine liegt im Üchtland, innerhalb schweizerischer Eidgenossenschaft. Die andere liegt im Breisgau, d. h. im Badischen.

Die Bezeichnungen Alemannien, Helvetien fallen mir hier ein. Ebenso Burgund usw. Alles dies führt ins Mittelalter, dessen Leistungen ich *incroyablement* hochachte.

Es französelt hier ein bißchen; darf das aber füglich. Ich bin ja Schweizer und folglich sanft berechtigt, einige Brocken Französisch zu riskieren. Genf und Lausanne liegen ja ganz in der Nähe. – Ursprünglich war Freiburg eine deutsche, heute jedoch ist's eine französische Stadt.

Macht das etwas? Geniert uns das? Mich absolut nicht! Ich kann welsch und deutsch reden hören und finde beides ganz appetitlich. Ich will aber ernstlich aufpassen, daß ich nicht in ein Schwabulieren gerate.

Die Sache ist, daß ich gut aufgelegt bin, erstens, weil ich statt mit scharfer Stahlfeder bloß mit Bleistift schreibe, zweitens, weil ich mich erinnere, daß ich eines Sonntags in Gesellschaft einer jungen Dame von Bern abglitt, um nach Freiburg zu fahren.

Ich spitze hier den Stift neu, da die Spitze im allzu harten Schreib- und Denkeifer brüsk abbrach, wovor ich erschrak. Nebenbemerkungen werden übrigens keine mehr geduldet. Der Fabrikant von Skizzen wird das verstanden haben. Besser wäre, wenn er Nützlicheres wie Würste, Bürsten und dergleichen fabrizierte.

Sehr im Zweifel bin ich, ob die Dame in meiner, oder ob ich in Begleitung der Dame ging. O Federfuchser, willst du immer ein schwerlich ernstzunehmender, kleinlicher Parleur bleiben? Sei doch lieber ein gewaltiger Taktiker, unerbittlicher Politikus, damit du endlich die gebührliche Achtung einkassierst und man dich allgemein ästimiert, bis man dich totschießt, indem du nämlich leicht im Wege sein könntest.

Wir fuhren also von Bern ab. Es war höchste Zeit, in den Wagen zu springen, da der Zug schon *doucement* abfuhr. Ich wollte dem Zugführer rasch noch meinen Dank abstatten gehen, darum, daß er die Güte besaß, einigermaßen Rücksicht zu nehmen, dachte aber, daß es für derartige Höflichkeiten, ehrlich empfundene Gerührtheit wesentlich zu spät sei. Kurz, wir saßen im Abteil dritter Klasse, die uns gut genug zu sein schien.

Es sei gut, daß der Tag nicht so sonnig, sondern etwas regnerisch wäre. Städte sähen im Sonnenglanz nur fast zu schimmerig aus, sagte die Dame, und ich pflichtete ihr folgsam bei, indem ich ihr sowohl innerlich wie mündlich durchaus recht gab.

Während der Fahrt versprachen wir uns, nicht über jedes Schöne, sei's ein Gitter, ein Schild, ein Schloß, ein Standbild, ein Rathaus, ein Turm oder eine Nonne im Klostergarten gar so üppig zu staunen oder übermäßig und ohnmachtmäßig zu schwärmen. Sich so heftig begeistern zeuge kaum von gutem Geschmack. Vieles Hui- und Ui-Ausrufen vor Entzücken pflege Kopfweh zu verursachen. Schier umfallen vor Kunst- und Altertumsgenuß sei ziemlich ridikül. Vornehmes wolle kühl, Artiges ganz artig in Augenschein genommen sein. Eine Stadtansicht sei kein Biskuit zum In-den-Mund-stecken und Darob-fast-zerfließen.

Dermaßen rüsteten wir uns mit den besten Vorsätzen aus, sahen dann die Stadt, gingen in ihr herum, schauten all ihr Sehenswertes an, mußten hie und da lachen, weil eins oder das andere trotz strikter Abmachung sich zu einem Hui oder Ui hinreißen ließ.

Köstliches gab es zu sehen. Ein Rokokopalais sah aus, als schlafe Dornröschen darin. Herrlich war's, in ein wahres Ninon de Lenclos-*Chambre* bewundernde Blicke zu werfen.

In der »Grande Rue« wimmelte es von baulicher Zierlichkeit. Sie ist ganz achtzehnjahrhunderthaft. Auch vom Directoire und Empire hat sie einiges. Ich habe ziemlich viel Achtung vor mir, daß ich so hübsch mit Kenntnis und Wunderweiswas ausstaffiert bin.

Sans Spaß, die Stadt ist schön! Oben hat sie das elegante, unten das derbe Gepräge. Es gibt da reizende kleine Plätze und langgestreckte Klöster. Angesichts eines solchen lebte ich unwillkürlich im »Don Quijote« von Cervantes.

Ich sah den unglücklichen Cardenio, der um Lucinde willen ins zerklüftete Gebirge flieht, wo er sich seiner Kleider und seiner Gesittung entäußert, halbnackt und toll vor Gram von Fels zu Fels springt, die Hirten anfällt, sich selbst schlägt und über die schnöde Welt in wilde Klagen ausbricht, bis es sich fügt, daß er wieder glücklich wird, weil er die angebetete Frau durch liebliche und seltsame Zufälle wiederfindet.

Da gerade in der Kirche gesungen wurde, so traten wir herein und wohnten eine Weile dem Gottesdienste bei. In heimeliger Wirtsstube wurde zu Mittag gegessen und über Literatur geplaudert.

Unten in der sogenannten »Kleinstadt« sah es ganz mittelalterlich aus. Hier war der Stil gotisch. Man tappte bei jedem Schritt im Sagenhaften. Kleists Novellen schienen hier zu leben.

Über den Fluß wölbt sich eine alte Brücke. Der Wald berührt mit seinen Ästen die wankenden und dennoch festen Häuser. Menschengeschichte ist hier greifbar.

Wir kehrten heim. In Bern gab es einen Tee- und Plauderabend, das stand fest auf dem Programm. Letzteres ist kein urwüchsiges Wort. Ich weiß nicht, woher es stammt. Wörter gibt's, die dich augenblicklich um klanglicher Bedeutung willen anheimeln. Andere haben etwas Ärmliches in üblem Sinne an sich.

Aber ich habe ja noch von Freiburg im Breisgau etwas zu sagen. Ich ging nur einmal in einer Winternacht durch seine Gassen und glaubte im Dunkel einen Dom zu sehen oder zu empfinden. Die altväterischen Häuser kamen mir alsobald vertraut vor.

Indem ich um die Stadt herumging, sagte ich mir, sie sähe sicher am Tag, bei Sonnenschein, anmutig aus. Ich trat in ein Gasthaus und fand in hellerleuchteter Stube eine lebhafte Gesellschaft.

»Sie können sich ruhig zu uns hinsetzen und ungezwungen sein. Wir sind ja auch so. Ihre Fremdheit ist kein Hindernis, zusammen gemütlich zu sein. Sie sollen nicht glauben, daß Sie uns stören.«

So oder ähnlich sprachen die Leute, und ich hatte gegen die Art, wie sie mich ermunterten, an der Geselligkeit teilzunehmen, gewiß nichts einzuwenden.

Der Leseabend

Obschon ich weder eine bewegliche Zunge noch einen stattlichen Anzug besaß, verließ ich neulich am frühen Morgen mein Zimmer, um nach Zürich zu wandern, wo ich eine Vorlesung abhalten sollte. »Lesen«, sprach ich zu mir, »ist sicher nicht so schwer, und ein passendes Kostüm wird aufzutreiben sein.«

Auf der Straße hielt ein Auto neben mir an, ein Herr ersuchte mich, einzusteigen; ich lehnte jedoch die Fahrt mit der Begründung ab, ich hätte mir vorgenommen, zu Fuß zu gehen und wolle beim gefaßten Entschluß nun auch ausharren.

Auf dem Arm trug ich einen leichten Mantel; allerlei Einfälle liefen mit mir. Aufsteigende Zweifel nahm ich nicht sehr ernst. Ich pflege nämlich nur Positives gründlich zu betrachten, merke mir bloß Annehmliches tiefer und halte, was mir unlieb scheint, einfach für nebensächlich, mithin unwichtig.

Da und dort spazierte und flog mir ein zartes, graublaues Räuchlein flatternd nach. Indem ich mir vornahm, sparsam zu sein, ging ich so hin, traf in einem Wald Jäger an und gelangte bald zu überaus netten, heimeligen Häusern. Alles ringsherum schien mir wie poliert, die Geräte glänzten, jeder Gegenstand war unglaublich sauber, im Land hantierte ein Mann in hellblauer Bluse. Ein Hündchen lief mir nach, bis Knaben es unter Gelächter heimjagten.

Ich kam nach Wangen an der Aare. Wie sah's hier traulich aus! Das Stadttor wies die Jahreszahl 1405 auf. In der Gasse bemerkte ich einen bescheidenen, reizenden Palast und trank in der »Krone« Kaffee; daselbst saßen anscheinend recht nette Leute. Draußen schaute ich mich um; da kam ein Mädchen, das ein schwarzeingebundenes Buch trug. Auf die Frage, ob sie zur Kirche gehe, erwiderte sie: »Nein, in die Kinderlehre«, und lächelte und schaute mich mit einem Paar allerliebsten Augen freundlich an.

Wie eng und ernst es im Städtchen war. Ich ging fort, und

nun kam mir alles noch hübscher vor, die frischen Farben, die liebliche, hügelige Gegend, der sanfte Weg und überall behagliche Gesichter.

»Hier lebt etwas Tiefes, als seien die Menschen mit dem Leben vertrauter«, sagte ich mir und dachte dabei an den Dichter Steffen. Wieder kam ein Wald, und er war von grasbesetztem Weg und abgefallenem Eichen- und Buchenlaub braun und grün. Das sah sich an wie eine schöne Melodie.

Weiter ging's; als es dunkler wurde und Mädchen ihm begegneten, grüßte er sie und fragte sie, ob sie aus der Fabrik kämen; sie bejahten es. Überall erkundigte sich nämlich der Fußgänger nach der Art der Industrie.

Inzwischen gingen allerorts gutmütige Lichter auf. Ich ging an einem Haus vorbei, worin jemand wohnte, der an mich dachte; aber ich wußte nichts davon, sonst würde ich ihn besucht haben.

Bald darauf trat ich in ein Gasthaus, bestellte Kaffee und Rösti, ließ mich ins Schlafzimmer führen. Wie schien mir's hier still. Die Wirtin reichte mir nachbarlich die Hand, wünschte mir gute Nacht; ich bat noch um eine Bürste, führte mich überhaupt wie ein Weltmann auf, musterte ein Bild an der Wand, das den Rückzug Neys aus den Einöden Rußlands darstellte, und schlief hierauf ein.

Den andern Tag zog ich ins Blaue hinaus, kümmerte mich um keine Richtung, fand aber instinktiv den rechten Weg; dies bestätigte mir in einem golden-grünen Morgentälchen eine wackere Bauernfrau, die mir empfahl, nur immer hübsch gesonnen gradaus zu gehen, was ich treulich befolgte.

Nun kam ich ins schönste Land voll Ursprünglichkeit, hierauf in ein Dorf, dann noch in eins und noch in eins, bis es wieder Mittag war, ich von weitem eine wundervolle, gewaltige Burg erblickte und in die Stadt hineintrat, wo Frank Wedekind seine Knabenjahre verbrachte, wo Konfitüre fabriziert wird nebst Artikeln wie Kinderwägelchen.

Beim Essen ging es insofern fröhlich zu, als mich einer bediente, der Knecht zu sein schien, sich sehr gesprächig zeigte und mit lustigster Miene die tollsten Dinge redete, derart, daß man ihm sogleich den Schalk anmerkte. Ein anderer las in einem Sonntagsblatt. An diesen wandte ich mich mit der Bitte um gütige Auskunftgabe, wonach ich erfuhr, daß auf dem Schloß jetzt ein reicher Amerikaner weniger residiere als bloß hause.

Nachher sah ich mir den reizvollen Ort in aller Ruhe an, fragte Schulkinder, ob's hier auch ein Theater gebe, schlenderte fort, lachte alle Leute an, schaute an den sonnigen Rebberg hinauf, zum Schauplatz von einigen poesiereichen Szenen aus »Frühlings Erwachen«.

Ein kleines Landhaus im Biedermeierstil hieß »Rosenhaus«, und etwas weiter stand ein zweites zartes Stück Architektur; hier wohnte der spanische Konsul, und Sonne schien, soviel als es geben kann. Ein Wegweiser erzählte mir in der Wegweisersprache, welche Richtung ich einzuschlagen habe, und so marschierte ich wie ein Handwerksgeselle und sang halblaut Brentanos Lied: »Wir sind die lust'gen Musikanten, die nächtlich durch die Straßen zieh'n«.

Einstweilen war es aber Tag. Ein Denkmal mahnte den Wanderer an den Bauernkrieg von anno 1650, und ein Brunnen daran, daß er durstig sei. Unten im Tale lag das kleine, alte Städtchen Mellingen, und als ich es betrat, stand schon jemand da, der mich gebührlich empfing, nämlich ein Gastwirt.

Dieser erklärte und zeigte mir des Ortswesens Merkwürdigkeiten, zog mich in die Stube, und während wir hereintraten, wurde draußen in der Gasse ein Tunichtgut kampfunfähig gemacht, auf einen Wagen geladen und unter Beifallsäußerungen schnurstraks abgeführt.

Es handelte sich um einen baumstarken, händelsüchtigen, arbeitsscheuen Menschen, der seiner Mutter den letzten Franken abzwackte, eigentlich aber eher nur das Opfer unrichtiger

Erziehung als ein veritabler Schelm war. Unechte Mutterliebe hatte ihm schon früh in allem Recht gegeben, ihn förmlich angebetet, aus ihm ein wahres Meerwunder gemacht und ihn so zu Schlingeleien gereizt. Später taugte er nur noch zum Spekulanten, aber er verarmte, und seine Mutter mit ihm, und seither hatte er dem Gefängnis seine regelmäßigen Visiten abgestattet.

Alles dies erzählte mir der Wirt recht behaglich, und da er in dem Reisenden einen Altertumsverständigen witterte, so machte er ihn aufs Rathaus, auf Ulrich Zwinglis einstiges Übernachten im »Hirschen« und auf sonstiges Interessantes aufmerksam.

Als ich abtrat, dachte ich von ihm das Allerbeste. In einer Bäckerei kaufte ich zwei Nußgipfel, einen gab ich einem Schulkind, das mich dafür mit einem fragenden, sinnenden Blick beehrte.

Nun ging's zum Städtchen hinaus über die älteste, festeste aller Brücken. »Ist dies die Reuss?« fragte ich. »Ja«, gab mir die geographiebegabte Jugend frisch zur Antwort. Herrlich spiegelte sich eine Reihe charakteristischer Häuser in der stillen Flut ab. Alles ringsum deutete zart auf den Abend hin. Ich beglückte eine neue Bäckerei mit einem flüchtigen, aber ernstgemeinten Besuch, aß dort mit dem Mindestmaß an Umständlichkeit einen Apfelkuchen und ging dann weiter, und nach wenigen Schritten sagte jemand zu mir: »Wie beneide ich Sie!«

»Warum?«

»Weil Sie offenbar Weinreisender sind.«

»Sie irren sich. Ich bin Journalist, der bloß momentan reist. Aber mit was handeln denn Sie?«

»Mit Schürzen!«

»Welche hübsche Branche.«

Der Schürzenreisende sagte, er sei Rumäne und reise demnächst nach Konstantinopel, eventuell noch weiter.

»Wie kommt's, daß Sie so gut deutsch reden?«

»Kunststück! Man lernt alles.«

Hierauf wünschten sich beide Glück und trennten sich, und unser eifriger Aufsucher von artigen Erlebnissen trat in einen Spezereiladen, kaufte Zigarren, schenkte zwei Kindern, die sich eben daselbst einstellten, je ein Nidelstängeli und meinte zur Ladenbesitzerin: »Wie trocken erschiene mir die Welt, wenn's keine Kinder gäbe.« Die Kinderchen hatten ihm Dank gesagt und waren gegangen, und auch er ging nun davon.

Draußen war's Abend, und wie's dunkler und dunkler wurde, nahm meine Freude an jeder Erscheinung und meine Liebe zur Natur noch zu, und als es um die Bäume und Häuser von sinkendem Licht glänzte, ging ich wie in einem Rätsel, kannte mich nicht mehr, aber es behagte mir im Ungewissen. Weiterschreitend, gelangte ich mitten durch eine Schar Arbeiter in eine Ortschaft, ging in den »Löwen«, wo ich mit einer kleinen Ungarin mich unterhielt. Half ich nicht auch drei Buben einen mit Erdäpfeln beladenen Karren eine steile Gasse hinaufziehen, und machte mir das nicht mächtigen Spaß?

Indem wir ihn im bestrenommierten Hotel nächtigen und folgenden Tags weiterreisen lassen, finden wir ihn wieder, wie er aus einem Wald trat und auf die Stadt herabschaute, die das Ziel seines Wanderns war, und er zu jemand sagte: »Finden Sie's nicht auch schön hier?«

Von früher her wußte ich, daß Georg Büchners Grab hier nahe sei. War nicht der liebe Gestorbene für mich lebendig? Schon war es sieben Uhr, und um acht sollte ich auftreten und vorlesen.

Wie ich nun so durch die feine Stadt ging, schöne, edle Gebäude sah, altbekannte Straßen grüßte, allem Leben aus der Seele gut war und nicht wußte, wie ich mich in die bevorstehende Angelegenheit zu finden habe, kam jemand auf mich zu, den ich kannte und auch gleich bat, mir die Rolle, die mir nicht liege, abzunehmen, und der andere willigte ein.

Als nun die Stunde da war, saß der, der vorlesen sollte, unauffällig unter den Zuhörern, und jener trat hervor und las aus des ersteren Büchern, und alles ging gut; es wurde geklatscht, und ich klatschte mit; weshalb hätte ich's nicht tun sollen? War's mir doch, als säße ich da wie irgendein Beliebiger und mein Kamerad läse Dinge, die mir völlig neu seien. Wie überraschte es mich, daß es sich so nett anließ, und wie freute ich mich, spüren zu dürfen, daß die Leute alle in ihrem Innern Befriedigung fühlten. Ich war es nicht und war's doch, und es war nicht mein und doch wieder niemand anderes Werk als meines.

Fidelio

Ich weiß nicht, sprach Fidelio, ob ich meinen Namen mit Recht trage, gewiß war ich treu, besann mich aber jedesmal eines Besseren, sobald ich glaubte, es sei Zeit dazu. Treue ist übrigens reizend; schade, daß man's nicht immer sein darf. Jeder hat die Pflicht, an sich selbst zu denken, gleichsam zum Ausgleich. Du glaubst nicht, wie gerne ich mich für die und die Dame aufgeopfert hätte, aber ich war zu klug dazu. Leider war ich schon früh ein flotter Rechner. Berechnungen entstehen mir von selbst; ich meine, mir sei Menschenkenntnis beinah angeboren. Ohne denken zu wollen, bin ich ein Denker, und ohne Achtsamkeit beachte ich alles.

Wie seltsam ich veranlagt bin. Morgens früh hab' ich stets eine Menge neuer Gedanken und vielfach eine völlig neue Lebensauffassung. Was kann ich dafür, daß ich so bin? Gewisse Leute halten mich für einfältig; diesem Umstand verdanke ich, daß man sich meiner wie eines Kindes annimmt, das der Fürsorge bedarf. Schon meinen Vater erfreute ich durch meine Lebhaftigkeit; sein Lob und das Vergnügen, das ihm zum Gesicht herausleuchtete, wenn ich vor ihm turnte, waren mir ein Genuß. Aber weshalb drohte mir einmal unsere Magd mit dem Wort: »Denk' du heilig d'ran!«? Ich verstehe nicht, was sie damit meinte, da ich mich nie anders als musterhaft verhielt, was freilich schnell gesagt ist. Möglich ist, daß ich mich in dieser Annahme irre, aber ich nehme an, daß das auch bei andern vorkommt.

Unter anderm sagte mir eines Tages ein Lehrer vor der ganzen Klasse: »Das wäscht der Rhein nicht weg!«, was wohl bloß eine Redensart war. Wenn wir pathetisch werden, neigen wir zur Übertreibung, d. h. wir vergessen uns. War denn nicht ein anderer Lehrer, weil ich ihm eine Frage derart beantwortete, wie er's für unmöglich hielt, von mir entzückt? Man sieht, wie ich die Mitmenschen zu ganz verschiedenen Urteilen über meine werte Person kommen ließ. Dies Widerspruchsvolle begleitete mich von jeher. Ich liebe übrigens feuchtglänzendes Großstadtgeflimmer sehr und war zeitweise ein Pferd. Wo war das? In einem Schulhof, wo wir Jugendlichen wahre Schlachten aufführten. Mit wie viel Lust ich meinen Reiter trug, läßt sich schwer sagen; es war dies ein Knabe, den ich um seiner zarten Bildung willen absichtslos liebte.

Beim Tode eines meiner Geschwister brachte ich keine einzige Träne zustande, was mir aufrichtig leid tat, denn ich hätte gern nasse Augen haben mögen und beneide meine Schwester, die so fließend weinte, damals hielt ich mich unstatthafterweise für einen Bösewicht. Wer war sanfter, schüchterner als ich? Bloß aus Vergeßlichkeit und Naivität benahm ich mich mitunter etwas unartig. Ich darf behaupten, ich sei eine gute Seele, sonst würd' ich nicht vor einiger Zeit ein Heilsarmeemädchen mit einer Portion Apfelküchli beschert haben, einzig, weil sie so innig an ihren hohen Freund Jesus glaubte, und weil's Weihnachtszeit ist und ich mich durch die Gabe nur wieder selbst beschenkte. Verzeih' mir, wenn ich dich zu rühren, oder dir den Glauben beizubringen suche, es lasse sich mit mir leben. Dieser Überzeugung war ich immer; andere redeten sich leider mitunter etwas anderes ein.

Mit neunzehn Jahren fuhr ich auf Anraten eines Photographen nach Berlin und erfuhr daselbst, was Heimweh ist. Wie lieb sind mir die dort verbrachten Stunden süßer Trauer! Ein kleines Berlinermädchen legte dem Weinenden ihre Hand auf die Schulter und munterte ihn auf. Dies ist längst dahin, auch die Zeit, die es mir beliebte dadurch zu verlieren, daß ich Gedichte verfaßt haben zu müssen glaubte. Heute bin ich egoistisch, doch nein, zu arg will ich mich nicht verleugnen. Ich nehme das Wort zurück, indem ich es als unzulässig bezeichne. Ich fand für Hingabe nur noch immer keinen passenden Anlaß. Ob ich interessant sei, frag' ich mich nicht, ebensowenig, ob ich im Leben den rechten Weg eingeschlagen habe. Derlei Fragen sind schädlich. Daß ich nie niedergeschlagen bin, kommt daher, weil ich mich nie weigerte, den kürzeren zu ziehen, worin meiner Ansicht nach die Ursache meines Lebensglückes liegt. Nach wie vor darf ich mich blicken lassen, und wenn einige es anders meinen, so bedaur' ich das nicht, da ich nie habe finden können, daß mich Meinungen an irgend etwas wesentlich gehindert hätten.

Gestern bestrebte sich jemand umsonst, mir meine üble Lage vor Augen zu halten, denn für mich gibt es gar keine sogenannte üble Situation, jede beliebige erscheint mir günstig, selbst die ungünstigste, die mich nötigt, mich zu bewegen, was für mich ein Glück ist. Religiös war ich insofern stets, als ich noch keinen einzigen Tag lang ohne Glauben an mich geblieben bin. Man kann Gott nicht mit Kopfhängen gefällig sein. Noch nie entmutigte mich die Armut. Täglich komme ich zur Einsicht, Unerwünschtes sei für mich nützlich, Aufmunterndes aber stets mit Vorsicht zu genießen. War ich nicht dann immer am kräftigsten und fröhlichsten, wenn ich nicht wußte, wohin? Alsdann wußt' ich's am genauesten.

Neulich stand ich vor einer Winterlandschaft, hernach beobachtend in einer Bahnhofhalle, später vor dem Schaufenster einer Kunsthandlung, wo ich ein Bild von Fragonard betrachtete, darstellend, wie eine Frau, die bezaubernd ist, ihrem Pagen heimlich ihre Wange hinhält, damit er sie ihr mit seinem jungen Munde küsse. Was sieht, was entdeckt man nicht täglich für holde Dinge. Da mich das Leben liebt, will auch ich es lieb behalten, ihm treu bleiben.

Die Eroberung von Paris

Um ihren Männern, die nicht reüssiert hatten, den Beweis zu erbringen, wie Paris zu bewältigen sei, zog eine Armee deutscher Jungfrauen und Ehegattinnen, mit Haushaltsgegenständen aller Art wohlversorgt und mit Küchenutensilien ausgerüstet, als eine bedrohliche Macht vor genannte Stadt, dieselbe belagernd. Die friedlich gesinnten Jünglinge und Gatten saßen hübsch zu Haus, lasen artig die Zeitung und wuschen und kochten und betreuten die lieben und guten Kinder. Der Kampf um Paris dauerte lang und gestaltete sich zu einer der größten Weltangelegenheiten. Heiß verteidigten die Pariserinnen ihre geliebte Heimat. In der Kriegserklärung, die die deutschen an die französischen Frauen leiten ließen, hieß es unter anderem: »Verhaßte Rivalinnen, ihr seid nicht nur graziös, sondern kocht anscheinend vorzüglich. Ihr habt treue und intelligente Dienstmädchen. Eure Männer sind aufmerksamer gegen euch als die unsrigen gegen uns. Wahrscheinlich wißt ihr sie besser zu fesseln, ihr Schuftinnen. Wartet, das sollt ihr büßen. Wir wollen euch eurer Überlegenheit, eurer Kostüme berauben. Weshalb erfrecht ihr euch, eleganter aufzutreten als wir? Wie könnt ihr euch unterstehen, rechtschaffen und anziehend zugleich zu sein? Jedenfalls rächen wir uns an euch. Es soll unmöglich gemacht werden, daß uns noch eine von euch eifersüchtig macht.« Die Pariserinnen spotteten über weibliche deutsche Eichen, sie begaben sich aber aus Klugheit und Vorsicht in die Kathedrale und flehten Gott um den Sieg an. Reizend sahen sie übrigens in den Waffenröcken aus, die schimmerten, als wären sie aus Silber. Die Sonne selbst schien sich über die netten Gestalten zu freuen. Jede der Kriegerinnen hatte sich ein Blumensträußchen an die Brust gesteckt, und alle die Brüste wogten leicht auf und ab und atmeten, daß es scharmant aussah. Ich rede hier natürlich von beiden Parteien. Schöne Frauen gibt es Gott sei Dank allerorten. O, wie sie aufeinanderhieben, sich wie Hackepeter zerschnitten, zerhackten. Sie hatten ja nur den einen Wunsch, sich zu zermalmen. Wundervoll glühten ihre Wangen in der Wut. Sie waren alle unerhört mutig und zornig. Wo sie einander nicht umbringen konnten, starben sie aus Gram darob, so zartfühlend waren sie veranlagt. Daß sie einander bei den Haaren rissen, war selbstverständlich. Die meisten von ihnen sahen sich fürchterlich-schön an. Die Erschöpften waren am schönsten, sie glichen Madonnenbildern, auf Grund gelagert. Wunden, ich sag' es unumwunden, wurden ihnen zur Zierde. Diese Eroberung von Paris, oder wie der seltsame Krieg hieß, war und blieb in Europa der letzte. Er blieb unentschieden. Die Übriggebliebenen boten sich die Hand, indem sie einander um Verzeihung baten. »Wir wollen nie wieder eifersüchtig sein«, sagten die einen, indes die andern verlauten ließen und auf angenehme Art zurückgaben: »Und wir, wir wollen nie wieder triumphieren.«

Vielleicht, daß einmal die Gesunden an den Kranken
gesunden, die Starken an den Ermatteten
neue und schöne Kräfte schöpfen,
und Lächerliches ernst und groß wird.
Lachen wird man einst über vieles, was man ernst nahm,
und es wird Menschen geben, die es verschmähen werden,
sich zu freuen, eh' sie litten.
Andere Zeiten werden kommen und andere Sitten,
doch eh' die Menschheit ausgestritten,
verhallen noch manche Bitten.

Ich ging wieder einmal ins Theater

Wie ich damals vor »Jene« hintrat, um mich zu entschuldigen. Ich kam' mir dabei schlank vor. Sie fixierte mich ruhig und lang, ließ mir Zeit, alles deutlich vorzutragen. Ich überreichte ihr meine Einsicht in die begangene Unart wie ein Fruchtkörbchen. Sie nahm das Präsent an, wechselte kaum die Miene, sprach bloß: »Ich hoffe, das kommt nicht mehr vor.« Glitzerte in meinen Augen nicht etwas wie eine Träne? Aber vielleicht sage ich damit zuviel, illustriere mich zu farbig. Ich möchte hier ganz »schlichte« Worte brauchen, nicht mit Worten spielen, wie ich's leider schon so häufig tat. Sie lachte natürlich ein bißchen über mein abbittedarbringendes Dastehen. Wahrscheinlich würde ich über meine Figur auch gelacht haben. Das Lachen verzieh ich ihr, d. h. ich hatte ihr ja ganz und gar nichts zu verzeihen, sie, sie hatte das ja zu tun, und sie tat's, indem sie lachte. Übrigens lachte sie absolut nicht laut, dazu ist sie ja viel zu zart, und sie soll seither ein zartes, kleines, feines Mißgeschick gehabt haben, nicht von Bedeutung, aber sie hat scheinbar doch dann und wann an mich gedacht, wenn vielleicht auch nur »lachend«. Sie werden mich verstehen. Es erzählte es mir jemand. Gestern wurden mir im Theater die Augen feucht, das war ein herrlicher Moment, aber warten Sie doch mal, ich muß da noch etwas nachholen:

Ich stand so im Zimmer einer Frau, einer großen, schön gebauten Frau, und der Fußboden knarrte unter ihren Schuhen und Füßen. Ob ich das wohl lieber hätte unterlassen sollen zu sagen? Ich weiß es nicht, aber vielleicht schadet's nichts. Ich hörte dieser Frau über eine halbe Stunde zu, sie gab mir gleichsam Auszüge aus ihrem Leben. Ihr Mann liege krank im Bett, sagte sie. Ich erkundigte mich nach der Anzahl ihrer Kinder und bekam zu wissen, sie habe zwei Töchter, oder waren es mehr als zwei? Ich möchte mich hüten, irgendwas zu behaupten. Die Hauptsache dabei ist gewesen, daß mir die »stattliche« Frau gefiel, was ich sie ungezwungen merken ließ. Dann mit einmal ging ich. Ich stand noch so da, als wäre ich in ihrer Nähe wie angewurzelt, wie an den Fußboden angenagelt, den sie mit ihrem Gewicht knarren machte, und plötzlich war von meiner Anwesenheit keine Rede mehr. Vielleicht war's ein Fehler, daß ich unvermittelt eine Verbindlichkeit löste. Sehen Sie, es sah aus, wie wenn ich »weggeflogen« wäre, still aber blitzschnell. Es scheint dies einer der Züge meines Charakters zu sein, aber mir liegt nun noch ein Geständnis auf der Zunge, ich möchte da gewissermaßen schnell noch etwas beichten, nämlich kundtun, wie »die mir wüstsagte«. Gewiß handelt es sich da nur um eine »Kleinigkeit«, um eine etwas zu freiherzige Freiheit, die sich meine Freiheitlichkeit, ich möchte sagen, »schweizerische Unabhängigkeit« herausnahm. Schließlich ist man nicht dazu Schweizer, daß man sich nichts als Freiheiten usw. erlaubt. Ich verstehe dies ja sehr gut. Worin diese »Freiheit« bestanden hat, brauche ich nicht auseinanderzulegen, es wäre dies taktlos. Ich kann Sie bloß versichern, daß es sich um eine Art Korridorlichkeit handelte, um so eine Art Knabenhaftigkeit, über die sich »die Ärmste« erboste. Wie ich sie mit dieser »zarten Frechheit« erregte. Es tut mir ungeheuer leid, aber es wird natürlich wieder einmal zu spät sein. Ich kam im Leben mit angemessenen Betrachtungen schon allzu häufig zu spät. Sicher werde ich diese Erregte lange nicht vergessen. Wie ich gestern von diesem Balkon herunterschaute! Doch das kommt später.

Es gibt da am Rand eines der an unsere Stadt grenzenden Wäldchen ein Bäumchen, das einen querlaufenden ziemlich dünnen Ast hat. Das Bäumchen pflege ich morgens um 7 Uhr früh zu besuchen, um mich an dem Ast in die Höhe zu ziehen, was man in der Sprache der Turner den »Aufzug« machen nennt. Solches und anderes sollte vielleicht von mir besser vermieden werden, denn wie, wenn mich da eine bessere Frau, sagen wir, eine Dame sähe? Welchen sonderbaren Eindruck würde eine solche »verehrenswürdige Erscheinung« von mir gewinnen? Heute früh tat ich das auch wieder, bin wieder zu meinem Bäumchen gegangen, doch Sie sehen wenigstens hieraus, wie offen ich bin. Gestern also ging ich nach langer Zeit wieder einmal in unser Theater. Seit dem letzten Herbst betrat ich die Stätte nicht mehr. Aufgeführt ist gestern eine komische Oper worden, die aber auch Rührendes, Ernstes enthält, denn wie wäre sie sonst zu einem so süßen, kleinen Weinen gekommen? Neben mir saß ein Backfischchen, d.h. eine jugendliche Dame, ein Mädchen in zartem Alter, an der mir ein sehr hübscher Mund auffiel, und die auf ein paar Bemerkungen, die ich an sie zu richten wagte, sehr nett antwortete. Als nun so auf der Bühne gesungen, im Orchester musiziert wurde, der Zuschauerraum hübsch dunkel war, rührte ich meine kleine, junge Nachbarin ganz, ganz zart an, da hätten Sie sie sehen sollen. Ganz entzückend war's, was für einen Zurechtweisungsblick sie mir zuwarf. Dieser Ausdruck von Würde am unerfahrenen Wesen, ich meine, ich brauche ja auch hier nicht weitläufig auf Einzelheiten einzugehen. Diese so nebensächliche Angelegenheit ist doch kein Park zum drin spazieren. Während der Pause ging ich, einer Eingebung gehorchend, vielleicht der Sängerin zu Ehren, die so schön gesungen hatte, ins Foyer hinab. Hier hielt ich's für angebracht, ans Buffet zu treten und eine Flasche Bier zu konsumieren. Hernach trat ich hinaus auf den Balkon. Unten vor der Fassade gingen Leute auf und ab. »Ich Malaye«, sagte ich. Mir war ganz märchenhaft zumute. »Wie gut du zu mir bist«, sprach ich ferner, ohne dabei viel zu denken. Manchmal kommen mir Worte von selber. Und heute bin ich zum Glück verhältnismäßig recht früh aufgestanden, aber was kommt mir wieder für eine »ganz andere« in den Sinn, der ich Artigkeiten sagte, und die vielleicht auf Fortsetzung der Artigkeit wartet.

Die Oper war die »Entführung aus dem Serail«.

Walser über Walser

Hier können Sie den Schriftsteller Walser sprechen hören.

An Herrn Walser, den Schriftsteller!

So lauten Adressen von an mich gerichteten Briefen, als wollten mich gewisse, um mich besorgte Leute an mein Schriftstellertum mahnen.

Schläft sie etwa in mir, die Schriftstellerei?

Wollen mich Wohlwollende etwa wecken?

Als ich zum Beispiel einst den »Gehülfen« erlebte, schlief der Schriftsteller Walser zunächst auch. Sonst wäre ich ja ein unnatürlicher Gehilfe gewesen.

Um »Geschwister Tanner« zu schreiben, bedurfte es langen Gewartethabens, was natürlich unbewusst stattfand. Ich würde einen Schriftsteller eher an den Menschen als an den Schriftsteller erinnern. Die Schriftstellerei stammt ja aus dem Menschlichen. Mir sind Menschen bekannt, die der Meinung sind, es werde zu viel geschriftstellert. Wie zum Beispiel auch zu viel gemalt.

Ich bin auch dieser Meinung, und daher beunruhigt mich der scheinbar zurzeit schlafende Schriftsteller Walser keineswegs. Mich freut vielmehr sein Verhalten.

Als ich in Wirklichkeit »Gehülfe« war, hatte ich da eine Ahnung, dass aus diesem Stück Erleben ein »Wirklichkeitsroman«, also aus dem wirklichen Wirken ein schriftstellerisches entstehen würde? Nein, keine Spur!

Walser lebte damals auch schon, schlief auch schon, schrieb auch schon denkbar wenig. Aber weil er sich dem Erleben uninteressiert hingab, d. h. unbekümmert um Schriftstellerei, will also sagen, noch nichts schrieb, so schrieb er seinen »Gehülfen« Jahre später, d. h. nachher. Er kam deshalb nicht vor unbefriedigter Buchherausgabelust um.

Alles was Schriftsteller Walser »später« schrieb, mußte von demselben »vorher« endlich erlebt werden.

Kann ein Mensch, der nicht schriftstellert, morgens überhaupt seinen Kaffee trinken?

Ein solcher wagt kaum zu atmen!

Und dabei spaziert Walser täglich jeweilen noch ein Stündchen, statt sich sattzuschreiben. In seiner Natürlichkeit findet er Vorwände, Serviertöchtern beim Tischdecken behilflich zu sein. Warum erlebte Walser einst allerlei?

Weil der Schriftsteller fröhlich in ihm schlief, ihn also am Erleben nicht hinderte. Er meint daher, man täte gut, ihn in einer breitangelegten Ahnungslosigkeit zu lassen, und er bittet Besorgte um etwa zehn Jahre Geduld, indem er seinen Kollegen allen erdenklichen Erfolg wünscht. Warum läßt Walsers Ruhm jeden andern weniger kühl als ihn selbst?

Als ich zum Beispiel »Die Geschwister« schrieb, wie unberührt von Berühmtheit war ich da! Wäre ich schon berühmt gewesen, so wäre das Buch nicht zur Welt gekommen.

Ich wünsche also unbeachtet zu sein. Sollte man mich trotzdem beachten wollen, so werde ich meinerseits die Achthabenden nicht beachten. Die Niederschrift meiner bisherigen Bücher war keine erzwungene. Ich meine, daß Vielschreiben noch nicht ein reiches Schrifttum ausmacht. Möge man mir nicht mit den »früheren Büchern« kommen! Man überschätze sie nicht, und den lebenden Walser wolle man versuchen, zu nehmen, wie er sich gibt.

Tagebuchblatt

Mit kühler Empörtheit, die mich durchtanzt, durchlacht, die mir übrigens ganz und gar paßt, weil sie eine sittliche Höhe darstellt, sage ich, daß in einem kleinen europäischen Land jährlich achtzig Millionen für Militärzwecke verausgabt werden. Schade um so viel Geld! Muß nicht jeder Menschenfreund eine solche Erscheinung einfach beklagen? Anderseits scheint der Verbrauch einer so großen Summe eine Notwendigkeit zu sein, aber es geschieht vielleicht da und dort, daß man sich Notwendigkeiten nur einbildet, daß man sich davon düpieren läßt. Ich für mich finde, daß Staaten anfangen sollten, mehr Vertrauen zu bekunden. Ein Staat ist wie eine Persönlichkeit, und es läßt sich sagen, daß sich Menschen, Personen durch fortgesetztes Mißtrauen erniedrigen. Genau dasselbe läßt sich von Gemeinden, Verbänden, Gesellschaften sagen. Heute sind alle Länder Europas vor einander erniedrigt. Mich dünkt, daß man das in der Öffentlichkeit betonen muß. Nun zu etwas anderem: mir kam da der Gedanke, daß sich in den Künsten zu viel Gebildetheit geltend mache, aber viel zu wenig Gebildetheit im Leben. Hieraus entsteht ein Mißverhältnis. Das Leben ist zu roh geblieben; dagegen ist die Kunst verhältnismäßig zu ästlich, zweiglich, zu zart und zu fein geworden. Nach mir ginge es uns allen besser, wenn sich die Kunst kräftig gäbe, dafür aber das Leben lieb und fein. Ich las, daß in einer großen Stadt acht große Bühnenhäuser geschlossen wurden. Daselbst gehen viele Schauspieler brotlos, unterstützungsbedürftig herum. Man liest heute in den Zeitungen allerlei Klägliches. Gestern konnte ich diese achtzig Millionen gar nicht aus dem Kopf bekommen, hoffe mich aber befähigt, die Vorstellung davon zu verwinden.

In Chicago halten Neger Versammlungen ab, die den Zweck haben, das Niveau aller Schwarzen auf der ganzen Erde zu heben. Auch das ist eine Zeitungsnachricht. Zum Frühstück lasse ich mir gern irgendein Blatt schmecken, wie z.B. das »Journal de Genève«, und hier baue ich ja selber so eine Art Journal auf. Das hat für mich etwas Aufrichtendes. Nebenbei muß ich gestehen, daß ich mich gestern in einem hiesigen bürgerlichen Lokal an böhmischem Bier gütlich tat. Das Glas bezahlt sich mit fünfundvierzig Centimes. Ich enthülle da Geisteskleinlichkeit, aber sie amüsiert mich. Wie von selbst geht es zu, daß ich mir vorrechne, was ich an Barschaft jeweilen ausgab. Sitzt oder steckt etwa ein Oekonom in mir? Jemand verspottete mich, und ich verspottete den Betreffenden wieder, und zwar auf so derbe Art, daß er mir gestand, ich hätte ihm wehgetan. Warum muß das immer so weitergehen? Könnten wir einander nicht das leichte Maß von Achtung entgegenbringen, dessen wir bedürfen? Und dann saß ich wie »eine goldstrotzende Kosakin« da. Was ich da sage, läuft mir so aus dem Mund. Lustige Leute umtanzten mich, und ich klatschte ihnen Beifall und lachte noch auf der Straße und zu Hause über die Tänzer, die mit ihren Bewegungen der Musik, deren Takte sie rhythmisch begleiteten, ihre Hochachtung und Ergebenheit erzeigten. Was das für Drolligkeiten waren. Einer legte sich an den Boden und erstand wieder langsam. Das war furchtbar komisch, und mir war, als ich das alles so sah, als tanze ganz Europa, als tanze die ganze, glänzende, arme Menschheit, Hoch und Niedrig, Klug und Unintelligent, Wissendes und Ahnungsloses bunt durcheinander, von der Macht der Kunst brüderlich und schwesterlich verbunden. Ich bildete mir ein, etwas entfernt scharre und stampfe mein Pferdchen mit den braunen Beinen. Wie mir diese Illusion Spaß machte!

Plötzlich durchblitzten mich wieder diese achtzig Millionen zu Verteidigungszwecken. Wie wir uns voreinander fürchten! Haben wir wirklich so gewichtigen Grund dazu? Es scheint so. Aber da sieht man, was uns unsere Habsucht, unsere Eigenliebe, unsere Unduldsamkeiten für ein Heidengeld kosten. Und überall ist das so, und wie soll es sich ändern können, wenn sich dieses Leben, die Seelen, die Nerven, die Menschen nicht ändern wollen oder nicht können? Ich bin überzeugt, daß die Kriege aus dem Schoß der Gesellschaft selbst emporkeimen mit bleichem, großem, verständnislosem, aufgedunsenem Gesicht. Der Krieg ist eine Mißgeburt, halb Mädchen, halb Mann, halb Störender und halb Gestörter, und er läuft erschrocken unter uns herum, über sich selber entsetzt wie ein hunderttausend Jahre altes Schmerzenskind. Ich glaube meinerseits nicht an die Grenzlichkeits- und Nationalkriege; vielmehr glaube ich, daß sich die Kriege stets die Grenzlichkeiten und Zugehörigkeiten zu den Nationen so zum Vorwand genommen haben, daß sie aber weiter nichts als Geschöpfe unserer Unvorsichtigkeiten sind, Unzufriedenheitentstiegene, denn auch in Friedenszeiten »bekämpfen« wir uns ja immer: Junge wollen von Alten nichts wissen, Gesunde von Kränklichen nichts, Mutige von Zaghaften nichts, und eins fürchtet und verachtet und bewundert und mißversteht das andere, und wie wird überall die Bildung vernachlässigt, die, wenn es richtig zuginge, maßgebend zu sein hätte. Wir geben nicht acht auf uns, und weil wir dazu nicht in die Lage kommen zu können scheinen, geben wir jährlich für die Abwehr eines eventuellen Feindes achtzig Millionen aus.

Ich erscheine mir da etwas nachdenklich, aber ich habe mich gewöhnen lernen, zu glauben, daß an der Nachdenklichkeit etwas Schönes ist, daß ich sie brauche, daß sie mir nützt, daß sie mich festigt.

Das seltsame Mädchen

Ob nicht zweieinhalb Gedanken in meinem Kopf sind, und ob ich Zahnweh habe, erzähl' ich dennoch, daß eines Tages ein Mädchen, das Männertracht trug, in der Gesellschaft auftauchte. Ich fahre mit zitternder Hand am Prunkstück von Novelle fort. Schrieb je ein Schriftsteller so aufs Geratewohl? Das Mädchen besaß ein reizendes Gesicht, wie flammten die Augen, wie spöttelten die feingeschwungenen Lippen! Die ungebundenen Haare redeten eine Sprache für sich. Eine, die gewöhnt war, daß die Herren vor ihr in Artigkeit zerflossen, versuchte den Eindringling einzuschüchtern, mußte aber erleben, daß sie gar nicht beachtet wurde. Davon war sie so betroffen, daß sie sich in ein stilvoll eingerichtetes Nebenzimmer zurückzog und ein porzellanenes Hündchen auf den mit Teppichen bedeckten Boden warf. Vor lauter Ärger biß sie sich auf den Mund, legte die Hand auf die von unangenehmen, weil vielleicht nur zu liebevollen Eindrücken bewegte Brust, jagte einen Verehrer fort, der sie beruhigen zu wollen schien und ...

Hier stock' ich eine Zeitlang und bitte den Leser um so viel Geduld, als nötig ist, mich zu sammeln. Der Duft einer Zigarette wolle mir Schwung verleihen.

Einem Grammophon entklang der Tenor Carusos. Der Hausfrau küßte ein Dichter galant die Hand. Wie zierlich all die Fräulein in den langen Schleppen tanzten! Manch einer übertraf an Aufmerksamkeit sein bisher Geleistetes. O daß möglichst viele gute Einfälle meinem eingeschlafenen Geist entstiegen!

Auf einem Sofa aus dem deuxième Empire saß eine Frau, die schöner gewesen wäre, wenn sie sich ums Schönsein weniger bekümmert hätte. Sorglosigkeit verleiht Jugend, Beschäftigung Reiz. Eine der Bedingungen, jung zu bleiben, liegt in der Fähigkeit, sich immer mit irgend etwas zu unterhalten, wär's auch mit etwas Prosaischem. Ein Portier kann beim Schuhputzen glücklich, eine Virtuosin beim Klavierspiel elend sein. Sinken kann vorteilhafter sein als Steigen.

Nicht wahr, ich dichte hier verblüffend trocken!

Ein Artist klammerte sich an eine Belegte-Brötchen-Platte. Sein Impresario ermahnte ihn, nicht ausschließlich an sich selbst zu denken, sich in die Idee hinabzusenken, andern recht viel Rücksicht zu schenken. Inzwischen hatte sich das fremdartige Mädchen rettungslos verliebt. Seine Brust kam ihm durchbohrt vor.

»Na, Komödiant!« wurde es von einem Beobachtenden angerempelt, der seine Bekanntschaft suchte und kein anderes Mittel dazu wußte als Unartigkeit. Leute behandeln uns mitunter derb, weil sie uns schätzen und sich das nicht gerne gestehen.

Ein Engelsgesicht von Dame war's, die mit ihrer milchweißen Mildheit, melassenhaften Gelassenheit unser Figürchen total knickte.

»Hast du kein Erbarmen?« flüsterte das Schlotterchen und meinte die Käserstochter, welche mit der Würde eines Konfitürentopfes einherschritt und sich solche Ausdrücke mit marmeladenhafter Nachlässigkeit, im übrigen höflich verbitten würde.

Hätte nicht die hochgewachsene, mit Grazien behangene, unglaublich edel sich bewegende Täsche in einen Sinkievicz-Roman gepaßt?

Sie hatte wohl gerade Glust nach einem Kartoffelsalätchen, dachte an nichts als Essig und Öl und zerschnitt damit dem Mädchen im Herrenköstüm das Herz.

Meine Bemühungen haben mich ermüdet; ich geh' zu Bett. Mag aus dieser Geschichte klug werden, wer Lust dazu hat.

Der Affe

Zart, doch gewissermaßen hartherzig, gilt es eine Geschichte anzupacken, die kundgibt, es sei eines Tages einem Affen eingefallen, ins Kaffeehaus zu laufen, um dort Zeit zu verhocken. Er trug auf dem durchaus nicht unintelligenten Kopf einen steifen Hut, es könnte auch ein Schlapphut gewesen sein, und an den Händen die elegantesten Handschuhe, die je in einem Herrenmodegeschäft zur Schau lagen. Der Anzug war tipptopp. Mit ein paar eigentümlich gewandten, federleichten, an sich sehenswerten, ihn aber ein wenig bloßstellenden Sätzen befand er sich im Teeraum, den eine einladende Musik, gleich dem Gesäusel von Blättern, durchrauschte. Der Affe war in Verlegenheit, wohin er sich setzen solle, ob in einen bescheidenen Winkel oder ungeniert in die Mitte. Er zog letzteres vor, weil ihm einleuchtete, daß Affen, falls sie sich manierlich aufführten, sich sehen lassen dürfen. Melancholisch und doch auch freudig, unvoreingenommen und zugleich schüchtern, schaute er rings um sich, manches hübsche Meitschigesichteli entdeckend, mit Lippen begabt, wie von Kirschensaft gebildet, und Bäckeli, wie geformt aus lauter Schlagsahne oder Nidle. Schöne Augen und wohlklingende Melodien wetteiferten miteinander, und ich vergehe vor Erzählerwürde und -wonne, wenn ich mitteile, daß der Affe die ihn bedienende Kellnerin mit heimatlichem Anklang in der Sprache fragte, ob er sich im Haar kratzen dürfe. »Tun Sie's beliebig«, erwiderte sie freundlich, und unser Kavalier, falls er diese Benennung verdiente, machte von der Erlaubnis so ausgedehnten Gebrauch, daß anwesende Damen teils lachten, teils zur Seite schauten, um nicht mitansehen zu müssen, was er sich herausnahm. Als sich eine sichtlich liebe Frau an seinen Tisch setzte, fing er auch sogleich an, sie aufs geistvollste zu unterhalten; er sprach vom Wetter, hernach von Literatur. »Das ist ein ungewöhnlicher Mensch«, dachte sie bei sich, indes er seine Handschuhe in die Luft bengelte und geschickt auffing. Zu einer entzückenden Grimasse verzog er den Mund, als er rauchte. Die Zigarette kontrastierte lebhaft mit der herben Gesichtsfarbe.

Preziosa hieß das Mädchen, das nun in Begleitung einer Pomeranze von Tante wie eine Ballade oder Romanze in den Saal trat, und von da an war es um die Ruhe des Affen geschehen, der bisher nie erfahren hatte, was Liebe heißt. Jetzt erfuhr er es. Alles dumme Zeug war plötzlich aus seinem Kopf weggefegt. Mit festem Schritt ging er auf die Auserkorne zu und begehrte sie zur Frau, ansonst er Sachen anstelle, aus denen man ersähe, wes Geistes Kind er sei. Die junge Dame sprach: »Begleite uns nach Hause. Zum Gemahl wirst du zwar kaum taugen. Wenn du dich gut benimmst, bekommst du jeden Tag einen Nasenstüber. Du strahlst! Das erlaub' ich dir. Du wirst zu sorgen haben, daß ich mich nie langweile.«

Derart redend erhob sie sich so würdevoll, daß den Affen ein schallendes Lachen ankam, wofür sie ihn ohrfeigte.

Zu Hause angekommen, setzte sich die Jüdin, nachdem sie die Tante mit einer Handbewegung entlassen hatte, auf ein mit goldenen Füßen versehenes, kostbares Sofa und ersuchte den in malerischer Haltung vor ihr stehenden Affen, ihr zu erzählen, wer er sei, worauf die Summe von Affigkeit sprach:

»Ich schrieb einst auf dem Zürichberg Gedichte, die ich der Bewunderten hier im Druck vorlege. Obgleich Ihre Augen mich niederzuschmettern suchen, was unmöglich ist, da mich Ihr Anblick immer wieder aufrichtet, ging ich doch ehemals oft in den Wald zu meinen Freundinnen, den Tannen, blickte zu ihren Wipfeln empor, streckte mich ins Moos, bis ich vor Munterkeit müde und vor Lustigkeit melancholisch wurde –«

»Faulenzer!« warf Preziosa ein.

Der Freund des Hauses, als den er sich schon zu betrachten erkühnte, fuhr fort, indem er sagte:

»Ich ließ einmal eine Zahnarztrechnung unbeglichen, im

Glauben, daß es mir trotzdem im Leben gut gehen würde, und saß Frauen aus besseren Volksschichten zu Füßen, die mir manches wohlwollend gewährten. Alsdann mag Ihnen mitgeteilt sein, daß ich im Herbst Äpfel auflas, im Frühling Blumen pflückte und zeitweise dort wohnte, wo ein Dichter namens Keller aufwuchs, von dem Sie kaum schon je etwas vernommen haben werden, obschon Sie's nötig hätten –«

»Unverschämtheit!« rief die Gnädige. »Ich hätte Lust, Sie dadurch unglücklich zu machen, daß ich Ihnen den Laufpaß gäbe, will mich aber Ihrer erbarmen. Wenn du aber nochmals ungalant wirst, hast du ein für allemal in meiner Gegenwart geatmet, kannst dich dann umsonst nach mir sehnen. Jetzt fahre fort.«

Er setzte von neuem an und ließ vernehmen:

»Ich gab den Frauen noch nie viel, deshalb schätzen sie mich. Auch Ihnen, Fräulein, merke ich Hochachtung vor dem einfältigsten Tropf an, der von jeher Damen deshalb Unartigkeiten sagte, damit sie ihm zürnten und sich nachher wieder zufrieden gäben. Ich kam als Gesandter nach Konstan-tinopel –«

»Nicht schwindeln, Herr Aufschneider –«

»– und erblickte eines Tages auf dem Anhalter Bahnhof eine Hofdame, das heißt, ein andrer nahm sie wahr, ich saß neben ihm im Coupé, er teilte mir die Wahrnehmung mit, die ich Ihnen hier auftische, obschon nur bildlich, da kein Tisch da ist, wiewohl ich mich nach einem vollbesetzten sehne, da ich Appetit habe, nachdem ich die Probe meiner Redekunst ablegte.«

»Geh in die Küche und trage die Teller auf. Ich will inzwischen deine Verse lesen.«

Er tat, was ihm befohlen wurde, ging in die Küche, konnte sie aber nicht finden. Ging er denn hinein, ohne daß sie ihm zu Gesicht kam? Hier schlich sich ein Schreibfehler ein.

Er ging wieder zu Preziosa, die ob seinen Gedichten eingeschlafen war, die dalag wie ein Gebilde aus morgenländischen

Märchen. Eine ihrer Hände hing herab wie eine Traube. Er hatte ihr berichten wollen, wie er in die Küche gegangen sei, ohne daß er sie zuvor fand, wie's lange, lange in ihm stumm wurde, aber ein unabweisliches Drängen ihn zur Imstichgelassenen zurückgetrieben habe. Er stand vor der Schlummernden, kniete vor der Schönheit Heiligtum hin und berührte die Hand, die ihm wie ein Jesuskind erschien, zu schön, um sie anzufassen, bloß mit seinem Atem.

Während er noch ehrfürchtelte, was man ihm gar nicht zugetraut hätte, gingen ihr die Augen auf. Sie wollte ihn vieles fragen, sagte aber bloß: »Du scheinst mir gar kein richt'ger Affe. Sage, bist du monarchisch?«

»Weshalb sollt' ich das sein?«

»Weil du so geduldig bist und von Hofdamen sprachest.«

»Ich wünsche nur artig zu sein.«

»Es scheint, du bist es.«

Am andern Tag wollte sie von ihm wissen, wie man glücklich würde. Er gab ihr die erstaunlichste Antwort. »Komm, ich will dir einen Brief diktieren«, sagte sie. Während er schrieb, guckte sie ihm über die Schulter, ob er alles treulich hinsetze. Hui, wie er flink schrieb und mit gespitztester Achtung auf jede ihrer Silben horchte. Wir lassen sie korrespondieren.

Im Käfig stolzierte ein Kakadu.

Preziosa dachte an etwas.

Die Kellersche Novelle

Ich befand mich letzthin, etwas angeheitert, falls das nicht zu beschönigend gesprochen ist, doch drückt man sich gern gewählt aus, in einem unserer Restaurants und trank zur Wiedergewinnung schärferer Besonnenheit Kaffee. Da merkte ich, daß mir eine Dame von sehr üppiger Erscheinung ziemlich nah gegenüber saß, Kotelett und Bohnen essend. Ich fing an, sie zu beobachten, und kostete die Genugtuung, wahrzunehmen, wie sie mit Miene und leise sich bewegendem Fuß auf den Versuch einging, Unterhaltung zu machen. Gott, mit irgendwas zerstreut man sich halt! Die beidseitige Korrespondenz gedieh trefflich. Mir fiel ein, bis zum Zeitungsständer zu spazieren, ich könne, dacht' ich, die Verehrte dabei womöglich zart streifen. Ich wünschte, sie ließe vielleicht gütig irgend etwas fallen, etwa das Taschentuch, ich würd's ihr aufheben und gelänge zu ihr in nettere, heimeliche Beziehung. Sie besaß ein rundliches, gutherziges Gesicht, geschmückt mit allerliebstem Mündchen. Welcher Empfindsame sähe solches und spürte nicht Anpassungslust! Zu meinem nicht kleinen Erstaunen enthielt die Zeitung, die ich mir geholt hatte, den Abdruck der Kellerschen Novelle: »Romeo und Julia auf dem Dorfe.« Ich fand den Zufall interessant und las, was er mir in die Hand spielte, und sank so ins Lesen, und Gedanken aller Art umfingen mich derart, daß ich die engere Umwelt, samt der Schönen in derselben, total vergaß. Etwas wie eine Heiligkeit, zwanglos aus den wundersamen Zeilen steigend, die wohlig-berghaft gestellt, nicht geschrieben, nein, recht eigentlich gedichtet schienen, lebte um mich. Mitunter schaut' ich umher; die Alltagsgestalten wurden simpler und bedeutender, und mich selbst empfand ich als ein Ergebnis ernsthafter Verjüngung, wie es auch nicht anders zugehen konnte beim Aufnehmen so edlen, erzählenden Gehaltes. Besonders schön war mir die Stelle, wo der Dichter, die Feder mit einem aus Schwergewicht und Grazie überaus reizvoll vereinigten Können handhabend, sich über den Unsegen nebenher verbreitet, den Aneignung unrechten Gutes aufs Menschenleben nach sich ziehen muß, und ebenso schön, wenn nicht rührender, das Einfügen oder Anmerken, welches andeutete, wie die Trinker in der romantisch gelegenen Vagantenbude Vreneli und Sali, die beglückten Unglückseligen, um ihrer sichtlich-tiefen Neigung willen, so ehrlich bemitleideten wie beneideten. Ich war quasi auf mich still-stolz geworden, daß ich trotz viel inzwischen Erlebtem, immer noch, ganz wie in frühern Jahren, dem Lauf und den Windungen des Geschichtsstromes, der in so großer Form, wie sie ihn auszeichnet, sicher zum reichsten Nationalgut gehört, nachzugehen vermochte, fühlend, wie wichtig solches Gehorchen und Genießen nicht für mich allein, sondern für Landsleute überhaupt sei, und ich wunderte mich dann auch nicht im geringsten, daß ich beim Ummichblicken die Dame, mit der ich geliebäugelt hatte, nicht mehr im Saale sah, fand es recht vernünftig, sogar feinsinnig von ihr, daß sie in der Zeit, die ich zur Belebung von Herz und Geist weidlich ausnützte, weggegangen war, weiblich offenbar erkennend, daß ich mich von Stärkerem und gar noch Lieblicherem beeinflussen ließ, als was sie darzubieten haben mochte. Ihr unabsichtlich entschlüpfend, brauchte ich mir nicht vorzuwerfen, ich hätte sie schlecht behandelt: Schöneres entwand mich Schönem...

Die Schöne und der Treue

Die Schöne sieht sich im Salon mit Artigkeit überhäuft, von Herren umringt. Ihr Liebhaber kommt ihr klein vor; er sitzt auch ganz kleinlaut etwas abseits, lächelt aber ziemlich dreist. Will er sich rächen? Selten hat ein Liebender geleugnet, den Haß gekannt zu haben. Die Schöne beachtet ihn nicht, ihr wird gehuldigt, er ist vernachlässigt. Gleichwohl schaut sie von Zeit zu Zeit auf ihn, vielleicht in der Absicht, ihn eifersüchtig zu machen, im Wunsch, ihm zu imponieren. Sie strahlt, fühlt sich so sicher. Muß er sie nicht beneiden, sich bedrückt fühlen? In Gesellschaft die Nebenperson zu sein: wie unerträglich!

Die Schöne: Du verschwindest heute abend förmlich, bist vor lauter Bescheidenheit kaum noch sichtbar. Man merkt dich nicht. Was tust du?

Der Liebhaber (zeigt ihr ein Damentaschentuch, das er einer Kabarettkünstlerin abgekauft hat): Ich tändle!

Die Schöne wird blaß, weicht zurück, geht äußerlich gefaßt, doch innerlich aufgebracht, zu den andern, ist niedergeschlagen, heuchelt Befriedigtheit. Die Frage: »Liebt er mich nicht mehr?« plagt sie von Minute zu Minute mehr. Den Treuen anwesend zu wissen, umflog sie mit einer Gewißheit von Schönheit. Sie verlangte viel von ihm und glaubte, das zu dürfen. Keinem mutete sie Entsagungslust zu wie ihm, und nun diese Unverfrorenheit? Sie setzt sich, sendet Blicke des Entsetzens zu ihm.

Der Liebhaber (für sich): Was tut man nicht, um der Geringschätzung zu entgehen?

Eine Ohrfeige und sonstiges

Einer Lehrerin schnallte ich Schlittschuhe an, nahm vor einem mich rügenden Inspizienten Achtungstellung ein. Im Dienstbüchli lag ein Räuberroman. Ein Mädchen, dem ich das sagte, meinte, da sei er gut aufgehoben. Wieder kostete ich neuen Twanner, sah im Stadttheater ein geistreiches Stück mit an. Riesig nett war das Zuschauerräumchen. Ein neuer Bahnhof wurde betrachtet und eine Büfettdame ans Kinn getippt. Ist man gut aufgelegt, so benimmt man sich gern weltmännisch. In dem Stück, wovon ich sprach, wirkte eine Schauspielerin mit, die den ganzen Abend nichts als »Ja, Mama« zu sagen hatte; sie tat's in allen Tonarten. Das war furchtbar amüsant. Ich stand im Stehparterre, dicht hinter einer jungen Frau. Da ich ihren Mann in unmittelbarer Nähe vermutete, verhielt ich mich gleichgültig, blieb gemütlich und stoisch. Nun näherte sich der Gatte und fand mich wahrscheinlich sehr korrekt. Die flott heruntergespielte Dichtung stammt von einem Menschen, den die Gesellschaft um einer Verfehlung willen total fallen ließ. Eigentümlicher Genuß, sich an Szenen zu ergötzen, deren Erfinder es so übel ging. Bei der Unterhaltung, die sein Talent dir darbietet, fällst du ins ernsthafteste Staunen über die Möglichkeit menschlicher Verwandlungen. Ich rede von Oskar Wilde. Ich kaufte Güetzi, die ich mir teils selbst schmecken ließ, teils an Buben und Mädchen austeilte, wobei sogar Angebissenes niedlich Absatz fand: Unbedenklichkeit der Jugend! Nette Gesichter anzusehen macht nett, gute Manieren zu beobachten manierlich. In feiner Umgebung wirst du bei nur einiger Anerkennung ebenfalls fein. Ich fuhr auf einem Karussell in schwebenden Sesseln. Herrlich, so über Untenstehende zu gleiten! Quillt nicht gute Laune oft aus schlechter? Ich mag weder immer gut, noch immer schlecht aufgelegt sein. Eins löst das andere ab. Ein mit sich befreundeter Mensch möchte sich nicht unverdient seines Daseins freuen; er dächte, er beleidige die Mitwelt, wenn's ihm nicht auch hie und da sauer ginge. Eine Frau fragte ich zu vorgerückter Zeit: »Wollen Sie mit mir kommen?« Sie gab zur Antwort: »Eine Ohrfeige können Sie bekommen!« Ein Auto fuhr vor, in das sie einstieg. Auf Anreden haben Frauen meiner Meinung nach das Recht, zu erwidern, was ihnen einfällt. Mutige Sprache klingt aus hübschem Mund nur anmutig.

Ich ging ein anderes Mal ins Theater und wurde von der Garderobenfrau so vertraulich behandelt, daß mir's war, ich wär' ihr Mann. Wäre ich aufrichtig gewesen, so hätt' ich von da an für diese mir doch unbekannte Frau sorgen sollen. Ihr Wesen verpflichtete mich ihr. Ich stieg, wie ein Scheit lodernd, zur Rampe hinab und prüfte meiner Nachbarin Füße. Man läßt unzählige Anlässe, sich mit jemand zu verknüpfen, sich und ein anderes in eine Bestimmung zu bringen, Heiterkeit und Anschauung zusammen zu teilen, ungenützt fahren. Aber ich will nicht überlegen, sondern sagen, daß ich meinen Blick ins Parterre hinab, in die Logen, gleiten ließ. Augen turnen unglaublich elastisch. Wie ich so die Damen und Herren mit Interesse anschaute, fingen sich ihre Hände und Füße an zu bewegen. Operngucker, Taschentücher, Zettel kamen zum Vorschein; Fingerspitzen berührten Haartrachten. Besonders schaute sich eine Frau wie verwundert um, als möchte sie den sehen, von dem die Störung herrühre. Doch da erhob sich der Vorhang; ich und die übrigen schenkten nun unsere Aufmerksamkeit der Bühne.

Ich bummelte dumm herum; die Dummheit vergab ich mir von Herzen; denn ich sah ein, man habe Grund, sich schonend zu behandeln. Eine unbeschreibliche Schläfrigkeit kam über mein unentwirrbares Wesen. Einen Besen hätte ich nehmen sollen, um mich vorwärts zu wischen; ich kam im Dreck kaum vom Fleck, indes ich liebend das Sammetblau des Himmels begaffte. Die Betrachtungsweise war eine höchst langsame. »Wie schwer ist's, brav zu sein«, flüsterte ich in bewegter Tonart mir ins Ohr oder Öhrchen. Ich fasse mich da zart an, finde das aber schicklich. Mit der nötigen Achtung von mir zu reden, scheint mir Pflicht. In Ermangelung des Vögelgesanges sang ich selbst; eine Arie aus einer Oper, und war mit meiner Leistung ungeheuer zufrieden. In einem Wirtshaus setzte ich mich zu kleinen Kindern, die einen länglichen Tisch für sich einnahmen und sich benahmen, als wären sie wert, daß man sie ernst nähme; sie spielten Karten, in der glücklichsten Nachahmung der Erwachsenen eifernd. Drei Mädchen waren's und ein Knabe, dem eine Katze ins Spiel guckte, ihm dann über den Kartenfächer hüpfte und sich bei mir, der Käse verzehrte, talentvoll einschmeichelte. Was sie begehrte, war mir klar; ich stopfte ihr den hübschen Rachen mit Bissen, die ich entsprechend feinschnäfelte. Nicht ohne Nachlässigkeit, aber auch markant, ermahnte ich einen Jungen, der keck eine Mauer bebrünselte, wobei die unbeschäftigte Hand einen in Seidenpapier gewickelten Blumenstrauß trug. Um eine Postkarte einzuwerfen, ließ sich ein kleines Mädchen von einem andern an den Beinchen in die Höhe heben. Aus dem Bureau schaute mir ein Beamter zu, wie ich dem Ludwig-Richter-Bildchen zuschaute. O über Augen, die alles sehen, was los ist. Kaum ist man Beobachter, wird man selber schon wahrgenommen, was auch gar nichts schadet. Im Bett spiel ich Mütterchen und Kind, bete schön, schlafe artig ein. Was stellt man nicht an, um sich Unterhaltung zu schaffen! Ich kam schon auf die eigentümlichsten Einfälle und hoffe auch fernerhin nicht von solchen im Stich gelassen zu werden. Recht froh bin ich nur dann, wenn ich an etwas Nettes denke, womit ich mir ebensoviel, wenn nicht mehr schenke, als wenn mir jemand etwas gäbe. Mir liegt viel am Munterbleiben, weil ich glaube, ich tauge zu was.

Ich erwachte letzte Nacht, machte Licht und dachte, ich weiß nicht, aus welcher Folge von Eindrücken, an ihn, den man eines Tages kreuzigte. Knechte, die für diese Arbeit gedingt waren, hefteten mit Nägeln seine Hände und Füße ans Holz, die Hände, die segnend auf den Stirnen von Fieberkranken geruht hatten, die durch Kinderlocken glitten, die Füße, die er brauchte, um den Weg zu Trostbedürftigen zurückzulegen. Der Gedanke an den Leidenden hinderte mich nicht, in eine Orange zu beißen, eine Frucht, die mit ihrer farbenprächtigen Saftigkeit den Süden vors Gemüt zaubert. Als man ihm die Nägel durchs Fleisch trieb, spritzte das Blut diejenigen an, die dies Werk auf sich nahmen. Hierauf wurde das Kreuz aufgerichtet. Diese Art, einen Menschen unschädlich zu machen, mutet wie ein Spiel an; etwas Naives liegt im Annageln eines lebendigen Körpers an ein Stück Holz: »Da bist du aufgetragen! Das Gemälde wirkt gut. Nun laß dir die Marter schmecken.« Die Strafart des Kreuzigens streift ans Lächerliche. Wie auf Bildern der Frühzeit abgebildet wurde, vertrieben sich Menschen neben dem Kreuz die Langeweile mit Spiel und sonstigem Kurzweil, ich will aber dabei nicht verweilen. Gegenüber so großer, so schrecklicher Heiligkeit scheint mir Scheu am Platz. In der Schule erzählte uns der Pfarrer, daß die Leiden Jesu am Kreuz bei neun Stunden gewährt hätten. Doch wozu an das denken? Was würde übrigens ein Heutiger für ein Gesicht machen, wenn er gekreuzigt würde? Geküßt werden, gekreuzigt werden! Ich will mich in unseren Alltag verschleichen. Gestern las ich im Café Zeitungen; in einer derselben stand, wir wären keine Christen mehr, aber ich halte das nicht für möglich. Man kann im Leiden selig sein; zwar möchte man nicht gekreuzigt werden. Wie er am Kreuz winselte, dieser so Vornehme, dessen Manieren, Gesten so überdacht waren, sich in einem fort so schön gehabend. Da er's mit den Ärmsten hielt, war er nun selber ein Ärmster, es liegt darin vielleicht Gerechtigkeit, aber ich mag nicht, was ich hier schreibe. Schriftsteller sollen sich nicht darum, daß sie sich ans Großartige schmiegen, für groß halten, vielmehr in Kleinigkeiten bedeutend zu sein versuchen. Was dachte ich neulich darüber? Man müsse vom geringsten Gegenstand schön reden lernen, was besser wäre, als über einen reichlichen Vorwand sich ärmlich ausdrücken.

Wenn ich mir vorstelle, wie dieses unbedeutende, idyllische Ich, dies romantisch veranlagte Menschchen, sich gestern wieder gütlich tat, an Weinen nippte, und ich mir Lenin vergegenwärtige, von dem so viel die Rede gewesen ist, so drängt sich mir die Frage auf: war er für Naturfreuden empfänglich? Sein Bild erzählt von einem Hartgeprägten. Ob er wohl galant war? Liebenswürdig, dienstfertig? Er war eines Schulinspektors Sohn, ein Abkömmling von Unterdrückern, Sproß von Leuten, die sicher nicht Gedichte und so weiter schrieben, Musik kaum hochschätzten. Gestern war ich wieder ein bißchen leichtfertig. Ob das jener auch je war? Besaß er Seele? Ich freu mich dieser eigenartigen Untersuchung. Doch wie kam ich auf ihn? Ich hörte gestern einen italienischen Sänger, dessen Lied mir den Himmel und die Unbekümmertheit des Südens vors Herz legte. Da fiel er mir ein, wahrscheinlich so wegen des Kontrastes: der Bezwinger der Massen, der Empfindungslose, der einem Erdbeben gleich über Menschen hinging, da es Methoden menschlicher Ordnung zu erfinden galt. Er wohnte einst an einer Gasse, in der ich Unscheinbarer bei einer sehr gütigen Frau eingemietet war. Lenin und Christus? Bei letzterem waren Glaube und Liebe quasi auf die Fahne geschrieben. Wenn ich über großragende Persönlichkeiten schöngeistere, verliere ich leicht die innere Sicherheit, was ich an mir lobe. Christus war es um Ausbilden des Seelenlebens, dem andern um Ausbauen des Gesellschaftslebens zu tun, um Gleichstellung aller in diesem Irdischen. Welcher von beiden schöpfte aus besserer Quelle? Ich will von anderem reden; denn ich hielte es für Zeitverlust, hier fortzufahren. Noch dies: es gibt Leute, die bürgerlich normal sind bei künstlerischer Unpäßlichkeit. Ein Dichter kann irgendwie krank, aber als Dichter doch gutsituiert sein. Dichtet ein gesunder Mensch schlecht, so ist er eben als Dichter krank. Dichtet ein kranker Mensch gut, so gehört er als Dichter zu den Gesunden.

Schnee liegt auf Straßen und Plätzen, auf Denkmälern, Dächern, das paßt zur Neujahrszeit. Weihnachtsbäume, Süßigkeiten gönne ich andern. Dichter sind darin großartig, daß sie ihrer Mitmenschen Freude mitansehen können, ohne gleich zu meinen, daß sie mitgenossen haben müßten. Eine warme Stube ist im Winter schon viel. Les' ich nicht außerdem in einem Büchlein, betitelt: »Treu wie Gold«? – »Guten Tag, Frau Direktor von Stempel«, sprach ich neulich eine Dame an, die anders heißt, und die laut ausrief: »Was ist Ihnen?« –»Gut aufgelegt bin ich«, gab ich zur Antwort. Den ersten Theaterabend meines Lebens erlebte ich in einer Neujahrsnacht, trug den hohen Eindruck heiß ins Elternhaus. An einem himmelblauen Frühlingstag erwartete eine Mutter ihren geliebten Sohn, den Leutnant von Schöllermark. Da klopfte es energisch an die Türe; der Ersehnte war's, sie lagen sich in den Armen. Er kam dann nach Berlin, wo er die wundersamste Motzsträßlerin oder Millionärin kennenlernte; sie war jung und unerhört schön. Im Tiergarten gaben sie sich Rendezvous, flogen zusammen auf Schlittschuhen um die Rousseauinsel, die im kleidsamen Dezemberlichkeitsgewand lieblich aussah. Die Schöne sagte ihm, indem sie Kuß um Kuß von ihm empfing, ihr Papa habe Pläne mit ihr; er taumelte zurück, erlebte seine große Enttäuschung, was ich alles aus einem Vergißmeinnichtbüchlein habe. Nun meld' ich etwas von mir und beichte, daß ich als Knabe auf einen Neujahrswunschzettel unachtsamerweise »ich wüsche« schrieb, statt »ich wünsche«. Wie einem so etwas im Kopf bleibt! Der junge Napoleon siegte schon als Schüler im Schulhof zu Brienne in Schneeballschlachten. Schneemänner haben einen breiten Mund, nicht sehr eindrucksvolle Augen, in der Hand einen Besen und stehn unglaublich ruhig da. »Zwischen zwei Herzen« nennt sich eine rührende Geschichte, die ich meinem Bibliothekchen einverleibte: Einer, der Geld hat, tritt einem, der keins hat, die, die er liebt, ab, da er nicht mehr jung ist, während dem andern die Jugend zum Antlitz herausstrahlt. Das Mädchen hieß Roberta und der Glückliche Max. Anderntags saßen alle friedlich beisammen. Möglich ist, daß sie bei Tisch saßen und aßen. Ich war neulich dabei, wie sich einer Wirtin ein netter, junger Mensch als Officebursche stramm vorstellte. Achtung erweckt man meist hinter seinem Rücken; daher weiß man nichts davon. Die, denen wir sympathisch sind, bleiben still, und das ist richtig, man nähme sich sonst zu wichtig. Ein Kurzwarenhändler sagte mir, man käme mit der Höflichkeit am besten weg; ich pflichtete ihm bei. Zu Neujahr wird geschenkt; Schenkende erhalten wieder ihrerseits Geschenke. Beides, nehmen wie geben, darf und will geübt sein. Ich erinnere mich an eine Zeichnung mit leichter Anfärbung: ein weißbefiederter Engel schaut zu einem Fensterchen in die Stube herein, wo das Christkind liegt; nur ein kleines Blatt, und doch vergaß ich's nicht. Man kann viel vergessen, sich wieder auf vieles besinnen, und herrlich ist im Erinnerungsbereiche dann ein wiedergefundenes Schäfchen; der Verlust wird lieb, da er sich ausglich.

Gewiß beging ich gegen Frauen manchen Fehler, brauchte aber noch nie ein gewisses Wörtchen vor ihnen, wie ich's neulich von einem Herrn aussprechen hörte. Das Fräulein knickte förmlich ein, wurde unter dem Gewicht sichtlich klein. Unter welchem Gewicht? Ich werd' es sagen. Sie wollte gerade strahlen. Ein ganz netter Mensch sonst; sie, wie gesagt, entzückt. Er voll Unterhaltungsgabe; sie voll Begierde, auf das Gesprudel zu lauschen. Sie schien im Eifer, nichts zu überhören, ihre Ohren zu spitzen. Da entschlüpfte seinem Mund diese Äußerung. Schlimm meinte er's nicht; es entsprang ihm unüberlegt genug. Über ihr Gesicht zuckte eine stille, leise, verhaltene Qual, woran ich mich amüsierte. Ich bin eben boshaft. Am liebsten hätte sie dem eben Angestaunten eins versetzen mögen, war dazu aber außerstande. Sie schaute ins Leere, wie in irgendeinem Winkel Fassung einzufangen. Ihre Erregung war zart und furchtbar; belanglos und zugleich entsetzlich. Er sprach etwas sehr Einfaches, und auf das Einfache, was seine Fassungskraft von sich gab, fragte er sie aus der Höhe derselben herab:

BEGRIFSCH?

So mitleidig, als wär' sie sein Käferchen, sein Blättchen, sein Luisenveilchen in »Kabale und Liebe«, ein unvermögendes Gehirnchen. Mühsam lächelte sie nach schwer über sich errungenem Sieg. Er merkte diese Anstrengung, zu der er Ursache gab, nicht einmal. Auf diese Art werden oft liebevollste Bemühungen übersehen. Ihr innerer Kampf war sehenswert wie sein Nichtnotizdavonnehmen. Indes ich dies beobachtete, las ich ein »Frauenbeiblatt«.

An der Wand eines Speiselokals zu hängen. Welch unangenehmes Los! Auf einem Plakat zu florieren, um zu verschwinden. Ein Plakat löst das andere ab, eine Vorlesung aus eigenen Werken die nächste. Wehmut faßt mich bei diesem Auftreten und Abhuschen an. Bald ist's ein Herr, bald eine Dame. Wie sie sich Mühe geben müssen und gewiß auch gern geben. Nachher folgt jeweilen ein achtungeinflößender Artikel. Doch stimmt bei all dem etwas nicht. Wie sie mit ihrem jüngsten Buch in der Hand herbeispringen, um wieder abzutanzen. Jede Nummer ist sich bewußt, ihr folge eine neue. Immer künden frische Plakate frisches Futter für Leute an, denen man Gelegenheit bietet, einen bildenden Abend zu verbringen. Wohin führt das? Einige kommen mehrmals, sie sind en vogue, aber der Dichter- und Dichterinnenvorrat hört eines Tages auf. Was dann? Wir leben in plakätischen Zeiten. Die Kerls mit der Fülle von Ideen im Kopf machen sich ganz ordinär. Keiner von ihnen bleibt noch irgendwie umwoben. Seltsames schrumpft von Tag zu Tag mehr ein. Eine Fabrik zur Gewöhnlichmachung des Ungewöhnlichen scheint im Gang. Schüchterne Poeten gehören der Vergangenheit an. Werde auch ich am Vortragstisch erscheinen und entweiht sein? Bis dahin glaub' ich steif und fest, ich tu es nie. Hölderlin, der edle, ging am Lieben und Großsein und dichtenden Verstummen zugrunde. Ich bin bei so guter Laune, daß ich mich schäme. Werd' auch ich eines Tages mein Plakat haben? Wird mich dasselbe überwältigen? Soll ich eine Weile an der Wand prangen, um einem folgenden Platz zu machen? Eine Plakäterin, die man soeben angeheftet und abgenommen hatte, spazierte mit mir, der Nachmittag war herrlich, die Zweiglein, wie rührend sie in die Luft ragten! »Wie kommt's«, fragte sie, »daß Sie leben können, ohne daß Plakate von Ihnen sichtbar werden?« Ich schaute zu Boden und erwiderte: »Mir ist um mein bißchen Glück bang.«

Gestern stieg ich den Berg hinauf; der Aufstieg ging gut vonstatten, bis ich zu Glatteis kam und keinen Halt mehr fand. Nicht ein Bäumchen war da, an das ich mich hätte klammern können. Mit schöner Haltung war nichts mehr auszurichten. Da hatte ich eine übrigens ganz naheliegende Idee, ich ließ mich auf die Hände nieder, verlegte mich eine Zeitlang auf denkbar liebliches Kriechen; ich meine, man muß sich Situationen anzupassen wissen. In dem Kriechen lag Trotz, es galt ja hinaufzugelangen. Hätt' ich mich nicht gebückt, so wär' ich stehengeblieben. Auch Schmiegsamkeit kann Stolz enthalten. Mir lag am Wegzurücklegen; die damit verbundenen Schwierigkeiten zwangen mich zu nicht gerade schön aussehenden Verwandlungsmaßnahmen. Sah's nicht aus, als verleugnete ich die »Kultur«, wo mir's um deren Beibehaltung zu tun war? Die Glätte des Bodens verlangte auch von mir eine Glätte, die ich meinem Charakter entnahm. Aus Stolz benahm ich mich unstolz, aus Zähigkeit weichlich. Es rief in einem fort in mir: »Hinauf!« Kann man einen Glasberg mit der Würde eines »Mannes von Bedeutung« hinaufmarschieren? Bedeutend schien mir, oben anzulangen. Unsere Beine sind ja nicht umsonst keine Stöcke. Warum nicht von Fähigkeiten Gebrauch machen? Mit spiegelglatten Flächen verfahre man artig. Da ich das Unüberschreitbare nicht wegblasen konnte, so umfaßte ich es. Tun nicht die Hartnäckigsten hie und da mild, um ihren Willen durchzusetzen? Wer kniet, kann wieder aufstehen, und es kommt ihm vor, er stehe dann um so stärker. Die Bewegung hat ihn ergötzt. Etwas erklettern, erschmeicheln, wie lustig ist das! Um der Raschheit willen sich als Langsamer gebärden, nun ja, warum nicht? Hinaufzukommen versuchen ist schöner, als oben zu sein; ich gefiel mir besser, da ich hinaufschaute, als da ich selbstbewußt herabsah. Herumschauen, wo ein Weg, ein Halt sei, ein bißchen ängstlich sein müssen, der Augenblick des Dranglaubens, wie ist's interessant!

Still saß ein Leiser für sich, da trat ein Lauter auf, dem der Leise die Lautheit schon von weitem ansah. Laute wirken mit dem bloßen Aussehen laut.

Indes der Laute redete, hielt sich der Leise fest an seine Leisheit. Er sprach für sich: »Zeig' ich mich betroffen, so gebärdet sich der Laute nur stimmgewaltiger.«

Die Stimme des Lauten schallte wie Glockenklang, indes im Leisen Wonnen jubelten.

Indem Laute gleichsam fortwährend schmunzeln, werden sie zu Zermalmern, vergessen die herrlichen Gesetze der Friedensliebe.

Der Leise fing plötzlich übers ganze Gesicht an zu lachen; er fand sich sowohl wie den Klangvollen komisch.

Wie nun der Schaller den Tonlosen so vergnügt sah, gingen Schlagschatten über sein Antlitz. Er hatte geglaubt, er vergehe vor Ärger, werde »täupelen«.

Starke kommen sich mitunter zu stark vor.

Der Tönende erbebte, als er sein Musikalisches zwecklos in die Waagschale geworfen sah. »Welch ein Bösewicht!« dachte er vom Leisen.

Ist's eine Schlechtigkeit, sich nicht aufreiben zu lassen? Laute sagen: »Wir brauchen keine Leisen«; letztere sind wieder der Ansicht, Brüllen sei überflüssig. Haben die Donnerer recht oder die Düsseligen?

Der Krieg zwischen Scheuen und Unverschämten wird wahrscheinlich nie, nie enden.

Dürfen Laute nicht laut sein, so sind sie unglücklich, ebenso Leise, wenn sie sich ihrer Leislichkeit nicht überlassen dürfen.

An den Lauten zerschellen zuerst die Leisen, aber ein Leiser ist weiser als ein Lauter, dafür ist ein Lauter trauter als ein Leiser.

Schrecklich, wenn ein Lauter leise und ein Leiser laut wird. Solche Fälle sind sehenswert.

Gönnt ein Leiser einem Lauten den Brustton, so fühlt das der Träger der Lautheitsidee und wird ihr untreu, und finden die Lauten die Leisen nett, so fangen diese zu schwatzen an wie Spatzen.

Einwilligung hat Folgen!

Laute sorgen also für Lautheit bei Leisen, letztere für Verfeinerung von Unverfeinerten: Unverhoffte Lösung.

In Thüringen, etwa in Eisenach, lebte ein sogenannter Käferologe, der wieder einmal eine Nichte besaß. Wann werd' ich mit Nichten und so weiter fertig? Vielleicht nie; dann weh mir! Schwer litt das Mädchen im Nachbarhause unter gelehrter Obhut. Kämpfte nicht in Afrika wieder einmal ein Leutnant gegen gottlose Buschleute, die bloß in Badehosen umhergingen und Speere schwangen? Mit Lorbeerblättern überhäuft kehrte er heim, und sieh, wie sich das Mädchen unter Käferologenobhut und der Hottentottenbekämpfer fanden! Der Fund galt beiden viel. Die im Gesträuch stattfindenden Kosereien und all die Täubchenträume, die da aufflatterten, würden ein Kapitelchen für sich bilden. Die Kapazität blieb in ihre Spezialität vertieft, indes Tiefes und Hohes unter und über ihm und Umliegendes um ihn vorüberlüftelten, wir meinen Wissen und Leben, die sich gegenseitig vernachlässigen, wofür ich nichts kann.

Unweit davon lebte in einem Schlosse, dessen Schieferdach im Sonnenschein gleißte, eine ihren Gemahl hassende, stolze Frau, die doch nicht von seiner Seite wich und ihm das gönnte, da sie ihm übelwollte. Frau von Tannhorst hieß sie, falls mich mein Gedächtnis nicht verläßt, das bald treu, bald vergeßlich ist. Die Tannhorst hatte einen achtjährigen Sohn. Ob ich mich nicht irre? Nein, nein! Der Knabe wohnte abgesondert in einem der zahlreichen Gemächer, wo er von Zeit zu Zeit Mamas Besuch empfing, die absichtlich auf die lieben Lippen biß, die sonst schöne Stirn verkniff. Worte wie Megäre sollen keiner Feder entschlüpfen. Auf des Jungen bedauernswerter Achsel lastete ein Erbe. Noch so unwissend und schon so vermöglich zu sein! Er aß nicht mal genügend. Die Scheinheilige fragte ihn dann, ob ihm nichts fehle, und der Höseler zitterte bloß so. Auch ich sage nichts, bleibe zart, spazifizottle lieber im Park, wo nach Goethes Ausspruch die Bäume nicht in den Himmel wuchsen, es nach Hans von Marées aussah, lindwürmlig, springbrünnelig. Den Knaben laß ich interessant schmachten. Wer weiß, vielleicht liebte er sein Leiden und die, die es ihm nicht abnahm, die ihn auch liebte, darum, daß sie ihm nicht hold war. Einst schrieb er ihr: »Ich bin dir wehrlos gewachsen, obgleich ich nicht einmal eine Serviette umgebunden bekomme. Gib doch bitte die nötigen Anweisungen. Ich will dich unablässig bewundern.«

Diesen Brief könnte ich in die längste Länge hinauszupfen, lasse ihn aber kurz, damit man sich etwas dabei denke.

Beim Nachbarhausmädchen sowohl wie beim Knaben

schöpfte ich aus kioskischen Quellen, das heißt Dreißigcentimesbändchen.

Mich beschäftigt nun

DER MANN,
DER EINE SCHÖNE FRAU
HAT.

Ernst sieht er aus, wozu er gar kein Recht hat, da er eine schöne Frau hat und deshalb fröhlich auszusehen hätte. Ich, der ich ohne schöne Frau bin, maße mir Fröhlichkeit an. Der Mann, der eine schöne Frau hat, schaut mich stets an, als wollt' er mich vor schönen Frauen eindringlich warnen. Seh' ich ihn, so sag' ich mir: »Kommt da nicht der Mann, von dem man mir sagte, er habe eine schöne Frau?« Ich will nicht abstreiten, daß er mich interessiert. Wen gewänne nicht eine Erscheinung, die mit einer anderen verknüpft einherschreitet, und diese soll schön sein, wie mir hinterbracht wurde. Hätt' ich eine schöne Frau, so wär' ich vielleicht auch sorgenvoll. Schönes verdient, daß man seinetwegen auf Sorglosigkeit verzichte. Wenn er mich sieht, tu ich, als ob und als wenn. Ob er mich für interessiert hält? Er muß fast, und er könnte mich einmal zu seiner schönen Frau einladen, aber er gönnt mir's wahrscheinlich nicht. Die Art, wie wir uns anschauen, ist ein wahrer schleppender Gesang von einem Betrachten. Weder er äußert sich, der eine schöne Frau hat, an die ich glaube, noch ich, der ich niemand an eine schöne Frau glauben machen kann. Er ist mir interessant, weil ich von seiner Frau hörte; ich bin ihm uninteressant, weil ich ihn nicht zu einer Frau einlade, die ich nicht habe. Was aber noch nicht ist, kann vielleicht noch werden. Neulich schaute er mich gar nicht mehr an, als hätte seine schöne Frau kühl über mich abgeurteilt, was sie nicht getan haben kann, da sie mich nicht kennt. Lernte ich sie kennen und mich beruhigen, aber was sag' ich? In diesem Fall käme ja über ihn Unruhe, und er hat schon so Sorgen. Schöne Frauen heischen von ihren Männern eine Fülle von Sorgfalt. Könnt' ich mich da sorgfältiger ausdrücken? Mit einem Mann, der eine schöne Frau hat, muß man sorgsam umgehen, wie auch er vorsichtig umgehen muß mit einem, der keine hat und der gern eine kennenlernen mögen könnte, eine Möglichkeit, die man ihm lieber vorenthält, als gibt. Säh' ich sie, so würde sein Gesicht vielleicht noch ernster. Wie könnt' ich das verantworten? Nein, ich lasse es beim Interesse für die schöne Frau, die einen braven Mann hat, bewenden; denn langweilte ich sie, was dann? Und amüsierte ich sie, was dann? Mag er mit ihr zufrieden sein, die ihn hoffentlich schon ein wenig satt hat. Wenn er das läse, würd' er sich etwas einbilden. Seine schöne Frau entzückt mich, weil er mich noch nicht zu ihr einlud, ich sie für schön halten kann, was für ihn wie für mich vorteilhaft ist, auch für sie, die an der Bravheit interessiert ist, womit ich eine Reihe von Betrachtungen schließe.

Kurt

Kurt war ein Grobian, wenigstens wurde er als solcher empfunden. Er besserte sich und wurde ein Snob. Als Snob war er gröber denn als Grobian. Aber ich will nicht Anekdoten erzählen, sondern Analyse treiben. Irgendwo gibt's eine Revue, worin sich nur Verheiratete blicken lassen dürfen. Ich muß eilen und mich verheiraten. Kunigunde sitzt einsam im Kaffeehaus, weint sich ob meiner Unerbittlichkeit die Augen aus. Ich glaube folgendes: Mein Geist wird im Ehebett seine Auferstehung feiern. Letzthin erhielt ich einen Brief. Was stand darin? Die rührende Bitte, ich möchte nicht dem bösen Beispiel Gottfried Kellers folgen. Hahn im Korbe zu sein, sei so schön. Ich antwortete: »Eine dörfliche Üppige steht mir zur Verfügung.« Ich soll sowohl zu einer Ehehälfte, wie zu einem Kunstwerk kommen. Das beste wird sein, ein Kind zu zeugen und das Produkt einem Verlag anzubieten, der es kaum ablehnen wird. Meine Frau wird mich täglich mit Vorwürfen bedecken, einen Überzieher kann man jetzt ja brauchen. Von dem Kind werd' ich lernen. Welche verheißungsvolle Zukunft!

Wladimir

Wir nennen ihn Wladimir, weil das ein seltener Name ist und er in der Tat ein Unikum war. Die, denen er komisch vorkam, haschten nach einem Blick, einem Wort von ihm, womit er sparsam umging. In minder guter Kleidung benahm er sich zuversichtlicher als in gewählter und war im Grunde ein guter Mensch, der nur den Fehler beging, daß er sich Mängel andichtete und -heftete, die ihm abgingen. Er war hauptsächlich schlecht gegen sich selber. Ist das nicht unverzeihlich?

Einmal wohnte er bei einem Ehepaar und war nicht mehr wegzutreiben. »Es wäre Zeit, daß Sie uns allein ließen«, wurde ihm bedeutet; er schien es kaum zu fassen, sah die Frau lächeln und den Mann erblassen. Die Ritterlichkeit war er selbst. Dienen gab ihm allemal einen hohen Begriff von der Freude des Daseins. Er konnte hübsche Frauen nicht mit Köfferchen, Paketen und so weiter beladen sehen, ohne herbeizuspringen und den Wunsch zu äußern, behilflich zu sein, wobei er immer die zarteste Befürchtung der Aufdringlichkeit zuerst bekämpfte.

Woher stammte Wladimir? Doch wohl von niemand als seine Eltern. Eigenartig scheint, daß er bekennt, im Unglück oft fröhlich, im Erfolg mürrisch gewesen zu sein, und daß er sagt, der Zug seines Wesens sei Arbeitsamkeit. Nie sah man einen so zufriedenen und zugleich unzufriedenen Menschen. Keiner war rascher und handkehrum unentschlossener.

Einmal bat ihn ein Mädchen, sich dann und dann einzufinden, und ließ ihn warten. Ihm kam das überraschend vor. Eine andere meinte: »Ihnen behagt es, geprellt zu werden. Haben Sie nicht an Späßen, die an Unachtsamkeit grenzen, besondere Vorliebe?«

»Sie irren sich« war alles, was er antwortete.

Er trug keinem Menschen etwas nach, denn »ich habe ja auch schon oft mit Menschen übel gespielt«.

Im Damencafé amüsierten ihn Mienenspiel und Äußerungen der Gästinnen. Übrigens war er kein Freund von zuviel Zerstreuungen, so sehr er sie ausnahmsweise schätzte. Er dachte an alles, um es im Nu zu vergessen, war ein guter Rechner, weil er seinem Gemüt nicht Macht auf ihn auszuüben erlaubte.

Die Frauen schätzten ihn gering, aber nicht ohne sich immer wieder für ihn zu interessieren. Sie nannten ihn zaghaft, aber er sie ebenfalls. Sie spielten mit ihm und fürchteten ihn.

Zu einer Dame, die ihm ihren Reichtum auf vielleicht nur zu geschickte Art vor Augen führte, war er so höflich, wie man ist, wo man nichts empfindet. Er fand ungebildete Mädchen vom Bedürfnis nach Belehrung beseelt und andrerseits solche, die alles lasen und nun beinahe unwissend zu sein wünschten. Für erlittenes Unrecht rächte er sich nie und rächte sich vielleicht damit genügend. Die, die ihn nicht behandelten, wie er's gewünscht hatte, ließ er, wie man sagt, fallen, das heißt, er gewöhnte sich daran, an viel Unliebsames nicht zu denken. Damit schützte er sein Seelenleben vor Verwilderung, seine Gedanken vor ungesunder Härte.

Musik stimmte ihn weich, das geht den meisten so. Sah er sich von einem Mädchen bevorzugt, so kam ihm das vor, als wolle sie ihn binden, und ging ihr aus dem Weg. Mißtrauisch war er wie ein Südländer, sowohl gegen sich wie andere; häufig eifersüchtig, doch nie lang, da ihn die Selbstachtung schnell von den Verfolgungen des Neides befreite, der ihm, kaum erwacht, unbegründet, nichtig erschien.

Als er einen Freund verlor, sagte er sich: »Er verliert soviel wie ich.« Er verehrte eine, bis sie einen Fehler beging, und es ihm nicht mehr möglich war, sich nach ihr zu sehnen. Eine Übereilung von ihr hatte zur Folge, daß er über sie lachte, und darüber war er froh. Die Partnerin bedauernd, brauchte er das sich selbst gegenüber nicht mehr zu tun.

Er blieb jung und benützte diese Stärke zur Gewinnung und Übung der Achtung vor denen, die am nötigsten haben, daß man nicht fühllos an ihnen vorbeiblickt, den Schwachen und Bejahrten. Reden wir zu gut von ihm?

Manchmal führt er sich wie ein Lebemann auf, besucht sogenannte ordinäre Kneipen. Es gibt Leute, die ihn darum tadeln, aber selber gern einmal lustig wären, was ihnen ihre Sphären nicht immer gewähren. Man hat ihn nachgeahmt, aber der Originelle bleibt, was er ist. Nachahmen ist übrigens ganz natürlich.

Auch Kopien können ansprechen, aber nur der Eigentümlichkeit entspringt, was großen Wert hat.

Ich will in diesem zunächst bescheidenen, gleichsam dünnen und kleinen Memorandum

Ich will in diesem zunächst bescheidenen, gleichsam dünnen und kleinen Memorandum leise, d.h. anders sein, als wie ich mich in einem soeben nicht sonderlich gescheiterweise abgefertigten gegeben habe, worin ich auf die wohltätigen Anforderungen des gewissen Maßes an Zurückhaltung, oder sagen wir Haltung, oder noch besser, geistigem* Aussehen zu wenig Gewicht legte. Lautheiten, Knäbliges pflegt zu verstimmen, ich sollte das ja vielleicht selber am besten wissen. Weiß ich es vielleicht nicht mehr? Bin ich das Opfer einer Empfindungslosigkeit geworden? Das könnte ein Beweis von Gesundheit sein. Von verschiedenen Seiten her sind mir übrigens schon gelegentliche Leisheits- und Weisheitswinke erteilt worden. Ich will mich also auf diesem Blatt Papier still gebärden und Ihnen in diesem Sinn zur Kenntnis geben, daß ich heute früh und gestern abend zwei, wie mich dünkt, recht unvorsichtige, teilweise vielleicht sogar unartige Sendschreiben an Adressen absandte, die zum Glück nicht Stätten oder Stellen vergegenwärtigen, wovor man unbedingt Respekt zu bekunden hätte, obwohl es meine Meinung ist, daß man gut tut, sich Respektierung überhaupt anzugewöhnen. Sie werden aus dem Ihnen hier bisher Mitgeteilten gemerkt haben, wie ich mich einfachster Stilisierung befleißige, nicht zwar deshalb, weil ich mich zu glauben oder für möglich zu halten erdreistete, eine komplizierte Sprechweise würde Ihrem ebenso zarten wie zweifellos reichen Auffassungsvermögen Mühe verursachen. In eben ausgesprochener Einflechtung liegt gleichsam an sich schon ei-

* »gewichtigem«

ne Art von Unhöflichkeit, über die Sie die Güte haben werden hinwegzublicken. Nicht wissend, ob meine hiesigen geschätzten Vorgesetzten mit meinem Betragen und meinen Leistungen zufrieden seien oder eventuell immer noch nicht, was keine Unmöglichkeit ist, da ich im allgemeinen von einer etwas träumenden, lässigen, spielenden, hie und da wohl auch vergeßlichen Konstitution bin, stand ich da eines Abends um die neunte Stunde auf das Stimmungsvollste, indem ich eine Pfeife Tabak rauchte, vor einem Gebäude, das einst eine Gesandtschaft enthielt und in sich umfaßte, das aber heute, wenn ich richtig beobachtet haben könnte, eine Glätterei birgt oder beherbergt, die ja ihrerseits eine durchaus nützliche Institution darstellt. Bäume ließen ihre Äste auf (m)eine Person niedergleiten, von der Sie notwendigerweise wissen müssen, daß sie keine Bedenken trägt, Kletterstangen zu erklimmen, die zum Nutzen der Jugend in Schulhöfen angebracht sind, womit ich vielleicht etwas ausgeplaudert habe, was sich seltsam anhört und was sich besser in der Versenkung der Schweigsamkeit aufgehoben gefühlt hätte, oder mit welcher sonstigen Satzwendung man dies ausdrücken könnte, was gottlob immerhin eine Bagatelle ist. Insoweit ich mich entschlossen habe zu hoffen, daß dieses Schriftstück hier ein Beweisstück der Gebändigtheit darstellen werde, wozu ich innerlich aus mancherlei Gründen ja sage, wage ich Ihnen nun mit einer gewissen Verzagtheit die sehr ergebene Mitteilung zu machen, ich hätte einem bezaubernd schönen Mädchen auf einen Temperamentsausbruch hin, dem sie sich zwar mit voller Berechtigung mir gegenüber hingab, beinah zitternd zugerufen: »Du bist im Interesse der Annäherung der Nationen still!« Indem ich sie auf die Undenkbarkeit hinwies, zuungunsten eine[s] sich langsam vollziehenden Werkes von kaum überblickbarer Bedeutung Weichherzigkeiten geltend zu machen, die nicht nur wie Trotz aussehen, sondern in der Tat in den meisten Fällen eine Auflehnung gegen die Aufgabe sind, uns zu erziehen, d.h. auf manches Vorteilhafte verzichten zu lernen, zog sie sich aus dem Gebiet ihrer übrigens ungeheuer feinen Rechthaberei verdutzt heraus. Mir Siegesbewußtsein überlassend, meinte sie, gesiegt zu haben, aber es hatte etwas in mir Lust, über die Ungünstigkeit dieses Sieges tage-, ja noch wochenlang unzufrieden zu sein, denn Zufriedenheit mit uns selbst kann für uns etwas Beschämendes haben, wie uns die Beunruhigtheit ruhig, dagegen aber die Beruhigtheit mitunter unruhig macht. Rasch über den Umstand weggleitend, daß ein Humorist in einem von unseren Vergnügungsetablissements einen beifallgekrönten Vortrag abhielt, dem ich dadurch beiwohnte, daß ich seine Besprechung im Tagblatt verfolgte, und mich ebenso schnell einer Erscheinung entledigend, die im Freien eine Orgel drehte, komme ich auf das Buch eines Kultivierten zu reden, das mir, als ich es innerhalb einer sehr soignierten Wohnung gelesen hatte, wie ein auf warmen Mädchenhändchen zerfließendes Schneeflöckchen vorkam, indem eine Feinheit in diesen Gedrucktheiten die andere auflöste, und weil ich zu lebhaft und wehmutvoll an eine arme kleine Tänzerin dachte, die von einem Tanzlehrer instruiert wurde, der die Schülerin mit Anrufungen voll eiskalter Verächtlichkeit, die die Qualität von Peitschenhieben besaßen, in die glühendheißeste Tanzlust hinauf- und hinabzujagen durchaus solid und ehrbar bemüht war, was sie Mühe hatte zu begreifen, die mehrfach hinzusinken schien, eh' sie die geziemende Belebtheit erreichte, die das Fundament tänzerischen Sichsicherfühlens bildet. Es darf von Tänzerinnen nicht so getanzt und es darf von Lebendigen nicht so gelebt werden, als riefen die Lebenden: »Ach, habt Mitleid mit uns!«, sondern es muß so getanzt werden und gelebt werden, daß wir brauchbare Exempel sind, wobei Sie verstehen werden, wenn ich das in der Tonart der Direktheit sage und nicht bloß im Ton des Inaussichtstellens und Glaubens, wenn ich es so sage, als wüßte ich es genau, und nicht so, daß es Ihnen vorkäme, als sei ich diesbezüglich in einer Verschleiertheit des Wissens, die den Eindruck des Rücksichtsvollen macht. Die Drehorgel, die von einem Menschen gespielt wurde, der aufgehört hat, etwas zu gelten, was übrigens mit jedem von uns vorkommen kann, hatte etwas Besonderes, Vollkommenes, wohingegen der vortragende Humorist bloß menschlich-komisch arriviert haben wird. Es braucht sehr viel, um aus einem den Bürgerlichkeiten entstamme[nden] Mädchen eine gute Tänzerin zu machen, ihr einzuprägen, in welchem umfangreichen Maß sie Selbstvergessenheit zu lernen hat. Die Melodien eines Leierkastens kommen aus der Höhle der Mechanik gänzlich gefühllos an's Tageslicht des Gehörtwerdens herauf, und nichts als gerade dieses Gefühllose setzt ein Gefühl in Tätigkeit. Da Ihnen vielleicht nicht ganz lieb ist, was ich da bezüglich der Orgel erwähne und was ich in Bezug auf die Tanzkunst vorbrachte, die auf ähnlicher Gefühllosigkeitsvollkommenheit zu beruhen wünscht, wie es bei der mechanisc[h]en Art von Musizieren ohnehin der Fall ist, rede ich lieber noch von einem Gang, den ich tat, den ich mir zuerst abringen mußte, eh' ich ihn auszuführen vermochte, und wobei ich [auf] alle näheren Erklärungen vorläufig noch nicht eingehe. Es handelte sich dabei um eine Abbitte, d.h. nein, ich will das nicht so sagen, das hieße mehr sagen und zugleich weniger sagen, als was wahr ist. Oh, wenn man die Wahrheit sagen will, so stockt es in einem. Die Wahrheit zu sagen ist wegen des Einfachen, was daran ist, so eminent schwer, und deshalb ist es mir jetzt, als stehe ich unmittelbar vor Ihrem Antlitz so da und fühlte mich bemüßigt zu lächeln, und noch andere sitzen da, nicht nur Sie, und alle wären Sie sehr gespannt, was ich nun spräche, und soeben hätte ich's noch gewußt, und jetzt weiß ich nichts mehr, und das ist durchaus keine Störung, wie man das zu nennen pflegt, nein, durchaus nicht, niemand, niemand sagt das Wahre von sich, niemand kann es sagen, wir fragen uns umsonst, was uns denn am Wahren eigentlich so viel gelegen ist. Wer mir erlaubt, sie zu versäumen bei der Aussprache, dem sage ich viel und dabei bestimmt allerlei Wahres, wer mir aber befiehlt, die Wahrheit zu sagen, für den weiß ich nichts, denn dann fällt mir absolut nichts ein. Ich hörte den Leierkasten, das ist die Wahrheit. Wie Sie durch das Gefühllose zum Gefühl bewegt werden, werden Ihnen meine Unwahrheiten die Wahrheit über mich vermitteln. Die Wahrheit wird immer etwas bleiben, was man in Momenten des Unachtsamseins bloß so ausplaudert, ohne daß man sich dessen bewußt ist. Denn sehen Sie, es gibt viele Wahrheiten, die keine sind. Es kann z.B. jemand glauben, er spreche die Wahrheit, ob sie's aber wirklich ist, bleibt sehr fraglich. Die Drehorgel redet wahr, weil sie systematisch lügt, phantasiert, ganz naiv spielt. Und die Tänzerinnen können Wahrheit ausstrahlen, die Humoristen hie und da. Die vollende[t]ste Lüge kann wahr sein und die vollkommenste Wahrheit in diesen oder jenen Umständen eine Lüge. Auf's Heraushören kommt's an. Wahrheiten können Absichtlichkeiten sein. Sind es dann noch Wahrheiten? Unbeabsichtigte Lügen sind keine Lügen mehr. Man kann sich jetzt verstehen, und jetzt oder nachher wieder nicht mehr. Man muß eben schon mit Wenigem übereinstimmen können, und ich wünsche nicht, daß Sie mit mir zufried[en] sind, aber mit sich.

»Verkannte Dichter unter uns?«

Antwort auf eine Umfrage der »Neuen Zürcher Zeitung«

Was mich betrifft, so habe ich mich keineswegs über Verkanntheit zu beklagen. Ich kenne Leute, die sich nach mir sehnen. Individualitäten umwerben mich. Frauen von nicht zu mißverstehender gesellschaftlicher Bedeutung freuen sich, wenn ich nur in geringem Grad artig zu ihnen bin. Jeweilen frühmorgens erquickt sich meine Daseinslust an feinstem holländischen Kakao. In meinen Schränken liegen nicht die besten, aber bekömmlichsten Weine. Meiner Meinung nach werden die Dichter im großen und ganzen nur beinahe zu gern und zu rasch anerkannt. Infolgedessen bekommt man sie dann satt. Mich laden Mädchen zum Tee im sonnigen Freien ein, stellen mich ihren Müttern vor, schreiben mir schmeichelhafte Briefe, die die Schubladen meiner Ziertische mit ihren Zartheiten schmücken. Man gibt sich um mich die erdenklichste Mühe. Um geschmackvoll zu bleiben, spiele ich den Gleichgültigen und erscheine undankbar. In dem Grade, wie ich mit meiner Anerkanntheit zufrieden bin, wünsche ich meinen Kollegen ähnliches. Meine Verleger teilen mir mit, sie seien entzückt von mir. Sie hoffen in einem fort das beste, und ich verhindere sie nicht an der Ausgestaltung der vorzüglichen Meinung, die sie sich über mich bildeten. Anderseits unterstütze ich sie aber auch darin nicht. Meine dichterischen Produkte reisen munter und zirkulieren unentwegt durch die Presse. Hie und da fliegt mir ein Goldvögelchen aus blasser und unbekannter Hand zutraulich zu. Täglich beschäftigt mich irgendein Problem. Allgemein gesprochen halte ich nichts für so gesund als eine kräftige Portion Verkennung, die gewiß auch Nachteile haben mag, aber aus fröhlicher Verarbeitung dessen, was nachteilig ist, wächst Vorzügliches.

Einmal gab es da so eine Art Persönlichkeit

Einmal gab es da so eine Art Persönlichkeit, d.h. einen Menschen oder Zeitgenossen, den man um seiner unerhörten Ausdauer willen nicht in den Adels-, aber in den Persönlichkeitsstand erhob. Gleichsam zum Dank, daß er es acht bis neun Jahre lang in einer engen, kleinen, ungenügend tapezierten, dünnen, schmalen, schmächtigen und länglichen Stube aushielt, wurde ihm das Zeugnis ausgestellt, das ihn mit der Anrede beehrte: »Du bist eine Persönlichkeit. Bitte finde dich ein für allemal damit ab. Hast du verstanden?« Die Person, die nun eine Persönlichkeit geworden war, willigte ein, sich mit dieser Ernennung einverstanden zu erklären, und alles, was sie von nun an tat oder ausführte, war persönlich, und dabei blieb es. Darf ich den Leser mit folgender Eigentümlichkeit bekannt machen: Eines Tages stand in der und der Zeitung eine Annonce, nach deren Wortlaut eine hervorragende, d.h. durch und durch echte Persönlichkeit gesucht wurde. Unsere diesmalige Figur meldete sich, da sie sich für eine Persönlichkeit von prima Qualität zu halten berechtigt glaubte, dann und dann und dort und dort, erhielt aber den Bescheid: »Sie sehen durchaus nicht einer Persönlichkeit ähnlich. Dürfen wir Sie daher bitten, sich wieder zu empfehlen, oder, falls Ihnen mehr an einer deutlichen Ausdrucksweise liegt, auf und davon zu machen.« Das tat sie denn auch und machte sich aus dem Staube, indem sie eine Menge philosophischer Betrachtungen anzustellen für gut fand. Die Sache war ungefähr die: Wenn die Persönlichkeit, von der hier die Rede ist, irgendwo dort auftrat, was man die Gesellschaft nennt, hörte man sogleich auf, sie als das zu taxieren, was sie bis dahin gewesen war. Sie besaß dann jeweilen eine ganz andere Geltung, d.h. sie sank im Nu zur ungemein gewöhnlichen Erscheinung, zu einer Art Durch[s]chnittsfigur herab. Ging sie, wie man zu sagen pflegt, beschämt, verdutzt, verblüfft, überrascht von dannen, so gewann sofort ihr guter Ruf wiederum Gestalt, und alle diejenigen, die die Salon[s] mit ihrer Zugegenheit zierten, dachten von ihr: »Wo bleibt die allgemein anerkannte famose Persönlichkeit? Stieß ihr vielleicht irgend etwas zu, daß sie sich nicht blicken läßt? Durch welchen bedauerlichen Umstand könnte sie verhindert worden sein, uns mit ihrer segensreichen Anwesenheit zu erquicken?« So und ähnlich ging es zu. Nicht wahr, das war merkwürdig. In Wirklichkeit, werte Zuhörer, war es so: Eine Persönlichkeit ist nur insofern eine solche, als sie quasi keine Zuschauer usw. hat. Besser gesprochen: Jede Persönlichkeit enttäuscht augenblicklich oder in kurzer Zeit tief, d. h. sehr, sobald [sie] in einen Gesichtskreis hineintritt. Es gibt sozusagen eine Persönlichkeit nur in der Distanz, denn da so eine Persönlichkeit nicht wie andere Leute spricht und aussieht, da dies persönliche Leben und Wesen in etwas Innerlichem, also Unsichtbarem besteht, so ruft sie in allen oder wenigstens den meisten Fällen einen Eindruck des Ungenügenden hervor. Was ich hier sagen will, könnte auch so formuliert werden: Wer zur Persönlichkeit ausgerufen worden ist, wird scheu. Man wird vielleicht der Meinung sein dürfen, daß sie sich geniert, etwas zu sein, was sie nicht dem Streben nach Bildung, sondern lediglich dem Glück verdankt. Man könnte eventuell die Persönlichkeit auch mit einer Pflanze vergleichen, die ihre Düfte, ihr frisches Aussehen durch die Beachtung, Beschauungen, wenn nicht total, so doch teilweise einbüßt. Und dann lebt ja in jeder Persönlichkeit das in der Tat sehr feine, zarte Bedürfnis, sich sozusagen zu verbergen. Es kann z. B. öfter vorkommen, daß sich eine Persönlichkeit aus Fein- oder aus Taktgefühl unpersönlich aufführt. Sie fällt nicht gern auf, und empfindet als etwas langweilig, als etwas gar zu einfach, so möchte man sagen, so geradezu als das genommen zu werden, was sie ist. Sie verliert hiebei leicht das Gleichgewicht, den Humor oder gleichsam den Boden unter den Füßen. Dieser Boden unter den Füßen,

d. h. die Harmlosigkeit, Zwanglosigkeit, Unbeachtetheit, Unbemerktheit ist ihr das Liebste. Instinktiv betritt sie nicht die Wege der Ungewöhnlichkeit, sondern die gewöhnlichen, nämlich die, auf denen alle übrigen gehen, denn auf solche Weise bewahrt sie sich. Betrachtet, beguckt, bestaunt, beklatscht ermüdet sie, und gerade eine Persönlichkeit will ja leben, leben, leben. Sie spricht innerlich zu ihren Mitbürgern: »Ich bin nur Popanz.« Sie will lachen und weinen, wie's ihr zumut ist, das ist's, was sie wünscht. Unter keinen Umständen hält sie's für angenehm, auf Schritt und Tritt begriffen zu werden. Zudringliche Popularität liegt keineswegs in ihrem Interessenkreis. Sie empfindet es als Unsauberkeit, überall beliebt zu sein, sie überschätzt sich nicht in dem Maß, daß sie möglich halten kann, jedermann sähe sie gern. Man ist zuallererst dadurch eine Persönlichkeit, daß man sich nicht überhebt, daß man hiezu gar keine Lust hat. Hoch schätzt eine Persönlichkeit das Natürliche ein. Niemals wünscht sie, sie bilde eine Ausnahme. Sollte sie eine solche sein, so empfiehlt ihr die Vernunft, sich glauben zu machen, daß dies niemand irgend etwas angehe. Indiskretionen liebt sie nicht, sie duldet sie bloß, und es ist klar, daß sie sie verachtet und daß sie das Recht dazu hat. Ihre immer sich wiederholende Bemühung besteht darin, daß sie sich die Zeit vorstellt, wo sie ›ein Knabe war‹, d. h. eine Persönlichkeit geht, um sich in sich zurechtzufinden, unwillkürlich im Geiste rückwärts, sie macht [sich] schon aus Gesundheitsrücksichten gern gering. So lebt sie beispielsweise fröhlich auf beim Gedanken an die Begebenheiten im Elternhaus. Auch an die Zeit, wo sie etwa als Lehrling in der Straße umhersprang, erinnert sie sich mit Vergnügen. Ihre Eigenschaften, Veranlagungen, Gaben sind immer wieder ihr geheimes Eigentum vermöge ihrer Vorstellungskraft, daß niemand davon etwas wisse. Es macht sich hierin einfach ein Keuschheitsbedürfnis geltend. Sie bestrebt sich, das zu sein, was sie ist, und versucht mit allen Mitteln zu verhindern, daß sie das ist, was die Mitwelt aus ihr gemacht hat, als was sie sie haben will. Eben darin, in diesem unaufhörlichen Kampf um Beibehaltung der ihr angewachsenen menschlichen Grundlagen besteht die Persönlichkeit, daß sie lieben will, was sie immer lieb hatte, und daß sie die Winke, die Fingerzeigungen, die Ratschläge und alle Dienste und den Lohn und die Strafen, die Pflicht und die Launen einzig aus sich empfängt. Es charakterisiert sie, daß sie ein Reich für sich bildet, das sie sich täglich neu herstellt, aber gewiß läßt sie aus Höflichkeit mit sich spielen, denn sie sieht ein, daß sie nicht allein da ist und daß ein Sinn darin liegt, andern etwas zu bedeuten, gleichviel was. Gleichviel? Was kann das sie kümmern. Mitten durch Lob und Tadel geht ihr Weg, ein Weg geht mitten durch sie. Sie ist sowohl ihr Kind wie ihre Lehrerin. Immer und nie ist sie verloren. Ich glaube nicht, daß es viel Zweck hätte, zu untersuchen, ob sie gut sei. An ihren Weigerungen* zieht sie sich aus den Abgrundtiefen herauf und freut sich trunken am Licht der kleinen Fröhlichkeiten. Wer immer wieder willig aufsteht, wenn er fällt, tut immerhin etwas. Ich wollte hier die Persönlichkeit zum Gegenstand einer witzigen Geschichte machen, doch wie man gesehen hat, kam's anders. Wie nachdenklich ich geworden bin. Aber ich bedaure es nicht. Wenn die Persönlichkeit eine Zeitlang gelacht hatte, wurde sie regelmäßig daraufhin sehr ernsthaft. Sie bestand also durchaus nicht lediglich aus Lachlust. Der Brunnen, aus dem Eimer voll Heiterkeit heraufbefördert werden, heißt Lebensernst, aber ich sollte vielleicht diesen Aufsatz längst beendigt haben. Ich nenne immer ungefähr das einen Aufsatz, was ich, in einem größeren Kreis schweifend und ihm beliebig entnehmend, was mir zum Aufnehmen passend scheint, gleichsam einen Ball formend, zu einem kleinen Kreise zusammenstelle.

* »Neigungen«

Krachen wie Schlangen

Krachen wie Schlangen, und schlängeln und züngeln wie Ungewitter, und jubilieren wie Molche, und wehklagen wie Dolche müßten sie mir, diese Eingesch[l]ossenen oder Geordneten, die sich Schriftsteller nennen, die sich in höchstem Grad vor der Möglichkeit fürchten, Schaffensstimmungen könnten ihnen verlorengehen, und die Vereine zur Herausjagung von rebellisch, also genialisch veranlagten Köpfen aus den ethisch kolossal zaghaften Reihen oder Formationen, die sie mit ihren eleganten Jammergestalten bilden, gründeten. Gestern nacht dichtete ich auf Aufforderung eines Romain Rolland kennenden Fräuleins hin einen dreihundertseitigen Erlebnisroman, während welcher Erheblichkeitsleistung mir gelungen ist, drei Päckchen Zigaretten zu rauchen. O, wie wir uns alle, alle maßstabshaft aufbrauchen, ohne im geringsten dabei zu mucksen. Ich vermag nur unter Überwindung oder Eroberung von festunggleichenden Hemmungen zu sagen, wie sehr ich mich nach dem Bekanntwerden mit etlichen modernen Napoleonen sehne, die ich schon in den ersten Minuten des Zusammen-durch's-Leben-Gehens ersuchen würde, allen Gutbürgerlichgesinnten die Schönheit ihrer Stirne vorzuweisen. Klar scheint mir zu sein, daß es der Welt, die die gebildete heißt, an Stirnen gebricht. »O du mein Licht«, sagte mir vor einiger Zeit eine immerhin nicht unhübsche Frau in einem dunkel duftenden Treppenhaus, worin es wie nach zusammengestürzter, jedoch nicht gestorbener, sondern gleichsam seufzender Kultur aussah, in's aus allen Unbestimmtheiten sanft hervorschimmernde Gesicht. »Warum sprichst* du so? Mäßige dich doch im Interesse des guten Tons ein wenig«, glaubte ich sie gewissermaßen warnen zu dürfen, indem ich

* »seufzt«

sie jedoch gleichzeitig zart umhälselte und ihr, [mich] in die erdenklichsten*Details hineinverwirrend, eine Abküsselei aufnötigte, die ihr in gewisser Hinsicht durchaus lieb, will sagen willkommen zu sein schien. »Du wundervoller Abwechslunggewährender«, lispelte sie mit tiefernster Heiterkeit und mit todesbanger Lebensfülle, die ihr aus der Gebärdung klangvoll drang. Bei aller Einwilligung, die durch ihr Gesamtwesen zitterte, schrie sie vor nicht gut anders können, als fröhlich über die Selbstverständlichkeit meines Vorgehens gegenüber dem Meer ihrer Empfindlichkeiten zu stutzen, nachtigallisch, jedenfalls höchst singvögelig auf, was sowohl ihr wie mir, der ich mich im Stillen einen unverschämten Attentäter auf die Existenz ihrer Herkunft und Erziehung nennen wollte, Freude bereitete, die den Korridor, dessen Dunkelheit ich hervorhob, in eine strahlendhelle Festhalle verwandeln zu wollen schien. »Es handelt sich doch zwischen uns beiden hoffentlich um eine Strindbergangelegenheit auf Tod und Leben«, brachte sie fertig, über ihre feurigwispernden Lippen zu bringen, und ich antwortete: »Zweifle keinen Augenblick am Vorhandensein unzähliger feiner kleiner Blaubartentschlossenheiten innerhalb des Rahmens meines mich jederzeit entzückenden Ichs.« Diese Berichterstat[t]ung bildete für sie ein an Anordnung und gärtnerischer Ausdehnung parkähnliches Entzücken. »Schon deine Briefe«, gestand ich ihr, »machten mich halb wahnsinnig.« »Küsse mich so, wie du meine launenhaft hinskizzierten Ankündigungen küßtest, die dich schriftlich von meinem langsamen, absichtlich ein wenig gezierten Herannahen benachrichtigt haben«, bat sie mich, und ich müßte ja ganz einfach ein Ungeheuer in Menschengestalt gewesen sein, wenn ich mich nicht schleunigst auf den Weg gemacht haben würde, der mitten hinein in die prompte und exakte Ausführung dessen führte, was sie wünschte. Ihre Nähe bilde[te] ein [...] für mich, wor-

* »bedenklichsten«

in es unsäglich heimelig und fast fröhlich, fast studentenlustig und wanderburschig und kameradentraulich und doch auch wieder jüngstgerichtmäßig, also justizhaft aussah. Einst wurde mir die Ehre zuteil, ein Geheimratstöchterchen nach Hause begleiten zu dürfen, eine Mitteilung oder Anspielung, für die ich volle Garantie übernehme, da sie der Wirklichkeit entspricht. Eine mit den Tatsachen übereinstimmende Ohrfeige kann nicht wirklichkeitskräftiger sein als ebenerwähnte Niedlichkeitsnebensächlichkeit, von der ich [mich] jetzt trenne, um mit den großartigen Worten zu poltern und rednern, indem ich ein Lockenschüttler dabei zu sein bemüht bin. Sollte ein Glas Bier wirklich höher einzuschätzen sein als ein vortrefflicher Gedanke, und sollte man nicht den Unfug wagen dürfen, diese Realitäten mit Irrealitäten idealistisch zu beackern und zu durchstechen, daß der schöne und, es kann keinem Zweifel unterliegen, holde und bewunderungswürdige Körper der Gesellschaft in fremdartigem, noch nie empfundenem Weh schmerzvoll aufjubelte? Wo, in welchen Tälern und auf welchen gemäßigten Anhöhen des Lebens kommen hochintelligente Strubelköpfe vor, die zu vorläufig bloß auf Sofas in aller Vergnüglichkeit eingebil[de]ten Taten fähig sind? Heute früh ließen mich die Genien bei Zeiten das lachhafteste Gedicht herstellen, das je aus dem Kanarienvogelkäfig herausgeflogen sein kann, unter welcher Vorspiegelung man sich ein Dichtergehirn gefälligst vorzustellen gebeten wird. Literaturwissenschaftler scheinen der Meinung oder dem Glauben zu huldigen, die schöpferische Literatur verfolge einzig und allein den Zweck, nur für sie da zu sein, damit sie sie, ohne sich den Zwang langer Bedenklichkeit aufzuerlegen, als unopportun bezeichnen können. Kombination, der ich mich hier widme, gleichst du nicht beinah eher schon einem Erdrutsch als einer melodigen Folge von folgsamen, dem Virtuosen, der sich um ihre Entstehung befleißigt, gehorchenden Geigentönen? Indem ich so zum Fenster hinausschaue und an meine rechtsmäßig freien Fingerbewegungen denke, mache ich die seltsame Entdeckung, daß lauter Liebkosungen aus dem offenen Himmel auf den Straßenboden herabsäuseln. Eine Kinderstimme macht sich geltend. Meine Kollegen schreiben Pamphlete gegen mich. Ich meinerseits schmeichle ihnen, um sie zu betäuben, und mir scheint beinah, die Menschheit leide an einer zu leise* und zu vorsichtig von** ihrem Humanismus angenommenen*** Vergiftung, sie leide nur halb unter ihren Freuden und freue sich nur in minderwertigem Maß ihrer auf['s] Sorgfäl[t]igste wiederaufgebauten Übereinanderheruntergepurzeltheit. O, wie schimmern die Fehler vor Vollkommenheit, und wie duften Mißlungenheiten nach verführerischem Gekonnthaben, und wie ist alles, was richtig zu sein scheint, unrichtig, und was liegt in allem Falschen für eine Wahrheit, und wie unwichtig ist das Wichtige und wie wichtig werden Unwichtigkeiten genommen, und das muß so sein, es liegt uns so. Ich selber werfe mitunter meine Glieder in die Luft, als wäre ich ein Roboter. Es klopft. Was sie wohl schon wieder von mir will?

* »kühn«

** »an«

*** »vorgenommenen«

Der heiße Brei

Klein von Gestalt, wie es sich mir in meinem jüngsten Traum zeigte, sei dies Prosastückelchen.

Ich hoffe, mir gelinge nächstens eine umfangreiche dichterische Unternehmung, obwohl ich grundsätzlich immer so wenig wie möglich hoffe. In ein Haus fliegt man meist nicht von oben herab, vielmehr steigt man von unten her, langsam oder schnell, in seine Etagen hinauf. Man scheint es diesbezüglich mit einer natürlichen Bedingung zu tun zu haben. Das Haus, wovon hier gesprochen werden soll, war gleichzeitig proletarischen Charakters und von träumerisch-zierlicher Art. Als ich gemeinsam mit ihm, den ich im Anfang vorliegenden differenzierten Zeilenreichtums erwähnte, die Stiege oder Treppe hinaufging, kamen wir an einer Gruppe von Sitzenden vorbei, die Arbeiter zu sein schienen.

Ein junges Mädchen mag sich, bei allem Amerikanismusmangel, der meine diesmalige Arbeit auszeichnet, im kleinen Kreis befunden haben, den ich und er streiften, der mich gleichsam besuchen gekommen war.

Ich nannte vielleicht etwas vorlaut, will sagen, wichtigtuerisch, meine wenigen heutigen Zeilen eine Arbeit. In Wirklichkeit dürfte sich dies kaum so verhalten. Anstandshalber, ich meine, der Einfachheit wegen, sagt man statt Spielerei Arbeit, statt Tändeln Bewerkstelligung, indem man manchmal unvorsichtigerweise den Leser für humorvoll hält.

Wenn dies doch in vielen Fällen der Fall wäre!

Derjenige, der sich entschlossen hatte, mir das Vergnügen seines Besuches zu schenken, schien über die Umgebung, in die ich ihn führte, nicht im geringsten verwundert zu sein.

Irgendwie und -wo war uns die Frau, bei der ich gewissermaßen möbliert wohnte, eigentümlich weich und leicht entgegengetreten. Es war, als bestehe sie aus etwas Schwebendem, als sei sie ein Bild, das die Fähigkeit habe, sich zu bewegen.

Im Traum fiel mir eine gewisse Ähnlichkeit mit irgend jemand an ihr auf. Italianismen usw. scheinen mir selbstverständlich in einem Prosastück, das ein untersuchendes, prüfendes, tastendes, ganz auf denkbar feinster Aufmerksamkeit beruhendes ist, nicht am Platz zu sein. Mit stürzenden Sätzen käme man kaum weit, wo es sich um Porträtierung von etwas im Schlaf Erlebtem handelt.

Falls hier eine nur leise, dünne Möglichkeit vorläge, sozusagen östreicheln zu können, täte ich's mit unumwundener Offenherzigkeit. Man ist jedoch erstens nicht immer in der hiezu erforderlichen Laune, und zweitens wird jeder, der östreicheln will, seines Stoffes oder Schreibvorwandes kolossal sicher zu sein haben. Vielleicht ist Östreichelei wesentlich nichts anderes als ein gedankenloses Gedankenvollsein, ein stillstehendes Galoppieren, ein versteinertes über die Dinge, die man beschreibt, Dahinfließen. Gewiß lassen sich solche beruflichen Finessen nur schwer definieren. Etwas Schwieriges läßt sich meiner Meinung nach immer eher flott und rasch ausführen als zergliedern, d.h. begreiflich machen.

Seinen Einzug in meine Wohnung hielt mein Begleiter merkwürdig wortlos ab. Von Zeit zu Zeit sprachen seine Hände mittels eines kleinen Zeichens etwas aus, das einem Wort ähnlich zu sein schien.

Wenn ich sage, daß er mir bekannt vorkam, spreche ich von etwas Seltsamem. Seltsam pflegen ja an und für sich die Vorgänge in allem, was man nachts träumt, stets zu sein.

Alles Geträumte streift ans Komische, und er kam mir in der Tat beinahe ein bißchen komisch vor, der mir die Ehre erwies, mein Gast zu sein, wenn auch anscheinend nur vorübergehend.

Das Haus selber war ja ebenfalls nur etwas Vorübergehendes, denn ich sah das eigentümliche bauliche Arrangement sich öffnen und schließen, vorhanden sein und doch auch zugleich wieder verschwinden, ich sah, wie es sich entfernte und in die Nähe kam.

Nun waren wir beide in einer Stube, um die sich eine weitere Stube zog. Das eigentliche Zimmer lag oder saß wie ein Kern in der Schale, wie ein Bild im Rahmen, von einem zweiten Zimmer umfaßt, was sehr hübsch und anmutig aussah.

Nachträglich möchte ich übrigens beinahe glauben, daß auf dem Tisch Bücher lagen.

Besteht nicht Schriftstellern vielleicht vorwiegend darin, daß der Schreibende beständig um die Hauptsächlichkeit herumgeht oder -irrt, als sei es etwas Köstliches, um eine Art heißen Brei herumzugehen?

Man schiebt schreibend immer irgend etwas Wichtiges, etwas, was man unbedingt betont haben will, auf, spricht oder schreibt vorläufig in einem fort über etwas anderes, das durchaus nebensächlich ist.

Dies eine wußte ich: ein Schriftsteller von Ruf war's, der da den Weg zu mir gefunden hatte, was für mich weiter gar nichts Erstaunliches besaß, obwohl es wieder als sehr eigentümlich auf mich einwirkte.

War er für mich der heiße Brei, oder war ich er für ihn? Hatte er mir, oder hatte ich ihm etwas von Belang zu sagen?

Jetzt erwachte ich.

Minotauros

Bin ich schriftstellerisch wach, so gehe ich achtlos am Leben vorbei, schlafe als Mensch, vernachlässige vielleicht den Mitbürger in mir, der mich sowohl am Zigarettenrauchen und Schriftstellern verhindern würde, falls ich ihm Gestalt gäbe. Gestern aß ich Speck mit Bohnen und dachte dabei an die Zukunft der Nationen, welches Denken mir nach kurzer Zeit deshalb mißfiel, weil es mir den Appetit beeinträchtigte. Daß dies hier kein Seidenstrumpfaufsatz wird, freut mich und wird, wie ich mir vorstelle, vielleicht einem Teil meiner geneigten Leser ausnahmsweise angenehm sein, da dieses beständige Mädelmiteinbeziehen, dieses unaufhörliche Frauennichtaußerbetrachtlassen einer Eingeschlafenheit ähnlich sein kann, was von jedem lebhaft Denkenden wird zugegeben werden können. Beschäftigt mich nunmehr die Frage, ob Langobarden usw. irgend etwas wie Bildung besaßen oder nicht, so bewege ich mich vielleicht auf Wegen, für die nicht jedermann sofort Augen hat, indem ja kaum eine Weltgeschichtsphase so befremdend anmutet wie die Völkerwanderungszeit, die mich aufs Nibelungenlied bringt, das uns Übersetzungskunst zugänglich machte. Mit dem Nationenproblem im Kopf herumlaufen, bedeutet das nicht, einer Unverhältnismäßigkeit zur Beute geworden zu sein? Millionen von Menschen so mir nichts dir nichts miteinbeziehen, das muß das Gehirn belasten! Indes ich dasitze und alle diese lebendigen Menschen zahlenmäßig, gleichsam kompagnieweise, in Betracht ziehe, hat vielleicht einer dieser sogenannten vielen insofern geistig geschlafen, als er hemmungslos draufloslebte. Vielleicht ist's möglich, daß Wachende von Schlafenden für schläfrig gehalten werden.

Im Gewirr, das vorliegende Sätze bilden, meine ich von fern den Minotauros zu hören, der mir weiter nichts als die zottige Schwierigkeit darzustellen scheint, aus dem Nationenproblem klug zu werden, das ich zugunsten des Nibelungenliedes fallenlasse, womit ich gleichsam ein mich belästigendes Etwas kaltstelle. Ebenso denke ich alle Langobarden in Ruhe, will sagen, schlafen zu lassen, denn ich bin in vollkommener Klarheit, daß eine gewisse Sorte von Schlaf nützlich ist, einzig schon, weil er ein spezifisches Leben führt. Um des bißchen Glückes willen scheint es mir um Seidenstrumpfdistanz zu tun zu sein, die ich mit der Distanz zur Nation vergleichen möchte, welch letztere vielleicht mit einer Art von Minotauros Ähnlichkeit aufweist, den ich gewissermaßen meide. In mir bildete sich die Überzeugung aus, daß mich die Nation, die für mich etwas wie ein Wesen ist, das aussieht, als fordere es mancherlei von mir, am besten versteht, d. h. am ehesten billigt, wenn ich sie anscheinend unbeachtet lasse. Brauche ich dem Minotauros Verständnis entgegenzubringen? Weiß ich denn nicht, daß er hiedurch fuchsteufelswild wird? Er bildet sich ein, ich vermöge ohne ihn nicht zu sein; die Sache ist die, daß er Ergebenheit nicht verträgt, wie er z. B. Anhänglichkeit zu mißverstehen geneigt ist. Ich könnte die Nation auch als mysteriösen Langobarden betrachten, der mir um seiner, wie soll ich sagen, Unerforschtheit willen, zweifellos einigen Eindruck macht, was meiner Ansicht nach vollauf genügen dürfte.

Alle diese irgendwie aufgerüttelten Nationen stehen ja wahrscheinlich vor den und den, dank- oder undankbaren Aufgaben, was für sie außerordentlich gut ist. Ich meine, daß man vielleicht nicht allzu sehr sein soll, was man ist, lieber nicht zu stark von Tauglichkeit strotzen. Das auf einen sanftgewölbten Hügel gebettete Taugenichtsproblem ist vielleicht einiger Beachtung wert. Aus dem regelmäßig atmenden Inhalt des Nibelungenliedes ragen Recken empor, und ich kann dem Gedicht, dessen Entstehung eigentümlich ist, meine Achtung nicht versagen.

Wenn ich, was mir hier aus Wissen und Unbewußtheit entstanden ist, für ein Labyrinth halten kann, so tritt ja nun der Leser gleichsam theseushaft daraus hervor.

Meines Wissens gab es einmal einen Dichter, der sich als ein außerordentlich zartsinniger Frauenbegleiter auswies

Meines Wissens gab es einmal einen Dichter, der sich als ein außerordentlich zartsinniger Frauenbegleiter auswies, indem er die mutige und zugleich humane Aufgabe übernahm, Fliegen usw., also etwas Belästigendes unschädlich zu machen, das sich der* Empfindlichen an sommerlichen Spaziergangsabenden auf den mit einer Bluse bekleideten Rücken gesetzt hatte. Wenn dieser Dichter eines Nachts mitten im glühendheißen Winter auf eine seligeisigkalte und abwechslungsreich-monotone Art einen Wohnraum andichtete, den eine gelbe Lampe mit ihrem höchst rätselhaft weichen, lieben Licht schmückte und erheiterte, so schließt dies durchaus nicht aus, daß ihm Romane mit spielender Leichtigkeit gelangen, die nichts als langgezogene, damaszenerklingenähnliche lyrische Töne und nichts als eine arabeskische Ornamentik, demnach eine Art Spinngewebe oder eine Teppichweberei zu sein schienen. Die Verleger zögerten jeweilen sehr, die anscheinend epischen Produkte in den Rahmen ihres Vertriebs übergehen zu lassen, da das Prüfen und Lesen derselben sie in hohem Maße anstrengte und sie auf den Einfall kommen mußten, sich zu sagen, beim allfälligen schätzenswerten Abnehmer sei dies wahrscheinlich ebenfalls der Fall. Der Dichter dichtete in einem Schloß romanähnliche Gedichte, kolossal zierliche Zusammengeschobenheit[en] von durchweg abenteuerlichem Charakter, die mitunter förmlich vor Zuckerung aufschrien, womit sie gesalzen und gepfeffert worden waren. Er besaß die behendesten Beine, womit sich je ein Angehöriger der Schriftstellerzunft ausgestattet sah, und

* »den«

mit Hülfe dieses Marschwerkzeuges legte er von Zeit zu Zeit diejenigen Strecken zurück, die nötig sein mochten, um bis dorthin zu gelangen, wo seine schönen Essays entsprangen, die mit Expansivismen in's Novellistische gespickt waren wie ein Braten mit Speckmümpfelchen, damit er um so genehmer munde. Hinwiederum reimte und schleppte er Novellen zusammen, die mit ihren kristallklaren Wahrheiten eine Tropfsteinhöhle voll Analysen bildeten. Wegen all [der] witzübersäten Seiten, die dieser Dichter schrieb, der, sobald er dichtete, zum Schriftsteller wurde, wenn er aber schriftstellerte, einen Dichter aus sich machte, bekamen Damen Wehmutanfälle, um sich anderseits die Erholung zu gönnen, über seine Ernsthaftigkeit zu witzeln, die ihnen offenbar ebenso lächerlich vorkam, wie seine Lächerlichkeiten sie mit Nachdenklichkeit umspann[en] und umschlang[en], je nachdem [man] es gesagt haben will. Das Merkwürdige war, daß er allen als eigentümlich erschien, obschon sie ihn einen auserlesen Gewöhnlichen nannten, und daß er der fortwährend Verschollene blieb, obschon sich keiner so häufig bemerkbar machte wie derjenige, der mit seinem Mund Trompetenstöße von sich gab. Sich selbst hielt er für sehr bescheiden und wenn ihn die anderen anders sahen, als wie er war, und er sich selbst so sah, wie ihn kein anderer anzuschauen und zu bewerten jemals in die Lage kommen zu können geglaubt haben würde, so hieß er einst mit Recht der Rätselhafte. Blieb er unbegriffen, weil man ihn zu leicht begriff? Wurde man nie mit ihm fertig, weil man leicht mit ihm glaubte klar geworden zu sein? Die Bedeutenden erklärten ihn für bedeutend, den Unbedeutenden kam er unbedeutend vor, anstatt daß es umgekehrt gewesen wäre, immerhin bedeutete er irgend etwas, aber niemand wußte, was, und um sich zu beruhigen, bezeichnete man ihn als Schlafmütze, und doch war er kein eigentlicher Faulpelz. Er schien seine Dichtungen, die Rechnungsauszügen glichen, schlafend hervorgebracht zu haben. Er benahm sich vielfach steif, legte aber um so mehr Flüssigkeit in seine Dramen, die zunächst bloß in seinem Kopf existierten, worin er sich ab und zu einbildete, man bilde sich um seinetwegen hie und da irgend etwas ein. Seine Häßlichkeiten wurden als Schönheit taxiert; seine Schönheit(en) war(en) unausstehlich häßlich. Die, die ihn belächelten, wurden häßlich, die aber, die ihn faßten*, durften glauben, sie seien schön. Auch mir ist er jetzt, weil ich über ihn in's Klare zu kommen versucht habe, unbekannt. Er lauert scheinbar immer sich selbst auf, ob's vorteilhaft sei, auf sich zu lauschen, ob eine Möglichkeit vorliege, sich auszusaugen. Ich nenne ihn seinen Vampir. Man nimmt ihn, weil er sich schon so lang seziert, kaum noch wahr. Ob ich da phantasiere, und er verführt mich dazu? Daß dies Verführtwerden zu etwas führt, führt dies Blatt vor, denn mir ist, als habe er es geschrieben. Weil mich eine Schlafmütze beschäftigte, schlafe ich, das Fertiggewordensein mit gewissem bedeutet ein Erwachen. Viele ermüdeten schon an ihm. // Wer ihn wecken will, schläft ein. Sobald ihn niemand kennt, wird er erst zum Erkennen seiner selber kommen. Die ihn kennen, werden bewußtlos, als liege er am Fuße eines Glasberges und [... ...]. Warum sich mit ihm befassen?

* »haßten«

Ohne mich lang zu besinnen, nenne ich ihn Olivio

Ohne mich lang zu besinnen, nenne ich ihn Olivio, den ich gewissermaßen einen Stümper sein lasse. Beim Bataillon war er seinerzeit der Heiterste. Über die Art seiner Geringfügigkeit würde man übrigens vielleicht streiten können. Um mich märchenhaft zu gebärden, deute ich an, daß dieser Olivio über eine gewisse törichte Gescheitheit und eine superkluge Dummheit verfügte, was sich eigentlich von sämtlichen Menschen sagen läßt, indem irgendein Beliebiger nie mit Genauigkeit weiß, wo seine Intelligenz aufhört und seine Unwissenheit beginnt. Da Sehen und Blindsein zusammenhängen und die Aufklärung ebensogut eine offene wie geschlossene Vernunfttür(e) sein kann, wage ich zu behaupten, seine Größe sei die eines Tannzapfens gewesen, oder erkühne ich mich vielleicht sogar, anzunehmen und glauben zu machen, er habe Ähnlichkeit mit einer Stecknadel gehabt. Letzterenfalls würde man seine Schlankheit nicht haben in Zweifel [ziehen] können. Eines Tages begab er sich samt der Unerheblichkeit seines Aussehens auf eine Reise, deren Ziel die Frau war, nach der er sich sehnte. Der Knirps leistete in Bezug auf Sehnsucht Bedeutendes, was schlankweg ausgesprochen werden darf. In herrlicher Behaglichkeit lag das schöne große Wesen irgendwo langausgestreckt auf einer Wiese oder grünem Teppich da, und für Olivio handelte es sich zunäch[s]t um eine anfängliche Kletterpartie, um in die Welt hinaufzugelangen, worin ihm beschwerliche Wanderungen bevorstanden. Die Füße der Frau, nach der sich die Seele Olivios sehnte, waren mit Zuhilfenahme von Seilen, Leitern usw. erstiegen worden. Zu einer Merkwürdigkeit gestaltete sich das Passieren eines rosigschimmernden Engpasses, und nun dehnten sich zwei nebeneinander liegende, riesige Säulen vor seinem in die Ferne schauenden Gesicht aus. Das waren ihre Beine, falls die Schicklichkeit dies ohne Umschweife zu sagen erlaubt, was ausnahmsweise zutreffen dürfte. Diese beiden wunderschönen Stangen, als welche man sie womöglich bezeichnen darf, besaßen bei allen natürlichen Verschiedenheiten die geheimnisvollste, sprechendste Ähnlichkeit. Ist nur die Natur selbst imstande, in ihren Schöpfungen so frei und so streng zu sein, sich nichts und alles zu erlauben, Abweichungen vom Maß spüren zu lassen, ohne sich aus den Grenzen des Maßgebenden zu entfernen? Nachdem der Wanderer, oft vielleicht aus Freiluftvergnügen ein Lied intonierend und seinen Spazierstock schwingend, eine anscheinend stark in Frage kommende Strecke zurückgelegt hatte, befand er sich vor einer Erhebung, die er sogleich zu besteigen begann und auf der [er] eine entsprechende Weile von seinen bisherigen Anstrengungen ausruhte. Olivio stand oder saß jetzt auf einem der beiden Knie der Frau, die sich ihrerseits mit Absolvieren eines Mittagschläfchens beschäftigte und daher vom Besuch, der ihr galt, keinerlei Notiz nahm. Ihre Nase glich im Vergleich mit der Gestalt Olivios einem Gebirge, was ich um der Orientierung willen hervorhebe, worin sich der Leser notwendigerweise befinden muß. Nun aber ging's allmählich weiter. Tage gingen hin. Nächte, die mit schwarzen Tönen verglichen werden können, breiteten sich über des Verzagensüberwinders Kopf aus, als er, seinen Appetit hie und da, so gut es eben ging, befriedigend, vor einer scheinbar geradezu kolossalen Anhöhe anlangte, deren Anblick ein Meer von Bedenklichkeit in seinem zarten Herzen erzeugte, worin [sich] die tiefste* Sehnsucht in überaus humorvoller Form aufhielt. Die Menschen, ich meine speziell die Gebildeten, halten Humor nach wie vor oder besser, mehr als je zuvor, für etwas sozusagen Nichtiges, Sündvolles. Man füh[l]t aber nicht immer künstlerisch. Dies bloß nebenbei, damit nicht gedacht wird, der Verfasser treibe hier lediglich

* »leiseste«

Allotria. Die Erklimmung der gewaltigen Anhöhe nahm die Gesamtenergien Olivios in Anspruch. Je weiter hinauf er kam, um so mehr wuchs seine Sehnsucht, die vor Ungezwungenheit strahlte. Es finden sich heute Angehörige unseres Zeitalters, die sich aus der Sehnsucht nach ihrer Geliebten etwas wie eine mord[s]mäßige saure Pflicht machen. Olivios Sehnsucht jedoch war von jedem Pflichtmäßigen vollständig frei. Er sehnte sich nach der Frau seines Herzens aus Vergnügen, nicht aber deshalb, weil sich dies so gehörte. Vor seinen staunenden Augen dehnte sich nunmehr eine Art Hochplateau aus, die sich durch eine runde Einsenkung auszeichnete, in deren Öffnung er eine Zeitlang fröhlich und zugleich nachdenklich hinunterschaute. Als er sich nach einer Weile von dieser besonderen Art Studium erholt hatte, sah er mit wünschenswerter Deutlichkeit ein, es treibe ihn weiter, so gehorchte er denn seinem schönen Drang und stand nach Verlauf von so und so viel Zeit vor einem neuen und noch höheren Berg, als es die bisher erlebten gewesen waren. Aber auch mit dieser noch nie dagewesenen Schwierigkeit wurde er, ruhig und munter ausschreitend, fertig. Jetzt hat er den himmlisch-senkrecht in die Höhe ragenden Busen der Ruhenden bestiegen und damit einen Aussichtspunkt von unerhörter Ausgiebigkeit erreicht. Prächtig schaute es sich vom hier gewonnenen Standpunkt aus auf die rund herum prangenden Formen herunter. Kalt ist die Luft freilich mitten in einer solchen Erhabenheit, aber Olivio bezieht ja genügend Wärme aus dem Glutreservoir seiner denkbar aufrichtig empfundenen Sehnsucht, die bei ihm nicht im mindesten gewollt, sondern in jeder Hinsicht naturhaft ist. In großer Ferne sah er, um mich wieder des Erzählungstons zu bedienen, ein entzückend schönes, großes, hügeliges Land, das im Antlitz der Frau bestand, nach der er sich Tag und Nacht, wenn auch vielleicht nicht gerade fieberhaft, sehnte. Alles allzu Tiefe, Ernste blieb ja seines Lebens freiem Naturell fremd. Ihre Augen schimmerten zu ihm wie zwei bläulich lächelnde Seen herüber.

Schon nur diese einzige Tatsache mußte ein Glück für ihn sein, der sich übrigens am Glück nie gänzlich sattzufühlen pflegte, damit sein Gefühlsleben beständig lebendig bleibe, es sich vom Gegenstand nicht aufreiben lasse. Der Abstieg von der übereinander getürmten Felsenfestung bedeutete ein Erfolg, den er über zahllose Mühen wie spielend davontrug, wobei meine Reisebeschreibung in die Manier fällt, mit Kräften, Künsten und Gewandtheiten zu schimmern wie mit einem teuren kostbaren Gewand, das sich mir um die Schultern zieht, das sich vor Selbstkontrollierung anzuklammern nicht nötig hat. Immer war Olivio bei allem diesem Erleben, das vielleicht verdient, daß man's ein seltsames nennt, allein. Wächst, gedeiht denn die Sehnsucht nicht im Alleinsein weitaus am besten, bi[l]det sie in solchem Zustand nicht die vortrefflichste Gesellschaft, die man sich auszudenken vermag? Er, der sich in einem fort treuherzig sehnte, kam wegen Unterhaltung, Zerstreuung usw. nie in die kleinste Verlegenheit. Immer hörte er ihre liebe, feine, lispelnde Stimme, und immer war sie ihm ebenso nah wie fern, ebenso greifbar wie nie zu erreichen. Sie sang, aß, spielte, schritt, tanzte, schlief in ihm. Er lachte ihr Lachen, seufzte ihr Seufzen. Freute er sich, so war's ihre Freude, nicht seine und doch wieder seine ureigene, da sein sich nach ihr sehnendes Wesen ganz in dem ihrigen aufging, er sich ihr Dasein zu seinem eigenen gemacht hatte. Ob er das tun durfte? Komische Frage, da doch jenes Sehnen gewiß sein eigenes war. Nicht außer acht darf gelassen werden, daß er sich, wenn ihn zeitweise die Müdigkeit überwältigte, an irgendeinem netten Plätzchen in's Moos hinlegte, damit ihm der ungestörte Schlaf die Kräfte wiedergebe, die er angewandt hatte und derer er bedurfte, um weiterzuwandern, sich immer wieder von neuem und frischem nach der Ersehnten zu sehnen. Ich glaube an das Qualitative dieses Prosastücks mit der Festigkeit eines nicht beiseite zu schiebenden Felsblocks. Übrigens ist meine Art zu denken stets von einiger schmiegsamer Weichheit. Beispielsweise werfe ich nun die Frage auf, ob Liebe und Sehnsucht ein und dasselbe seien, und ich antworte hierauf: ganz gewiß nicht. Man kann lieben, ohne sich im mindesten nach dem geliebten Gegenstand zu sehnen. Lieben ist ein Besitzen, ein vollkommenes Zufriedensein, Genügen, ein ideales Vergnügtsein, während Sehnen sich mit dem lediglichen Lieben nicht begnügt, den Gegenstand nicht besitzt. Von Olivio läßt sich sagen, daß er teils klug genug war, echt und stark zu lieben, andernteils sich zur Dummheit des Sehnens bekannte, die zweifellos eine sehr feine und schöne Dummheit ist, nämlich die Dummheit des verfeinerten Menschen, die Unklugheit des Klugen, die begreifliche, verzeihliche Schwäche des Empfindenden, der aber ebensoleicht stark als unzuverlässig oder schwankend empfinden kann. Sein Tempo war auf der Wanderung oder während der Sehnsucht zur Frau, die er liebte, ein verhältnismäßig langsames, und er genoß seine Langsamkeit wie eine Melodie. Auf das Tempo des Gehens, des Lebens, des Schriftstellerns usw. kommt meiner Meinung nach viel an, und ich bin überzeugt, daß es Manuskripte gibt, die ein Schicksal haben, und daß im Gebiet ihrer Herstellung wieder welche vorkommen, die diesen besonderen Wert vermissen lassen. Er war nun bei ihrer Halsfläche angekommen, auf der es Hindernisse in Form schwellender, jauchzender Perlen zu überqueren gab. Der Aufstieg auf's Kinn wickelte sich ohne erwähnenswerte Beschwerde(n) ab. Als eine blühendjunge, von Heiterkeiten besonnte Gegend lag jetzt ihr Mund vor der immensen Zartheit seines allzeit aufmerksam arbeitenden Gewissens, das ja vielleicht die Quelle des schönen Daseins für uns ist. Immer eigenartiger, bedeutender öffneten sich vor ihm die Landschaften, wie z. B. das Ohr, in dessen Inwendigkeit er unverzagt hineindrang, und einen Augenblick lang be[w]egte sie sich, spürte sie seine suchende, sammelnde, munter atmende Gegenwart. Eine Frau, die sich so vieler Ungestörtheit erfreute, gab es noch nie. Auch die sich lang und schmächtig hinwindenden, -ziehenden Gebiete der Arme und Hände wurden vom Ausflugfreudigen mit dem hiezu erforderlichen Andachtaufwand besichtigt. Die Hand, als er sich innerhalb ihrer Ausdehnung befand, wollte sich über ihm zusammenziehen. Glücklicherweise vermochte er rechtzeitig zu entwischen. Seine kleine Figur gestattete ihm, von der minimalsten Durchgangsmöglichkeit Gebrauch zu machen. Welcher junggebliebene Schriftsteller wäre imstande, das Waldhafte, Gestrüppige, beinah Undurchdringliche ihres reichen durcheinander[ge]schlungenen Haars zu beschreiben, durch das er sich, um zur Stirn zu gelangen, hindurcharbeitete, wo er sich zunächst, über die Gefilde ihrer Wangen blickend und sich an [der] Geglücktheit des Ereignisses weidend, hinlagerte*, als befände er sich in einer Art Arkadien, wo die Sehnsüchte denkbar kultiviert sind. Die Figur Olivio will plastisch dartun, daß der Sehnsüchtige klein ist. Liebe schlechtweg ist groß, und Sehnen ist das Kleine. Wenn der Große sich sehnt, wird er klein. Olivio wurde abwechselnd kleiner und größer. Da er sich seiner Liebe zur Frau bewußt war, konnte er monatelang leben, ohne auch nur eine Minute mit seiner Seele ein wenig bei ihr zu sein. Er war über sich selbst und was ihn bewegen mochte in jeder Hinsicht Herr, Gedankenwege, zu deren Beschreitung mir das Buch eines Freundes Anlaß gab, den ich bitte, sich mit dieser individuellen Art, auf sein Werk zu sprechen zu kommen, mit Zuhilfenahme seines guten Willens einverstanden zu erklären. Ist denn die Frau, nach der man sich sehnt, nicht in der Tat schön, wie sie sich so um nichts kümmert? Warum sollte sich der Sehnende zu sehr nach ihr sehnen? Gestattete ich ihm das? Ich meine, wenn einer sich in einem fort sehnt, so riskiert er ja, die Fähigkeit, sich mit der gebührenden Intensität zu sehnen, einzubüßen. Darf das sein? Wäre es, wenn es geschähe, richtig, die Frau, nach der man sich sehnt, wie der Titel des Buches lautet, wie eine Frage [zu] ver-

* »hinlegte«

stehen? Ich traue ihm den nötigen Vorrat an Einsicht zu. Eine Fülle von Ablenkungen hindern den, der sich sehnt, es schroff zu tun, und wie gut ist das für ihn. Ist's nicht auch für sie gut? Genannte ersuchte die Schauspieler: »Nehmt's gelinde!«

Die leichte Hochachtung

Ich schreibe hier ein Prosastück, worin ich jeden Satz mit einem selbstbewußten Ich anfangen will.

Ich mache hierzu ein sehr ernstes Gesicht.

Ich bilde mir ein, ich hätte vielleicht Anlaß, mir bezüglich des Gedeihens des Buchgeschäftes insofern einen Vorwurf zu machen, als ich durch eifriges Schreiben in die täglich erscheinenden Blätter, von denen man sagt, sie bedeuteten die Welt, dazu beitrage, daß das Interesse von der gehefteten und gebundenen Literatur abgelenkt und auf die gleichsam einzeln umherfliegende hindirigiert wird.

Ich behellige aber anderseits die Herren Bücherherausgeber oder Verleger in keiner Weise mit Anfragen, ob sie geneigt seien, spesenverursachende Editionen zu riskieren, indem ich Inhaber eines Nachrichtenetablissements bin, das mich mein Auskommen finden läßt.

Ich schrieb schon seit langer Zeit keinen Brief mehr, worin die Äußerung Aufstellung gefunden haben würde: »Bitte um wenn nicht sofortige, so doch möglichst förderliche Gewährung eines merklichen Vorschusses.«

Ich erblickte gestern um die Mittagszeit ein Kind, nein, zuerst eine junge, schlank gewachsene Frau, dann erst das Kind, das das Kind der erwähnten Frau zu sein schien, und das ich anlächelte, und das mir seinerseits ein Lächeln schenkte, wonach ich die Frau Mama mit einer leisen Anlächelei gleichsam grüßen zu dürfen glaubte, die dieselbe artig erwiderte.

Ich meine, es sei hübsch, eine mitmenschliche Erscheinung wahrzunehmen, die der Figur, in deren sorgfältiger Begleitung sie geht, was Gewachsenheit betrifft, kaum erst bis ans Knie reicht.

Ich bin überzeugt, daß man Augen haben muß, die ans Aufmerksamsein gewöhnt sind, um solche nahen und zugleich fernen, solche einfachen und zugleich merkwürdigen Alltagssächelchen zu sehen, die in ihrem immerwiederkehrenden Sichgleichbleiben etwas Köstliches enthalten.

Ich entfaltete heute früh die Morgenzeitung und widmete der Welt der Inserate so viel Zeit, wie nötig war, zu verschiedenen interessanten Feststellungen zu gelangen, wie zum Beispiel dazu, mir zu sagen, daß die Kinos durch Aktualität einen Vorsprung gegenüber dem Theater hätten.

Ich kam zur Beobachtung, daß berühmte Stücke sowohl in erstgenannter wie in nachher angeführter Institution gespielt werden, und ließ mich verleiten, zu glauben, daß das Theater große Opfer zu bringen genötigt sei, indem es sich an eine Tradition gebunden sähe.

Ich werde vielleicht nur ein einziges Mal während der gesamten laufenden Saison ins Theater gegangen sein, wenn sie zu Ende ist und der Frühling samt seinen Liebenswürdigkeiten herannaht.

Ich bin entschlossen, auch in diesen Tagen ein Haus unbesucht zu lassen, das der Kunst dient, und worin auch noch ein Gast von Bedeutung auftritt, damit er in einer Rolle erblickt werde, die zu aktuell ist.

Ich spreche folgende Glaubenswürdigkeit oder Wahrscheinlichkeit aus: allzu starke Aktualitäten sind beinahe ein wenig lästig, vertragen sich nicht mit dem Genuß und der Inempfangnahme des Lebens oder, mit anderem Wort, der Wirklichkeit.

Ich darf übrigens die zweifellos willkommene Bemerkung aufwerfen, daß ich Frauen sehr verschiedenartig anblicke, womit ich sagen will, daß es mir gefällt, Unterschiede zu machen.

Ich passe mir sehr, dadurch, daß mir das so paßt, und wenn ich nunmehr zum Theater zurückkehre, d.h. nochmals anfange von ihm zu sprechen, so dauert es mich beinahe, weil es mitansehen muß, wie ich ihm meine Anwesenheit huldvoll entziehe.

Ich glaube das Gefühl haben zu dürfen, das Theater warte gleichsam auf meine Anteilnahme, indem es hoffe, ich würde zu bewegen sein, ihm vor dem Kino den Vorzug zu geben, dessen Vorführungen mich hauptsächlich um ihrer Weltgeschichtlichkeit willen sozusagen zu bezaubern imstande sind.

Ich verstehe hierunter etwas Distanziertes, Abgetöntes, und dann berührt mich die Technik im Kino als etwas ungemein Einnehmendes, und dann die Schnelligkeit, dieses graziöse Vorüberhuschen der Bedeutungen, als sitze man abends beim Lampenlicht in einer Herberge oder in einem Kloster oder in einer Villa oder in einem Einfamilienhaus am Tische und blättere in einem Bilderbuch, das voll unaussprechlichen Lebens ist.

Ich zolle dem Theater übrigens, wie ich sagen darf, hohe Achtung, kenne jedoch anderseits einen Sofasozialisten, der offenherzig genug war, mir das Geständnis abzulegen, er vernachlässige das Theater, trotzdem demselben seine Frau Gemahlin als ausübendes Mitglied angehöre, total.

Ich frage mich, wie kommt ein Gebildeter, wie er einer ist, zu solch einer Sprechweise, und ich beantworte diese Frage dadurch, daß ich mich bewogen wähne, zu glauben, daß er zu denjenigen gehört, die die gesamte dramatische Literatur Wort für Wort kennen.

Ich sage mir, derlei Angehörige der Jetztzeit seien gleichsam theaterlich übersättigt, und sie sähen sich lieber irgendeinen mit Blüten bedeckten oder mit Schneeflocken verzierten Baum an, als daß sie mitanzusehen und zu hören Lust haben könnten, wie etwa Doktor Faust zum Gretchen sprechen würde: »Mein schönes Fräulein, darf ich wagen«, indem sie diesen Ausspruch zum soundsovielten Mal in ihrem Gedächtnis zu vernehmen Gelegenheit hatten.

Ich wage kaum zu sagen, daß das Theater mit Veraltetheiten zusammenhänge, da dies, wie manches Sonstige, schicksalshaft ist und es Neuheiten geben kann, die zu neu sind, und das

Theater eine womöglich noch zu junge, zu unabgeschliffene Existenz hat, es gegenüber dem jungen, erste Schritte probierenden Leben sozusagen etwas schonungslos, grell, hart, mithin etwas aufdringlich wirkt.

Ich will diesem Aufsatz erlauben, zu Bett zu gehen, als sei er ein Knabe, den man gern beizeiten schlafen schickt.

Ich bediene mich bei allerlei Anlässen der sogenannten leichten Hochachtung.

Einmal lebte ein für ernste Menschen Lustigkeiten dichtender Spaßmacher

Einmal lebte ein für ernste Menschen Lustigkeiten dichtender Spaßmacher, der hie und da keine Spaßhaftigkeiten fand. Einige nannten ihn einfachheithalber die lustige Person, die Tag und Nacht, will sagen das ganze Jahr lang nichts als Munterkeiten aus der Tasche hervorziehe. Dem lustigen Dichter kam jedoch die gute Laune äußerst rar vor, die er daher enorm schätzte. Keinem von den zahlreichen Ernsthaften kam in den Sinn, daß die Lustigkeiten des Lustigmachers auf dessen Ernsthaftigkeiten beruhten. Sie meinten etwas, und die lustige Person besaß ihrerseits auch so ihre Meinungen. Die Ernsthaften meinten, der Lustige sei nichts als in einem fort gut aufgelegt, und der Spaßmacher hielt die Ernsten für durch die Bank ernst. Beide Teile schienen sich zu irren. Der keineswegs immer lustige Spaßhafte kniete eines Tages in aller Ernsthaftigkeit vor seiner Geliebten, und den Ernsthaften, die diesen Auftritt mitanzusehen Gelegenheit hatten, kam derselbe kolossal komisch vor. Wenn ein Komiker liebt, so handelt sich's um eine Komikerliebe, die jedoch womöglich dem Komiker absolut nicht komisch vorkommt. Wie wurden die Ernsthaften beim Anblick des komischen Liebens und Kniens unernsthaft! Als sie den Lustigen ein überaus ernsthaftes Gesicht machen sahen, schüttelten sie sich vor Lachen. Die Geliebte schaute aber den Lustigen nicht lustig, vielmehr ernst an, da es nichts Lustiges ist, geliebt, mit andern Worten, ernst genommen zu werden. Während sich Ernsthafte lustig zu sein bemühen, trachtet der Lustige nach nichts so emsig wie nach der Ernsthaftigkeit, was die Ernsthaften manchmal einfach nicht begreifen. Vielleicht sind im Grund Unernsthafte ernsthafter als Ernste, indem sie eher Lachen machen als selber lustig sind, und indem Ernste jedes bißchen Anlaß, vergnügt zu sein, mit lächerlicher Geschwindigkeit begrüßen. Indem der Lustige vor seiner Geliebten kniete, machte er sich bei den Ernsthaften lächerlich, aber sein Entzücken war nichtsdestoweniger ernst und schön. Die Ernsthaften stellen sich den Flausenmacher voll(er) Flausen vor und kommen letzterem insofern lustig vor, als sie jede seiner Flausen bereitwillig begrüßen, die er sehr seriös prüft und wägt. Plötzlich wurden die Ernsthaften über den Lustigen wütend, dem ihre Unzufriedenheit komisch vorkam. Als sie ihn nicht mehr lachhaft fanden, lachte er sie aus, und als sie das nun so sahen und dumme Augen dazu machten, machte er gescheite Augen, und sein Gesicht kam ihnen plötzlich enorm klug vor. Sie lachen über die Lustigkeit, weil sie ihnen dumm vorkommt. Kommt ihnen aber die lustige Person gescheit vor, dann ist's mit der Dummheit ihres Lachens aus. Lachen ist an sich immer etwas schrecklich Dummes. Das Lachen ist ein Mittel der Erziehung zur Dummheit. Lachen sieht schön und die Schönheit sieht dumm [aus], und die Dummheit ist an sich etwas kolossal Gescheites. Man muß dumm sein, um das nicht zu wissen. An der Dummheit des lustigen Dummkopfs wurden die, die ihm zuschau[t]en, einfach dumm. Sie drehten sich auf ihren Absätzen herum und gingen, und das taten sie deshalb, weil sie plötzlich zu dumm geworden waren, um dumm zu sein. Man muß nämlich gescheit sein, um über Dummheit dumm lachen zu können. Sie kamen sich, als sie sich nicht mehr dumm vorkamen, lächerlich vor. Wenn Ernsthafte ernst werden, meinen sie, sie seien dumm, und wir können sie deswegen auslachen. Vor lauter Dummheit fäll[t] mir jetzt nichts Dummes mehr ein. Alles Dumme stammt aus der Klugheit. Daher gelingt ja öfter einem Dummen, was kein noch so Gescheiter fertig bringt, beispielsweise glücklich [zu] sein.

Eine Art Erzählung

Ich weiß, daß ich eine Art handwerklicher Romancier bin. Ein Novellist bin ich ganz gewiß nicht. Bin ich gut aufgelegt, d.h. bei guter Laune, so schneidere, schustere, schmiede, hoble, klopfe, hämmere oder nagle ich Zeilen zusammen, deren Inhalt man sogleich versteht. Man kann mich, falls man Lust hiezu hat, einen schriftstellernden Drechsler nennen. Indem ich schreibe, tapeziere ich. Daß mich einige freundliche Menschen für einen Dichter meinen halten zu dürfen, lasse ich mir aus Nachgiebigkeit und Höflichkeit gefallen. Meine Prosastücke bilden meiner Meinung nach nichts anderes als Teile einer langen, handlungslosen, realistischen Geschichte. Für mich sind die Skizzen, die ich dann und wann hervorbringe, kleinere oder umfangreichere Romankapitel. Der Roman, woran ich weiter und weiter schreibe, bleibt immer derselbe und dürfte als ein mannigfaltig zerschnittenes oder zertrenntes Ich-Buch bezeichnet werden können.

Ein betagter, also bereits alternder oder in der Tat schon ziemlich, d.h. eher gänzlich alter Mann, dem ein gutherziger, folgsamer Kammerdiener jeden Morgen das silbrigschimmernde Haar bürstete oder kämmte, glaubte sich berechtigt, zu denken und jederzeit ungeniert auszusprechen, zwei Menschen seien seine Söhne, die sich von zwei sehr verschiedenen Seiten zeigten. Irgendwer liefert mir hier ein sicher sehr erbauliches, hübsches Motiv, worüber ich mich einstweilen nicht offenbaren will. Wer ist's, der mir einen reizenden Stoff zur Bearbeitung darbietet?

Ich vermöchte mir einzubilden, ich befände mich in einem alten, nichtsdestoweniger hellen, sonnigen, frohmütigen Zimmer, das mit einem Ofen aus ehemaligen Zeiten ausstaffiert sei, auf dessen Platten, aus denen er sich zusammensetze, ich eine Geschichte abgebildet sähe, indem mich Bild für Bild in einen interessanten Vorgang blicken ließe.

Das erste Söhnchen ist schön, zugleich aber verhältnismäßig leider liederlich, während sich der zweite Sprößling, bei nicht allzu stattlicher äußerer Erscheinung, will sagen nicht sehr vorteilhafter Gestalt, durch Solidität hervortut. Der erste Abkömmling wandert in die Ferne und Weite, indes Nummer Zwei hübsch säuberlich, dienlich und artig zu Hause bleibt, wo die Geliebte des ersteren Gelegenheit in Hülle und Fülle hat, lebhaft, ich meine sehnsüchtig an die Aufunddavongelaufenheit, mit andern Worten, den Feurigen und Idealistischen zu denken, der jetzt aller Wahrscheinlichkeit nach arm und verlassen im Ungewissen umherirrt. Wie die Personen heißen, will nicht ausgeplaudert sein.

Der mit allen merklichen Gaben Ausgestattete hat vielleicht jetzt hie und da nichts zu beißen und brechen, womit essen gemeint sein könnte. Sein Anzug fängt womöglich nach und nach an, Beweise von Vernachlässigung zu bekunden, und ob er dazu komme, sich regelmäßig rasieren zu lassen, kommt sowohl ihm selbst wie seiner daheimgebliebenen Freundin, die von empfindsamer Art ist, fraglich vor. Sie liebt ihn jedoch um solcher interessanter Fragwürdigkeit willen noch mehr. Der alte Stammhalter oder -vater zieht das Mädchen mitunter in den Bann oder Kreis oder in den Rahmen einer Unterhaltung, wobei ihm einfallen kann, zu sagen: »Mein Sohn sehnt sich, nach Hause zu kommen, und indes ihn diese an sich gewiß prächtige Eigentümlichkeit zu einem von oben bis unten Gefühlvollen macht, wandert er durch ehemals reich und mächtig gewesene, nunmehr aber halbzerfallene, jedes kunstverständige Auge ihrer Ruinenhaftigkeit wegen entzückende Städte, oder er klettert über Halden und Abhänge, trifft im Vorbeimarschieren in zweifelhafter, buntzusammengewobener Gesellschaft Einwohner an, die irgendeine Kommission auf ihren Achseln mitfortzutragen scheinen und sieht sie in die und die imposanten oder unauffälligen Türen treten. Wo bist du nun, Hoffnung meiner Hinfälligkeit?«, und er ringt, falls man das für glaubhaft halten mag, seine Hände, und Fräulein wissen nichts Besseres zu tun als ihn, was klägliche Aufführung anbelangt, nachzuahmen. Abend ist's; der andere Sohn erlaubt sich, ungefragt ins stille, hohe, ruhige Gemach hereinzutreten. »Fort mit Dir«, rufen ihm beide wie aus einem einzigen Munde zu. »Was?« entgegnet er und nimmt eine dreiste Haltung an, und alle drei staunen wie über sich selbst, stehen in sehenswerter Bewegungslosigkeit da, sprechen keine Silbe, bis sich das Mädchen, um ihrer Seele den Frieden zu schenken, den sie in jeder Hinsicht nötig hat, ans Klavier setzt und mit einer Gehobenheit und Herrlichkeit spielt, die man voraussetzt.

Das Haus, worin sich alles dies zuträgt, steht seit alten Zeiten in einem weitläufigen, von zahlreichen Wegen durchkreuzten, mit mannigfaltigen Gewächsen bepflanzten Garten. Andern Tages meldet sich ein Unbekannter, dessen Antlitz vorsichtigerweise eine Maske bedeckt, beim Hausherrn an. Was er wünsche? –»Nicht viel«, läßt er sagen. – So möge er eintreten. Er tritt herein und erzählt, der von dem schönen Mädchen Begehrte und Ersehnte sei nicht mehr. Anstrengungen, genannt Strapazen, aller Art seien stärker gewesen als er, hätten ihn überwunden. Als der übrigens zweifellos vortreffliche Alte das Märchen vernahm, fiel er hin. Bediente sahen sich herbeizueilen veranlaßt, hoben ihn vom Boden auf, trugen ihn in sein Schlafzimmer, wo sie ihn sorgfältig, bis ein Arzt zugegen sein würde, zu Bett legten. Das Fräulein flog in ihr Boudoir, und der sehr gravitätische zweite Sohn, dieses, wie es schien, famose Früchtchen, tanzte im Empfangssaal einen Vergnügtheitstanz, wobei er allerlei Gelenkigkeit an den Tag legte.

Was sprach er anderes, als: »Jetzt bin ich Herr«, und guckt oder blinkt nun nicht gleichsam die Quelle durch, die mich nährt, die Matte, auf der ich mich hier sozusagen sattweide?

Sohn Nummer Eins erlebt inzwischen Verschiedenartiges und rastet eines schönen Nachmittags in der Haltung eines Ausruhenden auf einem von der Natur mit Idyllismus gezierten Hügel unter dem Laube von einigen in ordnungsreicher Unordnung den liebenswürdigen Platz belebenden Bäumen und denkt, indem er Besuch erhält, an die Freundlichkeiten seiner Knabenzeit, an die Lieblichkeiten des Familienlebens, an all das Gewinnende, das einst um ihn war. Der, der ihn besuchen gekommen ist, entdeckt ihm, sie liebe ihn nach wie vor. Der, der dies vernimmt, springt auf, läßt die Absicht verlauten, sogleich zu ihr zu gehen, damit er sie und sie ihn sähe, und in der Tat findet ein Wiedersehen statt.

Man wird gemerkt haben, daß mich Schillers »Räuber« ernsthaft werden ließen und lachen machten, die ich mir kürzlich wieder einmal zu Gemüt führte, die eine Dichtung quasi aus einem Gusse sind.

Ein paar Plakate, die mir gestern in der Bahnhofhalle auffielen, bedienten mich freiwillig bezüglich der Landschaftsdekorierung.

In manchen Zimmern finden sich sehenswerte Öfen.

Für die Katz

Ich schreibe das Prosastück, das mir hier entstehen zu wollen scheint, in stiller Mitternacht, und ich schreibe es für die Katz, will sagen, für den Tagesgebrauch.

Die Katz ist eine Art Fabrik oder Industrieetablissement, für das die Schriftsteller täglich, ja vielleicht sogar stündlich treulich und emsig arbeiten oder abliefern. Besser ist, man liefere, als übers Liefern bloß undienliche und übers Dienen plaudertäschelige Lavereien oder Diskussionen zu veranstalten. Hie und da dichten sogar Dichter für die Katz, indem sie sich sagen, sie fänden es gescheiter, etwas zu tun, als dies zu unterlassen. Wer für sie, diesen Kommerzialisiertheitsinbegriff etwas tut, tut es um ihrer rätselhaften Augen willen. Man kennt die Katz und kennt sie nicht; sie schlummert, und im Schlaf schnurrt sie vor Vergnügen, wer sie sich zu erklären sucht, steht vor einer undurchdringlichen Frage. Obwohl die Katz anerkanntermaßen etwas wie für die Bildung eine Gefahr ist, scheint man ohne sie nicht existieren zu können, denn sie ist die Zeit selbst, in der wir leben, für die wir arbeiten, die uns Arbeit gibt, die Banken, die Restaurants, die Verlagshäuser, die Schulen, das Immense des Handels, die phänomenale Weitläufigkeit des Warenfabrikationswesens, alles dies und noch mehr, falls ich, was in Betracht kommen könnte, der Reihe nach aufzählen wollte, was ich für überflüssig halten würde, ist Katz, ist Katz. Katz ist für mich nicht nur das, was für den Betrieb taugt, was für die Zivilisationsmaschinerie irgendwelchen Wert hat, sondern sie ist, wie ich bereits sagte, der Betrieb selber, und bloß das dürfte sich eventuell herausnehmen, nicht für die Katz bestimmt sein zu wollen, was sogenannten Ewigkeitswert aufweist, wie beispielsweise die Meisterwerke der Kunst oder die Taten, die hoch über das Summen, Brummen, Sausen, Brausen des Tages hinausragen. Was von Abneigung und Vorliebe, anders gesprochen, von der Katz, die gewiß ein eminentes Etwas ist, nicht verzehrt oder aufgegessen wird, das, so wird man sich einbilden können, sei bleibend, lande ähnlich einem Fracht- oder Prachtschiff im Hafen fernliegender Nachwelt. Mein Kollege Binggeli schriftstellert meines Erachtens nach in jeder Hinsicht für die Katz, obschon er äußerst anspruchsvoll schreibt und dichtet. In bezug auf die Katzlichkeit seines zweifellos an sich vorzüglichen Schaffens befindet sich Dinggeläri, dem eine hinreißend-schöne Frau ehelich angehört, der famos speist und ißt, täglich prächtig spaziert, eine romantisch gelegene Wohnung bewohnt, insofern in einem eklatanten Irrtum, als er in einem fort meint, die Katz mache sich nichts aus ihm. Während sie ihn als den Ihrigen betrachtet, gibt er sich Mühe, zu denken, sie halte ihn für ungeeignet, was keineswegs Tatsachen entspricht.

Ich nenne die Mitwelt Katz; für die Nachwelt erlaube ich mir nicht, eine familiäre Bezeichnung zu haben.

Oft wird die Katz mißverstanden, man rümpft die Nase über sie, und gibt man ihr etwas, so begleitet man diese Beschäftigung mit durchaus nicht wohlangebrachter Auffassung, indem man hochmütig sagt: »Es ist für die Katz«, als wären nicht alle Menschen von jeher für sie tätig gewesen.

Alles, was geleistet wird, erhält zuerst sie; sie läßt sich's schmecken, und nur was trotz ihr fortlebt, weiterwirkt, ist unsterblich.

Meine Bemühungen

Ich bin mit der Zeit für meine Verleger eine Bedenklichkeitsverursachung geworden. Einer von ihnen lud mich einmal ein, Novellen für ihn zu schreiben; mir ist aber vielleicht bis heute noch überhaupt keine einzige Novelle geglückt. Ich schrieb, als ich zwanzig Jahre zählte, Verse, und im Alter von achtundvierzig Jahren fing ich mit einmal von neuem Gedichte zu schreiben an. In vorliegendem Versuch, ein Selbstbildnis herzustellen, vermeide ich jedes Persönlichwerden grundsätzlich. Beispielsweise sage ich hier über Persönlichkeiten von Belang, denen ich auf meinem Lebenswege begegnete, nicht das Geringste. Dagegen spreche ich so genau, wie mir dies gelingen mag, über meine Bemühungen. Vermutlich besitze ich heute einen gewissen Ruf als Kurzgeschichtenverfasser. Vielleicht genießt die kleine Erzählung verhältnismäßig nur kurzatmige literarische Geltung. Darf ich übrigens den Leser herzlich bitten, überzeugt sein zu wollen, daß, was in diesen Zeilen meinem Mund entspringt, aus der guten Laune stammt? Ich spüre in diesem für mich angenehmen Moment, daß ich die Behaglichkeit selbst bin. Ich schriftstellerte bis dahin überhaupt stets sehr ruhig, obschon ich als Mensch mitunter unruhig zu sein imstande war. Nebenbei betont, besitze ich seit zirka fünf Jahren eine Geliebte, die ich womöglich nicht mit der bestqualitativen Liebe liebe. Von Zeit zu Zeit lese ich, offen gestanden, französisch, ohne behaupten zu wollen, ich verstände die Bücher, die in dieser Sprache geschrieben sind, Wort für Wort. Ich halte gegenüber Büchern sowohl wie Menschen ein lückenloses Verstehen eher für ein wenig uninteressant als ersprießlich. Hie und da ließ ich mich vielleicht durch Lektüre beeinflussen. Vor ungefähr zwanzig Jahren verfaßte ich mit einer gewissen Behendigkeit drei Romane, die dies unter Umständen gar nicht sind, die vielmehr Bücher sein mögen, worin allerlei erzählte wird, und deren Inhalt von einem kleinern oder größern Mitmenschenkreis geschätzt zu werden scheint. Ein jüngerer Zeitgenosse fing vor etlicher Zeit quasi Händel mit mir an, weil's mich nicht tief ergriff, daß ihm einfiel, zu mir zu sagen, er verehre dieses oder jenes frühere Buch aus meiner Feder. Tatsache aber ist, daß sich das betreffende Werk so gut wie nicht mehr im Buchhandel befindet, weshalb sein Autor diesbezüglich nicht entzückt zu sein vermag. Einigen meiner geschätzten Herren Kollegen geht es vielleicht ähnlich. Als ich zur Schule ging, lobte einer meiner Erzieher oder Lehrer meine Handschrift, die aller Wahrscheinlichkeit nach eine ausgesprochene Prosastückhandschrift ist, die mir zahlreiche Skizzen usw. ausfertigen half und mich meinen Schriftstellerberuf aufrechtzuerhalten befähigte, worüber ich mich selbstverständlich freue. Ich ging seinerzeit vom Bücherverfassen aufs Prosastückschreiben über, weil mich weitläufige epische Zusammenhänge sozusagen zu irritieren begonnen hatten. Meine Hand entwickelte sich zu einer Art Dienstverweigerin. Um sie zu begütigen, mutete ich ihr gern nur noch geringere Tüchtigkeitsbeweisablegungen zu, und siehe, mit derartiger Rücksichtnahme gewann ich sie mir allmählich wieder. Meine Ambition bändigend, erteilte ich mir die Weisung, mich mit bescheidensten Erfölgelein zu begnügen. Der Schriftsteller in mir gehorchte den Vorschriften des ruhig weiter zu leben Wünschenden, der's mit mannigfachen Zeitungsredaktionen zu tun bekam. Wie ich glaube, besaß ich einst einen bessern Namen; doch gewöhnte ich mich auch an einen weniger ausgezeichneten, indem ich wünschte, ich erklärte mich mit der Bezeichnung »Zeitungsschreiber« einverstanden. Nie beeinträchtigte mich die sentimentale Idee, man könnte mich für artistisch irregegangen halten. Die Frage: »Ist's nicht mehr Kunst, was du treibst?« schien mir mitunter sachte die Hand auf die Schulter zu legen. Ich durfte mir jedoch sagen, daß sich einer, der mit Bemühtbleiben weiterfährt, nicht von Forderungen behelligen zu lassen braucht, deren idealistische Last ihn beunlustigte. Schlankweg gebe ich zu, daß ich's nicht übers Herz brachte, mir zu verbieten, bis zu gewissen Grenzen zu bummeln. Mir genügt, denken zu dürfen, es sei glaubhaft, daß die Zeit wunderbar um mich besorgt blieb. Ich lebe noch und bin hiefür dankbar, und mir wird vielleicht dadurch zu danken erlaubt sein, daß ich mit mir einig zu gehen gewillt bin. Wenn ich gelegentlich spontan drauflos schriftstellerte, so sah das vielleicht für Erzernsthafte ein wenig komisch aus; doch ich experimentierte auf sprachlichem Gebiet in der Hoffnung, in der Sprache sei irgendwelche unbekannte Lebendigkeit vorhanden, die es eine Freude sei zu wecken. Indem ich mich zu erweitern wünschte und diesem Wunsch das Dasein gönnte, mißbilligte man mich möglicherweise da und dort. Immer wird Kritik Bemühungen begleiten.

Textnachweise

Die Texte dieses Bandes sind folgenden Ausgaben entnommen:

Robert Walser: *Sämtliche Werke in Einzelausgaben*. Herausgegeben von Jochen Greven. 20 Bde. Zürich und Frankfurt: Suhrkamp Verlag 1985/86 (st; 1101-1120) [= SW].
Robert Walser: *Aus dem Bleistiftgebiet*. 6 Bde. Im Auftrag des Robert Walser-Archivs der Carl Seelig-Stiftung/Zürich entziffert und herausgegeben von Bernhard Echte und Werner Morlang. Frankfurt: Suhrkamp Verlag 1985-2000 [= AdB].
Robert Walser: *Feuer. Unbekannte Prosa und Gedichte*. Herausgegeben von Bernhard Echte. Frankfurt: Suhrkamp Verlag 2003 [= Feuer].

Der Greifensee (SW 2, 32-34); Erstdruck in *Sonntagsblatt des Bund*, Nr. 27, 2. Juli 1899.
Ein Maler (SW 1, 66-90); Erstdruck in *Sonntagsblatt des Bund*, Nr. 30, 27. Juli 1902; Nr. 31, 3. August 1902, und Nr. 32, 10. August 1902.
Was ist Bühnentalent? (SW 15, 18-21); Erstdruck in *Die Schaubühne*, Jg. III, Bd. 1, Nr. 5, 31. Januar 1907.
Das Theater, ein Traum (SW 15, 7-11); Erstdruck in *Kunst und Künstler*, Jg. V, H. VI, 14. März 1907.
Kennen Sie Meier? (SW 15, 38-41); Erstdruck in *Die Schaubühne*, Jg. III, Bd. 1, Nr. 20, 16. Mai 1907.
Lustspielabend (SW 2, 50-56); Erstdruck in *Die Schaubühne*, Jg. III, Bd. 1, Nr. 21, 23. Mai 1907.
Guten Tag, Riesin! (SW 3, 63-67); Erstdruck in *Die neue Rundschau*, Jg. XVIII, Bd. 1, H. 5, Mai 1907.
Kleist in Thun (SW 2, 70-81); Erstdruck in *Die Schaubühne*, Jg. III, Bd. 1, Nr. 25, 20. Juni 1907.
Kutsch (SW 15, 56-58); Erstdruck in *Die neue Rundschau*, Jg. XVIII, Bd. 1, H. 6, Juni 1907.
Der Schriftsteller (I) (Feuer, 23-27); Erstdruck in *Berliner Tageblatt*, Jg. 36, Nr. 480, Morgenausgabe, 21. September 1907.
Tell in Prosa (SW 3, 36-38); Erstdruck in *Die Schaubühne*, Jg. III, Bd. 2, Nr. 44, 31. Oktober 1907.
Der Schriftsteller (II) (SW 3, 129-134); Erstdruck in *Die Schaubühne*, Jg. III, Bd. 2, Nr. 46, 14. November 1907.

Fabelhaft (SW 15, 58-60); Erstdruck in *Die neue Rundschau*, Jg. XVIII, Bd. 2, H. 11, November 1907.

Aschinger (SW 3, 67-70); Erstdruck in *Die neue Rundschau*, Jg. XVIII, Bd. 2, H. 12, Dezember 1907.

Die Schlacht bei Sempach (SW 2, 95-104); Erstdruck in *Die Zukunft*, Jg. XVI, Bd. 63, Nr. 14, 4. Januar 1908.

Gebirgshallen (SW 3, 42-44); Erstdruck in *Die Schaubühne* unter dem Titel *Reklame*, Jg. IV, Bd. 1, Nr. 6, 6. Februar 1908.

Auf der Elektrischen (Feuer, 42-44); Erstdruck in *Berliner Tageblatt*, Jg. 37, Nr. 214, Morgenausgabe, 28. April 1908.

Friedrichstraße (SW 3, 76-79); Erstdruck in *Die neue Rundschau*, Jg. XX, Bd. 3, H. 8, August 1909.

Berlin und der Künstler (SW 15, 49-51); Erstdruck in *Kunst und Künstler*, Jg. VIII, H. IV, 1. Januar 1910.

Die Frau des Dramatikers (Feuer, 45-46); unveröffentlichtes Manuskript, Frühjahr 1910, Robert Walser-Zentrum.

Hose (SW 15, 107-110); Erstdruck in *Der Bund* unter dem Titel *Robert Walser über den Hosenrock*, Jg. 62, Nr. 151, Abendblatt, 30. März 1911.

Was aus mir wurde (SW 15, 73-74); Erstdruck in *Pan*, Jg. II, H. 15, 29. Februar 1912.

Zu der Arlesierin von van Gogh (SW 15, 66-68); Erstdruck in *Kunst und Künstler*, Jg. X, H. IX, 1. Juni 1912.

Helblings Geschichte (SW 4, 56-72); Erstdruck in *März* unter dem Titel *Helbing's Geschichte*, Jg. VII, Bd. 3, 30. August 1913.

Brief eines Dichters an einen Herrn (SW 4, 7-10); Erstdruck in *Die Zukunft*, Jg. XXII, Bd. 86, Nr. 19, 7. Februar 1914.

Wirtshäuselei (SW 4, 142-143); Erstdruck in *März*, Jg. VIII, Bd. 1, H. 8, 21. Februar 1914 [unter dem Obertitel: *Kleine Sachen*].

Das Zimmerstück (SW 6, 104-106); Erstdruck in *Schweizerland*, Jg. I, H. 11/12, August 1915. [unter dem Obertitel: *Fünf kleine Stücke*].

Rede an einen Knopf (SW 6, 108-110); Erstdruck in *Die weissen Blätter*, Jg. II, H. 8, August 1915.

Würzburg (SW 6, 35-50); Erstdruck in *Sonntagsblatt des Bund*, Nr. 45, 14. November 1915.

Nervös (SW 16, 351-354); Erstdruck in *Neue Zürcher Zeitung*, Jg. 137, Nr. 938, 6. Sonntagsblatt, 11. Juni 1916.

Poetenleben (SW 6, 120-130); Erstdruck in *Die weissen Blätter*, Jg. III, H. 10, Oktober 1916.

Büren (SW 16, 38-49); Erstdruck in *Sonntagsblatt des Bund*, Nr. 40, 7. Oktober 1917.

Der Sekretär (SW 16, 272-274); Erstdruck in *Neue Zürcher Zeitung*, Jg. 138, Nr. 1970, 4. Sonntagblatt, 21. Oktober 1917.

Basta (SW 5, 168-171); Erstdruck in der Buchpublikation *Kleine Prosa*, 1917.

Die Wurst (SW 5, 111-114); Erstdruck in der Buchpublikation *Prosastücke*, 1917.

Das letzte Prosastück (SW 16, 321-327); Erstdruck in *Die Rheinlande (Deutsche Monatshefte)*, Jg. XIX, H. 9/10, September 1919.

Die Gedichte (SW 16, 254-260); Erstdruck in *Bagatellen*, Nr. 3, 1919.

Freiburg (SW 16, 310-313); Erstdruck in *Alemannenbuch*, 1919.

Der Leseabend (SW 16, 69-75); Erstdruck in *Pro Helvetia*, Jg. III, H. 1, Januar 1921.

Fidelio (SW 17, 210-213); Erstdruck in *Neue Zürcher Zeitung*, Jg. 143, Nr. 44, 1. Mittagblatt, 11. Januar 1922.

Die Eroberung von Paris (AdB 1, 135-136), Mikrogramm Nr. 243, September/November 1924, Robert Walser-Zentrum.

Ich ging wieder einmal ins Theater (SW 17, 38-41); Erstdruck in *Prager Presse*, Jg. 5, Nr. 196, III. Auflage, Morgenausgabe, 19. Juli, 1925.

Walser über Walser (SW 17, 182-184); Erstdruck in *Neue Zürcher Zeitung*, Jg. 146, Nr. 1138, 2. Sonntagsausgabe, 6. Blatt, 19. Juli 1925.

Tagebuchblatt (SW 17, 147-150); Erstdruck in *Berliner Tageblatt*, Jg. 54, Nr. 511, Abendausgabe, 28. Oktober 1925.

Das seltsame Mädchen (SW 8, 72-74); Erstdruck in der Buchpublikation *Die Rose*, 1925.

Der Affe (SW 8, 34-38); Erstdruck in der Buchpublikation *Die Rose*, 1925.

Die Kellersche Novelle (SW 8, 23-25); Erstdruck in der Buchpublikation *Die Rose* unter dem Titel *Die Keller'sche Novelle*, 1925.

Die Schöne und der Treue (SW 8, 84); Erstdruck in der Buchpublikation *Die Rose*, 1925.

Eine Ohrfeige und sonstiges (SW 8, 49-65); Erstdruck in der Buchpublikation *Die Rose* unter dem Titel *Eine Ohrfeige und Sonstiges*, 1925.

Kurt (SW 8, 25-26); Erstdruck in der Buchpublikation *Die Rose*, 1925.

Wladimir (SW 8, 7-9); Erstdruck in der Buchpublikation *Die Rose*, 1925.

Ich will in diesem zunächst bescheidenen, gleichsam dünnen und kleinen Memorandum (AdB 5, 268-272); Mikrogramm Nr. 396, Januar/Februar 1926, Robert Walser-Zentrum.

»Verkannte Dichter unter uns?« (SW 18, 276-277); Erstdruck in *Neue Züricher Zeitung* ohne Titel, Jg. 147, Nr. 613, 1. Sonntagsausgabe, 3. Blatt, 18. April 1926.

Einmal gab es da so eine Art Persönlichkeit (AdB 4, 187-190); Mikrogramm Nr. 317, vermutlich Frühling/Sommer 1926, Robert Walser-Zentrum.

Krachen wie Schlangen (AdB 4, 104-107), Mikrogramm Nr. 44, vermutlich November/Dezember 1926, Robert Walser-Zentrum.

Der heiße Brei (SW 19, 89-92); unveröffentlichtes Manuskript, 1926/1927, Robert Walser-Zentrum.

Minotauros (SW 19, 191-193); unveröffentlichtes Manuskript, 1926/1927, Robert Walser-Zentrum.

Meines Wissens gab es einmal einen Dichter, der sich als ein außerordentlich zartsinniger Frauenbegleiter auswies (AdB 4, 135-138); Mikrogramm Nr. 223, April 1927, Robert Walser-Zentrum.

Ohne mich lang zu besinnen, nenne ich ihn Olivio (AdB 4, 241-247); Mikrogramm Nr. 397, September/Oktober 1927, Robert Walser-Zentrum.

Die leichte Hochachtung (SW 19, 112-115); Erstdruck in *Berliner Tageblatt*, Jg. 56, Nr. 537, Abendausgabe, 12. November 1927.

Einmal lebte ein für ernste Menschen Lustigkeiten dichtender Spaßmacher (AdB 5, 226-228); Mikrogramm Nr. 462, vermutlich Frühjahr 1928, Robert Walser-Zentrum.

Eine Art Erzählung (SW 20, 322-326); unveröffentlichtes Manuskript, 1928/1929, Robert Walser-Zentrum.

Für die Katz (SW 20, 430–432); unveröffentlichtes Manuskript, 1928/1929, Robert Walser-Zentrum.

Meine Bemühungen (SW 20, 427-430); unveröffentlichtes Manuskript, undatiert, Robert Walser-Zentrum.

Robert Walser
im Suhrkamp und im Insel Verlag

Sämtliche Werke in zwanzig Bänden. Herausgegeben von Jochen Greven. 20 Taschenbücher in Kassette. 5593 Seiten. Die Bände sind auch einzeln lieferbar.
- Band 1: Fritz Kochers Aufsätze. st 1101. 128 Seiten
- Band 2: Geschichten. st 1102. 138 Seiten
- Band 3: Aufsätze. st 1103. 168 Seiten
- Band 4: Kleine Dichtungen. st 1104. 192 Seiten
- Band 5: Der Spaziergang. st 1105. 285 Seiten
- Band 6: Poetenleben. st 1106. 149 Seiten
- Band 7: Seeland. st 1107. 224 Seiten
- Band 8: Die Rose. st 1108. 123 Seiten
- Band 9: Geschwister Tanner. Roman. st 1109. 381 Seiten
- Band 10: Der Gehülfe. Roman. st 1110. 315 Seiten
- Band 11: Jakob von Gunten. Ein Tagebuch. st 1111. 183 Seiten
- Band 12: Der Räuber. Roman. Das Nachwort schrieb Martin Jürgens. st 1112. 229 Seiten
- Band 13: Die Gedichte. st 1113. 323 Seiten
- Band 14: Komödie. Märchenspiele und szenische Dichtungen. st 1114. 266 Seiten
- Band 15: Bedenkliche Geschichten. Prosa aus der Berliner Zeit. 1906–1912. st 1115. 145 Seiten
- Band 16: Träumen. Prosa aus der Bieler Zeit. 1913–1920. st 1116. 452 Seiten
- Band 17: Wenn Schwache sich für stark halten. Prosa aus der Berner Zeit. 1921–1925. st 1117. 534 Seiten.
- Band 18: Zarte Zeilen. Prosa aus der Berner Zeit. 1926. st 1118. 359 Seiten
- Band 19: Es war einmal. Prosa aus der Berner Zeit. 1927–1928. st 1119. 489 Seiten
- Band 20: Für die Katz. Prosa aus der Berner Zeit. 1928–1933. st 1120. 518 Seiten

NF 435/1/11.17

Aus dem Bleistiftgebiet. Mikrogramme aus den Jahren 1924-1933. Sechs Bände in Kassette. Im Auftrag des Robert Walser-Archivs der Carl Seelig-Stiftung/Zürich herausgegeben von Bernhard Echte und Werner Morlang.
Leinen im Schuber. Die Bände sind auch einzeln zu beziehen.
- Band 1 und 2: Mikrogramme aus den Jahren 1924–1925. Zwei Bände. 672 Seiten. Gebunden
- Band 3: Räuber-Roman, Felix-Szenen. 280 Seiten. Gebunden
- Band 4: Mikrogramme aus den Jahren 1926–1927. 531 Seiten. Gebunden
- Band 5 und 6: Mikrogramme aus den Jahren 1925–1933. Band 5: Prosa. Band 6: Gedichte und Dramatische Szenen. Zwei Bände im Schuber. 840 Seiten. Gebunden

Aus dem Bleistiftgebiet. Mikrogramme 1924–1933. Sechs Bände im Schmuckschuber. Im Auftrag des Robert Walser-Archivs der Carl Seelig-Stiftung/Zürich herausgegeben von Bernhard Echte und Werner Morlang. 2935 Seiten. Broschiert

Einzelausgaben

Berlin gibt immer den Ton an. Kleine Prosa aus und über Berlin. Herausgegeben von Jochen Greven. it 3212. 179 Seiten

Dichteten diese Dichter richtig? Eine poetische Literaturgeschichte. Herausgegeben von Bernhard Echte. it 2789. 382 Seiten.

Europas schneeige Pelzboa. Texte zur Schweiz. Herausgegeben von Bernhard Echte. Mit Abb. 350 Seiten. Gebunden

Feuer. Unbekannte Prosa und Gedichte. Herausgegeben von Bernhard Echte. 120 Seiten. Bütten-Broschur. st 3681. 142 Seiten

NF 435/2/11.17

Fritz Kochers Aufsätze. Mit Illustrationen von Karl Walser. Mit einem Nachwort von Jochen Greven. IB 1118. 160 Seiten. it 2417. Großdruck. 185 Seiten

Der Gehülfe. Roman. st 1110. 315 Seiten. st 3483. 315 Seiten

Geschwister Tanner. Roman. BS 450. 332 Seiten. st 2724. 380 Seiten. st 3482. 381 Seiten

Im Bureau. Aus dem Leben der Angestellten. Ausgewählt und mit einem Nachwort versehen von Reto Sorg und Lucas Marco Gisi. it 4087. 144 Seiten

Jakob von Gunten. Ein Tagebuch. BS 515. 164 Seiten. st 3484. 164 Seiten

Liebesgeschichten. Herausgegeben und mit einem Nachwort versehen von Volker Michels. st 2318. 298 Seiten. it 2897. 160 Seiten

Mikrogramme. Mit 68 Abbildungen. Nach der Transkription von Bernhard Echte und Werner Morlang. Im Auftrag der Robert Walser-Stiftung Bern ausgewählt und mit einem Nachwort versehen von Lucas Marco Gisi, Reto Sorg und Peter Stocker. BS 1467, Großformat. 214 Seiten

Poetenleben. st 1106. 149 Seiten

Der Räuber. Roman. st 1112. 229 Seiten. st 3485. 229 Seiten

Der Roman, woran ich weiter und weiter schreibe. Ich-Buch der Berner Jahre. Zusammengestellt von Jochen Greven. 348 Seiten. Gebunden

Der Spaziergang. BS 593. 85 Seiten

NF 435/3/11.17

Robert Walser/Walter Schmögner. Das Ende der Welt. Vierfarbendruck. Leporello im Schuber

Zu Robert Walser

Robert Walser und die moderne Poetik. Herausgegeben von Dieter Borchmeyer. es 2107. 251 Seiten

Robert Mächler. Das Leben Robert Walsers. Eine dokumentarische Biographie. Mit Abbildungen. st 3486. 274 Seiten

Carl Seelig. Wanderungen mit Robert Walser. Neu herausgegeben im Auftrag der Carl-Seelig-Stiftung. Mit einem Nachwort von Elio Fröhlich. BS 554. 186 Seiten

Peter Utz. Tanz auf den Rändern. Robert Walsers »Jetztzeitstil«. 528 Seiten. Gebunden

NF 435/4/11.17